南之情 著

长江出版社
CHANGJIANGPRESS

图书在版编目（CIP）数据

三千天热恋 / 南之情著.—武汉：长江出版社，
2022.9
ISBN 978-7-5492-8496-2

Ⅰ.①三… Ⅱ.①南… Ⅲ.①言情小说－中国－当代 Ⅳ.①I247.5

中国版本图书馆CIP数据核字（2022）第166711号

三千天热恋 / 南之情 著

出　　版	长江出版社
	（武汉市解放大道1863号）
选题策划	奔跑的小狐狸制作组
市场发行	长江出版社发行部
网　　址	http://www.cjpress.com.cn
责任编辑	张艳艳
特约编辑	酒　酒
印　　刷	北京润田金辉印刷有限公司
版　　次	2022年9月第1版
印　　次	2022年12月第1次印刷
开　　本	640mm×920mm　1/16
印　　张	22
字　　数	372千字
书　　号	ISBN 978-7-5492-8496-2
定　　价	45.00元

版权所有 盗版必究（举报电话：027-82926804）
（如发现印装质量问题，请寄本社调换，电话027-82926804）

目录
CONTENTS

第 一 章　顾琉星回来了 / 1

第 二 章　交　易 / 21

第 三 章　陪我演戏 / 42

第 四 章　别指望我再放手 / 69

第 五 章　禁　锢 / 89

第 六 章　你回来就好 / 108

第 七 章　我没你就活不下去 / 130

第 八 章　吃　醋 / 150

目录
CONTENTS

第 九 章　非要和我作对吗？ / 170

第 十 章　我找不到你 / 194

第十一章　主　动 / 220

第十二章　爱惨了 / 234

第十三章　只有我能看 / 256

第十四章　你该补偿我 / 276

第十五章　听　话 / 299

第十六章　后　悔 / 320

第一章

顾琉星回来了

晚上八点，铂金大酒店里，顾琉星站在宴会厅的落地窗前，望着灯火辉煌的 A 城，美丽的眸子里浮现出一抹甜蜜。

真好，她马上也要有亲人了，不再是孤孤单单的了，将会出现一个她一生都为之努力的目标。

顾琉星的手温柔无比地抚摸着自己微隆的小腹。

经纪人南桥走过来，对顾琉星说："琉星，该你发言了。"

顾琉星收起情绪，她那张盛世美颜上出现了一抹恰到好处的微笑，看得南桥愣了一瞬，又无奈一笑。

这个女人太美了，美到男女通杀。

慈善晚宴的发言完毕，南桥将顾琉星送回临江上城。

顾琉星看了一下时间，才十点钟，他快回来了。

顾琉星望着不远处餐桌上精致、浪漫的烛光晚餐，幸福地笑了。

凌晨，傅言宸推开门，屋内的环境昏暗暧昧，点点烛光闪烁着。

傅言宸勾起唇角，走进房间，关上门。顾琉星已经站在他的背后，在他转身的那一刻，双臂环绕着他的后颈，踮起脚，迫切地吻了上去。

傅言宸弯了弯眼眸,将她抱紧。

"不可以。"

傅言宸眉头轻蹙了一下,不解地问道:"怎么啦?你的例假可不是今天。"

顾琉星小脸红了红,垂着诱惑勾人的美眸,小声道:"我怀孕了。"

傅言宸的眸子刹那间仿佛被狂风卷过,一丝情绪也没有了,只剩下无边无际的黑。

说出了口,顾琉星发现压力没有想象中大。过了几秒,她抬起头娇羞地道:"你开心吗?我们有小宝宝了。"

傅言宸意味不明地笑了笑,松开她,走向沙发。

顾琉星顿时忐忑不安,之前她试探过他:如果有一天,他们有小宝宝了,他会开心吗?

傅言宸当时明明说很期待的。

现在,他为何是这般模样,还是说男人的话永远不能当真?

打火机的声音将顾琉星的思绪拉了回来,她抬眼望去,傅言宸正坐在沙发上抽烟,抽了一口,转头朝顾琉星勾了勾手指。顾琉星乖巧地走过去,和往常一样,蹲在他的腿边,脑袋靠在他的腿上。

傅言宸摸了摸她柔软的脸,问道:"几个月啦?"

"九十九天了。"

在傅言宸开口之前,顾琉星还在想,也许,这个消息对傅言宸只是太突然了,所以他的反应才不是她想象中的那样。可是当傅言宸开口之后,顾琉星感觉她的世界坍塌了……

傅言宸又吸了一口烟,才喑哑地说:"我不会要这个孩子。"

顾琉星整个人都在发抖,脸色分外苍白。寂静的公寓里,似乎能听到顾琉星快速的心跳声。

良久,顾琉星才抬起头,仰视着高高在上的男人,问:"为……为什么?"

话一出口,顾琉星才发觉,她的声音到底有多难听、有多嘶哑。

她眨了一下眼,一滴眼泪砸在傅言宸的腿上,渗过西裤,和他的皮肤接触,一片冰凉。

傅言宸发出一声不屑的冷笑:"顾琉星,你不会天真到认为你配生下我傅言宸的孩子吧?"

无情的话,仿佛抽走了顾琉星全身的力气,她瘫软在地毯上,满脸绝望。

这是她唯一的亲人了,她拼死也要保住,一定要保住!

顾琉星嘶吼道:"傅言宸你这个禽兽!你连自己的孩子都不放过,你还是人吗?"

傅言宸嘴里叼着烟,无波无澜地道:"我不是人,你还和我睡觉,甚至怀了我的孩子?"

顾琉星急得眼泪都快出来了,乞求着傅言宸:"我求你了,如果你不喜欢他,我带他走,永远不出现在你面前。我们离你远远的,不会给你造成一丝一毫的困扰。"

傅言宸置若罔闻,他大手一挥,扫落她花了一下午精心准备的烛光晚餐。

顾琉星目光呆滞地说:"你最好别栽在我手里,否则,我一定让你生不如死……"

…………

四年后的A城国际机场,顾琉星穿着奢侈品牌最新的春款大衣,盛世美颜被大大的墨镜遮盖,娇艳的唇上勾起一抹魅惑人心的笑容。

"啊啊,星星,星星,我们爱你!"

"顾妖精,看这里,看这里!"

"星星!星星的盛世美颜!"

…………

在保安的帮助下,顾琉星终于安全坐上保姆车,但南桥看到车外那些激动的粉丝,嘴角还是不可抑制地抽了抽。

南桥道:"琉星,真要这么高调?你以前从不喜欢抛头露面,除了演戏和慈善晚宴,平常都低调得很。"

南桥脸上露出疑惑的表情。

顾琉星四年前突然在A城销声匿迹,就像人间蒸发了一样。接着,公司宣布和顾琉星解约,而她这个顾琉星好友兼经纪人也不想再留在"天视",直接递了辞呈。

顾琉星是几天前才和她联系的。

顾琉星摘下墨镜,眉目微动,视线已经锁定南桥,那眼神似乎能剥离人的魂魄。

南桥又愣了,她是在顾琉星的声音里回神的:"桥桥,人都是会变的。"

那细软温柔的声音,连南桥这个女人都险些招架不住。

南桥说:"怎么回来得这么突然?还有,四年前到底是怎么回事?你怎么不声不响地失去了联系?"

四年前?顾琉星妩媚地笑了笑:"没什么,有私事需要处理,就休息了

一段时间。"

南桥皱眉，明显不相信她的话："你现在连我都不信任？私事？私事至于让你息影四年，一点儿消息也没有？"

顾琉星知道南桥是关心她，她亲昵地抱着南桥的胳膊，那双美丽的眼眸中有了笑意，宛若满天星河，美得让人不敢直视。

南桥发现了一个很重要的问题，那就是，如今的顾琉星和四年前的她，差距太大了。

以她作为经纪人的专业水平来看，顾琉星的所有优点都被恰到好处地展现了出来。难怪，那些人会叫她"顾妖精"。

顾琉星挽着她的胳膊，讨好地说："桥桥，你真够义气，我走了，你也直接潇洒转身，我真是太爱你了！"

南桥打了一个哆嗦，当年走高贵优雅路线的顾琉星怎么会变成这么个"妖精"？

顾琉星仿佛看出了南桥的局促，玩心一起，又朝南桥身边挤了挤："桥桥，你该不会……喜欢我吧？"

南桥小心地吞了一口唾沫，强装镇定地回视她："我喜欢女人……"

顾琉星："……"

南桥傻了，她到底在胡说八道什么："呸！我喜欢男人！男人！"

顾琉星微挑眉头，一副"别装了，我知道你居心不良"的表情。

南桥想哭，谁来救救她，一别四年，顾琉星怎么就变成了这么个"妖精"？

顾琉星适时收手，往窗边移了移，然后按下车窗，手缓缓地伸了出去。

南桥以为她想念这里，随口道："是不是想念这里啦？"

顾琉星点头，是想念，想念得血液都在结冰了，才能抑制她浑身的狂躁。

"按照你的要求，我给你安排了一间舒适低调的单身公寓。"南桥说。

顾琉星没什么意见。南桥继续说："虽然之前你在华区声名大噪，人气也高，但是四年时间，华区发生了不少改变。许多'小花旦'势头很猛，形象塑造得好，人气居高不下，荧幕也几乎被固定的几人霸屏。"南桥一进入工作状态，格外认真，"尤其是近几年火起来的小说改编，更是让那些当红'小花旦'占据了大半市场。你的复出，路途并不平坦。"

顾琉星轻松地笑笑，视线依旧停留在外面的高楼大厦上，云淡风轻地开口："桥桥，你太小瞧我了，我大一就出道了，大学没毕业，就拿了'影后'。如今，我的年纪才是最值钱的大好年华！"

· 4 ·

南桥沉默了，的确，顾琉星今年才二十五岁，正是风华正茂的时候，但是……

"若我说，姜烟也打算在今年复出呢？"

顾琉星目光一滞，脸色沉了下来，皱眉道："她来凑什么热闹？"

南桥说："不知道，姜烟背景深厚，更是堂堂姜家继承人。她的复出可能会把你碾压下去，你要知道，如果没处理好，你再想重登巅峰就难了。"

保姆车里一时陷入寂静，顾琉星皱着眉在思考。南桥低着头，也在想该怎么重新包装顾琉星，让她一举重回人们的视线之内。

良久，顾琉星说道："没关系，她的复出路线是'女王'和'小白花'，那我就是'狐狸精'好了，这下总不会冲突了。"

南桥："这是什么馊主意！这种路线根本不讨喜，而且特容易招黑！"

南桥还想再说些什么，顾琉星摆手，打了一个哈欠，道："亲爱的，相信我，毕竟，这对我来说是至关重要的一战，我自然也很看重，你就放心吧！"

南桥无话可说，最后还是选择相信她。

从机场到星月首府，除了最开始顾琉星和南桥交谈了一会儿，一路上，顾琉星几乎都在睡觉。

保姆车直直地开进小区，在一栋楼下，有一个微胖的年轻女孩儿等在那里。

南桥和顾琉星下车，女孩儿步伐轻快地走过来，笑容青涩地说："桥桥姐，琉星姐。"

顾琉星看向南桥，南桥解释道："这是给你安排的助理，江眠眠。"

顾琉星没什么意见，关于她的事，南桥一向安排得很好，没必要担心。

"至于造型师，我记得你说过，你自己会带过来，所以我就没安排。"南桥道。

顾琉星点头："他今晚到，你忙完也过来，一起吃个饭吧！"

晚上十点，顾琉星深深地陷进沙发里，拿着手机歪着脑袋刷微博。

她四年没回来，也不知道与这里脱节了没有，要尽快融进去。

南桥捧着电脑，在浏览为顾琉星复出请的团队发来的策划案。

两人各忙各的，时间悄然流逝。

直到门铃声响起，顾琉星放下手机，趿着拖鞋去开门。

拉开门，一道软糯可爱的声音率先响起："妈咪！"

南桥:"……"

顾琉星看到跑过来的小人,一脸欣喜,立刻蹲下去把孩子抱起来:"宝贝,想妈咪了没?"

顾流沙眨着大大的眼睛用力点头,点了好几下,软软地说:"好想好想妈咪。"

顾琉星满足地笑了笑:"宝贝果然是妈咪的贴心小棉袄。"

南桥一脸蒙:这什么情况?!

和顾流沙腻了一会儿,顾琉星这才想起门外还有一个人,这男人挑眉一脸痞气地说:"狗蛋儿,进来吧!"

南桥完全进入死机状态,呆滞地望着貌似"一家三口"重逢的画面。

顾流沙一直在亲顾琉星的脸蛋,嘴里咕哝着:"妈咪,宝贝好想你。宝贝三天没有给你早安吻、午安吻、晚安吻,宝贝数数,还差几个。"

南桥用力闭了一下眼睛,确定自己没有出现幻觉,才颤抖着开口:"顾琉星,这是你女儿?"

不怪南桥害怕,要是顾琉星有了女儿,那她的复出,技术难度无异于上月球啊!

顾琉星点点头,一脸"废话"的表情,这当然是自己的女儿,没听到她叫自己妈咪吗?

南桥的表情离天崩地裂只差一步,她看向从进来就一直沉着脸、长相出众的年轻男人:"那……这位先生是你老公?"

顾琉星轻嗤一声,满脸不屑:"狗蛋儿怎么可能是我老公?!"

被叫"狗蛋儿"的人:"……"

深觉不能再被顾琉星这么黑下去,"狗蛋儿"朝南桥伸出手:"桥桥姐你好,我是琉星的造型师叶寻。"

南桥完全是处在死机状态和叶寻握手的:"你好,我是琉星的经纪人南桥。"

过了好几秒,南桥才完全回过神,压低嗓音,咬牙切齿地在顾琉星耳边问:"这孩子怎么回事?顾琉星,你是不是觉得我心脏太好,你妒忌,所以这么整我?"

顾琉星难得没跟南桥贫嘴,温柔地望着在她怀里玩手指的顾流沙,说:"当然是我的孩子。"

南桥觉得顾琉星有些奇怪:"你把话说明白点儿!"

顾琉星不想吓南桥,况且,南桥和自己既是工作伙伴,又是多年好友。

· 6 ·

南桥闻言沉了脸，烦躁地来回走动，忽然顿住，回头对顾琉星说："不管怎么样，这孩子不能被看到和你有关系。"

顾琉星点头："我怎么可能让她曝光？"

南桥脸色这才缓和下来。

叶寻倒了三杯水和一杯牛奶，把微波炉里的食物都端了出来："今天大家都挺累的，来吃点儿东西。"

对于顾琉星和叶寻的熟稔，南桥也是满肚子疑问，想着私下再问顾琉星。

两大一小朝叶寻走去。

顾流沙很乖，坐在儿童椅上，捧着牛奶，又慢又稳地喝着，完全不用人操心。

南桥问顾琉星："你接下来会很忙，孩子打算怎么办？"

"送幼儿园。"顾琉星说。

南桥赞同地点头，又问："孩子叫什么名字？"

"顾流沙。"

南桥八卦的眼神宛若激光一般扫着顾琉星："爱情好像流沙/我不挣扎/随它去吧/我不害怕……"

南桥暧昧地念完这段歌词："星星，谁让你爱得无法自拔，宛若流沙？"

难道四年前顾琉星忽然消失是因为受了情伤？可是她几乎每天都和顾琉星在一起，没见有什么可疑的"男人"啊！

顾琉星呵呵了一声，并没有回答她。叶寻目光闪烁，然后若无其事地用餐。

南桥见顾琉星瞒得死，也没打破砂锅问到底，撇撇嘴，心想：果然有猫腻。

丽煌偌大的包间里，灯光暧昧，傅言宸嘴角挂着邪肆的笑容，身边围着两个身材姣好、浓妆艳抹的美女。

两个美女殷勤地给傅言宸喂酒，傅言宸一脸享受地喝下。忽然，他感觉鼻子有点儿痒，忍着咽下酒，立刻就打了一个喷嚏。

身旁的美女立刻娇声娇气地关心："傅董，您怎么了，感冒了吗？"

傅言宸皱了一下眉，怎么感觉有人骂他？然后他又觉得自己神经了。

傅言宸挑挑眉，眸子里显然兴致缺缺。真没意思，她们永远都是这个样子。

傅言宸掏出手机，给唐温墨发了一条微信。

"唐董，你手下的人真是越来越差了，一个好货色都调教不出来！"

唐温墨的消息回得很快："保安正在来的路上，你自己走，还是我请你走？"

傅言宸骂了一声，服务不好还不让人说了！

他回道："你这是在得罪上帝！"

唐温墨："那你一定是个乞丐。"

傅言宸心想，好吧，有钱的才是大爷——谁让他每次都记账呢。

身旁的美女见傅言宸这个样子，好奇地问："傅董，怎么啦？"

傅言宸摆摆手，反正待着也没什么意思，走就走吧。

傅言宸毫不留情地甩开黏在身上的两个女人，大步走出包间。

回盛景的路上，傅言宸坐在宽敞的后座上闭目养神。途中，灯光不断地在他脸上闪过，让人看不清他的神色。

开车的助理郑深想了想，终于下定决心一般开口道："傅董，顾小姐回来了。"

"回来就回来，有什么好大惊小怪的！"傅言宸随意地道。

郑深一愣，为确保傅言宸听清楚，又说了一遍："傅董，是顾琉星小姐回来了。"

傅言宸隐在暗处的眉皱了皱，然后睁开了漆黑的双眸："顾琉星？"

郑深总算看到了自己预料之中的表情："是的。"

"哦。"傅言宸淡淡地应了一声，又闭上了眼睛。

在郑深视线无法触及的地方，傅言宸嘴角勾起一抹极具深意的笑容。

星月首府。

南桥看着叶寻任劳任怨地收拾好餐桌，用肩膀撞了撞正在陪孩子玩的顾琉星："喂，这简直是'三好'男人啊，哪儿拐来的？"

顾琉星头也不抬地说："他喜欢宝贝，没办法，就跟着我了。"

南桥这才低下头仔细看顾流沙。

之前知道顾流沙的存在，她是生气的，觉得顾琉星这事做得太不理智了，所以一直都不去看顾流沙，眼不见心不烦。

视线里，小女孩儿拿着花绳和顾琉星不厌其烦地玩着。交换成功时，小女孩儿的眼睛像天空中最亮的星，一下子撞进南桥的心里。

南桥扑在顾琉星的腿上，支着脑袋，认真地瞧着这个小女孩儿。

顾琉星推开她的脸："吓着我家宝贝了。"

南桥死死地扒着她，捏着嗓子说："宝贝，你几岁啦？"

顾流沙抬头，又黑又大的眼睛直直地看着南桥，软声软语地道："三岁半。"

南桥被萌到了，表情更像花痴了："宝贝，叫声阿姨好不好呀？"

顾流沙看了一眼自己的妈妈，顾琉星对她笑笑。顾流沙这才甜甜地喊道："阿姨。"

南桥摸了一把顾流沙又软又嫩的脸蛋，简直太萌了！

她说："琉星，如果不是身份原因，我肯定特别支持你养宝贝。"

"你不支持我，我也照养不误。"顾琉星风情万种地挑眉，顺便把宝贝的脸从南桥的双手里解救出来。

南桥无语地看着她，一本正经地说："我觉得你唯一没变的就是这张嘴！"

顾琉星淡淡地一笑，她没回答南桥，而是说："你和狗蛋儿先走吧，宝贝该睡觉了。"

南桥点头，的确，都已经快凌晨了。

叶寻收拾好从厨房走出来，对顾琉星说："明天早上我来接宝贝，带她去幼儿园报到。"

顾琉星应了一声。

南桥也从包里拿出帮她挑好的剧本，递过去："这是给你挑的剧本，《魔尊》，玄幻大剧，今年的重点'IP'，投资巨大，你不是说要演狐狸精嘛，这部的'女二'就是。两天后，希望你能通过试镜。"

顾琉星接过，草草地扫了两眼。这是一部经典小说，被多次改编成游戏和动漫，封面就是所有人物的电脑制图。

她一眼认出"女二"的造型，接着露出一抹笑意。

就冲这个笑，南桥知道顾琉星已经胜券在握，只希望到时候别出现什么意外就好。

顾琉星看出南桥的顾虑："放心，导演很敬业，不会出现你担心的情况。"

说完，她还冲南桥眨了眨眼，顾流沙看到后，有样学样地也冲南桥眨了一下。

南桥心想，啊，太萌了！心脏要骤停了！

叶寻和南桥离开后，顾琉星站起来，朝顾流沙张开手臂："宝贝，我们

去休息吧?"

顾流沙软软的身体吃力地从沙发上站起来,开开心心地扑进顾琉星的怀里:"好的。"

顾琉星将顾流沙抱进自己的房间,给她讲了一个睡前故事,小家伙很快就闭上了眼睛,一直紧紧抓着顾琉星手指的手也慢慢松开。

看着小家伙的睡颜,顾琉星满足地笑了笑,在她额头上轻轻落下一吻:"晚安,我的宝贝。"

两天一晃而过。这天早晨,顾琉星和叶寻将顾流沙送到幼儿园之后,赶往试镜现场。

南桥和江眠眠已经等在门口。

顾琉星虽然消失了四年,但当年的成就是有目共睹的,所以此时身旁跟着三个人,还算说得过去。

只是有些当红"小花"看见顾琉星,眼神明显有些疏离。

演艺圈这个地方,最不缺的就是演员,每年毕业于各大名校的演员不计其数,更新速度也是非常快。

如果一个明星一年半载没有消息,很快就会被人遗忘。所以现在的顾琉星,知名度的确比不上这些"小花"。

《魔尊》剧组果然大手笔,试镜时先上妆,"女二"的红色长袍就挂满了一个衣架。

试镜第一步,演员要凭自己对"女二"的理解挑选衣服。

顾琉星选了一件火红色的锦袍,那件锦袍上有很多被划破的地方,仿佛经过刀剑的洗礼。

上妆时,顾琉星要求不画眼妆,只画唇妆。

叶寻很奇怪:明明最重要的就是眼妆,最能准确诠释角色的便是眼神,顾琉星这个要求实在是……

叹了一口气,叶寻还是照她的吩咐做了。

一切就绪,顾琉星缓缓起身,叶寻看直了眼。

顾琉星红唇勾起,走了出去。

她一袭红裳出现在导演、编剧等人面前,所有人的眼里都是满满的惊艳!

她没有画眼妆,但她的眼神实在是太完美了,带着轻蔑的笑,尤其是那妖娆的红唇,众人觉得,"女二"这个人物,似乎活了!

戏中"女二""黑化"之后,衣服被漫天流星划得支离破碎。最终,一袭白色仙袍被"女二"的血染红,成为"女二"的经典标志,似仙似魔!

导演孔钰站起来,目光火热地盯着顾琉星,赞赏道:"顾影后真是不负当年盛名啊!"

顾琉星微微一笑,说:"四年没面对这么多人了,还是有点儿紧张的。导演叫我琉星就好。"

孔钰大笑,觉得顾琉星真的是对自己的姿态收放自如,当年的二十一岁华区"影后",四年后从头来过,不是每个人都能做到的。

"好好好,琉星,欢迎你加入我们剧组。"孔钰走到顾琉星身边,郑重地伸出右手。

编剧等人也一一和顾琉星握手。

孔钰一直都追求艺术,对于艺术,他当成自己的生命,如今看到最合适的演员,兴奋得难以言表。

顾琉星回到化妆室卸了妆,换了衣服,一行人接着离开。

保姆车上,南桥竖起手掌,顾琉星挑眉,和她击了一下掌。

南桥说:"拿下这个角色,你的转型也算是板上钉钉了……"她神色犹豫,"确定要'黑化'?那你以前的形象算是要彻底摒弃了,你想好怎么解释了吗?"

顾琉星笑笑:"解释什么,这是我对自己的挑战。况且,'黑化'这个词,我很喜欢!"

江眠眠看到顾琉星这个样子,满脸崇拜:"琉星姐你好酷!"

叶寻:"……"

南桥:"……"

回星月首府的路上,经过一栋奢华的摩天大楼,顾琉星抬眼看去,美眸里闪过浓厚的戾气,她仰望着大楼的顶端,然后红唇一弯,脸上浮现一抹妖艳的笑容。

大楼在车窗外一闪而过,顾琉星低下头,闭眼休息。

最后一缕阳光隐没在地平线上之后,这座城市的灯光都亮了。灯火辉煌的繁华都市,如此美丽。

曾经,她也在夜晚看过这座城市,那时的她,只能想到两个字——

温暖!

今夕,她目光漠然地看着这座城市,觉得那温暖已经变成彻骨的寒意。

八点钟,南桥的电话打了过来。

顾琉星从落地窗前走过去拿起手机:"怎么啦?"

南桥说:"琉星,剧组聚餐,你要不要去?"

顾琉星嘴角勾起一抹笑容,道:"当然。地址发过来,我准备一下就过去。"

南桥沉默了几秒,低声道:"琉星,如果你不愿意去这种场合,我不勉强你。"

顾琉星笑了笑,转身望着华灯初上的Ａ城,淡淡地道:"没事,功成名就,总要慢慢来。况且,因为我,你也受了不少委屈。"

南桥是当时Ａ城电影学院最厉害的经纪人,因为顾琉星,她也退出了演艺圈,这几年不知遭受了多少白眼和嘲讽。

"我没事。"南桥无所谓地说,"别愧疚,我们还是好朋友,不是吗?"

顾琉星仰头笑了笑:"等着,以后让那些人见着你低头走!"

华玉会所。

顾琉星一袭烟青色长裙出现在烟雾缭绕、酒气弥漫的包间里,所有人眼睛都看直了。

包间里都是剧组的人和投资人,有一百多人。

《魔尊》男主叫顾时镜,是演艺圈里的一朵奇葩,过了三十而立的年纪,依然洁身自好。

女主姜烟是不屑于出现在这样的场合的。

剩下的就是"男二"宋筒以及一些小角色。

现场最大的投资人不急不缓地踱步走过来。"琉星,"他轻轻喊道,伸出手,朝顾琉星发出邀请。

顾琉星笑笑,抬起手放入他的掌心。

"林先生真绅士。"顾琉星道。

林汀那双手当即不客气地搂上了顾琉星瘦削的肩膀,将她带了过去。

顾琉星是谁?那是一个四年前在丽煌吸引全城目光的影后。

他们都在猜或查顾琉星背后的人,但都以失败告终。

四年前,顾琉星突然消失,所有人都在惋惜。

结果,顾琉星竟然在四年后再次出现。

林汀邀得美人归，可谓是得意至极，全程都扬着下巴。

顾琉星忍着不屑，笑得妩媚。她端起酒杯，道："感谢各位给琉星这个机会，我先干为敬。"

其他人便开始轮番给顾琉星敬酒。顾琉星开始摇晃，只能靠林汀扶在她腰间的手支撑。

林汀成了众人眼中妒忌的对象，哪怕顾琉星这个样子了，他们还是没有消停，频繁地给顾琉星灌酒。

顾琉星笑着摆手，眯着眼睛用力掐自己的大腿："李总，您饶了我吧，不行了。"

李总笑道："顾小姐怎么这就不行啦？"

林汀黑了脸，这人竟敢在他嘴里抢食。

他冷冷地道："李总，你这不是乘人之危吗，你没看见琉星已经醉了？"

这时，不远处一个气势惊人、眉目凛然的男人走过来。这个人他们都认识，是赫赫有名的傅家三少傅言宸。

傅言宸走过来的时候，视线扫过众人，眼里尽是轻蔑，却在看见包间里的一幕时，眸色瞬间暗沉，脸色难看到了极点，丝丝冷气弥散开来，让人硬生生打了一个寒战。

有人眼尖地看到傅言宸停在包间门口，以为他也有兴趣来玩玩，立刻起身邀请："傅董，赏脸进来坐坐？"

傅言宸唇角勾起一抹淡笑，吐出两个字："好啊！"

那人一脸兴奋，傅言宸肯赏脸，够他炫耀好几天了。

顾琉星正在推着李总手里的酒杯，明明眼里是傅言宸熟悉却又隐藏得很深的厌恶，但她还是笑容美艳，让人看起来有种欲拒还迎的感觉……

傅言宸脸色刹那间又沉又冷，眼中浮现出浓浓的戾气。

包间里的人看见傅言宸，眼睛都亮了，一个个说着恭维的话，所有人的目光都聚集在傅言宸身上，没人发现被林汀揽在怀里的顾琉星捏紧了拳头，睫毛狠狠地颤抖。

至于傅言宸，从进包间的那一刻，目光自始至终没离开过顾琉星，将她所有的情绪变化尽收眼底。

林汀终于发现了不对劲，看见傅言宸一直在看顾琉星，脸色不太好。林汀就当没看见，傅言宸不可能不顾颜面开口要人。

傅言宸勾了勾唇角，一手插兜走过去，直接在顾琉星的另一边坐下，那个李总赶紧给傅言宸让座。

"大家都尽情玩，今晚算我的。"傅言宸一脸"这是我的场子"的表情。

林汀脸色黑了下来，有种被人压下去的难堪感。

傅言宸动作优雅地开了一瓶酒，喝了一大口，直接按着顾琉星的后颈，将人从林汀手里扯过来，削薄的唇覆了上去……

林汀神色如炭，攥着拳头瞪着傅言宸，眼中如火烧一般。

其他人看到傅言宸这个动作，纷纷看戏，心想：难怪傅言宸会纡尊降贵进来，原来是醉翁之意不在酒。

顾琉星瞪大眼睛，双手握拳，用力地推他的胸口，可他纹丝不动，就像四年前，她怎么也不能从他手里逃脱。

酒从他的嘴里进入她的嘴里，他甚至用舌尖逼着她咽下去，酒味辛辣呛喉，顾琉星眼泪一下子夺眶而出。

浓烈的恨意涌上来，她狠狠地咬了下去，血腥味自两人的口中弥散开来，还有丝丝的咸味。

傅言宸目光一顿，缓缓朝后退了退，然后摸了摸顾琉星的脸颊，擦去她脸上的泪水，扯着她的手站起来，然后说："这人我看上了，以后有机会再请各位吃饭。"

话音落下，他几个大步，两人已经离开包间，只剩下满脸神色暧昧的众人。

他们进了电梯，一路穿过地下停车场，来到傅言宸的车前。傅言宸打开副驾驶座的门，把人使劲推了进去。

顾琉星闷哼一声，疼痛扯回了她神游的思绪，她抬头就看到傅言宸坐在驾驶座上抽烟。

顾琉星立刻转身去推门，想下去，一道落锁声响起后，顾琉星闭了闭眼，暗暗深呼吸了几下，转过身来。

"傅董，好久不见。"顾琉星微笑。

傅言宸吐出一个烟圈，朦胧的烟雾中，顾琉星看不清楚他的表情。

"顾琉星，不过四年不见，你在这儿和我装什么生疏呢？"傅言宸眯着眼睛，慵懒地笑道，"还是说你需要我帮你回忆回忆？"

他忽然倾身逼近顾琉星，顾琉星下意识后仰，直到靠在车门上，退无可退。

· 14 ·

顾琉星被酒气晕染的眸子紧紧盯着傅言宸。望着他高高在上的样子，她的怒火有些不受控制。

他对她做了那种事，竟然还能问心无愧地逼问她，傅言宸果然冷心冷血。

顾琉星忽然笑了，眼神不带一丝情绪，仿佛在看一个陌生人："不用回忆，我又没有健忘症，记得住。"

她的记忆力很好，四年前的事，历历在目！

傅言宸神色冰冷，顾琉星继续道："再说，睡过的就是熟人？那傅董的熟人一定不少。"

顾琉星垂眸，淡淡地勾唇，伸手去按门锁开关，傅言宸并没有阻止。

咔嗒一声，顾琉星轻轻推开面前的人，然后开门下车。

走了几步，顾琉星顿住，头也不回地说："以后别碰我，我嫌恶心。"

傅言宸手指微颤，几个呼吸后才平静下来。

他对顾琉星说："八年前的交易，要再来一次吗？四年前，你不是说让我别栽在你手上嘛，我给你这个机会。"

顾琉星冷笑，转过身来："傅董，你说得这么笃定，我以为你强买强卖呢！"

"同不同意？"傅言宸看着她，"我捧你，给你报复我的机会，你陪我玩，如何？"

顾琉星没有回答他，只是重新回到车上。

傅言宸看着顾琉星牛奶般的肌肤，眼神深沉。

看到顾琉星皱着眉头，傅言宸低笑："急什么？回家再说。"

回家？回什么家？除了无可奈何，她不想和傅言宸多相处一秒。

所以顾琉星直接扑过去吻住他的唇，傅言宸身体紧绷，再也控制不住。

车内温度攀升，车窗上的两道身影纠缠得难舍难分。

不知道过了多久，在顾琉星快要体力不支的时候，傅言宸才放过她。

顾琉星深吸了一口气，还没从刚才的冲击中缓过神，舔了舔干巴巴的嘴唇，下一秒，高大的身躯又覆上来。

还好，这次只是吻。

凌晨，傅言宸的座驾穿梭在繁华的城市街道上。

经过二十四小时药店时，顾琉星道："停车。"

傅言宸停下车子："怎么啦？"

顾琉星没有说话，径自推开车门，戴上口罩，朝不远处的药店走去。

傅言宸很快反应过来她去干什么，眸色晦暗不明。

　　他等了许久，顾琉星都没回来，傅言宸下车去找顾琉星，远远地透过药店透明玻璃门，看到里面并没有顾琉星。

　　傅言宸进去问店员："请问刚才来买药的小姐呢？"也许药店里有洗手间，她去洗手间了。

　　店员是个二十几岁的姑娘，抬头时脸色带着讥嘲，阴阳怪气地说："现在来装关心？不觉得太晚了吗？"说着，她从药店柜台的架子上拿了一个花花绿绿的盒子，递给傅言宸，"先生，这个我送你，下次记得戴上。"

　　傅言宸冷冷地瞥着她，女孩儿一点儿都不怵，眸色带着轻蔑。

　　"她在哪儿？"傅言宸耐着性子问。

　　店员下巴朝外抬了抬，然后忙活去了，不再理傅言宸。

　　傅言宸脸色阴沉，一出药店，就掏出手机给郑深打电话，语调冰冷："去查。"

　　郑深打了一个寒战，然后茫然地问："查什么？"老板，就算你压榨我，也要说清楚做什么呀！

　　"顾琉星。"

　　吩咐完，傅言宸就将电话挂了，神色冷漠。

　　郑深敏锐地感知到，老板的心情很差，他不敢再睡懒觉，马上调查，老板没明确说查什么，那他什么信息都不能放过。

　　好在顾琉星才回来几天，他查起来也不是很麻烦。

　　傅言宸上了车，降下车窗，点了一根烟，烟快燃到一半的时候，电话响了，傅言宸闭着眼睛接起："说。"

　　那边愣了一秒，问："说什么？"

　　傅言宸看了眼手机，发现不是郑深："没什么。"

　　楚轶显然不信，而且傅言宸的声音那么虚弱："没什么？你这身体被掏空的语气是怎么回事？"

　　傅言宸不想和他讨论这个问题："你有事？"

　　忽然一辆车开过来，鸣笛声响起，传到电话另一端。

　　楚轶说："你在外面？"

　　"嗯。"

　　楚轶叹了一口气："睡不着？"

　　傅言宸冷笑一声："又要用你的长篇大论给我治疗？"

　　楚轶有种被揭穿的尴尬感，他感觉傅言宸今晚跟吃了火药一样："你刚才做了什么？情绪不对。"

· 16 ·

"刚从女人床上下来。"傅言宸弹了弹烟灰，语气冷淡，没给他吃惊异的机会，继续道，"你被解雇了，以后别来烦我。"

楚轶心想：我都被解雇八百次了！

他知道再打电话过去，傅言宸肯定不会接，直接发了一条微信："是不是你被人睡了，对方提起裙子不认账？"

不是他乱想，顾琉星前几天回来的事，他是知道的，以傅言宸的性子，能坚持到现在才去找她，简直就是奇迹！

微信消息石沉大海，对方根本没有理他，楚轶摸着下巴，看来事态有些严重啊！

楚轶这才正经起来："不要压抑自己，但也要分清楚什么能做、什么不能做。"

傅言宸回："我知道。"

这时，郑深的电话打了过来，不等傅言宸问，郑深立马禀报："傅董，顾小姐是三天前回来的，住在星月首府，最近来往最频繁的就是南桥，回来的前两天看了剧本，第三天去试镜了，晚上去了华玉会所。"

其实还有个男人和小孩儿，估计是顾小姐的朋友吧，郑深心想还是不要说了，不要触老板的霉头。

傅言宸说："把地址发给我。"

她回到家里，开门的是叶寻，下一秒，她的腿被一个小东西抱住。顾琉星身上有味道，就没有去抱顾流沙。

"妈咪。"顾流沙笑容灿烂，看起来开心极了。

叶寻闻到淡淡的腥甜味，皱了皱眉，弯腰把顾流沙抱起来，面无表情地对顾琉星说："去洗澡，一身味儿！"

顾琉星笑笑，还以为他会骂自己。

顾流沙满眼疑惑，说："妈咪身上什么味道，刚才宝贝没闻到啊？"

顾琉星："……"

叶寻狠狠地瞪了顾琉星一眼，翻脸比翻书还快，温柔地对顾流沙说："你妈咪偷吃好吃的了，爹地闻到她身上的味道了。"

顾流沙舔了舔嘴唇，探头看向快到浴室门口的顾琉星，软糯地开口："妈咪，宝贝有没有好吃的呀？"

顾琉星以迅雷不及掩耳之势跑进浴室。

圆谎的任务只能落在叶寻头上:"宝贝还小,这个好吃的只能大人吃……"说完,叶寻狠狠地皱眉。

顾流沙又舔了舔嘴唇,懂事地点点头。

洗完澡,顾琉星换好睡衣出来,顾流沙噔噔噔地跑过来,抱住她的腿。

顾琉星胳膊到现在还有点儿酸,怕抱不住顾流沙,蹲下和她平视,温柔地说道:"宝贝,今天妈咪有点儿累……"

"累"字刚落下,顾琉星就敏锐地感觉到叶寻冷冷的目光,打了一个哆嗦,继续道:"所以,今天不能抱抱宝贝了,宝贝乖哦!"

顾流沙懂事地点头,噔噔噔地跑开,顾琉星温柔地看着顾流沙,眸子里尽是宠爱。

顾琉星坐在沙发上捏了捏肩膀,顾流沙捧着水杯小心地走过来,顾琉星紧张得立刻托住杯底,就听到顾流沙乖巧地开口:"妈咪,喝水。"

顾琉星眼眶发涩,亲了亲顾流沙软软的脸颊,开心地笑道:"谢谢宝贝。"

顾流沙红着脸低下头,一副害羞的样子。

顾琉星看了看时间,已经凌晨一点多了。她把顾流沙抱在腿上,问正在玩手机的叶寻:"你们怎么这么晚还没睡?"

叶寻说:"宝贝看不到你不睡觉,再加上时差还没倒过来。"

顾琉星低头狠狠地亲了顾流沙一口,感动地说:"宝贝果然是妈咪的宝贝,妈咪也很爱你。"

顾流沙大大的眼睛弯了弯:"我也是。"

"那现在和妈咪去睡觉好不好呀?"顾琉星和小家伙商量。

顾流沙点头如捣蒜,然后秀气地打了一个哈欠。

顾琉星一脸愧疚地牵着顾流沙去睡觉,说了一个睡前小故事,小家伙很快就睡着了。

顾琉星推开门出来,就看到叶寻已经收拾好顾流沙的玩具,看样子打算离开。

"路上小心点儿。"顾琉星说。

叶寻面无表情地看了她一眼,大大方方地坐在沙发上,一副要谈谈的架势。

叶寻长得太白,老让顾琉星忘记他的性别,现在他姿势这样霸气,还真是很违和。

顾琉星刚坐下,叶寻就开口道:"你这是自掘坟墓。"

18

"是自掘坟墓。"顾琉星从抽屉里拿出烟盒,抖出一根,放在指间旋转。因为有顾流沙,家里是禁烟的,她想抽的时候会拿出来一根玩玩。

叶寻抿着唇,恨铁不成钢地瞪她。

顾琉星笑笑:"不过困住谁,还不一定。"

"琉星,别再赔了身又赔心。"叶寻知道阻止不了她。

顾琉星自嘲道:"我还有心吗?"

叶寻没说话,走之前留了一句话:"本来我就不支持你回来,傅言宸对你来说根本就是死穴,你何必去招惹他?以你的条件,在国外演艺圈一样可以混得风生水起,非要回来。"

顾琉星不语,笑着送他离开。

不回来,她怎么能甘心?比起她心里的执念,死穴又算得了什么。

翌日,叶寻早早过来接了顾流沙,送她幼儿园,顾琉星在家里看《魔尊》的小说。

现在离开机还要再等几天。

这事还是导演亲自打电话告诉她的,看来她搭上傅言宸的事,以后会经常被人拿来嘲讽了。

昨晚她和傅言宸达成交易,A城里怕是没人敢再动她。

这天晚上,傅言宸打了电话过来。他怎么知道自己的号码的?顾琉星懒得多想,只是冷冷地笑了笑。

七点钟,顾琉星来到空旷的傅氏大厦,金碧辉煌的大厅里只有几个值班人员。

郑深在电梯口等着顾琉星,等到人,直接带进专属电梯。

顾琉星看了一眼郑深,戏谑地开口:"小深,好久不见,你还没被傅言宸压榨死呢?"

郑深心想:顾小姐果然变化很大。

顾琉星压根儿不介意他应不应自己,只要他听到了就好:"小深,以前你见到我可没这么生疏,是不是因为我戴了口罩,你觉得我俩之间有距离呀?"说着,顾琉星就要摘口罩,吓得郑深灵魂出窍,连忙求饶:"别别别,顾小姐,您饶了我吧……"

电梯门开了,郑深赶紧跑出去,一直跑到傅言宸办公室门口,低头站在那里,直到看到一双高跟鞋出现,才快速跑开。

顾琉星："……"她在郑深眼里，简直是洪水猛兽。

她刚抬起手打算敲门，门被从里面拉开，没等顾琉星反应过来，就被一只有力的手臂拽了进去。她后背抵着房门，马上有一张脸压了下来。

傅言宸的吻很霸道，她的呼吸几乎被掠夺殆尽。

结束之后，傅言宸又恢复衣冠楚楚的样子。

顾琉星瘫在休息室的床上，满脸汗水，大口地喘息。

十几分钟后，顾琉星潮红的脸色终于恢复正常，她整理好衣服，穿好大衣，戴上口罩，朝门口走去。

"等等。"傅言宸喊道，声音低沉。

顾琉星回头，微笑道："傅董还要再来一次？"

傅言宸点燃手里的烟，将桌子上的文件扔给她，唇角带着一抹邪气的笑容："《后宫》的合同，里面的祸国妖女很适合你。"

顾琉星接住，透明文件袋里的东西像是在嘲讽她一样。傅言宸的声音更是让她无地自容。

果然，叶寻说对了，她是在自掘坟墓，哪怕最后她把傅言宸拖进去了，她又如何能独善其身。

扯开唇角，顾琉星妖娆一笑："谢了，傅董。"

走出休息室，顾琉星伪装的笑再也无力维持。她在墙边靠了一会儿，才忍着疼痛走了出去。

第二章

交 易

　　漆黑的夜空被属于城市的光照得能看到青色的云，轮廓杂乱无章，就像顾琉星此刻的心情。

　　她沿着寸土寸金的商业街行走，偶尔能看到几个加班结束的青年拖着疲惫的身体前行。

　　她找了一个酒店，洗去一身属于傅言宸的味道，然后赶回了星月首府。

　　开门的是南桥，顾流沙冲上来热情地抱住她的腿，喊道："妈咪。"

　　一声"妈咪"神奇地治愈了顾琉星，顾琉星温柔地笑笑，牵着顾流沙走进去。

　　她坐在沙发上，把顾流沙抱在腿上。顾流沙习惯性地去亲顾琉星，却发现了一件不得了的事，立马号啕大哭。

　　顾琉星被吓坏了，顾流沙很懂事，很少情绪这么糟糕。

　　她连忙问道："宝贝怎么啦？别哭别哭。"

　　顾流沙一脸生无可恋，仿佛天崩地裂："妈咪……谁打你了……谁打我妈咪了……"

　　顾琉星脸色红了。因为去见傅言宸，她穿了高领毛衣，可是从顾流沙的角度还是能看到脖子上的吻痕的……

南桥走过来,拉开顾琉星的衣领,只见密密麻麻的红紫色吻痕布满她白皙的脖颈。

顾琉星有些尴尬,平常装得再无所谓,始终是个骨子里有些保守的女人,被人这么看着,瞬间涌上一股羞耻感。她打开了南桥的手。

"干什么呢?"

话音落下,顾流沙哭得肝肠寸断,她的妈咪怎么会被人打成这个样子,那人好坏!

南桥本来就是因为导演忽然对她客气的事来问顾琉星的,这下看到她这个样子,所有的疑问都有了解释。

顾琉星轻声哄着顾流沙:"宝贝不哭,妈咪刚才去工作了。工作的地方虫子太多,妈咪就被咬成这样了,没有人欺负妈咪。乖,不哭啊!"

顾流沙一撇嘴,眨眼间豆大的泪珠子就滚落了下来,她抽着气问:"真的吗?"

顾琉星坚定地点头,帮顾流沙顺气:"真的,妈咪什么时候骗过宝贝,不信你问桥桥阿姨。"

顾流沙转过去看南桥。

顾琉星连忙给南桥使眼色,南桥瞪了她一眼,蹲下笑着和顾流沙说:"你妈咪说的是真的,而且有桥桥阿姨在,谁要是欺负你妈咪,我们就一起去揍他!"

顾琉星脸色讪讪的,南桥这话说得真是豪气,就是不知道她知不知道她想揍的人是傅言宸。

顾流沙终于相信了顾琉星,含着泪,噔噔噔地跑到一边,从自己的小书包里拿出一管药膏。

顾流沙是过敏体质,所以小书包里时常装着药膏,有时候她被虫子咬了,顾琉星也会给她抹一点儿。

小家伙记忆力很好,听到顾琉星是被虫子咬了,就去拿自己的药。

顾流沙趴在顾琉星的身上,一边给她吹,一边大人似的说:"妈咪不痛,抹了药就好了……"

顾琉星眸色软得一塌糊涂,温柔地道:"宝贝呼呼,妈咪就不痛了。"

顾琉星闻言,肉肉的脸蛋一鼓,不停地给顾琉星吹着那些吻痕。

等顾流沙抹好药,顾琉星忍着身体的酸痛,抱起她,拍着她的背,宠溺地说:"妈咪抱宝贝去睡觉,好不好?"

顾流沙哭累了,红着眼眶点点头,紧紧地抱着顾琉星的脖子,小脸埋在顾琉星的怀里。

十几分钟后,总算把顾流沙哄睡了,顾琉星轻轻地拿开顾流沙的手。顾流沙紧张地勒着她,嘴里呢喃着"妈咪"。

顾琉星在她耳边轻声安抚:"妈咪在,宝贝快睡。"

顾流沙的手渐渐松开,顾琉星等了一会儿,等她彻底睡安稳,才轻手轻脚地起来,帮她盖好被子,走出房间。

坐在沙发上的南桥一听到动静,眼神像X光射线一样,凌厉地扫了过来。

顾琉星倒是淡定,走过去倒了两杯水,泡上柠檬,走过去坐下。

南桥翻了一个白眼:别以为讨好她,她就可以不问。

顾琉星舔了舔嘴唇,笑得无奈:"真不要?那我倒……"话还没说完,她手里的杯子已经被抢走了。

南桥一口气喝完,没好气地说:"我还在纳闷为什么导演忽然对我这么客气。搞了半天,原来答案在这儿!"她伸手指指顾琉星的脖子,话里的意思非常明显。

"你选的谁?"南桥问。

顾琉星皱眉,她还以为南桥知道呢?那天包间里那么多人,肯定会传到南桥的耳中,这是怎么回事?

"你不知道?"顾琉星不解。

南桥挑高眉毛,瞪着眼,咬牙道:"我怎么会知道?!"

顾琉星低眸想了想,很快明白过来,冷冷地勾了勾唇。原来不只她不想和他扯上太多关系,他也是,甚至让人警告包间里的人不要说出去。只是,既然他讨厌她,又为什么还要和她做交易?

到了这一步,顾琉星也没想再瞒着南桥:"是傅言宸。"

南桥表情变来变去,最后定格在吃惊上,张着嘴,半天说不出一句话,几秒后,回过神来:"你没开玩笑吧?怎么会是他?你怎么说也曾经是他公司的人,也算是他的下属,不是说傅言宸从来不搞办公室恋情吗?"

南桥的话说得很含蓄,准确来说,是傅言宸不和下属暧昧。但这话让顾琉星眸子里闪过剧痛,她拉开抽屉,抖出一根烟,在指间旋转。

天视娱乐是傅言宸一手为她打造的。为了她在演艺圈发展顺利,他重金投资娱乐行业。

他说:"顾琉星,我不搞办公室恋情,为了你,我可以破例。"

他给她最好的一切——临江上城顶层复式公寓,用奢侈品堆满的衣帽

间,最厉害的公关团队……可是,这些东西,她都不稀罕。

顾琉星听着南桥继续分析:"不对,他要是对你有想法,又怎么会等到现在?琉星,你们是不是早就认识?"

南桥紧紧地盯着顾琉星,精准地看到,烟在她飞舞的指间停了一瞬,顾琉星手指一抛,被玩得有了皱纹的烟落在垃圾桶里。

她缓缓地道:"你不是一直问我,为什么我在演艺圈一直顺风顺水吗?"

南桥皱眉,等着她的下文。

"很简单,站在我背后的人,一直都是傅言宸。"顾琉星道,"因为是他,所以,他怎么会允许别人动我!"

南桥的脸色变得哀怨愤然,这么说,顾琉星身边的那个"野男人",不对,那个男人,一直都是傅言宸……而他们整整四年都在她眼皮子底下暗度陈仓!

想到自己的傻样,南桥闭上眼睛转开脸,不想再看顾琉星。她怕控制不住会扑上去把人揍一顿,那她会被顾流沙的海豚音折磨到精神分裂。

冷静了一会儿,南桥转过来看着她:"四年前呢?你为什么忽然离开?"

顾琉星忍住想抽烟的冲动,低垂着眸子说:"问别的。"这件事她不想提。

南桥被她气炸了,深呼吸好几次才开口:"我看剧组的人都三缄其口,没人提这件事,傅言宸警告过啦?"

顾琉星说:"应该是吧!"

南桥点点头,这事对顾琉星有好处,要是曝光了,她刚回来就搭上财神爷,不是找骂吗?

"平时见面小心点儿,虽然不少人怕傅言宸,但难免有几个不怕死的,如果被曝光,你就完了。"南桥嘱咐道。

顾琉星嗯了一声,从包里拿出一份文件递给她:"你看看,合同能签就签了。"

南桥抿唇,脸色沉下去。

看见南桥凝重的脸色,顾琉星好笑地说:"我以为你见惯了这些事,早就麻木了。"

她故作轻松的语气让南桥皱紧了眉头:"那不一样!"

顾琉星扬扬唇角:"有什么不一样的?本质都是你情我愿。"

南桥被气得说不出话。

周末。
顾琉星趁现在还有时间，叫上叶寻，然后带着顾流沙去游乐园玩。
保姆车上，顾琉星把顾流沙安置在儿童座椅上，一边给她系安全带，一边说："宝贝，妈咪过几天要去工作了，赚钱给宝贝买好吃的，所以宝贝在妈咪不在的日子，和桥桥阿姨一起生活可以吗？"
顾流沙慢慢消化顾琉星的话，过了一会儿，眨了眨漆黑的眼睛，乖巧地点头："好的，宝贝会乖乖听桥桥阿姨的话。"
顾琉星亲了她一口，温柔地说："宝贝真棒！"
顾流沙小脸通红："等宝贝长大，宝贝养妈咪。"
顾琉星笑笑："好呀，那宝贝要快快长大。"
顾流沙用力点头，低头在自己的小粉色手机上按来按去。顾琉星一看，原来她在记自己的电话号码。

他们抵达游乐园，叶寻停好车，从安全座椅上把顾流沙抱出来，然后将手里的口罩递给顾琉星。
顾琉星接过，冲叶寻眨眨眼："谢了，狗蛋儿。"
叶寻脸一黑，要不是顾流沙在，估计能上去和她大战一场。
假日的游乐园，人潮汹涌，小孩子稚嫩清脆的声音此起彼伏，顾流沙开心极了。
顾流沙和顾琉星坐在旋转木马上，音乐随着旋转木马转动欢快地响起来，童真而美好。顾流沙兴奋得直拍手。
叶寻站在游乐设施外，追着两个人拍照，眼中带着宠溺的笑容。
旋转木马停下之后，顾琉星抱着顾流沙，在工作人员的带领下走出来。
叶寻迎上来，扬了扬手里的相机，挑眉对顾琉星说："我女儿就是可爱，没一个人比得上。"
顾琉星眼眸弯成月牙状，表示赞同。
叶寻将探头探脑想要看相机的顾流沙抱进怀里。顾琉星举着相机和顾流沙一张一张翻着，笑容温柔灿烂。
她温柔地问："宝贝，开心吗？"
顾流沙声音欢快："开心，好开心！"她说了两遍，手舞足蹈的。
顾琉星没忍住亲了她一口，说："宝贝开心就好。"

下一个项目，三个人一起上了碰碰车，叶寻似乎是"技术流"，开得很稳，总会巧妙地躲开横冲直撞过来的其他碰碰车。但是，随着聚集过来的车越来越多，叶寻也有些招架不住。

他们的车被撞得直响。

每被撞一下，顾流沙都会紧张地搂紧顾琉星的脖子："妈咪我怕。"

顾琉星安抚地拍拍她的背，朝旁边看了一眼。那个车上有个小男孩儿，应该比顾流沙大不了多少，她指给顾流沙："你看那个小朋友，他都不怕，还那么勇敢地给自己爸爸加油，我们宝贝可不能输给别人。"

顾流沙看过去，小男孩儿龇牙咧嘴地对顾流沙笑，顾流沙渐渐不怕了，还拍起小手给叶寻加油。

"爹地加油。"尽管声音很小，但顾琉星还是满足地笑了。

顾流沙在国外没有朋友，所以性格内向，除了带她出去玩，她是拒绝去人多的地方的。

叶寻看了一眼因为激动而小脸通红的顾流沙，只见她漆黑的大眼睛纯净极了。

叶寻高声道："看爹地把他们都撞飞。"说罢，叶寻一转方向盘，车以刁钻的方向冲到一边，然后本来撞向叶寻的车互相撞在了一起。

顾琉星：业余赛车手，在碰碰车场大秀车技……

叶寻瞅准时机，掉头冲过去，砰的一声后，所有的车被迫四处散开。

顾流沙在叶寻撞击其他碰碰车时，抓紧了顾琉星的衣服，但还是勇敢地去看了，然后看到那些车上的小孩儿被撞得大声尖叫，她大笑着拍手。

顾琉星不知道顾流沙还喜欢幸灾乐祸……

他们玩了几个项目，已经十一点多了，三个人找了一家饮品店坐下来休息。

对面是游乐场的大广场，那里经常有表演和活动。

此刻，游乐场的工作人员就在布置场地，不知道一会儿会有什么好玩的。

随着几个男人搬过来四四方方的色彩隆重的背景板，顾琉星愣了愣。背景板上是几个硕大的艺术字——顾时镜粉丝见面会。

叶寻在一旁喂顾琉星吃东西，不经意间一瞥，然后撞撞她的肩膀："这不是你新电影的男主吗？"

顾琉星听着他不对劲的语气，眯眼看他："狗蛋儿，有话直说。"

· 26 ·

叶寻脸色瞬间黑如锅底，咬牙道："你再这样叫，我和你急！"

"叶寻？小寻？寻寻……"顾琉星一下子喊出好多名字，如愿看到叶寻越来越紧绷的脸色，摊开手，一脸无奈，"你要求真高，怎么叫你都不满意。"

叶寻怒了，低吼道："你怎么不叫我叶叶呢？"

顾琉星面无表情地笑了，然后道："你倒是想得美，占我便宜，你当我傻。"

叶叶和爷爷的读音是多么相近。

叶寻被气得七窍生烟，只好又回去在顾流沙身上求安慰："宝贝，你妈咪又欺负爹地，你要不要给爹地一个治愈的亲亲。"

顾流沙捂嘴偷笑，然后仰起小脸，在叶寻脸上重重地亲了一口，没控制住，还留下了口水印，当即呀了一声，掏出纸巾给叶寻擦干净。

小丫头一脸努力地毁灭她不矜持的证据，偏偏叶寻看不出来，当小丫头在乎他。

过了一会儿，顾流沙看到饮品店一角有小滑梯，兴奋地要去玩，叶寻满口答应，把她抱过去。看着小丫头慢慢和几个小孩儿玩到一起，叶寻回到座位。

他把脸凑过来，对顾琉星说："这个顾时镜可是个大腕，你要不要考虑和他传个绯闻什么的？"

原来他打这个主意呢，顾琉星望着对面快要布置好的场地，说："你当我是什么人，我靠实力说话。"

叶寻挑了挑眉，笑了笑，不屑地道："你这样熬出头得猴年马月了！"

"我乐意，你管不着。"顾琉星说。

叶寻被噎得死死的，动了动唇，愤愤地低头猛吸一口果汁，状似不经意地道："你不会下不了狠心，还想旧情复燃吧？"

顾琉星冷笑："心这东西，我早喂狗了。至于旧情，哪里来的旧情呢？"

叶寻眨了眨眼睛，抬头看着她，说："那就去，虽说君子报仇十年不晚，但是憋着也不好受是不？"

顾琉星被叶寻刺激得皱紧了眉头："你别多事，我自有分寸。"

叶寻撇嘴，不说话了。顾琉星太高估自己了。

"爹地。"不远处传来稚嫩的童音。

叶寻立刻起身走过去。顾流沙张开手臂，叶寻立刻抱起她。

"不玩啦？"叶寻轻声问道。

顾流沙点点头，叶寻摸了摸她的额头，没有汗，然后弯腰帮她拿上小鞋子，回到座位。

"妈咪，我想睡觉。"顾流沙打了一个哈欠，软糯地对顾琉星说。

顾琉星从叶寻怀里接过顾流沙，看了一眼时间，已经下午一点了，难怪顾流沙困了。

"那我们回家睡觉吧！"

"嗯。"顾流沙眨眨大眼睛，重重地点头。

顾琉星站起来，对叶寻说："回去吧！"

叶寻把东西塞进包里："先回星月首府？"

"嗯。"顾琉星道，"明天晚上再把宝贝送过去。"

开机仪式过后，《魔尊》就要开拍了，因为是玄幻大剧，拍摄地大部分在一些景区，距离A城很远，怕是有段时间回不来了。

顾琉星在A城最多再待几天，所以先让顾流沙在南桥那边适应适应。

"来盛景。"

顾琉星接到了傅言宸的电话，他上来就是这一句，然后电话被挂断，只剩下冰冷机械的嘟嘟声。

叶寻正在给顾流沙热牛奶，看到她略显苍白的脸色，目光一暗，但什么都没说。

喂顾流沙喝了牛奶，叶寻说："我晚上带宝贝回酒店，已经在找房子了，谈下来之后，宝贝和我住。"

顾琉星强撑着露出一抹笑容："谢谢。"

叶寻掀起眼皮，看了她一会儿，看得顾琉星笑容再也维持不下去，垂下眼眸，长睫在眼下覆上一片阴影。

"我们什么关系，用得着在我面前装？"叶寻嗤道。

顾琉星深吸一口气，拎了包直直地走向门口，正在专心看动画片的顾流沙没有发现。

她坐上出租车，叶寻的短信就来了："我看不懂你的做法，琉星，你到底在想什么？"

顾琉星扯了扯唇角，她能想什么，她当然在想该怎么拿到自己想要的东西。

盛景。

A城的别墅区，处处彰显着华贵，一个金字塔顶端的人的聚集地。

顾琉星站在门前，握了握拳，抬手按下门铃。没一会儿，门被打开，看到那张脸慢慢出现，顾琉星有一瞬间的诧异。怎么会是他亲自开门？

傅言宸邪气地打量着她，忽而一笑："包得这么严实，怕别人认出你？顾琉星，你怎么变得敢做不敢当啦？"

嘲讽完，傅言宸转身朝屋内走去，顾琉星跟在他身后，顺便关上门。

"我看，见不得人的是傅董吧？"顾琉星摘下口罩，语气讥嘲，"众目睽睽下带走我，然后又把所有人全警告一遍。"

傅言宸停下步伐，转过身来，脸色有些阴郁，似乎是男人的自尊心被顾琉星踩了。

他几个大步走到顾琉星面前，掐住她的下巴，语气狠戾："顾琉星，四年前没有传出我们的绯闻，四年后，更不会。"

顾琉星脸色发白，抬起头倔强地看着他："这很好，我们只有交易的关系。"

傅言宸冷笑一声："你说对了。"说罢，他直接扛起她朝楼上走去。

傅言宸有些生气，一进房间便扯下她的衣服，毫无前戏地占有她。顾琉星眸子一缩，整个人开始颤抖。

傅言宸注视着她苍白的脸色，看到她痛到闪烁泪光的眼睛，动作略略放轻。

十二点的时候，顾琉星的体力已经是极限，如果不是强撑着，恐怕随时都可能晕过去。

顾琉星求饶道："我明天还有发布会，要穿礼服，别留下痕迹。"

傅言宸动作一顿，放过了她胸口以上的位置。

一切结束时，已经十二点半了。顾琉星自嘲地笑了笑，是不是该感谢傅言宸给她留了一点儿力气爬回家？

穿好衣服，顾琉星拿出包里的避孕药，傅言宸恰好从浴室里走出来。

傅言宸混迹各种场合，这种东西他见多了，面色一寒，冲着正在倒水的顾琉星吼道："你做什么？！"

顾琉星被他吼得手抖了抖，转身看向他，唇边露出虚假至极的微笑："吃避孕药。"

她捏着小小的一粒药，冲他晃了晃，仿佛那不是避孕药，而是什么好吃的东西。

傅言宸抿着唇角，脸上阴沉沉的，顾琉星从没见过他这个样子，不由得有些发怵。

但是，她吃这个，不正合他的心意吗？她有了底气，嘲讽道："傅董不做安全措施，只好我吃药了。"

傅言宸的脸色没有好转，反而越来越阴沉，他冷冷地说："我家的水不养闲人。"

顾琉星的睫毛狠狠地颤抖，脸色一点点白了，很好，她的心痛了一秒。她以为自己够坚强，没想到，在傅言宸面前这么不堪一击。

"对啊，盛景的水，我这样的人不配喝。"她自贬道，话音落下，药被她扔进嘴里，抿唇咽了下去。

苦涩的味道在嘴里蔓延开来。顾琉星忍住吐出来的欲望，没看他一眼，大步走出房间。

傅言宸皱眉望着她瘦削的背影，拳头死死地握着，下一秒，一脚踹出去，房间里响起噼里啪啦的声音。

刚走到楼下的顾琉星听到动静，笑了笑，她的态度让傅言宸的自尊心受挫了吗？

据说，避孕这种事，大多数男人喜欢掌握主动权。女人自觉，他们就会觉得女人对他们不屑一顾，真是可笑的大男人逻辑。

她回到星月首府，房间漆黑一片，空无一人。

她的脚步声格外清晰。她拖着疲惫的身体，简单清洗后，瘫在床上，累得连一根手指都没力气抬起来。

被子整整齐齐地搁在床上，顾琉星就这样睡到了天亮。

顾琉星是被冻醒的，迷迷糊糊地睁开眼，立刻连打了好几个喷嚏。

扯过被子，顾琉星躺了一会儿，翻来覆去睡不着，便从床上坐了起来，想着今天该做些什么。

后天就是开机仪式，也就意味着她很长一段时间会很忙，想到回来之后没给顾流沙买过什么东西，决定今天去商场看看。

顾琉星给江眠眠打了一个电话："喂，眠眠。"

江眠眠本来在睡觉，被人打扰之后很生气，还没等她把酝酿的一肚子骂人话说出口，就看到了显示屏上"琉星姐"三个字，顿时坐起来，清了清嗓子，确定自己的声音没有刚起床的沙哑，才接通，笑着道："琉星姐，早。"

"早。"顾琉星一边找出门穿的衣服,一边说,"今天有空吗?"

"有有有。"江眠眠忙不迭地道,琉星姐召唤,她没空也要有空。

江眠眠以前就喜欢顾琉星,这次跟着顾琉星去试镜,一颗少女心都快被她折服了,觉得顾琉星真的很对自己的胃口,那么霸气,那么真实。

顾琉星被她这语气逗得轻笑一声:"我今天想去逛街买点儿衣服,你要不要和我一起去?"

江眠眠瞪大了眼睛,顾琉星这是把自己当她的人了,让自己介入她的生活?

其实她知道,南桥和顾琉星关系很好,自己这个助理就是在片场帮个忙、跑个腿什么的,没什么大作用。她没想到顾琉星竟然会找她一起逛街!

"要要要。"江眠眠开心又激动地说。

"那十一点在新天地购物大厦门口的喷泉边见。"

"好好好。"江眠眠喜滋滋地应了。

江眠眠一看见顾琉星,就扑了过去,并且及时地在离顾琉星一米远的地方刹住车。

顾琉星戴着一个宽大的墨镜,盛世美颜被遮住大半,再加上她今天没化妆,整个人看起来很有青春气息,完全没有平时的妖娆。

顾琉星弯了弯淡粉色的唇,好笑地看着她:"别跑这么急,出事了不给你算工伤的。"

江眠眠不好意思地挠了挠头,小声道:"琉星姐你怎么到这么早?"

顾琉星帮她抓了抓刘海,声音轻柔:"是你来得太晚了。"

江眠眠一脸郁闷,其实也不怪她,主要是A城实在是太堵了,然后她在路上又遇到了小型车祸事件。

顾琉星被她这样子逗笑了:"开玩笑呢,进去吧!"

江眠眠嘿嘿地笑了笑,从她手上拿过包,说:"琉星姐我帮你拿。"

顾琉星叹了一口气:她真是活泼可爱呀!

她们进入直梯,顾琉星直接按了童装那一层,江眠眠正在心里无数遍吐槽,也没注意。

等电梯门一开,江眠眠一脚踏出去,看见一排排小衣服,就拉住顾琉星的臂弯,说:"琉星姐,我们走错了,这是童装。"

顾琉星挑挑眉:"我就是要来童装店啊!"

江眠眠一脸蒙,难道她是要给朋友的孩子买衣服?

顾琬星选了一家看起来很漂亮的女童装店,走了进去。

小女孩儿的衣服多到人眼花缭乱,顾琬星拿了一件公主裙,颜色是顾流沙最喜欢的。

她问江眠眠:"这件好看吗?"

江眠眠木讷地点点头,好看是好看,但是琬星姐买童装做什么呢?

顾琬星怀疑地看着她:"你这表情可不像好看的样子。"

江眠眠彻底回神,为了防止自己一直出神,心直口快地问道:"琬星姐你买童装是要送给谁呀?"

顾琬星想起顾流沙,心总是很柔软,连带着唇角的笑都变得特别温暖,她说:"送给叶寻的女儿。"

顾流沙和她的关系不能暴露,幸好还有叶寻。

江眠眠惊讶得瞪大了眼,难以置信地说:"叶寻有孩子啦?"

顾琬星看见江眠眠这个样子,眯着眼睛道:"眠眠,看你这么吃惊,你不会喜欢叶寻吧?"

江眠眠脸红了,尴尬地说:"没有没有,就是惊讶。"

顾琬星意味深长地笑了笑,然后转身去挑其他衣服。

到了女装区,顾琬星买了几条宴会上要穿的裙子,又买了些休闲套装,收获满满地和江眠眠回到星月首府。

一想到顾流沙穿着小裙子在自己面前摆造型,顾琬星就特别开心。

本来江眠眠是打算在星月首府赖一会儿的,最好能见到叶寻的女儿,但是其间朋友打电话找她,她只好恋恋不舍地离开了。

顾琬星把家里略微整理了一下,叶寻抱着顾流沙和南桥一起回来了。

"妈咪。"顾流沙一看到顾琬星,就从叶寻的怀里扑过来。

顾琬星笑着伸手过去抱住她:"宝贝今天都学了些什么?"

几人走进屋内。

顾流沙说:"老师教我们画画,画爹地、妈咪,还有宝贝。"

"那妈咪可以看吗?"顾琬星抱着她坐在沙发上。

顾流沙害羞地抿着小嘴,笑了笑:"好呀!"

顾琬星温柔地摸了摸她软软的头发,朝叶寻看了一眼。

叶寻点点头,然后进去收拾顾流沙的衣服和生活用品。

顾琬星从袋子里变魔法似的把小裙子拿出来。顾流沙黑白分明的大眼睛亮晶晶的,声音带着开心:"漂亮衣服!"

顾琉星："妈咪帮你穿上好吗？"

顾流沙重重地点头。

顾琉星帮她换好衣服，望着仿佛从童话世界里走出来的顾流沙，自豪地说："宝贝就是漂亮！"

顾流沙害羞地低下头，谦虚地说："妈咪的衣服也好看。"

南桥从厨房里走出来，正好听到这句话，一下没忍住笑了出来："琉星，谁教宝贝说话的？小嘴这么甜。"

顾琉星无比自豪，当然是她教的。

她把每件衣服都给顾流沙试了，一件件都美得人挪不开眼睛。

最后顾流沙穿着粉色的公主裙和他们吃饭。

吃完晚饭，叶寻开车载着她们去了南桥家。

南桥家是个两居室公寓，面积不小。

之前她虽然和顾流沙说好了，但是当顾琉星和叶寻要走的时候，顾流沙还是眼泪汪汪的，抱着顾琉星不撒手。

顾琉星哄她："宝贝乖，妈咪很快就会来看你的。"

"妈咪，宝贝会乖乖吃饭、好好上学的。"顾流沙带着哭腔说。

顾琉星心一瞬间被揪紧，酸楚得厉害，拍了拍顾流沙的背，保证道："妈咪也会尽快忙完工作的。"

顾流沙这才依依不舍地放开顾琉星，在她脸上亲了一口："妈咪拜拜。"

顾琉星忍着心里的酸涩，吻了吻她的额头，把她交给南桥。

早晨八点半，叶寻和南桥过来，顾琉星才醒过来，一边刷牙，一边听他们说话。

南桥："关于记者的提问，我想我不用再交代什么，你比我清楚怎么说。还有，说白了，今天就是你的第一场戏，你时隔几年第一次直面媒体，转型成不成功，就看你今天的表现了。"

南桥："姜烟今天也会出现，你别和她对上，尤其是同时接受采访这种情况，会被比较。"

南桥："我看了这次《魔尊》的新人，有几个演技不错，我打算签了他们，算工作室正式成立。"

顾琉星没什么意见，虽然她和南桥一起投资了工作室，但很多事她懒得去管，南桥是专业的，都交给南桥好了。

叶寻："为了配合你戏中的角色，我选了红色的礼服，设计很随意，但

又不像戏服，一定可以抓住一部分人的眼球。"

叶寻："还是不画眼睛？"

顾琉星走出来，说："画，画得妖娆一点儿。"她坐在化妆镜前说道。

叶寻："顾琉星，你看看你现在从上到下哪里不妖娆？你想想你四年前的样子，会不会觉得辣眼睛？"

叶寻给顾琉星化好妆，南桥打量了一圈，确定处处完美，点点头。

江眠眠近乎"迷恋"地望着顾琉星，叶寻一阵无语。

顾琉星换了衣服，一行人出发去开机仪式现场。

顾琉星不是第一个到的，也不是最后一个到的，不突兀也不得罪人。

记者正在采访已经到场的演员。眼尖的记者看到顾琉星，目光一亮，扛着摄影机秒速冲过来。

网络评价，《魔尊》这部玄幻大戏，有三大亮点。

粉丝千万量的神级小说，畅销多个国家。首印百万册，几天便被卖空。

演员都是颜值逆天，各种类型都有，总有一款是你喜欢的。

姜烟和顾琉星两个"影后"双双复出，女王、妖精谁更胜一筹？

所以今天关于顾琉星和姜烟的对比提问，肯定不会少。这点，顾琉星和南桥非常清楚。

话筒在顾琉星下车的那一瞬间，就被举到她面前，记者的问题紧随而至。

"顾'影后'，请问您为什么会接下《魔尊》这部戏？这个人物形象和您以往的路线是完全相反的，您觉得自己驾驭得了吗？"

接着，越来越多的记者拥过来，话筒直直地对着顾琉星。

"顾'影后'，请问您一声不响地在演艺圈消失四年，是什么原因呢？"

"顾'影后'，如今演艺界人才层出不穷，有人说您是过气明星，比不上如今的'小花旦'，请问您准备怎么证明自己？"

"顾'影后'，今年您和姜'影后'同一时间复出，请问您有什么感想呢？您觉得您和姜'影后'谁将会更吸引观众的目光呢？"

顾琉星一概没回答，只是带着和四年前完全不同的笑容朝台上走去，那一抹妖娆的微笑，让记者片刻失神。

和导演碰面，顾琉星礼貌地打了招呼，导演对她也是很客气，没有什么不妥。

接下来的流程是走红毯、签名。

背对着大家的顾琉星明显察觉到有几道不善的视线，看来傅言宸虽然把那些人的嘴巴封了，但冷嘲热讽是免不了了。

剧组有很多新人，但《魔尊》作为首部玄幻电影，制作规模庞大，投资更是令人咋舌。

每一位新人都是有背景的，颜值也高。所以，在《魔尊》哪怕演个小角色也会有很大的收获。

许多新人带着好学的心思，希望凭借这部戏顺利进入大众的视野内，行事都比较有分寸。

顾琉星笑笑，回过头来视线一扫。

"姜烟来了！"

不知道谁喊了一句，记者又拥了过去。但姜烟怎么会让记者随便采访？姜烟的保镖护着她，远远地清出一条路，她落落大方，迈着高贵优雅的步子走过红毯。

对记者的"长枪短炮"视若无睹，姜烟有这个资本。

姜烟看到顾琉星时，目光停了两秒钟，然后她微微点头，目光淡淡地移开。

记者手疾眼快地抓拍下这一幕，标题都想好了——棋逢对手，竟是惺惺相惜。

接着，记者对剧组人员进行集体采访。

官方的问题，都由导演和副导演回答。

轮到个人发言的时候，男主的饰演者顾时镜和女主华熙的饰演者姜烟，自然是要先讲的。

顾时镜语气轻松："虽然以前拍过仙侠类的作品，但呈现的人物大多是逍遥洒脱的，第一次驾驭有些沉重的角色，还是三界之王，我想，这对我来说是个挑战，我会努力演好这个角色，不让大家失望。"

记者笑了，随后万年不变的是关心顾时镜的恋爱问题。

副导演连忙解围："请大家询问关于《魔尊》这部戏的事宜。"

记者悻悻然，开始采访姜烟。

姜烟："对于我的回归，我希望大家能给予我支持。五年不见，我的小烟火们，你们还期待我突破自己吗？"

到场的粉丝大声附和："期待！姜烟是最棒的！"

接下来，记者问的是"女二"龙粟的饰演者顾琉星和"男二"玄夜的饰演者宋简。

顾琉星巧笑嫣然，清纯与妩媚并存："大家的关心我都记在心里。四年

前不告而别,我很抱歉。因为身体,我不得不离开这个我热爱的圈子。我的粉丝很爱我,生病的我怎么能让他们再忧心呢?所有的不告而别都是为了再次相见。我的一切,支持我的粉丝都清楚。从前,我出演的戏大多是青春偶像剧。这次回归,我想突破自己,为我的粉丝奉献更多的精彩故事。很巧的是,我和姜'影后'竟然同时出演这部戏。更巧的是,这部戏同时作为我们回归的首部戏。我很荣幸,姜'影后'算我的前辈,我希望能向她多多学习。关于这次突破自己表演,我不做花哨的解释以及夸口,我只说一句:我对我的粉丝负责,至于结果,请大家一起验收。"

顾琉星的一番话,几乎把刚才记者问得较多的问题都回答了,所有人都得到了自己想要的消息,一个个脸上笑逐颜开。

但还是有人问:"顾'影后',请问四年前您的身体出现了什么问题,竟会严重到让您消失四年之久?"

顾琉星低笑一声:"其实我觉得,不管之前有多难,我现在完好地站在这里,我很开心。"

记者愣了愣,的确,他问这个问题,根本没办法写。

宋简赶紧接话说:"能得到这次机会,我很荣幸,谢谢大家的关注和支持……"

采访结束,众人要去吃饭。南桥和叶寻先走,要去接顾流沙。

包间里只有剧组的人,所以气氛不算奇怪。

也有人明里暗里地嘲讽顾琉星,说她这个过气"影后"是靠傍上傅言宸才拿到的角色。

顾琉星反击回去,然后借口去洗手间,让耳根清静清静。

站在露天阳台,顾琉星趴在栏杆上,出神地望着远方。

她要让傅言宸尽快爱上自己,这样,她的计划才能顺利进行下去。可是,她马上就要拍戏了,到时候可能几个月都和傅言宸扯不上关系了。

她该怎么办呢?这座灯火辉煌的城市,她并不想停留太久。

"顾小姐。"身后忽然传来一道低沉的声音。

顾琉星不用回头都知道身后的人是谁,勾起唇角,道:"顾'影帝'怎么也出来了,专门来找我的?"

顾时镜向前走了几步,靠在栏杆上,低眸看着顾琉星,恰好,顾琉星也在抬头,两人的视线就这么撞上了……

顾琉星的目光很勾人,饶是见惯各种女人的顾时镜都有些招架不住,甚至目光闪烁了几下。

多年前,他远远地见过顾琉星,当时的她,年纪小,成就大,五官略显青涩,气质高贵优雅。

顾时镜又看了一眼顾琉星。现在的顾琉星,如同网上称呼的那样,就是个妖精。

"你这么看我,我会以为你对我有意思。"顾琉星笑笑,"男人看女人的眼神。"

顾时镜是圈子里的奇葩,清心寡欲,无任何绯闻。

"我对你有意思,会怎么样?"顾时镜来了兴致,嘴角漾开一抹笑容,问道。

顾琉星眯眼,看这样子,他不是清心寡欲,只是隐藏得深:"要约?"

顾琉星也想试试传说中的顾时镜,是不是真的无欲无求。

顾时镜低头微微整理袖口,说:"这么主动,男人是不会珍惜的。"

"你在教我?"顾琉星嗤笑,"要他们的珍惜做什么,玩玩而已,认真就输了。"

顾时镜看了她一眼,意味深长。在她眼里,男人真的只是那个作用?那昨天的那一幕……她和那个男人亲密无间,可不像是玩玩的。

顾时镜旁敲侧击地问道:"昨天在游乐园的人是你?"

顾琉星愣了一下,随即全身都是警惕与防备,像一只……

顾时镜想了一会儿,才想到合适的比喻,就像一只炸毛的狐狸。

不过,她的情绪一会儿就收了回去,他听到顾琉星说:"我这种身份,去游乐园找事吗?"

"哦。"顾时镜淡淡地道,"你身边的人是你的化妆师?"

"说了不是我。"顾琉星冷冷地纠正他。

顾时镜笑了笑,觉得顾琉星有些可爱。他说:"我们在《魔尊》里可是有不少亲密戏,你对我这样,我很难入戏的。"

顾琉星纤纤素手点点他的胸口,唇边笑容妖艳:"那我可要怀疑你的专业水平了。"

"这样的气氛就不错。"顾时镜抓住她的手,"就是不知道这一幕被你的老板大人看到,你会不会很危险?"

顾琉星觉得顾时镜是个伪装高手,瞧瞧他这熟练的样子。

"我觉得危险的不只我,你也很危险。"顾琉星担忧地道,"我看我的老板大人会送我们一起上黄泉路。"

顾时镜低眸深深地看着她，声音低沉："做一对苦命鸳鸯？"

顾琉星长叹了一声，皱着漂亮的眉毛："也许我的老板大人连这个都不会成全我们的。"

顾时镜笑了："我们姓顾的，就这么容易任人宰割？"

顾琉星抚了抚他的胸口，把之前她手指弄皱的地方捋平，嘴角的笑越来越假："谁跟你是我们，知道我是谁的人还敢来招我。想侮辱我，还是瞧不起我？"

顾时镜没说话，沉默地看着她。

顾琉星站直，抱着胳膊道："不过，不管是哪一种，我觉得你没资格。"

顾时镜终于皱眉了，动了动唇，想说他没这个意思，只是觉得刚才她的样子很有趣，他觉得不一样，才跟出来看看。但是显然，顾琉星并没有给他这个机会："我只是知道自己要的是什么而已。"

这部剧投资最多的是日恒集团的季南景，很显然是为了姜烟投资的。

而季南景，是傅言宸的好兄弟。

就算撇开这点，傅言宸想成为投资人，那也是轻而易举的事。

顾琉星挑挑眉，转身回了包间。

傅宅。

每周一，傅言宸都会回家陪母亲吃饭。餐厅里还有已经结婚的姐姐傅言溪和比他大一岁的律师哥哥傅言天。

母亲开心地和他们三人聊家常，询问傅言溪什么时候生二胎，询问傅言天婚礼的进程。最后，母亲的问题总会落在傅言宸身上，然后开始进行逼婚三部曲。

第一步，她先长叹一声，然后开始炮轰："言宸，你姐姐孩子都五岁了，你哥证都领了，就差婚礼，你说你，连个女朋友都没有。"

第二步，她拿出准备好的一沓照片："言宸，这都是A城的好姑娘，妈帮你挑了挑，你看看，有看对眼的，妈帮你安排。咱们先见个面，相处试试看。"

第三步，她开始抹眼泪："言宸，妈这辈子的盼头就是看着你们成家立业，给我生个孙子，在我还走得动的时候，帮你们带带。"

傅言溪不敢说话，只是埋头吃饭。傅言天幸灾乐祸地看傅言宸，一点儿也没有当哥哥的样子。

饶是傅言宸耐性好，也受不了这样，他按了按眉心，头疼地说："妈，你知道什么叫男人三十一枝花吗？我这才二十九岁，你能不能别老催我？"

傅老太太又抹了一把眼泪，控诉道："你倒是等三十岁呢，那你知不知道你长一岁，你妈我就要老一岁。"

傅言宸："……"

傅言溪道："妈，你别伤心，这事咱们也急不来，要和言宸过一辈子的人，不能随便决定，我们先听听他的意见。"

傅言天也忙应道："对对对，妈，咱们和言宸商量商量。"

傅言天朝傅言宸递了一个眼色，问道："言宸，你现在有喜欢的人吗？"

傅言宸看他哥一直冲他挤眼，说："有。"

傅言天松了一口气，继续问："人家姑娘答应你了没？"

傅言宸说："没有，我在努力。"

傅言天一脸佩服，他的弟弟果然很上道，很会揣摩他的意思。瞧瞧傅言宸这模样，说得有鼻子有眼的。

傅老太太喜极而泣，鼓励傅言宸："你别发你的少爷脾气，对人家姑娘好点儿，就容易追上了。"

傅言宸不想表达被母亲教追女朋友是什么感觉。

剧组聚餐快结束时，导演跟大家说了一个消息："因为时镜最近在A城的一部戏还有几场，所以这几天我们先拍A城取景的部分。"

剧组本来预计顾时镜能在他们出发前结束这边的工作，没想到那边剧组出了点儿意外，拖了些时间，如今这个折中的办法，大家都没什么意见。

顾时镜礼貌地向大家道谢，没一点儿架子。就冲这点，他的口碑就一定不会差。

散场的时候，江眠眠开车来接顾琉星，一见到顾琉星就激动地喊："琉星姐！"

今天顾琉星的采访，诚恳有之、妖娆有之、霸气有之，她的粉丝数量又涨了不少。

顾琉星在这一行混久了，一眼就看出江眠眠的想法，觉得有些好笑：这小丫头也太可爱了吧！

她回到星月首府，空荡荡的房间一片漆黑。

脱了礼服，顾琉星只穿着内衣，赤脚走进浴室，看见镜子里自己胸部以下的吻痕，咬牙切齿。站在莲蓬头下，顾琉星用力搓自己的身体，似乎

这样就能洗去那些痕迹。

从浴室里走出来,换了舒服的睡衣,顾琉星倒头就睡。

每逢周一,傅言宸都要回傅家老宅,所以今天他根本没时间烦她,她可以好好休息。

翌日,天一亮,顾琉星收拾了东西,准时下楼。

今天是她第一天去剧组,所以南桥陪着她。

《魔尊》是一部玄幻小说,描述的是男主和"女二"五生五世的感情纠葛,最终因为各种阻挠,两人生死相隔。

第一场剧情:驱魔师伊灵儿出现在 A 城各大酒吧,寻找自己的目标。

没见过这种刺激画面的伊灵儿有些好奇,突发奇想:三个月后,她和男朋友出去玩。

伊灵儿坐在酒吧的暗处,望着刺激的一幕,偷偷学习。

因为要和下一场剧情衔接,伊灵儿和"男三"路靖宇的一些回忆穿插其中,取景也都是在 A 城。所以 A 城的戏份会拍几天。

一开始没有姜烟和顾时镜的戏份,拍摄地点只有路靖宇和顾琉星以及一些小角色。

酒吧内已经清场,只有剧组的人员。所有人就位。

顾琉星扮演的伊灵儿一身黑色紧身皮衣,穿着五厘米的高跟长筒靴,妖娆霸气地走进来,姣好的身材被皮衣完美勾勒出来,一举一动就像一个妖精。

酒吧内,声色犬马,灯光闪烁,充斥着震耳欲聋的声音。

伊灵儿一进来,就捂了捂耳朵,一副受不了的样子。

找了一个角落坐下,伊灵儿拿出镜子,对着自己的脸,单脚在地上轻轻一点,转椅 360 度转动后,伊灵儿失望地合上内有乾坤的镜子。

她的朋友告诉她,她要找的人最近频繁出现在 A 城,最常去的地方就是人气最高的地方。

可这都是最后一个酒吧了,她还是没找到,她纤细的手指点了点镜子外壳。

她望着四周,若有所思:难道是她的工具出了问题?

半个小时后,伊灵儿低下头,看来今晚又要无功而返了。

放下心事,她点了杯酒,然后玩味地望着四周,趴在桌上慢慢喝。

忽然看到一对男女调情时，伊灵儿眼睛一亮。过几天她要和男朋友江原臣去T城的戈壁滩上玩，有些事也该办了。可是，她对这些东西一窍不通啊，正好在这地方学习学习。

接着，镜头以伊灵儿的视角，拍摄酒吧内一些调情的画面。

第一场戏结束的时候，南桥走过来，将棉衣披在顾琉星的肩上。

导演孔钰赞赏地说："琉星，很不错，眼神不管是懵懂纯真还是妖娆凌厉，都演得很到位。"

顾琉星微笑道："多谢导演。"

这一场戏并不需要什么感情，考验的只是"女二"的表情以及眼神，还算比较简单。但是如果这一幕没演好，下一幕会让观众跳戏。而顾琉星的表演毫无瑕疵。

南桥说："看见你驾驭得这么好，我就放心了。"

顾琉星笑了，拍了拍她的肩膀："桥桥，放心，不会让你失望的。"

南桥翻了一个白眼："那我就先走了，工作室刚起步，我要多花点儿心思。"

顾琉星点头："别忘了去贝尔幼儿园。"

"知道了。"南桥瞪她，然后对江眠眠说："眠眠，好好照顾你琉星姐，有事给我打电话。"

江眠眠调皮地敬了一个不标准的军礼，保证道："好的，桥桥姐。"

众人吃完午饭，要拍摄"女二"和"男三"的回忆部分，主要是两个人甜蜜的日常相处情景。

路靖宇是个人气很高的年轻男演员，每次两个人拉手拥抱的时候，他总会耳朵泛红，惹得剧组的姐姐们一直调侃他。

"靖宇，是不是琉星太美了，美得你都热啦？"

路靖宇脸也红了，结结巴巴地说："没有没有，姐姐放过我吧！"

所有人大笑。

因为今天大家表现良好，拍摄在五点钟提前完成，导演早早就让大家回去了。

过几天他们要出发去T城取景，需要养精蓄锐。

第三章

陪我演戏

傅言宸坐在办公室里,落日余晖透过落地窗,为办公室镀上一层不真实的色彩。

桌上的手机响了。

"喂,姐。"

"言宸。"傅言溪那边有点儿吵,应该是在宴会上,她说,"你现在忙吗?帮我接一下靳儿可以吗?"

靳儿是傅言溪的儿子,无法无天,根本不敢让保姆去接,平常都是傅言溪亲自去,今天她临时有事走不开。

傅言天正在陪未婚妻试婚纱,她也不好意思打扰。

傅言宸扫了一眼桌上所剩无几的文件,说:"好。"

挂了电话,傅言宸拿了车钥匙,走出办公室,路过郑深的位置时,说:"我去接靳儿,你一会儿给我拿一套女装送到盛景。"

郑深恭敬地道:"好的,傅董。"

傅言宸以前也接过唐靳,目睹他是怎么抓着一条蚯蚓挂在女同学的脖子上,把小女儿吓到看见他就哭得撕心裂肺;目睹他是怎么和三四个比他高半头的男生打成一团,把人家门牙打掉,胳膊拉脱臼,哭爹喊娘的;

更是目睹他怎么甩掉保姆，差点儿被人贩子拐走的惊险事件。

打也打了，罚也罚了，对他毫无作用。傅言溪实在拿他没有办法了，决定以后由家里人接送。

车刚开出地下停车场。

"言宸。"侧方传来一道声音，傅言宸看过去，楚轶西装笔挺地迈步过来。

"你怎么来了？"傅言宸拧眉，一脸不耐烦。

楚轶看见他这个样子，笑得无害："看病吗？"

傅言宸脸色冷了，薄唇边露出一抹假笑，阴森森地说："你信不信我现在就让你进医院看病？"

楚轶退后一步，白皙温和的脸上波澜不惊，看起来十分镇定。

"别这么无情啊！"楚轶笑笑，眼神闪烁，死死地盯着他的下一步动作，"你干什么去？"

话题岔开得太过刻意。

傅言宸缓缓松开刹车："去接唐靳。"

楚轶眼睛一转，撒腿跑向副驾驶座，拉门坐进去，笑嘻嘻地说："带上我呗，有点儿无聊，那小子挺有意思的。"

傅言宸瞥了他一眼，希望他别后悔，自己可是听说，有人又不小心得罪唐靳那小子，那小子最近满幼儿园找蛇呢！更巧的是，楚轶十分怕蛇。

车缓缓停在贝尔幼儿园门口的停车位上，那里已经停了不少名车。

五点半，幼儿园内响起音乐声，冲天的稚嫩声音传出来。很快，孩子们就像脱缰的野马，欢快地蹦出来。

看守大门的大叔乐呵呵地看着这群小孩儿，然后吹了一声口哨。小孩子齐声喊一二一，接着整整齐齐地排好队。

老师亲自把孩子一个个交到父母手上。

傅言宸站在那里，身姿挺拔，自成一道风景线，惹得很多母亲频频看向他。有人认出他来，开始小声闲聊。

"那不是傅氏总裁吗？他都有孩子啦？"没听说他结婚呀。

"怎么可能？他估计是来接傅言溪的儿子。"

"傅言溪的儿子在这里上学？是哪个？我得让我女儿认识认识。"

"你新来的吧？傅言溪的儿子那是人见人躲。你让你女儿认识他？那我要劝你随时准备拨打120……"

43

楚轶听到这里，憋笑憋得脸都红了，撞撞傅言宸的肩膀："你说唐靳像谁呢？怎么就……这么厉害呢？"

傅言宸摸了摸鼻子，虽然唐靳不是他儿子，但也是他的外甥，外甥被人这么评价，他也脸上无光。

渐渐地，幼儿园内的小孩儿越来越少，个子不高的唐靳小身板露出来。

傅言宸望着后面乖乖站着的小男孩儿，不禁蹙眉。唐靳这小子什么时候这么规矩了？

楚轶也是一脸蒙。难道是幼儿园来了更厉害的人？连唐靳这小子都怕？

等前面挡着的人慢慢离去，楚轶瞪大了眼睛，吃惊地望着后面和唐靳手牵手走出来的女孩儿。

楚轶：别告诉他唐靳这小屁孩儿"早恋"，在人家小丫头面前装绅士……

然而，让楚轶吃惊的不只这个画面，更让他吃惊的是，那个幼儿园的老师……

"是你！"楚轶指着她，舔了舔唇角，觉得这个世界真小，忽然笑了，"你不是卖避孕药的，怎么还当起幼儿园老师啦？"

傅言宸余光一瞥，目光顿住，问楚轶："你怎么也认识她？"

楚轶冷笑一声："我可是被这位小姐上过一堂印象深刻的教育课呢，还送了我一件特别的礼物。"

不用明说傅言宸也知道是什么，因为这位小姐也送过同样的礼物给他。傅言宸笑了笑，真是冤家路窄。

幼儿园老师平静地看向楚轶，压低声音说："想找麻烦，请注意场合。"

在幼儿园门口说这种话，他有病！

楚轶点点头，笑容温和："行。来来来，小老师，我们借一步说话。"

楚轶刚转身，小腿就被人抱住，低头一看，就听到唐靳喊了一声："爸爸。"

楚轶一脸见了鬼的表情，整个人都蒙了，结结巴巴地开口："唐……唐靳，你叫谁呢？"

唐靳甜甜地笑着，露出小白牙："当然是叫你啊，爸爸，难道我还有别的爸爸吗？"唐靳一脸呆萌。

楚轶皱眉，唐靳这小子又在打什么主意？

傅言宸也是饶有兴致地看着戏。

老师讥讽地看了一眼楚轶，正义之火熊熊燃烧："都有孩子了，竟然还做那样的事,唐先生,你还真是风流倜傥。"

楚轶脸色黑了,从小到大还没被人这么对待过,冷冷地嘲弄道:"这位小姐,避孕套送出去太多,入不敷出,所以来兼职?不过,你不管做什么工作,也不能做这个呀,这不是侮辱这份神圣的职业吗?"

老师淡淡一笑,完全没被羞辱到,脸上的轻蔑和那天重合:"唐先生,你懂什么叫拿人手短吗?"

楚轶挑眉,从钱夹里拿出两张钞票:"多的就当小费了,既然从良了,就别再祸害小生命了,少卖点儿避孕药。"

老师淡定地接过来:"那也得我有生命祸害,根源不是在……"她的视线停在楚轶裤裆的位置。

楚轶的脸当即黑如锅底:"你!"

老师微笑道:"我叫林夕瑶,是唐靳的老师。至于是否侮辱这份职业,我想这不是由唐先生你来评价的。还有,唐先生,唐靳是个很可爱的孩子,你可要忍住冲动。"说完,林夕瑶头也不回地走了。

楚轶咬牙切齿,狠狠地踢了一脚旁边的墙,眼睛死死地瞪着林夕瑶的背影,充满杀气。

当事人走了,楚轶忍着火气,问唐靳:"臭小子,刚才为什么叫我爸爸?"

唐靳摊手,小小的身体做出的动作十分搞笑:"我看你的样子,以为你认识我们老师,想追我老师,就想给你搅黄。"

楚轶:"……"

傅言宸笑了,摸了摸唐靳的脑袋。

唐靳抱着傅言宸比他还高的大长腿,讨好地喊:"小舅舅。"

"嗯。"

顾琉星刚到星月首府门口,电话就响了。

"喂,桥桥,接到宝贝啦?"顾琉星问。

"接什么接,我看到傅言宸了,不敢下去,宝贝就在他身边。"南桥坐在车里,望着外面的一幕,着急地说。

顾琉星皱眉:"怎么会遇上傅言宸?"

"他来接傅言溪的儿子,傅言溪的儿子不知道怎么回事,竟然和宝贝手牵手走出来的。"

顾琉星眸色一沉,想了想,道:"叶寻在你身边吗?"

"在。"

"你让他下去接宝贝,把口罩戴上。"

唐靳拍完傅言宸的马屁,噔噔噔地跑过去,拉着刚才和他一起出来的小女孩儿来到两人面前。

唐靳羞涩地笑了笑:"这是我新认识的朋友,顾流沙。"

傅言宸低眸看向顾流沙。这是一个很漂亮的小女孩儿,像个洋娃娃。

恍然间,傅言宸出了神,目光在顾流沙身上,可又不像在看顾流沙,倒像是透过顾流沙在看别人。

顾流沙抬起头,大眼睛一眨,然后礼貌地喊道:"叔叔好。"

顾流沙从小就心思敏感,尤其是对别人的眼神,小丫头感觉到傅言宸有些奇怪,不解地垂下毛茸茸的脑袋。这个叔叔看起来好奇怪呀!

"宝贝。"

马路对面传来一声呼唤,顾流沙扭过头去,看见熟悉的人,笑容满面,挣开唐靳的手,开心地跑向叶寻。

唐靳小脸一沉,怨恨地朝叶寻的方向瞪了一眼。

"爹地。"顾流沙声音清脆稚嫩。

叶寻抱起扑过来的顾流沙,冲楚轶和傅言宸点了点头,然后一大一小两道身影消失在几人的视线里。

楚轶说:"哪个明星吧,包得这么严实?"

傅言宸没有一点儿兴趣,大步走向自己的车。唐靳一脸仿佛失去全世界的表情,跟在傅言宸身后。

又是七点钟,顾琉星接到了傅言宸的电话,来到盛景。

这次,别墅里的用人各司其职,富丽堂皇的别墅似乎没有上次来时那么冰冷。

管家周妈看见顾琉星,浑浊的眼里闪烁着泪光:"顾小姐。"

顾琉星从十七岁跟着傅言宸,一直到她大学毕业,平常不是傅言宸去临江上城找她,就是她来盛景找他。

他们只是瞒着媒体,亲近的人几乎都知道两个人的关系。

顾琉星有次拍戏从威亚上掉下来,在盛景住了一个多月,都是周妈在照顾她。

或许一开始周妈只是听从傅言宸的吩咐照顾她,但是相处后,关系也很好了。

如今四年不见,她难免会有所感触。

"周妈。"顾琉星努力露出像当年一样的笑容，可似乎有些困难。

周妈抹了抹眼泪，说："三少爷在餐厅等您。"

顾琉星有点儿诧异：餐厅？他不应该是在卧室吗？

跟在周妈身后，顾琉星看见傅言宸戴着复古木色眼镜，慵懒地坐在主位上，正在看晚报。

他和当年的姿态一模一样，只是沉稳了很多。

十七岁，傅言宸从丽煌把她带回家，没动她，和她一起在房间里坐了一晚上。

第二天，餐厅里，顾琉星问傅言宸："你想让我做什么？"

他给的钱她交到了医院，她知道，这个世界从来没有免费的午餐，能尽快算清，就不要拖延时间。

傅言宸抬起桃花眼，玩世不恭地看着她严肃的脸，笑了："我想让你做你想做的事。"

顾琉星皱眉，没明白他的意思，还没等她开口询问，傅言宸又道："但你得陪我演戏。"

傅言宸要求，只要两个人在一起，她就必须表现得和他很恩爱。

很简单的要求，顾琉星松了一口气："谢谢。"

傅言宸挑眉："好了，现在说说你喜欢什么。"

"我喜欢……"顾琉星恍然片刻，小声道，"我喜欢计算机和演戏。"

傅言宸扯开唇角，露出一抹邪笑："那我的要求对你来说应该很简单，是你擅长的演戏。"

那时的顾琉星脸皮很薄，被他这么一说，脸颊上立即浮上两片红晕，声音更小："我只是喜欢，还没学过。"

傅言宸请了人在课余时间教她演戏。

他和她除了在一起的时间需要秀恩爱，再无任何交集。

他们的感情是在什么时候变的呢？

她十八岁那年，有一次傅言宸喝醉了，一个人坐在别墅的露天阳台上，背抵着墙，身影很落寞。

顾琉星走过去，被他拉着坐下，然后他把她当成枕头，睡着了。顾琉星将拿上来的毯子盖在两人身上，静静地望着夜空。

大概过了一个小时，傅言宸就醒了，他看着她，目光有些迷茫，然后说了一句莫名其妙的话："顾琉星，你这几天不是在学跳舞吗？现在跳给我看。"

· 47 ·

顾琉星蒙了：这是什么情况？他喝醉了要看她跳舞？

"快去。"傅言宸催促。

顾琉星只好站起来走到他面前的空地上，深吸了一口气，然后手臂舞动，一系列动作行云流水。

月光下，傅言宸直直地看着，面无表情，不知道是在看她跳舞还是在发呆。

舞蹈快要结束的时候，傅言宸忽然站起来，大步朝顾琉星走过来，在顾琉星还没反应过来的时候，死死地禁锢住她。

英俊的脸压了下来，在顾琉星惊讶的目光中，他吻上她的唇，反复缠磨。

顾琉星的心跳得不像是自己的，她呆呆地睁着眼，没了反应能力。

她只知道，自己并不讨厌他，也许一年的假恩爱，让她分不清真假了。

那晚，因为顾琉星不反抗，因为傅言宸失控，两个人的第一次竟然就在盛景的露天阳台上。

傅言宸把她放在躺椅上，细细吻着，渐渐深入。

盛夏轻薄的衣服凌乱地扔在地上。

在盛景，他们人前恩爱，人后平淡地相处。

她琢磨她的剧本，他看他的金融报纸，安静、温暖。

偶尔，他会给她惊喜，给她一腔悸动。

"过来。"

傅言宸的声音打断顾琉星的回忆，她唇角还带着妖娆的笑，眨了一下眼睛，敛去所有情绪。

顾琉星迈步走进餐厅，望着满桌子的精美菜肴，勾了勾唇："我还是去卧室等傅董吧！"

"坐下。"傅言宸又甩过来两个字。

顾琉星靠近傅言宸，弯腰直面他，一字一句地道："我连盛景的水都不配喝，又怎么配得上吃这里的饭呢？所以我还是去卧室等傅董吧！"

傅言宸掐住她的下巴，力道不大，却足以让她无法反抗。

他邪气地笑道："我说可以就可以。"

顾琉星笑容发冷："可我不想吃饭，我想吃你。"她就是不想和他有其他接触。

傅言宸眼中充满不悦，冷冷地道："我说吃饭。"

顾琉星笑了，直接低头去吻他，傅言宸没有给她任何反应，视线凌厉地扫向还在餐厅伺候的众人。

用人立刻转身离开，餐厅里只剩下他们。

傅言宸抬手扣住顾琉星的后颈，缓缓站起来，把她按在餐桌上，吻得急切。

良久，傅言宸抬起头："如果我今晚不碰你，只想和你吃顿饭，广告代言依旧让你拿走，你觉得怎么样？"

顾琉星一愣，然后嘲讽地道："傅董想找人陪你吃顿饭应该很容易吧，何必找我呢？我这种身份，除了您的床，哪里也配不上了。如果您没兴致，我很累，放我回去休息，可以吗？"

傅言宸目光森寒，一张脸紧绷着，猛地松开顾琉星，背过身，吼道："滚。"

顾琉星笑了笑，目的达到了。她穿好自己的衣服，拿过桌上的包就离开了。

盛景别墅区外，顾琉星形单影只地走在马路上，电话蓦然响起。

叶寻问："你现在在哪儿呢？"

"盛景。"顾琉星说，"狗蛋儿，我有点儿累，你来接我可以吗？"

叶寻愣了两秒，说："等着。"

无事可做，顾琉星就沿着这条路一直走一直走，不知道走了多长时间，耳边忽然响起急刹车的声音。

顾琉星扬起笑脸，侧身："狗蛋儿，你来得好快。"

叶寻脸色一沉，她这脸色比鬼还白。叶寻脱下衣服，重重地扔在她的肩上，很生气。

顾琉星笑笑："没想到入春都这么长时间了，A城还是这么冷。"

叶寻没说话，动作粗鲁地帮她拉了拉衣服，然后按着她的肩膀，把她推进车里。

车开出A城郊区，叶寻越想越气，最后终于爆发了。他怒吼道："顾琉星，我搞不懂你，跑回来干什么？你矫不矫情，管他过程如何，只要达到目的不就好啦？你看看你现在，人不人鬼不鬼！"

顾琉星心口像被针狠狠扎过，疼得脸色难看至极。

叶寻意识到自己说的话有些重了，眸中闪过懊悔，支支吾吾地道歉："琉星，我不是这个意思，我只是不想看到你这个样子。我陪你回来，不只因为宝贝，也是不想你孤军作战。"

· 49 ·

顾琉星扯了扯唇角，扭过头不看他。

叶寻更忐忑不安了，要是顾琉星反击还好说，就怕她和你多说一句话的兴趣都没有。

车在红灯前停下，顾琉星二话不说，就下了车。

"顾琉星。"叶寻喊她，连忙跟着下车，却见她招手拦了一辆出租车，头也不回地离开了。

叶寻暴躁地踢向车门，都怪他这张嘴，明知道什么话该说、什么话不该说，还犯这种低级错误。

星月首府。

叶寻用钥匙开门，门被人从里面反锁了。

他轻轻叩了几下门，然后说："琉星，我知道你能听见，对不起，我不该那样说你。我知道你有自己的方式，我以后再也不会说这种话了，你原谅我这一次。"

良久，门内也没什么反应，叶寻叹了一口气，转身要走。

"这么没诚意，几分钟都等不了？"

听到身后传来淡漠好听的声音，叶寻惊喜地回头："你原谅我啦？"

叶寻从来没和顾琉星这么闹过，这次真的被吓到了。

顾琉星冷冷地睨了他一眼，说："如果你下次管不住自己的嘴，我就亲自把你的嘴缝上。"

叶寻讨好地笑道："放心，那活儿多累呀，我一定不会了。"

开玩笑，他可打不过顾琉星，这次也不知道哪里来的勇气，竟然敢对顾琉星说那种话。

"进来吧！"顾琉星朝屋内走去，问道，"你打电话给我有事？"

叶寻边倒水边说："宝贝说想你了，我就给你打电话，本来是让你和宝贝说几句话，但看你心情那么差，我就没说。"他放了两片柠檬，递给顾琉星一杯。

"我过几天去T城取景，你不用跟我去了，眠眠跟着我就行了。"顾琉星说。

叶寻瞪大眼睛，惊愕地道："这个剧组好有钱，所有的景都是实地取景？"

顾琉星点点头："是啊，听说资金非常充足。"

叶寻撇嘴：有钱人的世界，他不懂。

清晨第一缕阳光照在顾琉星的脸上,她抬起手臂遮了遮,皱着眉,缓缓地睁开眼睛。

她的脑子昏昏沉沉的,隐隐作痛。

昨晚两个人聊到最后,喝上了酒,一喝就没停下来,最后都倒下了。

顾琉星随手抓起一个抱枕,砸向另一边的沙发,一道闷哼声立刻响起。

叶寻迷迷糊糊地睁开眼睛,有气无力地道:"顾琉星,我今天不去了,你自己找剧组的化妆师。"

顾琉星恼怒地道:"叶寻,你敢罢工?我告诉你,你今天必须去。"凭什么两个人都喝醉了,他能休息,她却要去工作。

叶寻翻了一个身:"我就不……"

话还没说完,叶寻的电话就响了,他摸到手机,刚一接通,南桥暴怒的声音就传了过来。

"狗蛋儿,你们就这样把女儿塞给我不管了,还有没有人性?我一天都快忙死了,你们就不能给我分担一点儿?!"

叶寻所有的神经立刻绷直,他猛地翻身坐起:"糟了,忘了宝贝!"

"抱歉,桥桥姐,我昨晚喝多了。"叶寻赶紧道歉,又看了一眼时间,已经八点了……

那边的南桥沉默了好几秒,估计是在冷静,过了一会儿,才冷冷地道:"我告诉你,狗蛋儿,我决定工作室不找造型师和化妆师了。"

叶寻脑子还蒙着,不知道话题怎么忽然间就成这样。

他疑惑地问:"桥桥姐找到合适的人选啦?"

南桥面无表情地笑着,凉飕飕地开口:"因为我发现,你这个资源,我还没有彻底利用。"

说完这句话,南桥就把电话挂了。

这边叶寻愣了一秒、两秒,在第三秒的时候,终于反应过来。叶寻瘫坐在沙发上,一脸生无可恋。

"怎么啦?"顾琉星问。

叶寻狠狠地深吸了一口气,转头问道:"南桥最喜欢什么东西?"

顾琉星睁开一只眼,狐疑地望着他,见他一脸认真的样子,说道:"好吃的。"

叶寻:"还真是简单而不俗。"

在顾琉星的百般折磨下，叶寻终于屈服，含着泪打着哈欠和她赶到剧组。

今天没有姜烟的戏，但她还是来了，那些想讨好姜烟的小明星，一个个都挤了过来。

春日温暖，姜烟坐在遮阳棚下，青色边框的太阳镜衬得她皮肤更加白皙，嫣红的唇微微勾起一抹弧度，格外惊艳。

旁边的小明星说着恭维的话。

"烟姐，你今天的衣服真好看，好像C家首席设计师最新的限量款，我只看过图片，还没见过实物呢！"

"烟姐，你今天给我们带这么多吃的，你好照顾我们呀！"

"烟姐，听说上次慈善晚宴拍卖会你买下自己的东西，就为了给灾区捐款，你真善良。"

但是顾琉星一出现，那些人的目光立刻变得鄙夷，不过有傅言宸的警告，众人敢怒不敢言。

"某人真是好大的架子，竟然比烟姐来得还晚。"不知道谁说了一句。

叶寻翻了一个白眼，看向顾琉星："以前你就是这么过来的？"

顾琉星挑眉："是啊，演艺圈人红是非多。"

叶寻说："走吧，我们去国外。"

顾琉星说："等我办完事。"

叶寻从鼻孔里狠狠地哼了一声。

江眠眠也是又气又怒。

顾琉星淡淡一笑，被人针对而已，有什么大不了的。其实人家说得也对，哪怕她在巅峰的时候，也比姜烟差一截，更别说现在她完全不是当年了。不过，她是来拍戏的，可不是来吵架的，所以她没打算理这些是非，径自拐向化妆间。

顾琉星路过男化妆间，发现顾时镜今天竟然也来了。明明没他们的戏份，都跑来凑什么热闹？

顾琉星翻了一个白眼，正准备大步走过去，身后却传来顾时镜的声音："琉星。"

顾琉星：他和她很熟吗？他居然叫得那么亲密。

顾琉星不理他，继续朝前走，然后听到了凳子在地上挪动的声音，再然后是离她越来越近的脚步声。

在顾时镜伸手的时候，顾琉星手疾眼快地躲开，皱眉回头："我和你实话实说,我在转型,不想有绯闻,请你和我保持安全距离。"

顾时镜愣了愣,随即笑了。

他问:"只是因为这个?"

顾琉星眯眼:"你想和我传绯闻?"

顾时镜俯视着她:"有何不可?"

顾琉星说:"你认识叶寻吗?"不然两个人怎么会有如此惊人相似的想法。

站在顾琉星身后的叶寻:这个人和他有什么关系?

江眠眠下意识地看了一眼叶寻,完全不懂顾琉星在想什么。

"叶寻?"顾时镜想了几秒钟,"不认识,不过好像听说过,F国时尚界著名的造型师。"

话音一落,某人腰杆挺直,仰着下巴,一脸嘚瑟,享受着来自江眠眠的崇拜目光。

顾琉星捏了捏自己发疼的脑仁,无奈地说:"如果那天给了你什么错觉,我向你道歉,我是真的对你没意思,我们也不合适。"

一个负有盛名、拿过国内外大奖、人气居高不下、华区最具商业价值的演员,不适合和她这种人有牵扯。她在A城不会待太久,不想招惹不必要的麻烦。

"没关系。"顾时镜淡淡地道。

顾琉星点点头:"你才三十多岁,以后的日子还长着呢,不着急,总会遇到心仪的对象。"

顾时镜勾起唇角,说:"对,我们来日方长。"

顾琉星:别告诉她这家伙对她认真了!

顾琉星呵呵一声:"等你什么时候打得过傅言宸再来。"

抛下一个难题,顾琉星转身离去。

化妆间。

叶寻一边给顾琉星上妆,一边问:"你刚才提我是什么意思?"他想了半天也没想明白。

顾琉星睨他一眼:"觉得你俩很配。"

叶寻手一抖,顾琉星眉毛毁了……

顾琉星咬牙切齿地道:"你能不能专业一点儿!"

叶寻连忙道歉,用卸妆水擦掉,帮她重画。

他们化好之后,江眠眠拎着衣服走了过来。

见到导演，顾琉星才知道，今天顾时镜和姜烟都有戏。

导演说给她发过短信了，顾琉星想起昨晚手机没电，忘记充电了，一直关机。

因为"女二"穿越的部分要去T城取景，所以暂时搁置，先拍别的情节。

第二场：华尊宫盛宠。

场地是临时搭建的，最后再用特效。

剧情："女二"伊灵儿穿越，成为修仙派弟子龙粟，女扮男装，在测试心魔过程中看到自己的往事。

重尊一袭金边绛紫长袍，慵懒地坐在三界最华丽的琉璃宝座上，身周弥漫着璀璨的光，那是三界霸主的浮光。他的三千乌发柔顺地贴在花纹精致的柔软面料上，戴了紫色美瞳的眼睛在灯光的映衬下，仿佛容纳了万千星辰，让人不自觉地深陷其中。

那是三界之王，众人顶礼膜拜的神。

一切都很完美，除了他怀里的那只杂毛狐狸……

因为小说中描述的就是一只丑上天的杂毛狐狸，所以剧组也没用特效，直接找了一直乖顺的狐狸狗，扔在顾时镜怀里。

重尊一边处理三界事务，一边抚摸着躺在自己怀里昏昏欲睡的丑狐狸。

他笑了笑："每天这样睡，如何能活得长久？"

他用手轻轻弹了弹小狐狸的脑袋，小狐狸吸吸鼻子抗议，没有跑开，而是又往他怀里拱了拱，很贪恋他怀抱的样子。

这时，侍女低眉顺眼地禀报："帝君，华熙宫主求见。"

重尊摆摆手，侍女将华熙宫主请了进来。

"帝君。"华熙优雅地行礼，发髻完美精致，洁白的额前点缀着尊贵的紫莲，中间垂落一颗透明的水晶，端庄大气。她身着一袭蓝色广袖裙，裙尾上绣着精致繁复的金色莲花，阳光在上面跳跃，异常美丽。

这就是在三界有着盛世美颜的华熙宫主。

重尊温柔地抱起沉睡的小狐狸，走向内室碧玉琉璃软榻，轻手轻脚地把它放在软榻上，盖上金色软帛。

他重新回到大殿，用魅惑的紫眸看了看华熙，问："什么事？"

华熙说："神界的赏酒宴要开始了，帝君为何不去？"

放眼整个神界，只有华熙宫主才敢这样和重尊说话，而不被处罚。

重尊淡淡地道："星儿去了会抓酒杯，她会醉。"

华熙柳眉皱了皱，抿着唇说："帝君，我是未来的神后。你这样宠爱一只狐狸，我想我会不满。"

重尊皱眉，紫色的眸子里有着不悦："华熙，她叫星儿，我不想再听到你这样称呼她。"

没有人能与神王站在对立面，他们只能服从。

哪怕是未来的神后华熙，也不能例外。华熙弯了弯腰，垂首道："华熙知错。"

重尊拈起衣袍上沾着的狐狸毛发，掌心中出现了一个淡紫色的水晶匣，他将毛发小心翼翼地放在里面。

他问："药神可有炼好新的续命丹？"

华熙摇头："帝君，人界的身体在神界会受到很多因素的影响。星儿能活这么久，已是奇迹。如今，她即将寿终正寝，是天道之意。"

重尊垂眸，刹那间，紫色的眼眸中恍若万千星辰坠落，透着无尽的伤感，身周的浮光或隐或现。

小狐狸仿佛感受到了他的伤感，睁开那双不染一丝杂质的眼睛，从内室跑出来，停在重尊脚边，小小的脑袋蹭着他的腿。

重尊弯腰抱起她，柔声道："怎么不睡啦？"

小狐狸晃晃脑袋，趴在他的怀里，出神地望着外面。

重尊摸着她毛茸茸的小身体，自言自语："是奇迹，明明在遇到仙气侵体时，会吐血，却能在神界安然无恙。"

华熙抬起头，看向这个略带伤感的帝君："时日不多，望帝君尽快抽身。"

赏酒宴的结尾，重尊抱着星儿来到琉璃殿，众神跪拜，黑压压一片。

重尊微微拂袖，众神起身。

喜欢尝酒的星儿这次安分地趴在重尊的怀里，明亮的眼珠子滴溜溜直转。

重尊摸了摸她的脑袋，眼中尽是柔和。

赏酒宴结尾，发生了一件大事——星儿一睡不醒。

都说神王震怒，三界遭殃。在药神使出浑身解数，依旧只能眼睁睁看着星儿的灵魂飞出体内，在神界灰飞烟灭的时候，众神惶恐至极，立即跪倒，等待着天际裂开，三界洪荒……

华熙看向重尊，他是那么冷静，没有星儿的重尊，孤寂清冷，是高高在上、没有七情六欲的三界神王。

画面定格在顾时镜出神地望着远方，原来适才星儿望向外面的那一眼，

是不舍。

孔钰叫停,完全是下意识的,因为他整个人还没有从画面中回过神来。

顾时镜把小狐狸狗交给一个助理,另一个助理拿着棉衣快速披在他的身上。

姜烟的助理也把暖水袋、棉衣统统拿给她。

叶寻坐在顾琉星的旁边,撞撞她的肩膀:"我觉得顾时镜挺好的,样貌、身材、金钱要什么有什么,反正你以后肯定会结婚,我觉得你可以选他。"

顾琉星凉飕飕地扔给他一个充满杀气的眼神:"嫁给他,天天给你看吗?"

叶寻翻了一个白眼:"你别把我想得那么龌龊好不?我那是欣赏,不是觊觎。"

"有区别?"

叶寻:"……"

江眠眠好奇地插话:"琉星姐你和叶寻说什么呢?"

顾琉星正要为江眠眠答疑解惑,叶寻立刻拧了一把她的大腿。趁着顾琉星疼得说不出话,叶寻快速地道:"我们说姜烟和顾时镜的戏真是完美。"

江眠眠怔怔地看着他,明显不信。叶寻也不解释了,直接说:"那你觉得我们还会说什么?"

江眠眠:"……"

看了一下时间,已经三点半了,导演怕大家饿得受不了了,连忙吩咐开饭。

五点钟,拍了一场龙粟测试心魔的画面,今天的拍摄任务就结束了。

南桥打来电话说脱不开身,让叶寻去接顾流沙,江眠眠非要跟着去,说要看看叶寻的女儿长什么样。

叶寻没办法,甚至说她走了顾琉星旁边没人也劝不了江眠眠,她步伐坚定地跟着他。

最后,顾琉星发话了,叶寻一脸不情愿地带着江眠眠去接顾流沙。

叶寻把车开得很冲,猛一发动,猛一刹车,江眠眠快要吐了……

"叶寻,你怎么考下驾照的?"江眠眠死死地抓着头顶的安全扶手。

叶寻淡淡地瞥了她一眼,面无表情地说:"哦,可能是我考的时候教练给放水了。"

江眠眠:"那你也敢上马路?你这个马路杀手!"

叶寻笑笑:"我是这么打算的,以后我媳妇要是不听我的话,我就让她坐我的车。"

江眠眠：她好想下车。

叶寻见逗得差不多了，车子慢慢稳下来，江眠眠终于意识到自己被耍了……

"你，你整我！"江眠眠咬牙。

叶寻扯扯唇角："你才发现。"

他一赛车手，技术很好，这傻妞现在才看出来。哦，对不起，她好像不知道他的这个身份……

江眠眠很生气，好想冲他脸上揍一拳，最后没能下得了手，转过身背对着他生闷气。

叶寻撇嘴，车开了一会儿，他忽然问："喂，你到底是对我女儿感兴趣还是对我感兴趣？"

江眠眠猛地一个激灵，仿佛被踩到了小尾巴，立刻转过头来，凶神恶煞地说："我只是在想你二十五岁，竟然有一个三岁半的女儿，是怎么来的？"

叶寻总算明白江眠眠的意思了，她竟然怀疑他的能力！尽管顾流沙不是他亲生的，但是作为一个男人，被这样质疑，不生气就不是男人了！

叶寻凉飕飕地看着她："你什么意思？你给我把话说清楚！"

江眠眠一字一句地道："就是怀疑你！怎么样，咬我呀！"

叶寻说："你等着，你等我接到宝贝，再跟你算账！"

"你有本事现在就算！"

"江眠眠我告诉你，你别逼我啊！别逼我欺负女人！"

江眠眠轻嗤一声："你还没欺负，那刚才算什么？你耍特技呢！"

叶寻深吸了一口气，稳定情绪。

就这样，他们终于平安抵达贝尔幼儿园。

顾流沙一见到叶寻，耷拉着毛茸茸的小脑袋，喊了一声："爹地。"

江眠眠望着顾流沙，心一下子沉到了谷底，小女孩儿这么漂亮，那叶寻的老婆该有多美！

看见顾流沙这个样子，叶寻连忙抱起她，温柔地问道："宝贝，怎么了，谁惹我的宝贝不开心啦？"

顾流沙低落地说："爹地，我想妈咪了。"

顾琥星之前跟叶寻说过，江眠眠以为顾流沙是叶寻的女儿，而叶寻的妻子在国外打拼。

叶寻一边在心里骂顾琉星，一边安慰顾流沙："那晚上回去给妈咪打电话好不好？"

顾流沙这才开心地笑起来："嗯！"

叶寻抱着顾流沙上车了，看见江眠眠还在幼儿园门口站着，降下车窗，头探出窗外，冲江眠眠喊："喂，江眠眠，你当门神呢！赶紧上车走了。"

江眠眠哪里还想继续和他一起回去，随便找了一个借口："我忽然想起来，这里有一家我小时候吃过的甜品店，我想去吃，你先走吧！"

叶寻跟看神经病一样，无语地说："那你安全到家了给我发短信。"

她毕竟是女孩子，他还是不要太计较了。

江眠眠扯出一抹极其难看的笑容，可惜叶寻没看到。

晚上，顾琉星拍完戏，直奔南桥家。

她一打开门，腿上就是一软，顾流沙眼泪汪汪地抱着她的腿，小嘴一撇，喊道："妈咪。"

顾琉星的心都被她的声音喊疼了，眼眶一酸，连忙弯腰抱起她，柔声哄着："宝贝不哭，都是妈咪不好。宝贝不哭了，不哭了。"

"宝贝好想妈咪。"顾流沙脸埋在她的脖子里，稚嫩的声音格外悲伤。

顾琉星一下又一下吻着她的脸："妈咪也想宝贝，特别特别想宝贝。"

"那你为什么不来看宝贝？"顾流沙抬起泪湿的小脸，撇着小嘴问。

顾琉星拿了湿巾给她擦脸："妈咪一有空不是就来看宝贝了吗？妈咪之前告诉过宝贝了，妈咪要工作，只有工作才能给宝贝买好吃的。"

顾流沙垂着脑袋，半天才仰起头，眼眶里全是泪水："那妈咪一有时间就要回来看宝贝。"

顾琉星一脸心疼，忙不迭地点头："妈咪一有空就回来看宝贝。"

叶寻拿着顾流沙心爱的洋娃娃塞到她的怀里，摸了摸她的脸："宝贝，你看洋娃娃和爹地谁漂亮？"

顾流沙格外认真地对比，最后说："洋娃娃。"

叶寻："……"

顾琉星哄了十几分钟，顾流沙总算笑了。

这边还没好一会儿，顾琉星的电话就响了。顾琉星拿出手机，来电人果然是傅言宸。

顾琉星缓缓接起，先开了口："喂。"

傅言宸视线锁定的那个房间，窗户一片漆黑，昭示着主人不在家。

"在哪儿?"

顾琉星:"在家。"

傅言宸眸色一冷,沉声道:"除了星月首府,你还有别的家?"

顾琉星皱眉:"你现在在我家?"他这话明显知道她不在家。

傅言宸忍着怒火,一字一句地道:"我给你十分钟,立刻出现在你家楼下。"然后,啪的一声,电话被挂断了。

顾琉星呆呆地看向叶寻。叶寻脸一沉,没好气地摆手:"滚滚滚滚滚,看见你就糟心。"

说完,叶寻就哄着顾流沙去了厨房,示意她赶紧走。

顾琉星深吸了一口气,拎包离开。

南桥家离星月首府至少有二十分钟车程,看来今晚又有罪受了。

果然,十分钟之后,顾琉星的手机就开始振动。

"我在路上,十分钟后就到。"她解释道。

傅言宸暴躁地吼道:"顾琉星,你刚才在哪儿?"

"我在南桥家里,取个东西。"

啪——电话又被挂断了,他应该在慢慢消气了。

出租车在星月首府门前停下,顾琉星付钱下车,一眼就看到斜靠在黑色劳斯莱斯上的顾长身影。

傅言宸也看到了她,一脸冷漠。

顾琉星冷笑,四年前她在憧憬未来的时候,绝对没想到,有一天,她和傅言宸会是这样的关系。

傅言宸见她不动,眼里盛满怒意,走了过来,抓着她的手就朝星月首府走去。

顾琉星挣扎,手腕被他捏得很疼,她气愤地喊:"你发什么疯,傅言宸!"

傅言宸不为所动,到电梯口,霸道地扯过她的包,打开就一阵翻找,然后刷卡,抓着她进了电梯,准确地按了她所住的楼层。

"傅言宸你放开我!你凭什么进我家,凭什么抓着我不放?我们是平等交易,你别在我面前发你的大少爷脾气。"顾琉星拼命挣扎。

傅言宸冷冷地吼道:"你闭嘴!"

顾琉星讥嘲地说:"你管天管地,还能管我闭不闭嘴?有本事你把我毒哑了。"

电梯叮的一声停下,门一打开,傅言宸就扯着她往尽头的房间走,他

走得很快，顾琉星要小跑才能跟上。

开门后，傅言宸大力把她推进去，顾琉星一个趔趄直接摔在沙发上，痛得她倒吸了一口冷气。

还没等她反应过来，傅言宸高大的身躯就压了上来，死死地压住她乱动的双腿，将她的手腕禁锢在她的头顶。

顾琉星吃痛地皱眉，抬头就看到傅言宸脸上寒气逼人。

冰冷的话从他好看的薄唇间一字一句地蹦出："顾琉星，让你闭嘴的方法有很多，你要不要都试一下？"

顾琉星的脸一下就红了。

"你有病！"顾琉星骂道，"你弄疼我了，放手！"

傅言宸讥嘲地笑了，声音在她耳边响起："我还以为你是铁打的身体，不知道疼呢，那为什么每次都不出声？"

顾琉星立刻明白了他的意思，整个身体都快燃烧起来了："因为我不想，如果不是为了你手里的合约，凭我顾琉星这张脸，什么人选不到？"

傅言宸咬牙切齿地瞪着她，眼神阴鸷："你想选谁？顾时镜？"

顾琉星猛地反应过来今天傅言宸这么反常的原因了，原来是顾时镜的事传到了他的耳中。

傅言宸望着出神的她，眸中的怒火熊熊燃烧。

都这个时候了，她还在想别的男人，真当他是死的！

心口疼得厉害，傅言宸无处发泄，直接低下头一口咬在她的脖子上。

顾琉星疼得眉毛皱成一团，眼泪立刻就出来了："傅言宸你浑蛋，你放开我！"

傅言宸还在用力咬她，不知道过了多久，顾琉星疼得都麻木了，甚至感觉自己脖子上出血了，傅言宸才抬起头。

他嘴角带着鲜红的血液，那是她的血。

这是顾琉星从未见过的傅言宸，猩红的眼眸，冷冽的棱角，狠戾的气场。

哪怕是四年前他说不要她的孩子，他的情绪都未曾有这么大的变化。

而今天他这么失控，竟然为了一件无中生有的事，她只不过和别人走得近了些，就让他怒火中烧。

傅言宸捏着她的下巴，阴沉地盯着她，每个字都像是从喉咙里用力挤出来的："顾琉星，我告诉你，不管是四年前还是四年后，你从头到脚，一根头发丝都是我的，我绝对不允许你想任何一个男人！"

顾琉星垂眸看了一眼流到锁骨上的血，语气带着嘲讽："有本事就让我再爱上你，没本事凭什么要求我不能想别的男人？我以前怎么没发现你这么幼稚呢？"

傅言宸咬牙道："顾琉星，你最好记住你说的话！"

顾琉星勾起殷红的唇，缓缓靠近他："我记忆力一直都很好。"

话音落下，顾琉星张嘴一口咬下去，用了狠劲，嘴里立刻尝到了血腥味。

傅言宸身体骤然紧绷，垂眸望着她的耳郭，低声笑道："咬得开心吗？"

顾琉星从他怀里抬起头，漂亮的眼睛魅惑地望着他："当然开心，能在傅董身上留下一个疤。"

傅言宸视线落在她苍白的脸上，那张脸透着倔强和固执，眼中还有隐藏得很好的恨意……

那殷红唇角的一抹嘲讽，让他的目光渐渐变得幽暗，他的心忽然就慌了。

傅言宸俯身，狠狠地吻住她，用尽力气。

顾琉星眉头紧拧。又被狠狠地咬了一下，顾琉星痛得手紧紧地攥着，用力打他的胸口，眼泪不争气地又流了出来。

傅言宸尝到了咸苦的味道，睁开眼睛，便看到一双充满恨意的眼眸。

顾琉星不再想着反抗了，冷冷地盯着他："我明天还要工作，今晚就算了，好吗，傅总？"

傅言宸望着她疏离的神情，心里出现一股无名的怒火，扯住她的胳膊，目光沉沉地逼视她："你别忘了，这是我们之间的交易！满足我，是你的本职！"

顾琉星嘲讽地一笑，吸了吸鼻子："对，交易！所以就活该被你玩弄。"她不屑地瞪着他，"来啊，我现在就成全你，完事就给我滚。"

傅言宸双目通红，仿佛被她的神情刺激了，猛地甩开她，站了起来。

他在原地站了好一会儿才冷静下来，不经意间回头，就看到顾琉星在哭，眼泪从眼角淌下来，那么无助。

他抿了抿唇角，不明白自己到底在做什么。

他明明一点儿都不想让她哭，他的目的不是这样，可是每次看到原本属于他的女孩儿，与四年前天差地别的样子，他一点儿都控制不住自己。

傅言宸缓步走过去，坐在她的身边，拨开黏在她脸上的头发，俯身想吻她。

顾琉星偏过头去，嗓音嘶哑地说："不要就滚出去，我现在不想看见你。"

傅言宸置之不理，拽着她的胳膊将她拉起来，帮她穿好衣服，然后用自己的外套包住她，将人打横抱起，朝门口走去。

　　"你带我去哪儿？"顾琉星抓住他胸口的衣服，皱着眉问他，眼眶因为刚才哭过，有些湿润，望着他的眼神娇弱可怜、纯净无害。

　　四年前，就是这张脸，这张永远那么干净的脸，吸引了他。

　　傅言宸恶意地勾了勾唇，说："带你去郊外，你猜猜在郊外可以做什么？"

　　顾琉星："……"

　　"怕啦？"傅言宸按了电梯，低眸看了她一眼。

　　顾琉星瞪他："你怎么那么幼稚！"

　　傅言宸不说话，电梯门开了，他抱着她走进去。顾琉星仰视他，看到他脖子上的咬痕，下意识地抬手摸了摸自己的。

　　"是不是觉得很配？"傅言宸眼中带着笑意。

　　他怎么那么喜怒无常？顾琉星默默地闭上眼睛，漂亮的脸上全是倔强和固执。

　　傅言宸大步来到车前，打开车门，小心翼翼地把她放在副驾驶座上，自己绕到驾驶座，发动引擎。

　　车子平稳地行驶着，顾琉星没有再问他去哪儿，反正她也反抗不了。

　　她垂着脑袋，缩在副驾驶座上。

　　傅言宸看了她几眼，忽然问道："这四年去哪儿啦？"

　　顾琉星消失了四年，傅言宸用尽所有人脉也没查出来，唯一查到的只是四年前她飞往 M 国的一张机票。结果，他翻遍 M 国，也没找到她。

　　顾琉星目光闪了闪，转过头看向窗外，声音很轻："疗伤。"

　　傅言宸的手指狠狠地颤抖，这次用了十几秒才稳住，脸色还是难看极了。

　　这个话题到此终止，傅言宸没有再提。

　　顾琉星沿途看到一些熟悉的地方，知道傅言宸要带她回盛景。

　　刚才的争执让顾琉星筋疲力尽，眼皮不受控制地垂下去……

　　傅言宸再看过来的时候，顾琉星已经睡着了，长长的睫毛在眼下投下一片阴影，那是他熟悉的脸，没有嘲讽，没有针锋相对，没有冰冷的目光。

　　车到达盛景，周妈开门出来，刚想出声，就看到傅言宸示意她噤声的动作，周妈了然地笑了笑，然后又转身回了别墅。

　　车内，傅言宸打开昏暗的灯，借着微弱的光贪恋地凝视着她的脸。

他手不受控制地抬起，缓缓地伸向她，似是想要触碰。皮肤相触的那一瞬间，傅言宸再也移不开手，指腹摩挲着她的脸颊，滑过她的五官，目光带着迷恋。

　　他修长的手指停在她的鼻尖，她的鼻尖有些红，可能是因为刚才哭过。顾琉星忽然动了动鼻子，傅言宸条件反射般收回了手……

　　顾琉星忽然打了一个喷嚏，缓缓地睁开眼睛，目光迷离。

　　看清周围的环境之后，她转过头，就见傅言宸在驾驶座上睡着了。

　　对于眼前的一幕，顾琉星有一瞬间的迷茫。他到了家门口，却睡在车上，这是什么癖好？看来这四年变的不只是她，还有他。

　　顾琉星开门下车，直接离开的想法仅仅在脑子里掠过就被她否定了，她径直走向别墅。

　　傅言宸坐在车里，望着某人潇洒的背影，咬牙切齿地骂了一句："死女人！"

　　他在等她，结果她倒好，醒了直接走人，丢下他不管。

　　一腔怒火无处发泄，傅言宸下车，狠狠地摔上车门，脸色很难看。

　　周妈听到脚步声，抬头就看到顾琉星走了进来，笑了笑："顾小姐。"

　　周妈又朝顾琉星背后看去，没有傅言宸的身影："少爷呢？怎么没和你一起进来？"

　　顾琉星淡淡地道："在车上睡着了，我怕打扰他，就没叫他。"

　　周妈脸色更加诧异："少爷睡得这么快？我五分钟前出去，少爷还没睡呢！"

　　顾琉星：很好，他装睡，以为她会叫他吗？傅言宸，你还是在那儿做梦吧！

　　身后传来咳嗽声，周妈的话傅言宸都听到了，有些尴尬。

　　顾琉星一笑，故意问："醒啦？"

　　傅言宸煞有介事地点头，仿佛真的睡了一样。

　　"周妈，准备晚饭。"他对周妈吩咐道。

　　"好的，少爷。"

　　顾琉星唇角噙着一抹冷笑，朝楼上走去。

　　"站住！"

　　身后傅言宸低沉的声音响起，很冷，顾琉星毫不怀疑如果她再刺激他一下，傅言宸就会暴怒。

　　她停下脚步，回过头，用刻意放柔的声音道："傅董，尽早完事，我还

要回去呢!"

话音落下,顾琉星就感觉有一股冰冷的气息在靠近她,一愣神,手腕被狠狠地捏住,他大力一扯,她踉跄着,跟着他的步伐往前走去。

顾琉星皱眉道:"傅董,你是有多寂寞,才会这么想找一个人陪你吃饭,连我这样的都不放过。"

傅言宸抿着唇角,邪气地一笑:"对,就是太寂寞了,所以连你这样的都不放过。"

顾琉星讥嘲道:"所以为了不委屈你,你可以再找别人。"

"可我不想麻烦,正好你在。"傅言宸拉开椅子,按着她的肩膀坐下。

顾琉星不肯坐下,拧眉道:"我没空陪你吃饭。"

傅言宸目光越来越冷,手上一用力,顾琉星便闷哼一声被强制坐下,凳子与地面发出刺耳的声音。

傅言宸俯身在她耳边吹气:"顾琉星,四年不见,你的变化有多大?真可惜,我没有看见这个过程。"

顾琉星眼中陡然升起一股浓浓的戾气,侧眸专注地看着他骨节分明的手,嘴角浮现出笑意:"你的手很好看。"他的手骨节分明,同样狠辣无情。

傅言宸淡淡一笑,在她身边坐下,大手揽着她的肩膀:"乖乖吃饭,不然,我让你没力气回去。"

顾琉星舔了一下唇角,殷红的唇勾起:"好,我就高攀了,陪傅董吃一顿。"

不就吃饭嘛,她陪。她都陪他睡了,还陪不了吃饭?

顾琉星探身从餐桌中间拿过装辣椒的瓶子,手一翻转,不到十秒钟,所有的菜都覆上了一层红色。

顾琉星冲他笑了笑:"我喜欢吃辣的,既然傅董非要让我陪着吃,那就麻烦您满足我这个小小的愿望。"说着,顾琉星夹了一块满是辣椒的鸡块放在傅言宸的碗里,"傅董,慢用。"

傅言宸注视着碗里的鸡块,眉头拧了起来。

顾琉星看到后,冷冷一笑,自顾自地开始吃饭。

傅言宸口味比较偏南方,而她比较偏北方,那些菜被撒上辣椒将会是一种魔性的甜辣味道。所以顾琉星一口也没动,只是吃着白饭。但是,她十分殷勤地给傅言宸夹菜,一直夹到碗里放不下……

傅言宸的眉心皱得都能夹死苍蝇了。

顾琉星笑着招呼:"吃啊,看你这么着急,应该很饿才对。"

"你故意的，顾琉星！"傅言宸咬牙切齿地瞪着她。

顾琉星挑眉，唇边笑容凉薄："被你看出来了，我就是故意的，不想吃就别吃了，我们该做什么就做什么。"

傅言宸绷着脸，深邃的眸子冷冷地凝视着她："呵，顾琉星，每次见了我，就那么着急拉我上床，你是有多饥渴？"

他陡然抬手狠狠地掐住她的下巴，几乎是在他刚用力的一瞬间，顾琉星整个下巴就变红了。

傅言宸黑瞳缩了缩，薄唇缓缓吐出冰冷的话："是这四年被太多男人碰过，所以才会这么着急？"

顾琉星的脸一点点苍白，视线却和他直直对视，红唇轻勾："交易而已，你开心，我拿到我想要的，就够了。"

她的话彻底刺激了他。他手中的力度没了轻重，低吼道："你真这么想？"

"不然呢？"顾琉星眼神带着轻蔑和挑衅。

傅言宸的面色在亮堂的灯光下十分可怕，他嗜血般笑了笑："好，满足你。"

傅言宸扔下筷子，俯身扛起顾琉星，向楼梯口走去。

顾琉星被他倒挂在肩头，感觉一阵天旋地转，胃里难受得厉害。

"我长腿了，你放我下来！"她握拳捶着他的后背，结果手被撞疼了。

傅言宸一巴掌拍向她的臀部，厉声道："老实点儿！"

顾琉星又羞又怒，脸色涨红。

"言宸……"傅言溪刚踏进大门，就看到这一幕，整个人愣在了原地，眨了眨眼睛，确定自己没看错人，脸色陡然冷了。

周妈恭敬地喊了一声："大小姐。"

傅言溪没好气地瞪了一眼周妈，这个女人又和弟弟纠缠在一起，周妈竟然瞒着他们！

傅言宸扭头看了一眼傅言溪："你来干什么？"

傅言溪怒气冲冲地朝着他们走来，打量着倒挂在傅言宸肩上的顾琉星。

傅言宸皱着眉，冷冷地道："看什么看，没见过女人！"

傅言溪被气得整个人都不好了，指着顾琉星："她怎么在这儿？"

"这是我家。"傅言宸提醒她，要不是看傅言溪是他姐，在这么关键的

时候来打扰他，他就直接让人把她扔出去了！

傅言溪瞪他："我是你姐，你就这样和我说话？"

傅言宸绷着脸，不耐烦地说："你要不是我姐，还能在这儿站着？"

傅言溪不想和他争辩这么没营养的话，直接问道："你和她又纠缠在一起？"

傅言宸从鼻子里嗯了一声。

"我要告诉妈，你竟然还和她纠缠不清，你知不知道……"

"傅言溪！"傅言宸冷冷地打断她的话，目光暗含警告，"我在做什么，我自己清楚，不用你来教。"

傅言溪望着面色黑沉的傅言宸，深吸了一口气，好言相劝："言宸，听姐的话，和她纠缠下去没好处，还有妈，你想再看到妈进一次医院吗？"

傅言宸怔了一瞬，就被顾琉星挣脱了。

顾琉星从他肩膀上跳下来，转过身，眯着眸子对傅言溪说："傅大小姐，听你的口气，似乎我很对不起你们傅家？"

傅言溪冷笑一声："你欠我们傅家的，的确很多，不要求你还，离言宸远点儿就行了。"

顾琉星仿佛听到了天大的笑话，笑得一张美丽的脸都魅惑起来："这真是我听过最厚颜无耻的话了。"

"你！"傅言溪一双寒眸死死地瞪着她，碍着傅言宸在这里，没说太难听的话。

顾琉星讥讽地看着她，扬起妖娆的笑。

傅家人竟然有脸说她欠傅家的，真是颠倒是非。

傅言溪也不和顾琉星争了，认真地对傅言宸道："言宸，趁着妈还不知道，处理干净，我不希望傅家再次人仰马翻。"

傅言宸一直沉默。傅言溪惴惴不安，这个弟弟看起来玩世不恭，对什么都毫不在意的样子，疯起来却谁也拦不住。

没等傅言宸开口，顾琉星笑着说："傅大小姐别紧张，准确来说，我现在是傅言宸的情人，连女朋友都算不上，我们只是在交易，只要我红透半边天，我就会自觉地远离傅言宸。"

傅言溪眼睛一亮，求证般看向傅言宸："她说的是真的？"

傅言宸侧眸看着身旁笑得妖娆的女人，胸口闷闷地发疼，神色晦暗不明，他一句话也没说，直接转身大步上楼。

傅言溪一直悬着的心稳稳落下，傅言宸没否认，那就是真的，还好，傅家不会像三年前那样。

站在二楼，傅言宸冲楼下大吼："滚上来。"

顾琉星耳膜一震，朝傅言溪眨眨眼："欢迎傅大小姐再次拿钱来砸我，这次我不会装清高的，不过也希望你能比几年前大方一点儿，毕竟物价在上涨。"说完，顾琉星也上楼了。

傅言溪望着二楼的傅言宸，以及正在上楼的顾琉星，在心里暗暗祈祷，希望事情真如顾琉星所说的那么简单。

闭了闭眼，傅言溪有些疲累，问周妈："什么时候开始的？"

顾妈明白傅言溪在问少爷和顾小姐，低着头说："两三天的样子吧！"她也不确定，因为昨晚她才见到顾小姐。

傅言溪有些生气，目光冷冷地呵斥："是不是我不过来看言宸，你们就打算一直瞒下去？"

周妈是傅家的老人了，傅言溪已经尽量放缓语气，但是只要一想到三年前傅言宸的样子，她就心慌。顾琉星这个女人太危险了。

周妈弯腰道："对不起，大小姐。"

傅言溪扶起周妈，道："周妈，你是看着言宸长大的，很多事情你也知道，所以，要有分寸。"

周妈点点头："知道了，大小姐。"

顾琉星一进房间，傅言宸就像疯了一样，扯着她禁锢在门后，英俊的脸慢慢覆上来，堵住她的呼吸。

顾琉星拼了命地反抗，浑身都在抵触他，傅言宸却不管不顾。

顾琉星眸中闪过慌乱，傅言宸有点儿不对劲，他在生气，很生气。

她走神片刻，嘴唇上的一抹疼痛感拉回了她的思绪。顾琉星皱眉，又狠狠地捶打他的胸膛。

傅言宸直接拉着她的手环在他的腰上，紧紧地抱着她贴着墙旋转，两人倒向了床上……

南桥刚到家，叶寻就捧着一个大盒子礼物，大喊："Surprise（惊喜）！"

南桥心想：他又抽什么风？

旁边顾流沙穿着粉色公主裙，手里举着小魔仙变身器。

叶寻笑着将包装精美的盒子一把塞进她怀里："桥桥姐，送你的！"

顾流沙稚嫩的声音响起："桥桥阿姨，这是宝贝变出来的哦！"

南桥摸了摸顾流沙的脸，顺便亲了一口，然后狐疑地在叶寻与盒子之间来回打量："什么东西？"

　　叶寻讨好地笑了笑："肯定是你喜欢的。"

　　南桥摇了摇盒子，哐当哐当的声音传了出来，她将信将疑地拉开蝴蝶结，打开盒子。

　　里面是满满一盒零食，南桥简直惊呆了，全是她喜欢吃的，她最近太忙了，很久没有出去买零食了。

　　"你买的？"南桥问。

　　叶寻笑得谄媚："当然，我送给桥桥姐的。"

　　南桥赞赏地看着这个十分上道的男孩儿，拍了拍他的肩膀："干得不错。"

　　叶寻挑眉："还有更好的，我在巴蜀火锅店订了位子，要一起去吗？"

　　南桥一脸惊喜，还没说出话来，顾流沙蹦蹦跳跳地喊："要吃肉肉！"

　　叶寻脱下为了制造惊喜穿的衣服，带着一大一小两个女孩儿去了火锅店。

　　吃到一半，叶寻看南桥吃开心了，趁机开口："桥桥姐，我找到几个造型师和化妆师，你抽时间面试一下？"

　　叶寻说得小心翼翼，生怕南桥不开心，火锅里煮的会变成他……

　　南桥闻言，手里的筷子一顿，叶寻全身的毛都乍了，他用力维持着最灿烂的笑容。

　　南桥眯眼看着叶寻，几秒后，唇瓣勾起："果然是无事献殷勤，非奸即盗。"

　　叶寻委屈地低下头，闷声道："桥桥姐你就说我的这个殷勤献得怎么样吧？"

　　南桥撑着脑袋认真思考，看叶寻越来越急，才好心地放过他："好了好了，大人有大量，原谅你了。"

　　叶寻连忙给她夹菜，更殷勤了。

　　"宝贝也要。"顾流沙软软地说道。

　　叶寻满嘴红油亲在顾流沙的脸上，从三鲜锅里给她挑出几根青菜。

　　顾流沙小手抹了一把脸：好坏的爹地，她的脸都脏了！

第四章
别指望我再放手

盛景。

傅言宸望着怀里沉睡的女人，目光眷恋而温柔，修长的手指抚摸着她。

他知道，顾琉星不愿意和他多相处一秒，可是，就这样静静地看着她，他就心满意足了。所以他今晚借机发了脾气，把她折腾得昏睡过去。这样，她才能安安静静地待在他的怀里。

她真的变化很大，大到他总觉得她会随时离开他，去过另一种生活。

六年前，傅家人知道了她的存在，傅言溪拿着支票来找她，让她离开傅言宸。

顾琉星收下了，一转身却给了傅言宸，说："傅言宸，我不想面对这些事，你来处理好吗？"

她完完全全把他当成依靠，能让他解决的，自己就耍小女人脾气不干。但是现在，她不会了，她甚至会欣喜地收下那张支票，再笑着对傅言溪道谢。

她变成了独立的女人，答应和他交易，只是为了保证自己谈下的合约不被人横插一脚，不完全依靠他，只是把他当成门神，防止外人侵入。

事情一步步发展到今天，不是他造成的吗？傅言宸自嘲地笑了笑。

一整晚，傅言宸就这样侧躺在床上，一手撑着脑袋，深邃的眸子一眨不眨地凝视着她。

中午，太阳为这座城市镀上一层金色。

春日暖阳十分舒服，周妈将唐靳放在盛景的哈士奇牵出来，绳索绕着白桦树缠了几圈，确定哈士奇不会挣脱，才离开。

哈士奇四腿一弯，懒洋洋地趴在地上，望着周妈的背影。

等了一会儿，它没等到周妈送吃的过来，开始汪汪叫。

顾琉星是被狗叫声吵醒的，几乎是在听到声音的那一刻，她神志回笼，猛地睁开眼睛……

房间一片漆黑，窗帘拉得严严实实，宛若黑夜。

顾琉星立刻从枕边摸出手机，按下，屏幕一片漆黑，手机没电了。

顾琉星怒了，从床上翻身而起，脚刚落地，她就两腿直打战，直接摔在了地毯上。

"该死！那个浑蛋昨晚到底做了多久？！"顾琉星咬牙切齿地道。

揉了一会儿，顾琉星忍着疼痛冲到落地窗前，用力一拉窗帘，刺目的阳光倾泻进来，顾琉星一时半刻无法适应，眼睛下意识地眯起，抬手遮了遮。

她只要看太阳就猜到时间了，身体猝然一僵……

糟了，她的手机关机，剧组估计都炸了……

来不及多想，顾琉星目光着急地四下搜索房间，果然在床尾看见整齐的女装，匆匆忙忙换上下了楼。

周妈站在大厅里，看见她，微笑着问好："顾小姐，中午好。"

顾琉星听到"中午"两个字就冒火，好什么好……

顾琉星深吸了一口气，尽量语气平静地问："周妈，傅言宸呢？"

周妈笑得和蔼可亲："少爷在院子里喂狗呢！"

顾琉星：他还真有闲情逸致，大老板不去压榨员工，居然在家里喂狗！

等等，她现在想这些做什么，拍戏都迟到了……

"顾小姐，早餐还给你留着呢，您吃点儿吧！"周妈说。

"周妈，我不吃了，还要工作。"顾琉星说着，就跑向玄关处。

傅言宸一进来，就看到顾琉星风风火火的样子，漆黑的眸中闪过温柔，然后他就听到她不吃饭的那一句。

迈开大长腿,傅言宸绷着脸来到顾琉星面前,顾琉星还没开口质问他,就被他霸道地搂着肩膀带向餐厅。

"吃饭!"

顾琉星皱着眉,神色愤怒:"傅言宸,你放开我,我说了我不吃,我很忙,我还要工作,不像你们这些大少爷,时间多得都能遛狗逗鸟。"

"早上跟你们导演说了,你今天的戏份挪到明天。"

傅言宸发号施令般的语气让顾琉星更加恼火,她冷笑道:"傅言宸,你凭什么干涉我的工作?你以为你是谁?凭什么帮我做决定?"他还好意思说这些话!

傅言宸脸色很冷,目光寒凉地盯着她:"老子是你男人!不只是第一个,还会是最后一个!"

一旁传来隐忍的笑声,顾琉星一看,周妈和其他用人都深深地低着头,她顿时恼怒,眼里噌噌地冒着火光,恨恨地瞪着傅言宸。

傅言宸邪气地笑着,下巴微挑,神色嚣张。

顾琉星不甘地反讥:"第一个倒是真的,最后一个,言之尚早。放开我。"

就算不工作,她也不想待在傅言宸身边。

"那就拭目以待,顾琉星,我能征服你一次,就能征服第二次!"在顾琉星反抗之前,她就被按在了椅子上。

"我说了不吃!"顾琉星作势要起来,却被肩膀上的手牢牢按住。

傅言宸俯身靠近她,浓郁的男性气息包裹着顾琉星,低哑的声音在她耳畔响起:"顾琉星,你要是不养好身体,我认为,像昨晚的情况,会经常发生。"

昨晚,她在床上昏睡过去了……

"你流氓!"顾琉星怒吼。

顾琉星咬着包子,狠狠地撕下一大块,边吃边瞪着对面的男人,仿佛吃的是男人的肉。

傅言宸似笑非笑地和她互瞪,对这样的游戏像是乐在其中。

吃过饭,顾琉星扔下筷子,冷漠地说:"可以放我走了吧?"

一顿饭的时间,足够她想通很多事,在傅言宸这个霸道的男人面前,她根本没有反抗的余地,最好顺从他,早点儿称了他的心,早点儿脱身。

傅言宸头也不抬,甩手扔了一个东西过来。顾琉星下意识接住,一看,

是一张黑卡。

"要记住,你是个有骨气的人,别人的钱不该拿的就别拿,我的随便花!"嚣张到不可一世的声音响起。

顾琉星愣了一秒,然后讥诮道:"我要是有骨气,也不会和你交易。"

傅言宸挑眉,不甚在意:"除了对我。"

顾琉星就是看不惯他这么霸道,冷冷地说:"没人会嫌钱多,给我的,为什么不拿?"

"那多少你不嫌多?傅氏够吗?"傅言宸邪气地勾起一边的唇角,紧紧地盯着她。

顾琉星不屑地哼了一声:"你舍得把傅氏给我?"

"不舍得。"傅言宸语气很欠。

他把傅氏给她了,不就变成她养他了,这绝对不可以,而且管理傅氏太累了。

顾琉星:那你说那么多废话干吗?

回到星月首府,顾琉星直接倒在沙发上,都懒得爬去房间。

包不小心被她撞下沙发,发出哗啦啦的声音,顾琉星朝地上看去,黑色的卡片在白色的地板上格外显眼。

她算不算成功了,傅言宸给她黑卡,是在警告她,不许她收傅言溪的钱。他怕她拿了傅言溪的钱,然后和他撇清关系吗?他似乎对她的感情有些不一样了。

家里的电话忽然响起,打断顾琉星的思绪,她拿过电话。

"喂。"

"顾琉星,别告诉我你刚到家。"叶寻冷冷的声音从听筒里传了出来。

顾琉星有气无力地嗯了一声:"你有事?"

那边的呼吸声有些重,某人被气得说不出话。过了五六秒,叶寻才咬牙切齿地说:"我今天去剧组了,然后你不在!"

早上他和江眠眠来找顾琉星,人不在,打电话,关机。

叶寻以为顾琉星又忘了给手机充电。

他们一到剧组,导演就说顾琉星今天有事,她的戏排到明天了。

叶寻:"……"

江眠眠:"……"

是吗?那为什么他们两个一点儿都不知道……

顾琉星这才意识到,傅言宸只跟导演说了,似乎把他们给忘了。

"呃……"

"呃什么呃,我告诉你,顾琉星,你今天必须给我一个交代!"叶寻怒道。

顾琉星无语。交代什么?叶寻难道想不出事情的经过?再说了,她也是受害者,她跟他交代,谁又跟她交代?

"狗蛋儿,你长本事了,敢对我大呼小叫?!"顾琉星用特别轻的声音说道。

叶寻肩膀猛地哆嗦了一下,被顾琉星的声音打击得一点儿底气都没有,立马就怂:"我……我和你开玩笑呢!"

顾琉星听声音就知道,那边的叶寻在努力地赔笑。

顾琉星还记得第一次叫他"狗蛋儿"的时候,他为了维护自己的尊严,甚至撸起袖子要和她打架……

然后,就没有然后了,血一样惨痛的教训,他拒绝回忆。

顾琉星似笑非笑地说:"玩开心了吗?"

"开心了。"

"那还玩吗?"

"我错了。"

顾琉星笑得眼睛弯得像月牙:"我就喜欢你知错能改的样子。"

这句话叶寻的理解就是:我就喜欢你看不惯我又干不掉我的样子。

叶寻觉得好委屈。

顾琉星笑了笑,安慰他:"别受伤了。找我什么事?"

叶寻哼哼几声,才不情不愿地开口:"导演说,顾时镜的戏大概快结束了,到时候分成两拨,神界有一部分戏没有你出镜,所以先去湖南拍姜烟和顾时镜的那部分,你和副导演还有路靖宇去T城拍打戏,到时候在Y城会合。"

"嗯,我知道了。"《魔尊》要赶在国庆期间上映,所以时间赶了点儿。

叶寻支支吾吾的,一直没接话,顾琉星开始还好脾气地等着,最后实在等不及了:"叶寻,你能不能别婆婆妈妈的?"

叶寻瞪大眼睛,刚才还在关心她,想着T城那么危险的地方,他要陪她去,谁知人家完全不在意……

他的心在滴血!

叶寻咬牙切齿地道:"行,顾琉星,我不婆婆妈妈了,老子什么也不

73

说了!"

然而,回应他的并不是顾琉星的安慰,而是"嘟嘟嘟"……

顾琉星躺在沙发上,美丽的双眸出神地盯着天花板。

其实她知道叶寻想说什么,也知道他关心她,可是她已经不习惯把弱点暴露出来,也不想她的朋友为她担心。

有人说,装得越若无其事,心里越难受。

闭上眼睛,顾琉星沉沉地睡了过去,实在是太累了。傅言宸折腾了她一晚上,她全身像散了架一样。

她再次醒来,房间里多了几道声音,小孩儿稚嫩的嗓音格外动听。

顾琉星看了一眼窗外,外面已经黑透了。

她睡得太沉,这会儿醒来时脑袋有些疼,去卫生间洗了一把脸,才趿着拖鞋出去。

门一开,顾流沙就冲了过来,甜甜地喊:"妈咪。"

顾琉星蹲下抱住她,用力在她脸上亲了一口:"宝贝,今天在幼儿园开心吗?"

顾流沙羞涩地低下头:"开心,有大哥哥带我玩。"

顾琉星皱眉,望向叶寻。

叶寻摊手:"就是那个唐靳。"

顾琉星神色微变,顾流沙和傅家人接触,还有了感情,这怎么可以?

"大哥哥带你玩什么啦?"顾琉星笑着问道。

顾流沙嘿嘿地捂着嘴巴偷笑:"大哥哥帮我惩罚那些欺负我的人,用虫子吓他们。他们好害怕,说以后再也不欺负宝贝了。"

"什么?有人欺负你?"顾琉星立刻冷冷地问道,眸中燃起愤怒的火焰。

叶寻连忙解释:"也不算欺负,就是宝贝太可爱,那些男同学、女同学都想和她玩,然后小孩儿嘛,就把宝贝当玩具一样扯来扯去的。"

顾琉星眼里迸出冷光,直直地射向叶寻:这还不算欺负?

顾流沙看见顾琉星生气,拉了拉她的衣角,笑嘻嘻地说:"妈咪,你别怕,有大哥哥保护宝贝,那些坏蛋不敢欺负宝贝了。"

望着顾流沙崇拜的小眼神,顾琉星总有种不好的预感。

南桥从厨房走出来,路过顾流沙的时候,弯腰亲了一口,然后一脸骄傲地说:"没想到宝贝在幼儿园这么受欢迎,以后一定挑男朋友挑到手软。"

叶寻和顾琉星同时看向她:"……"

顾流沙虽然不太懂桥桥阿姨的意思，但听得出来是在夸她，害羞地抿着小嘴巴笑。

吃饭时，顾流沙捧着儿童牛奶，一点一点地喝着。

顾琉星问南桥："工作室怎么样啦？"

南桥说："还算顺利，那个路靖宇和他的那个三流公司的合同快到期了，我打算把他挖过来，还有林思意，就是你戏里的女暗卫，都是些不错的苗子。"

顾琉星点头，哪怕南桥四年不曾出现在演艺圈，但她金牌经纪人的招牌还是在的，所以她的工作室比很多三流公司档次高了不是一星半点。

"那你看着办，钱不够了找我。"顾琉星说。

南桥被她这土豪的语气惊得一愣："你……竟然还有钱？不是都投资了工作室？"

顾琉星没有细说，只是嗯了一声。

南桥和叶寻对视一眼，两人异口同声地问："傅言宸的？"

顾琉星沉默，和默认没什么两样。

叶寻皱眉，严肃地说："琉星，我这儿还有，你别动他的钱。"

顾琉星笑笑："该拿的而已，别担心。"

叶寻看她这个样子，就知道自己说什么也没用，愤愤地低下头吃饭。

南桥看着顾琉星，真的很想知道四年前的事，但是又怕惹顾琉星伤心，除了那次再没问过。

南桥叹息一声，说："我真不知道该说路靖宇和林思意那些人幸运，还是该说你不幸。"

有傅言宸在背后，工作室的投资和资源一定不会少，那么这两个人的星途可谓是坦坦荡荡、平步青云。但是，顾琉星呢？这些钱，她真的用得心安理得吗？

顾琉星故作轻松地笑着说："有钱花，你确定要和我讨论幸运还是不幸运？"

南桥没好气地瞪她："嘴巴那么硬。"

"还毒呢，你要试试不？"顾琉星眯着眼睛道。

南桥转开脸。

吃过饭，顾琉星送几人离开，顾流沙依旧是一副非常不舍的样子，撇着嘴，粉嫩的脸看得人特别令人心疼。

想到还有两三天才去T城，顾琉星在她脸上亲了一口，哄道："明天妈

咪去接你放学好吗？"

顾流沙脸上立刻阴转晴，欣喜地拍着手道："好呀好呀！"

走的时候，顾流沙面带笑容。

顾琉星关上门，回到房间，简简单单洗了一个澡，爬上床，习惯性地蜷缩起来，很快陷入梦乡。

丽煌。

四个帅气的男人以各种霸气的姿势慵懒地靠在沙发上。

季南景温润的嗓音先响起："言宸，听说顾琉星回来了。"

傅言宸眸色闪了闪，拎起一瓶酒猛灌了一口，然后挑眉道："对啊，回来了，还和你的女人演对手戏。"

季南景笑笑，声音淡漠中透着凉薄："她可不是我的女人，饭可以乱吃，话不能乱说。"

傅言宸轻嗤一声："不是你的女人，你这么耽误人家？"

季南景唇角微微勾起，没再出声。

唐温墨转过头来，盯着傅言宸："那个女人回来不简单，你也不想想，凭我都查不到她那四年的踪迹，很有可能，那股帮助她的势力也是在暗处的。"

"她回来就好，别的无所谓。"傅言宸低垂着漆黑的眼眸，沉声道。

唐温墨觑了他一眼，也不想再说什么了。

厉枫炀一向是个闷葫芦，五年的军旅生涯将他磨炼得更冷，不出口则已，一出口必定噎死人。

唐温墨说完，傅言宸拧着眉警告道："枫炀，你别开口，我不想听你说话。"

厉枫炀冷冷地眯眼看着他，蹦出两个字："有病。"

"那也比你好，人都见不到。"傅言宸反讥道。

厉枫炀唇角浅浅勾起，十分吝啬地吐出两个字："快了。"

傅言宸无语地看着厉枫炀，貌似他的人已经在身边了。

凌晨，丽煌的气氛进入高潮，络绎不绝的富商名流拥入，参加各种竞拍，包间内可以将楼下的一幕幕尽收眼底。

四个男人从私人通道离开。

傅言宸喝了太多酒，厉枫炀用他的手机给郑深打了电话。

郑深车刚停下，厉枫炀打开后车门，直接将醉得站不稳的傅言宸塞了进去。

郑深：厉少还是这么利落。

傅言宸被厉枫炀的力道弄清醒了一点儿，拧眉瞪他："你就不能轻一点儿？"

厉枫炀眼神都没给他，直接走人，一辆越野从他们面前呼啸而过。

季南景笑了。两人和傅言宸打了一声招呼，也走了。

郑深低着头问："傅董，现在送您回盛景吗？"

傅言宸闭着眼睛靠在座椅上，说："星月首府。"

"好的。"

深夜。

马路上的车都开得很快，路灯浅黄色的光不断地从傅言宸的脸上掠过，然后快速朝后飞去。

钢筋水泥筑造的繁华城市，似乎在这条路上，不再冰冷，因为他知道目的地有她在。陌路因她而繁华、温暖。

"顾琉星最近除了拍戏，还有什么活动？"傅言宸的声音在寂静的车内响起。

郑深恭敬地说："顾小姐和南桥合资开了一家工作室，不过顾小姐不管，全权交给南桥。顾小姐拍戏挺忙的，除了和您在一起，就是在家休息。"

"嗯。出事了告诉我。"四年前的顾琉星就经常无缘无故被"黑"，现在也有这种可能。

"好的，傅董。"

车停在星月首府门口，傅言宸推门下车，刚站在地上，整个人剧烈地晃了晃。

郑深神色着急，还没等他开口说"傅董，我扶您上去"，就看到傅言宸晃晃悠悠朝里面走。

郑深吞回了到嘴边的话，长长叹了一口气，看着傅言宸拿着他给的卡刷卡进去，才驱车离开。

顾琉星现在睡得正沉。

门被敲了整整十分钟，顾琉星依然没有醒来的迹象。

又过了五分钟，敲门声越来越大，被吵醒的顾琉星皱了皱眉，慢慢睁

开酸涩的眼睛。

敲门声还在继续，有种不敲开门绝不罢休的意味。

顾琉星仔细听了听，这才确定是自己家的门。可是这么晚了，谁会来这里？

一个名字忽然跳进她的脑海，顾琉星脸色渐渐沉了下来，接着深吸了一口气，平静地下床去开门。

她打开门，像是验证了她的猜想一般，傅言宸直直地朝她倒来，浓郁的烈酒气息紧随而至。

顾琉星皱了皱眉，下意识屏住呼吸，因为酒味实在太浓了。

傅言宸拥着她，身体一大半的重量都压在她身上。顾琉星整个人绷直，才让两个人不至于摔倒。

傅言宸迷迷糊糊地在她耳边道："顾琉星。"说完，他扭头就开始吻她。

浓郁的酒气喷了顾琉星一脸，她眉头皱起，猛地推开他，傅言宸身体摇摇晃晃地撞在门上——啪的一声，门被他颀长的身躯靠得紧紧关上。

顾琉星冷着脸低斥："傅言宸，你发什么酒疯？！"

傅言宸靠着门，身体弓着，听到她的第一句话，唇角浮现难以言喻的笑容，很复杂，一下子就撞进顾琉星的心里。然后，她的心也像打翻了五味瓶，什么滋味都有。

那一刻，顾琉星看到这个近一米九、外表坚不可摧的男人，似乎在她的面前格外脆弱。

沉默，在空气中发酵，他们都垂着眸子，不敢去看对方。傅言宸怕看见她厌恶、冰冷的眼神。顾琉星怕看见他脆弱、孤寂的目光。

良久，傅言宸才开口："我喝酒了。"

顾琉星不说话，她嗅觉没出问题，那么重的酒味她闻得到。

"我喝了很多。"傅言宸继续道。

顾琉星还是沉默，不明白他说这些是什么意思，难道还想让她照顾醉酒的老板？

她，似乎没有这个义务。

"顾琉星，你去给我煮醒酒汤。"傅言宸抬眸，漆黑的深瞳注视着她。

顾琉星冷笑一声："盛景那么多用人，难道还给你煮不了一碗醒酒汤？"

傅言宸抿唇，沉声道："可我要喝你煮的。"

顾琉星蹙眉，目光有些不耐烦，被傅言宸看在眼里。

他听到她十分不屑的声音:"傅言宸,我没义务也没空去照顾一个醉酒的老板,如果你想喝我煮的醒酒汤,那你要失望了。"

傅言宸乌黑的眸子定定地看着她,里面带着很复杂的情绪。

顾琉星睫毛颤了颤,敛着眸不去看他。顾琉星,别忘了你的目的,别忘了你回来是干什么的,四年前的感情可以有残留,但是绝对不能心软。

傅言宸蓦然伸手攥着她的手臂,把她拽到自己胸前,灼烫的呼吸喷在她的额头上,火烧一样。

顾琉星单手抵着他的胸膛挣扎:"你弄疼我了,放开。"

"不放,顾琉星,你既然回来了,就别指望我再放手,你死都要死在我的眼皮子底下!"傅言宸双眸直直地瞪着她。

到了今天,他竟然还能气势十足、理直气壮地说出这种话,她听着都觉得可笑!

顾琉星扯出一抹嘲讽的笑容:"所以你四年前没弄死我,后悔啦?"

傅言宸根本不明白为什么这个女人一直把他的话理解成最不堪的意思,他咬紧牙关,浑身散发着冷意。

"对,我后悔了,我应该让你永远活在我的阴影下,这样,你怎么还有能力逃开?"傅言宸一字一句地从齿缝里挤出这句话。

顾琉星冷笑:"傅言宸,你怎么那么幼稚?!"她顾琉星是傻子,是木偶吗,任由他捏圆搓扁。

"我幼稚,你当年也爱上了我!"傅言宸吼道。他真的不能在顾琉星的冷言冷语下保持冷静。

"那是以前,现在不了。"顾琉星脱口而出。

顾琉星话接得很快,几乎没有给傅言宸缓冲时间,也没有给自己犹豫的时间。

"顾琉星,你有本事再说一遍?!"傅言宸怒吼道。

顾琉星讥笑一声:"再说一百遍也是一样,傅言宸,我顾琉星现在不爱你!"

"你——"

两人都暴怒地瞪着对方,谁也不让谁!

这时,客厅里的电话忽然响了。

顾琉星眨了眨眼睛,然后转身去接电话,座机号码只有叶寻、南桥和江眠眠知道,这么晚了,一定是有急事。

"喂。"

"琉星，宝贝发高烧，在 A 城第一医院，你快来。"叶寻着急的声音从那边传过来。

顾琉星心跳到嗓子眼："我马上就到！"说完，她立刻扔下电话，从墙上拿下大衣，甚至没换里面的衣服，就着急往门口冲。

"我现在有急事，不想和你吵，你让司机接你回盛景吧！"顾琉星望着挡在门口的傅言宸说道。

傅言宸不让，反倒把她挡得严严实实，黑眸盯着她："什么事让你急成这样？"

顾琉星紧紧地皱眉，脸色微微发白，声音颤抖地说："你让开！"

傅言宸看她都快急哭了，微微恍神，就被顾琉星推开，她拉开门就冲了出去。

等傅言宸追上去，电梯门刚好关闭。

傅言宸气得猛地踹向电梯安全门，立刻按了另一部电梯。

他站在星月首府门口，哪里还有顾琉星的影子。

傅言宸脸色极冷，一双眸子死死地瞪着马路，等出租车过来。

顾琉星戴着大衣上的帽子，坐在出租车后座，双手颤抖地抠着座椅，着急地对司机说："师傅，麻烦您快点儿。"

"小姐，这已经是这条路上能开的最快的速度了，再快我就要被罚款了。"师傅为难地说。

顾琉星低下头，慌乱得眼珠子乱转，眼里雾蒙蒙一片。

终于熬到车停在医院门口，顾琉星扔下两张一百块钱，就跳下车急匆匆地跑向医院。

司机在后面大喊："小姐，找你的钱！"

顾琉星置之不理，脑子里全是顾流沙生病的样子。

交费处，南桥站在最显眼的地方，一看见顾琉星，连忙冲过来，顺便掏出口罩。

顾琉星问："宝贝怎么样啦？"

南桥将口罩递给她，顾琉星知道自己现在的身份不适合出现在医院，赶忙戴上。

"不严重，就是吃了凉东西，急性发热。"南桥说。

顾琉星悬了半天的心这才缓缓落下。

儿童单人病房里，顾琉星望着小手上贴满医用创可贴、小脸苍白的顾流沙，心疼得直掉眼泪。她走到床边，俯身摸了摸顾流沙微烫的脸颊，把被子往上拉了拉。

顾流沙像是察觉到什么，长长的睫毛眨了眨，小嘴咕哝："妈咪。"

顾琉星眼泪立刻就下来了，握着她的另一只手，柔声道："妈咪在。"

顾流沙小嘴弯了弯，安心地睡了过去。

叶寻拎着保温饭盒从外面进来，压低声音质问："你们谁给宝贝吃了冰激凌？"

顾琉星和南桥皱眉，都摇了摇头。

顾琉星更是震惊："你是说宝贝发烧，是因为吃了冰激凌？"

叶寻没好气地点头："医生这么说的。"

顾琉星抿唇："不是在家里吃的，就是在幼儿园吃的。"

顾流沙每天不是和他们在一起，就是在幼儿园里。

叶寻沉思，几秒钟后就有了答案，咬牙道："一定是唐家的那个臭小子！"

南桥想了想道："也不一定，现在追究这些没什么意义了，等宝贝醒了，问问她就知道了。"

郑深刚回到家里，还没上床，大 Boss 的电话就来了。

"星月首府，马上来接我！"

郑深欲哭无泪，认命地穿上衣服。

车在傅言宸面前停下，他发泄般大力拉开车门，怒气冲冲地坐进去，然后又狠狠地关上门，震得郑深肩膀一哆嗦，后面冷气更是直袭他的面门。

郑深庆幸自己现在在傅言宸面前还能稳得住，问："傅董，去哪里？"

傅言宸怒吼："这还要问我，我养你干什么吃的？"

郑深低头，有种城门失火、殃及池鱼的委屈感，默默地将车开向盛景的方向。对大 Boss 来说，除了星月首府，他似乎去哪里都无所谓。

回到盛景，傅言宸看什么都不顺眼，把所有用人都骂了一遍，甚至连周妈都没有幸免。

大半夜的，盛景灯火通明。靠近了，能听到某人怒吼的声音。

四年来，盛景从来没有像今天这样，人人自危，生怕做了什么事让傅言宸劈头盖脸一顿骂，然后被辞掉。

郑深恭恭敬敬地当背景，垂着脑袋，一声不吭，暗自祈祷这把火千万别烧到他身上。

还好，傅言宸骂累了，喝了一杯冷水，就上楼了。

周妈问郑深:"少爷是喝酒了吗?"

郑深点头,但是发火的原因应该不是醉酒撒酒疯,应该是在顾小姐那里受了刺激。

周妈摇头叹气:"少爷脾气越来越差了,是不是……"

"周妈,傅董很好!"郑深脸色忽然严肃起来,打断周妈的话。

周妈苍老的脸上浮起担心的神色,傅言溪的话又在她脑中闪过:"周妈,你是看着言宸长大的,很多事情你也知道,所以,要有分寸。"但是,少爷这三年来,平静度日,像个机器一样上下班,回来就休息,这样真的好吗?自从顾小姐回来,少爷会发脾气,也会笑……周妈犹豫不决。

躺在床上的傅言宸翻来覆去睡不着,顾琉星刚回国,有什么事能让她急得都要哭?越想越觉得可疑,傅言宸翻身而起,光着脚走出去。

"郑深。"楼上传来傅言宸的声音,对用人来说犹如魔音。所有人都僵在原地,一动不敢动,连大气都不敢喘。

只有郑深一个人缓缓转身,然后仰起头,望着站在二楼的傅言宸:"傅董,有什么吩咐?"

"去查查顾琉星今晚去了哪儿。"

"是。"郑深恭敬地说道,他发火果然还是因为顾小姐。

翌日,贝尔幼儿园。

八点半,唐靳趴在桌上,望着旁边空落落的座位,就像他的小心脏都飞了。

为什么顾流沙今天没有来?她怎么了,她是家里有事,还是转学啦?或者是她听了别人说他的坏话,以后不再和他玩啦?

唐靳转动小脑袋,想了很多种可能性,然后小大人一样叹了口气:顾流沙,你快来,我把我小舅舅送给我的玩具跟你一起玩。

就这样,唐靳在唉声叹气中度过了一节课。

下课铃声一响,林夕瑶白皙的脸上露出甜美的笑容:"小朋友们,我们下课了,大家不要追逐打闹,都要当一个乖孩子。"

稚嫩的嗓音杂乱不一地响起:"知道啦,老师!"

林夕瑶拿着故事书走了出去,后面唐靳迈着小短腿飞快地跑到林夕瑶面前。

林夕瑶望着站在身前的小萝卜头,笑了笑:"唐靳,有什么问题要问老师吗?"

唐靳低着头，小胖手在背后紧紧地绞在一起，扭扭捏捏地开口："林老师，顾流沙今天为什么没来呀？"

林夕瑶无奈地一笑，原来他是来问顾流沙的："顾流沙今天生病了，在住院，所以就没有来。"

唐靳手一顿，然后绞得更紧了，小脸皱成一团，紧张地问林夕瑶："顾流沙她为什么会生病？她怎么啦？她生病会不会很痛？林老师，我想去看她，你能不能带我一起去？"

林夕瑶有些为难，蹲下来平视着他，抱歉地说："唐靳，对不起，老师并不知道顾流沙在哪家医院，你还要上课，如果你想去看顾流沙，等放学了老师问过顾流沙的爸爸医院地址，再带你一起去可以吗？"

唐靳失落地垂下小脑袋，小嘴巴紧紧地抿着，黑白分明的眼珠子转个不停。

不行，他一定要现在就去看顾流沙，还要给她带爱心午餐。他要第一个去看顾流沙，然后顾流沙一定会特别开心，然后特别喜欢他。这样想着，唐靳立刻跑开了。

林夕瑶扭头就看到他跑进了教室，只当小孩子在闹脾气，没有太在意。

充满童真的教室里，唐靳看着墙上的儿童表，扳着手指算了算时间，时间还有很多。他的小脸一片坚定。

拉出书包，唐靳翻着妈妈给他装的零食，有牛奶、饼干、糖果、脆脆角、儿童薯片、豆干，还有一个扭蛋，这是他今天想送给顾流沙的礼物，结果顾流沙没来。

唐靳看着扭蛋，那表情像是失去了全世界。

上课铃声响起，美术老师进来教大家画画。

唐靳眼睛贼溜溜地看着美术老师，拿手里的笔乱画一通。在老师转身的时候，唐靳蹑手蹑脚地拿起早就收拾好的书包，挪了出去。

一出教室，唐靳快速跑下楼，刚跳下最后一个台阶，就听到高跟鞋踩着地面的声音，唐靳吓得连忙躲在楼梯后面，眼看着那位老师走了，才小心翼翼地出来，然后一溜烟跑到大楼后面。

唐靳熟门熟路地跑到墙脚，扒开一堆草，露出一个小小的狗洞。唐靳脸上笑开了花，趴在地上就要往外钻，结果头刚进去就被卡住了。

唐靳扭着小屁股又退出来，苦恼地看着自己的书包，狗洞太小，书包里东西太多，过不去。

望着比他高出好几倍的墙，唐靳紧紧地抿唇，鼻子里重重地出了一口

气，然后手一甩，书包嗖的一声飞了出去，撞上墙又掉下来。

　　唐靳试了好几次，才成功把书包扔出去，小脸扬起一抹嘚瑟的笑，然后他从狗洞钻了出去。

　　望着外面的蓝天，唐靳心情非常好！拖着大书包，唐靳噔噔噔地跑到大马路上，小手挥来挥去，拦下路上的出租车。

　　傅言宸刚处理完公事，办公室里一片狼藉。

　　从昨晚郑深告诉他，顾琉星朋友的孩子生病了，她着急去看，傅言宸脸色就不好了，今天一早更是乌云密布，进董事长办公室的就没一个没被骂的。

　　郑深避开那些扔得满地的文件，走到傅言宸面前，问："傅董，这是您要的傅氏奢侈品代言人的合约。"

　　傅言宸抬起布满红血丝的眼睛，森冷的目光落在郑深脸上，郑深差点儿吓得趴在地上。

　　傅言宸一把扯过合约，看也不看地拉开抽屉扔进去。

　　郑深站在原地，等着傅言宸吩咐接下来的工作。虽然是中午休息时间，但今天傅言宸这个样子，谁敢休息。

　　傅言宸皱眉，不悦地吼道："杵在这儿干吗？滚出去！"

　　郑深被吼得一激灵，跌跌撞撞地跑了出去。

　　他刚到外边，两个女秘书拿着能量棒过来，塞给郑深一个，然后心有余悸地看了一眼紧闭的董事长办公室大门。

　　"郑助理，傅董现在还好吗？我们中午还可以休息不？"秘书颤颤巍巍地问道。

　　郑深撕开能量棒，以最快的速度吃完，然后摊手道："傅董现在很不好，所以关于休息，我看还是算了，赶紧工作吧！"

　　秘书带着哭腔道："傅董是怎么啦？我长这么大，呸，我来公司这些年，什么时候见过傅董发脾气，这次我快被吓破胆了！"

　　"可不是，我今天进去，明明工作比以往完成得都好，结果被骂得最惨，我差点儿都对自己的人生产生了怀疑。"另一个秘书也哭道。

　　郑深：天真的女孩儿，以为温顺的老虎就可以当猫了吗？

　　"这是怎么啦？"

　　电梯口响起流里流气的声音，女秘书赶紧转头看过去。

　　楚轶受不了女人哭，当即吓得转过身："哎哟，小姑奶奶们，把眼泪擦干,我见不得女人哭。"

"楚少你别拿我们寻开心了。"

"楚少,您怎么来啦?"郑深惊愕地问道。

楚轶一只眼睛开一条缝,看见秘书都把眼泪擦干了,拍拍胸口转过身来,搂住郑深的肩膀:"我来找傅言宸吃饭。"

"啊?"女秘书惊讶了,没见过上赶着撞枪口的。

楚轶望着她们这一惊一乍的样子,不解地问道:"怎么了,你们傅董吃过啦?"

郑深笑笑:"没有,楚少请。"

楚轶将信将疑地走去董事长办公室,然后推开门,震惊地张大了嘴:"言宸,你这办公室应该是第三次世界大战的战场吧!"

傅言宸抬起猩红的眼睛,楚轶被吓得一个瑟缩,拍了拍胸口:"你昨晚吃了个红眼兔子?"不然他眼睛怎么这么红?

傅言宸凉飕飕地瞥了他一眼,又低下头工作。

楚轶走过去,拉开他对面的椅子坐下,一双锐利的眸子把傅言宸仔仔细细打量了一遍,肯定地说:"和顾琉星吵架了。"

一个杯子扔了过来,楚轶手疾眼快地接住,然后就听到傅言宸冷冰冰地说:"多管闲事!"

楚轶挑眉:"说说吧,怎么回事,看我能不能给你出出主意。"

"馊主意。"

这话说得楚轶不乐意了,他可是资深的心理分析家,国际认证的。

他说:"怎么就是馊主意啦?我的意见,绝对是良言。"

傅言宸沉默了。

"哎,你别这样……"

楚轶话还没说完,傅言宸的电话就响了,是傅言天的电话。

"言宸,靳儿失踪了!"傅言天着急的声音传过来。

傅言宸脸色一变:"怎么回事?"

"在幼儿园丢的,哎,说不清,你先过来看看,姐姐急得都晕了,姐夫还在外地出差,你过来帮帮忙。"

"等着。"傅言宸挂断电话,拎上西装外套就大步朝门外走去。

楚轶连忙跟上,问:"怎么啦?"

"靳儿失踪了。"傅言宸沉声说道。

楚轶翻了一个大白眼:"这小子真是不折腾出来点儿事,就不开

心啊!"

话是这么说,楚轶还是打算和傅言宸一起过去,看看能不能帮上什么忙。

傅言宸走出去时,所有人都在岗位上,挺得笔直,认真工作。

傅言宸冷冷地扫过:"要是以后不想要午休,就直接取消了!"

众人蒙了,大 Boss 是什么意思?他是说现在可以午休吗?

所有人反应过来,站了起来,扬声道:"要!"

傅言宸冷着脸迈开长腿,穿过秘书区,直直地走向电梯。

傅言宸到幼儿园的时候,傅言溪已经醒了。

傅家是大家族,园长特地腾出办公室招待他们。

傅言溪坐在沙发上,哭得伤心欲绝,嘴里念叨着:"我的靳儿,我的靳儿……"

傅言天被哭得心浮气躁,抓了抓头发,劝道:"姐,你别哭了,靳儿不见得就是被绑架了。"

砰——园长办公室门被推开,傅言宸大步一迈,走了进来,一扫在场的人,最后锁定在傅言天身上:"看过监控了吗?"

傅言天无奈地说:"看过了,靳儿爬狗洞溜出去的。"

楚轶:"这种事也就唐靳那小子干得出来。"

"靳儿的防走丢……手表,显示在市中心关闭的,一定是……那些绑架的人……发现才关闭的!"傅言溪断断续续地说着。

之前唐靳就被绑架过一次,后来傅言溪就给他买了防走丢手表,以防万一。

傅言宸抿着唇角,沉默了一会儿,问唐靳的老师:"林小姐,唐靳今天有没有什么不一样的地方?"

林夕瑶眼睛红红的,一脸自责,孩子九点多跑出去的,她竟然在中午吃饭的时候才发现。

听到傅言宸的话,林夕瑶仔细回想唐靳今天的表现,忽然眼睛瞪大,看着傅言宸说:"今天唐靳告诉我,他想去看顾流沙,我没同意,他是不是去找顾流沙了?"

"顾流沙是谁?"傅言溪问。

林夕瑶说:"是和唐靳一个班的,不到四岁的小女孩儿,今天生病了没来。"

傅言溪气得说不出话。

傅言宸闻言，眸色一深："去查查这个叫顾流沙的小孩儿住在哪家医院。"

林夕瑶立刻去查，几分钟后，回来说："在A城第一医院。"

唐靳防走失手表关闭的地方就是在医院附近。

楚轶轻笑一声："这小子挺聪明的，逃出学校不关电子表，上出租车也不关，偏偏到目的地附近才关，看来是不想被你们发现他在哪里，又怕自己遇上坏人，才想出这么个损招。"

傅言宸掏出手机，走到一边，给医院的人打了一个电话，调了监控，确定唐靳出现在医院里，才放心。

傅言宸对傅言天说："你先送姐姐回家，我去把靳儿带回来。"

"我也去。"傅言溪站起来，擦了擦脸上的眼泪，脸色又气又急。

傅言宸蹙眉："那是去医院，你以为去什么地方，过去那么多人有用？"

傅言天见傅言宸心情不好，怕两个人杠上，也连忙劝着。

"姐，我们先回家，言宸肯定能把靳儿带回来，你别着急。你刚才还晕了，现在也需要休息。"

傅言溪只好妥协，对傅言宸说："见到靳儿跟我说一声。"

林夕瑶见找到了孩子，默默地走了出去。

楚轶看着她颓然的背影，摸了摸鼻子，唇角露出一抹坏笑。

林夕瑶很自责，唐靳溜出幼儿园，其实是她没有看管到位，没出事还好，如果出事了呢？那么小的孩子，该怎么自救。

一出办公室，林夕瑶坐在一旁的滑梯底端，脸埋进膝间，肩膀一颤一颤的。

"这下阴沟里翻船了吧？你知不知道你差点儿把唐家的小金孙弄丢了！"流里流气的声音响起，特别欠揍。

楚轶靠在滑梯上，居高临下地俯视着默默哭泣的女人，眼里满是幸灾乐祸。

林夕瑶哭声没停，完全没有理楚轶的意思。

"喂，林夕瑶！"楚轶喊道。

林夕瑶这才道："这位先生，我现在心情不好，如果你是因为唐靳这件事骂我，那你骂，我绝不还嘴；如果你是来找我斗嘴的，不好意思，我没心情。"

这语气，明显是知道楚轶不是唐靳的父亲。

"我叫楚轶。"楚轶强调，"而且，我不是来骂你的，我就是来奚落你的，看笑话，懂吗？"

"你！"林夕瑶被气得抬起头，红得像兔子一样的眼睛愤怒地瞪着楚轶，"你怎么这么无聊！"

楚轶笑了笑，发现她哭起来挺可爱的："不无聊，你能和本少爷说上话？和本少爷聊天可是要按小时收费的！"

林夕瑶冷冷地哼了一声，站起来就要走。

胳膊被人扯住，林夕瑶不耐烦地回头："你还想怎么样？笑话也看了，也奚落了，场子也找回来了，姓楚的，你别得寸进尺！"

楚轶翻了一个白眼，无语地说："我是想告诉你，就算你把唐靳看得再严，他也会想出各种鬼点子溜出去，所以不用自责，你没看他妈妈都没追究你的责任吗？"

唐靳到底有多难管教，傅言溪当然知道，不会无理取闹到追究一个老师的责任。

林夕瑶愣住，眨了眨眼，没想到他会安慰自己，垂眸轻声道："谢谢。"

"哟，你还会说谢谢？"楚轶高高在上地瞥了她一眼，用那种特别欠揍的语气说道。

林夕瑶目光里的那一丁点儿感动立刻消失得无影无踪，她冷冷地道："那你当没听到。"

楚轶不干了："你说都说了，我怎么当没听到！"

"那就忘了。"林夕瑶扔下四个字，潇洒离去。

这时，傅言宸几人走了出来。

楚轶上了傅言宸的车，和他一起去医院。傅言天送傅言溪回傅宅。

车上，楚轶感受着傅言宸不断散发出来的冷气，以及从窗户外钻进来的冷风，然后转头看了看他黑沉的脸色，默默地抱紧胳膊。

一到医院门口，楚轶就利索地蹦下车，一溜烟跑进医院，一股消毒水味夹着暖风包围了他。

第五章

禁 锢

唐靳赶到医院也是一波三折。

一溜出幼儿园,唐靳两眼一蒙,完全不知道自己该去哪家医院,最后心一横,不管了,就去他去过的医院,小孩子看病不都在那儿吗。

唐靳拦了一辆出租车,报了医院名,谎称自己是去找妈妈,然后司机师傅一脸同情地把唐靳送到医院门口。

唐靳站在医院大门口,探头探脑地往里面瞅:这么多人,他该怎么找顾流沙呢?

唐靳眼珠子滴溜溜地转着,决定去自己住过的那一层找找看。

只能说唐靳幸运,他一间间找,还真给他找到了。

唐靳到的时候,顾流沙还在睡觉,叶寻守着顾流沙,南桥去忙工作室的事,顾琉星去拍戏。

唐靳小小的身体靠在门边的墙上,低着头等叶寻离开。

十几分钟之后,唐靳看着医生把叶寻叫走,然后小短腿一迈,快速溜进去,还不忘把门反锁……

唐靳望着躺在病床上的顾流沙,把大书包扔在地上,然后撑着脸,注视着顾流沙的脸。

他小声道:"顾流沙,你生什么病啦?难受吗?我带好吃的来看你了,你能不能醒来和我玩,因为一会儿我妈妈找过来,我就要回去了。"说完,他等了好几分钟,顾流沙也没醒,唐靳叹了一口气,伸出自己的胖指头戳戳顾流沙。

顾流沙迷迷糊糊地睁开眼睛,那张放大的脸就出现在顾流沙的眼中。

顾流沙惊喜地叫了一声:"唐靳哥哥。"

唐靳捂住她的小嘴巴,在她耳边说:"我是偷偷跑出来的,你小声点儿,别被人发现了。"

顾流沙睁着黑白分明的眸子,点点头,比了一个嘘的手势。

唐靳脸上笑开了花,小短腿一蹬,就爬上了床,然后把自己的书包拉上来,羞涩地看了一眼顾流沙,献宝似的拉开拉链———一堆吃的从书包里倒了出来。

唐靳抿着唇笑道:"我给你带了好多好吃的。"

"哇——"顾流沙小脸上露出崇拜的表情,"谢谢唐靳哥哥。"

唐靳一脸嘚瑟,摆手道:"不用谢,下次你生病,我还给你送。"

顾流沙撇嘴:"不要生病了,打针好痛。"

唐靳闻言,拉起她的手,果然看到一只手明显比另一只手肿了一点儿,他弯腰轻轻地给她吹着手背:"我给你吹吹就不痛了。"

顾流沙咧开嘴笑了,歪头看着他:"唐靳哥哥对宝贝真好。"

唐靳挠了挠头,不好意思地道:"我只对你一个人好,不喜欢其他人。"

顾流沙捂住嘴,惊讶极了:"真的吗?"

唐靳重重地点头:"我唐靳说到做到!"

傅言宸和楚轶一到医院,问了护士顾流沙的病房之后,就赶了过来。

他们站在门口,楚轶透过门上的透明玻璃,无奈地看着床上吃得开心的两个小家伙。

傅言宸抬手拧门,发现门反锁了,脸色一沉,把门拍得啪啪响:"唐靳,我给你三秒钟,把门给我打开!"

唐靳听到傅言宸的声音,像是被人踩了尾巴的小狐狸一样,全身的毛都乍了,瑟缩地回过头,就看到门外傅言宸那张可怕的脸。

傅言宸瞪着他:"马上给我把门打开!"

唐靳很怕这个小舅舅,认命般下床去开门,踮起脚把门打开。

唐靳相当积极地认错:"小舅舅,我错了。"

楚轶笑了,这小子怎么就这么会整事呢。

"怪叔叔?"顾流沙望着门外的两个人,大眼睛眨啊眨,特别萌。

楚轶热情地和顾流沙打招呼:"小丫头,又见面了。"他腹诽:这么可爱的小丫头,难怪唐靳溜出幼儿园来看她。

傅言宸看见顾流沙的脸,皱起眉头,那种说不清道不明的熟悉感越来越强烈。

"小舅舅,你能不能等我和宝贝把零食吃完再跟你回去?"唐靳扯扯他的衣角,祈求道。

傅言宸低头看着唐靳,拒绝道:"不行,现在就跟我回去!"

唐靳伤心地低下头,却因为害怕傅言宸,不敢露出有意见的样子。

门忽然被推开,楚轶望着进来的女人,惊愕地喊道:"南桥!"

眼前出现的两个大帅哥让南桥整个人都呆住了,手里的儿童午餐都差点儿掉下去。

完了完了,他们竟然撞上了!不过他们怎么会在这儿,南桥暗想。

傅言宸的心骤然下沉,南桥怎么会在这里?顾琭星朋友的孩子,难道是指南桥?可如果是南桥,郑深就直接说是南桥的孩子了。不对,唐靳今天来找的小女孩儿叫顾流沙!她姓顾!

傅言宸按下思绪,回过头,冷冷地问道:"你怎么在这儿?"

南桥脑子里立刻出现无数种应对方法,选了最可信的一种,淡定地说:"我走错门了。"

话音刚落,顾流沙就喊了一声:"桥桥阿姨。"

傅言宸冷笑一声:"继续装。"

南桥懊恼不已:怎么就这么巧呢?她晚来一会儿,他们就出去了!

门外,叶寻刚办好出院手续回来,瞅着里面的一幕,神色着急地掏出手机,给顾琭星打电话。

片场。

顾琭星今天的戏拍完了,正在卸妆,她一直在看时间,希望能赶得上顾流沙出院。

刚卸完妆,顾琭星收拾好东西朝门外走,电话就响了。

"喂,琭星,这下死了,傅言宸来了,在医院,和宝贝碰面了!"叶寻压低的声音在她接通的那一刻就传了过来。

顾琭星听见这句话,有些蒙。傅言宸发现了,他会怎么想?他以为那

孩子是她在国外和别人生的？

"喂，琉星！顾琉星！"

叶寻的声音强行让顾琉星回神，顾琉星眨了眨眼睛："你现在在哪儿？"

"我在门外。"

"你进去，如果傅言宸问起孩子的名字，如实告诉他，就说孩子随母亲姓，你的妻子就姓顾。"

叶寻蹙眉，抿着唇沉声道："他会信吗？"

"先这么说。"

挂断电话，叶寻咬牙，白净的脸上一片决绝，赴死一般推开门进去了。

南桥看见叶寻，仿佛看见了救星，差点儿哭出来，刚才的傅言宸真是太可怕了。

顾流沙看见叶寻，更开心了，稚嫩的声音特别激动："爹地。"

叶寻淡定自若地走过去，摸了摸她的脑袋："爹地带你回家好吗？"

顾流沙也不喜欢医院，所以从床上一骨碌爬起来，伸开手臂："爹地抱。"

唐靳瞪大眼睛看着这一幕，眼里燃着熊熊怒火，他被彻底忽视了。

叶寻把顾流沙抱在怀里，然后朝南桥递了一个眼神。南桥会意，绕过两尊大神，去收拾顾流沙的东西，打算回家。

床上一堆零食还有碎末，让南桥头疼，顾流沙在生病，傅家的小子还给她吃这么多零食！

南桥把零食全装进唐靳的书包里，然后递给他："小家伙，给你。"

唐靳沉浸在被忽视的悲伤中，没有理南桥。

楚轶笑着伸手去接，刚碰上书包，就被伸过来的小胖手打开，唐靳眨着大眼睛看向南桥："姐姐，这是我送给顾流沙的，你直接带回去吧！"

一声姐姐把南桥叫得心花怒放，唐靳清澈的眼神让她无法拒绝，然后她特别亲切地对唐靳说："那姐姐替顾流沙谢谢你。"

叶寻："……"

顾流沙从叶寻怀里抬起头，对唐靳甜甜地笑道："唐靳哥哥，下次要记得给宝贝带冰冰哦！"

叶寻皱眉，什么"冰冰"，脑子里忽然一个激灵，冷冷地看向唐靳："是你给宝贝吃冰激凌的？"

唐靳被叶寻的眼神吓到，跑到傅言宸身后，才点点头，小声道："嗯。"

叶寻死死地瞪着挂在傅言宸腿上的唐靳，差点儿背过气，他就知道是唐家的臭小子，不只把宝贝害得生病，还把傅言宸招惹过来，他真想用两根手指掐死这个熊孩子，但是不可以。

深呼吸了一口气，叶寻劝自己，现在应该尽快脱身，还是不要找麻烦了。

"桥桥姐，走。"叶寻说。

南桥反应过来，连忙跟上。

叶寻在进来之前，祈祷一亿遍，希望傅言宸装高冷，最好什么也别问，让他们走，千万别拦他们！不知道是不是他的祈祷奏效了，傅言宸竟然真的一声不吭地放他们走。

楚轶完全不觉得有什么问题，看病房里只剩下他们两大一小，说："好了，解决了，回去吧！"然后等他视线从唐靳身上移到傅言宸脸上的时候，吓得一个趔趄，原地倒退好几步……

"傅……傅言宸，你怎……怎么了？"楚轶望着他比锅底还黑、比冰川还冷的脸色，磕磕巴巴地说道。

傅言宸充满杀气的眸子扫过他，楚轶真实地感觉到一股凉气从脚底直冲天灵盖，好可怕……

等楚轶回过神，傅言宸已经走出去了，唐靳耷拉着脑袋，跟在他身后。

叶寻和南桥抱着顾流沙来到医院停车场。

一上车，南桥就迫不及待地说出自己的疑惑。

"傅言宸怎么一句话都不问？他肯定知道宝贝的名字，不然不会找到病房。要是他只看到你，不认识，也就算了，他都看到我了，竟然没有对宝贝的身份产生怀疑，这不合逻辑！"

喂，姓顾，顾琉星的顾，他竟然一点儿都不好奇？

叶寻沉着脸，帮顾流沙固定好儿童座椅，又探了探顾流沙的体温，说："我看还是让琉星做好准备吧，这是暴风雨前的宁静。"

叶寻表情很镇定，内心却很狂躁。在病房里，傅言宸的眼神跟刀子一样往他身上扫，他多难才撑到最后。

南桥瞳孔骤缩，瞬间明白叶寻的意思。

傅言宸根本不想问他们，因为他要去找顾琉星，亲自问清楚！

咽了口口水，南桥心有余悸地靠在座椅上保持沉默。

车刚到南桥的公寓下,前面一辆出租车停下,顾琉星戴着口罩从车上下来。

看到熟悉的车,顾琉星担忧地走过来,叶寻降下车窗,顾琉星就迫不及待地看向顾流沙,见小家伙安安稳稳地在座椅上睡着了,闭了闭眼睛,呼出一口气。

顾琉星问:"怎么样了?"

叶寻摊手,不知道怎么和她说当时的情况:"上去再说。"

顾琉星点点头,叶寻下车把睡着的顾流沙抱出来,顾琉星自然地接过顾流沙。

叶寻和南桥拎着东西,一行人回到南桥的家。

小区门口重新变得空旷,一辆黑色的劳斯莱斯从角落开了出来。

车内。

唐靳一脸开心,小舅舅真好,带他来看顾流沙。

楚轶一脸震惊,张大的嘴巴能塞进去一个鸡蛋。

搞了半天这孩子和顾琉星有关系,难怪傅言宸脸色差成那样,那孩子叫什么来着……

顾流沙!姓顾!她不会和顾琉星有关系吧!

楚轶小心翼翼地去瞄傅言宸,仅仅一眼,楚轶就立刻把视线收了回来,太可怕了……

傅言宸阴鸷地望着小区门口,哪怕门口已经没人了,他漆黑幽暗的目光还是没有挪开。

<u>丝丝</u>冷气从驾驶座上蔓延到整个车内,比寒冬还冷!

"小舅舅,我们回家吧。"唐靳没有察觉到任何异常,忽然说道。

顾流沙已经进去了,没的看了,还是回家吃饭吧,他有点儿饿,唐靳摸摸自己的肚子。

两分钟后,傅言宸不紧不慢地踩下油门,车缓缓离开。

楚轶拍拍胸口,还好,他并没有爆发,世纪大战也没有到来。

他们回到傅宅,傅言溪、傅言天和傅老太太焦急地在门口等着。

傅言溪扶着焦急得来回踱步的老太太,既担心儿子,又担心老母亲撑不住,脸色苍白。

一看到傅言宸的车,老太太立刻甩开傅言溪的手,利索地跑过去,一把抱住刚下车的唐靳:"我的宝贝外孙子,你让外婆担心死了,外婆看看,有没有受委屈?"

老太太仔细地从上到下摸着唐靳,唐靳耷拉着肩膀,老成地说:"外婆,我觉得你在趁机占我便宜。"

傅老太太扑哧一声笑了,宠溺地捏了捏唐靳的小鼻子:"鬼精灵!"

唐靳笑得露出小白牙,但一看到傅言溪凝重的脸色,笑容僵在脸上,心虚地低下头,不情不愿地走过去。

"妈妈,对不起。"唐靳小声道歉。

傅言溪简直拿他没办法,叹了口气,蹲下直视他:"下次想去哪里,给妈妈打电话,妈妈带你去,一个人太危险了。"

楚轶看着这一幕,啧啧称奇,唐靳是傅、唐两家的心肝,难为这个臭小子没长歪。

唐靳见傅言溪没有生气,笑得开心,讨好地说:"靳儿知道了,妈妈。"

傅言宸自始至终都没从车上下来,深邃的目光望着前方,眼中一片暗沉,仿佛在酝酿一场风暴。

傅老太太最不想看见的就是这个儿子,这会儿看见他奇奇怪怪的,就更生气了,双手叉腰,吼道:"傅言宸你给我下来!"

傅言宸看都没看老太太,只对楚轶说了句:"你要是想留在这儿吃饭,我没意见。"

楚轶二话不说,赶紧上车,尴尬地笑了笑:"哪儿能啊,我肯定跟着你,跟着财神爷有肉吃。"

现在的傅言宸太可怕了,自己得看着他,免得他冲动做出什么事。

傅言宸一脚踩下油门,眼看车要飞驰出去,老太太突然冲出来挡在车前,傅言宸连忙踩下刹车,皱眉和自己的母亲大眼瞪小眼。

傅老太太:"傅言宸你敢走,你今天必须留下来!"她还有事和他商量呢。

傅言宸:"妈,公司事多,等我过几天回来陪您吃饭。"

公司的事,傅老太太犹豫不决,不知道应不应该放人。

傅言宸朝傅言天看了一眼,傅言天会意,立刻过来把老太太拉到一边,劝道:"妈,你让言宸去忙,我今天下午推了所有的事陪你。"

傅老太太撇嘴,想了想道:"那你把颜筱叫来。"

颜筱是傅言天的未婚妻,老太太特别满意的儿媳妇人选。

"好好好,我现在就给她打电话。"

傅言天这边刚劝好老太太,傅言宸的车已经飞驰而去……
老太太气得眉毛都要竖起来,臭小子,气死她啦!

傅言宸一到公司,冰冷的视线寻找着郑深,那道冰冷的视线,横扫整个楼层,所有人大气都不敢出。

郑深刚从茶水间端着咖啡走出来,一眼就对上傅言宸阴冷的视线,吓得全身的汗毛都要竖起来了,太危险!

这还不是最重要,最重要的是,这信号似乎是朝他发射过来的……

还没等郑深多想,傅言宸冷冷地扔下一句话:"进来。"

郑深打了个哆嗦,放下咖啡,跟着他进了办公室,规规矩矩地站在傅言宸面前。

"傅董,您找我有事?"郑深战战兢兢地问。

傅言宸冷冷的目光落在他身上,郑深差点儿跪下,Boss大人,您知道您的目光比刀子还厉害吗?

一沓文件猛地砸过来,郑深下意识闭上眼睛,就听到傅言宸的吼声:"我让你查顾琉星,你竟然连她身边多出来的男人和小孩都没查出来,我养你有什么用!"

郑深想哭,他查出来了,可是天真地以为那不是什么大事……

作死是什么样,就他现在这样,他还不能狡辩,不然还不知会发生什么……

郑深说:"傅董,这是我的疏忽,抱歉,我现在就去将顾小姐身边的所有人都查清楚,您再给我一次机会……"

傅言宸看着郑深,郑深满头冷汗,扛不住的时候,求助一旁的楚轶。楚轶耸肩,他也无能为力啊。

好不容易等傅言宸开口了,但下达的命令,让郑深都想去死。

"新修地铁线的转线站周围,所有的地给我拿下。全部开发项目,你亲自来,办不成,你就给我滚回家!"

郑深心脏抽搐,差点儿猝死,这么多项目,全部他亲自来?他能不能谢谢傅董对他能力的肯定,真的好想哭……

楚轶打了个寒战,太狠了,郑深最近几个月都别想睡好觉了,希望他能活着。

"办不了?"傅言宸说。

郑深立刻应道:"可以,可以办到,一定不会让傅董失望……"

"滚出去。"

郑深赶紧跑出去。

楚轶在后面叹息，可怜的孩子，被奴役得这么惨。

看完热闹，楚轶转头，傅言宸瞪着他，楚轶吓得闭上了眼睛，缓了缓才睁开眼，就听到傅言宸吼道："你也给我滚。"

南桥家。

顾琉星把顾流沙抱进临时儿童房，轻轻地把她放在床上，给她盖好小棉被，俯身在她额头上落下一吻，才走出去。

南桥在倒水，叶寻像被抽了脊骨一样软绵绵地靠在沙发上。

顾琉星走过去坐下，接过南桥递来的水，感谢地朝她笑了笑："桥桥，辛苦了。"

南桥摊手，认命般道："谁让我摊上你这么个朋友呢。"

顾琉星扯了扯唇，然后问："病房里发生什么事了？狗蛋儿，你说的话傅言宸信了没？"

叶寻喝了口水，压压惊，无力地说："说什么说，傅言宸根本没问，病房里除了尴尬，什么事也没发生。"

顾琉星闻言皱眉，傅言宸一点儿都不关心吗？那他这几天表现出来的在乎，难道只是单纯的大男子主义？他真的对她一点儿也不在乎？

顾琉星双眸黯淡，想过无数种可能，唯独没想过傅言宸会是这样的反应……

那她的计划还怎么进行下去，如果他根本不在乎，她的独角戏有什么用？

南桥叹气，拍了拍顾琉星的肩膀，沉声道："琉星，我看傅言宸不会轻易翻过这一页，你要有心理准备，他不问我们，也许他想问的是你。"

顾琉星艰难地扯了扯唇角："是吗？"

到现在任何迹象都没有，怎么可能是对准她的？傅言宸的心思四年前她没猜透，难道四年后她依旧一败涂地？

南桥和叶寻都不知道怎么帮她，房间里寂静无声。

叶寻倒是有主意，干脆重新换个计划，直接回M国算了，但是他知道，顾琉星不会同意。

顾琉星在南桥家里一直待到顾流沙醒来，陪她吃了晚饭，才回星月首府。

一路上，顾琉星心不在焉。

乘电梯到顶层，顾琉星摸出钥匙开门，门刚打开，极大的力道凶猛地从她背后把她推了进去。

顾琉星猛然一个趔趄，以为遇上了入室抢劫，反手就要往漆黑的空气中抓。

门被狠狠关上，一只干燥的大手攥住她伸过来的手将她蛮横地抵在门后。

顾琉星挣扎，接着整个人都被拿捏住，手脚被禁锢得死死的。

"你是谁……想做什……"

话还没说完，黑影笼罩过来，霸道地倾下身来，然后她的唇被堵上了，熟悉的气息，熟悉的温度……

顾琉星知道他是谁了。

傅言宸，他还是来了。

顾琉星猛地用力推开他，因为刚才的惊吓气息不稳地说："傅董，大晚上不睡觉，来玩入室抢劫？"

傅言宸抿唇，倾身又把她压在门上，居高临下地俯视她，冰冷的声音在她耳边响起："顾流沙是谁？"

他开口问了，她还以为他不感兴趣呢，他是怕她不干净吗？

顾琉星说："朋友的孩子。"

傅言宸冷笑一声，拍了拍她的脸，如情人呢喃般在她唇边道："顾琉星，你朋友的孩子为什么姓顾？你把我当白痴呢？！"

"顾时镜也姓顾，你怎么不说他是我哥？"顾琉星说。

傅言宸低吼："他要是你哥，我会看着他混得这个鬼样子？"

顾琉星："……"

的确，演艺圈大腕顾时镜在他眼里渺小如蝼蚁。

"回答我！顾流沙到底是谁？"傅言宸掐着她的下巴，恶狠狠地问。

顾琉星疼得皱眉："我已经回答你了，是巧合，她母亲也姓顾，是我的朋友。"

"那你为什么会去照顾她？别告诉我，你顾琉星的同情心已经泛滥到对朋友的孩子都可以去无微不至地照顾，甚至脸上的柔情都像是对自己的孩子！"傅言宸愤怒地大吼，手上的力道更加不知轻重。

顾琉星眉间越皱越紧，忍着痛说："我没骗你，孩子母亲不在身边，走之前拜托我照顾孩子,我和孩子相处了一段时间有感情了。"

傅言宸狐疑地望着她的脸,顾琉星仰起头和他对视。

过了几秒,傅言宸咬牙道:"你最好别让我发现你骗我,否则我会让你付出代价!"

顾琉星转开视线,不屑地冷笑:"付出代价?我孑然一身,你能有什么代价让我付出?"

傅言宸不知道被顾琉星话中的哪个字刺中,漆黑深邃的墨瞳骤然一缩,眼中掠过痛苦。

顾琉星推开他,一声不吭地脱下大衣挂在衣架上,去倒水。

傅言宸敛着眸子,迈开长腿,跟着她坐在沙发上,一把抢过她手里的水,仰头全灌了下去,水滑过喉咙,这才勉强压下他一肚子的火。

顾琉星默默不语,又去倒了一杯。然后她刚走过来,又被傅言宸抢走……

顾琉星咬牙:"傅言宸!"

傅言宸勾起唇角,笑得邪气,手指一松,水杯直直地坠落在地毯上。

他攥住她的手腕,猛然一拉,顾琉星惊慌失措地栽进他的怀里。

翌日,顾琉星从床上醒来,身旁已经空了。

躺在床上,顾琉星失神地看了会儿吊灯,直到闹钟响起,才缓缓从床上坐起来。

被子滑落时,顾琉星看到身上有一些克制的红色痕迹。

她淡淡地扫了眼身旁的位置,光脚走进浴室。

八点半,江眠眠和叶寻来接她。

车上,江眠眠一个人说着:"琉星姐,顾影帝的演技真是没话说,这几天好多新人被他折服了,私下里讨论着怎么才能搞定顾影帝。"

"那是因为她们不知道,你口中的顾影帝只对我身边的顾妖精有那么一丝兴趣。"叶寻在一旁凉凉地补充。

江眠眠翻个白眼,没好气地道:"我当然知道!我这是在给琉星姐信心呢!那些瞧不上我们琉星姐的,其实还不如我们琉星姐呢,顾影帝的区别对待,就是最好的证明!"

顾琉星没忍住笑出了声,转身捏了捏江眠眠肉肉的圆脸:"眠眠,你这嘴巴是越来越甜了!"

叶寻无语地看着两人。

江眠眠青涩的脸上露出一抹娇羞的笑："见到琉星姐就变甜了。"

顾琉星笑得不能自已，叶寻嘴角和眼角直抽。

傅氏集团顶层，秘书部的人全部一脸蒙地望着今天早上满面春风踏进公司的董事长，面面相觑。他们的大 Boss 可真是阴晴不定。

郑深大概听楚少说了经过，不过他有些奇怪，顾小姐是怎么把一头苏醒的老虎给捋顺毛的。

想不出结果，郑深撇撇嘴，继续埋头工作，盯着桌上的文件，瞅着自己的处境，欲哭无泪。

桌上的内线电话忽然响起，他接通后里面传来傅言宸温和低沉的声音："进来。"

郑深："好的，傅董。"

一走进办公室，郑深就看到傅言宸高挺的鼻梁上，架着复古原木色眼镜。看来傅董的心情真的很不错。

傅言宸将一沓文件推到他面前："上面三份是给顾琉星筛选的合同，这些广告代言都太露了，打回去。下面是本季度的一些发展报告和业务报表，应该改的地方我已经做了批注，让下面的人尽快处理。"

郑深："好的。"说完，郑深抬头特别复杂地看了傅言宸一眼，傅董心情是有多好，以前他最多就是不骂人，现在竟然都开始做批注……

他要不要趁着傅董心情好，救救自己，郑深看着傅言宸，一副欲言又止的样子。

然而，还没等他开口，傅言宸淡淡地道："要不要我把办公室让给你？"

傅言宸目光如炬地看看着一份份文件，头都没抬。

郑深心里一咯噔，什么求饶的话都不敢说了，赶紧离开。

门外，有秘书部的女孩凑过来，悄声问郑深："郑助理，董事长今天是怎么了？对我们这么和颜悦色，我今天犯了个非常低级的错误，都做好准备挨骂了，结果董事长只是给我指了指，让我下去改……"

"那你这个没我的夸张，我把咖啡洒在董事长的紧急文件上，董事长只是让我下去尽快打印出来，竟然没有开除我。"

"我也是我也是，今天犯了好几次错误，董事长都没发脾气。"

…………

郑深："……"你们怎么可以那么幸福！

"快说嘛。"秘书部的小姑娘好奇宝宝一样围着郑深。

郑深笑笑，说："其实答案很简单。"

小姑娘们一个个睁大眼睛，特期待地注视着他。

郑深摊手："那就是我也不知道。"

众人无语："喊——"她们转身四散离去。

"唉，我真不知道。"郑深解释。

众人不理他。

郑深撇嘴，敢议论大 Boss，他是在找死！但是啊，顾小姐，我可是被你害惨了，等以后你当了老板娘，记得给我发抚慰金……

《魔尊》拍摄现场。

今天的戏份有些虐，片场的气氛稍显压抑，所有人都在调节自己的情绪。

上午十点，开始拍摄后，所有人全情投入。

第三场：漫天流星原来是神王的眼泪。

大致剧情。

星儿死后，肉体不能留在神界，否则会化为肉糜。神王重尊亲自下界，将她的尸体埋在人界最高峰峰顶，离开时，落下一滴泪水。

月色明亮皎洁，漫天的流星呼啸着划过漆黑的夜空，那遍地的漆黑，仿佛在瞬间被点亮，耀眼夺目。繁华美丽的背后，是数不尽的悲伤。

神界之上，重尊数日心情不佳。

因为最高峰取景地不在这里，所以推后拍摄。

华尊宫内，重尊慵懒地坐在神王宝座下的龙凤白玉石阶上，夺目的紫眸茫然地望着天际，属于重尊的星光或明或灭地闪烁着。

星儿应该是留恋这里的，否则，最后一眼看的怎会是华尊宫外？明亮的星辰萦绕在华尊宫外，守护着三界最尊贵的地方。

夜色中，华丽璀璨的华尊宫熠熠生辉，光芒叠成金色莲花在华尊宫上空盛开，是神界最美的一道风景。

看着一样的景色，重尊无意识地出声："星儿，是不是很美，神界的东西，自是三界内最美的。"

话音刚落，华尊宫跪倒一大片，粉白蓝绿的神女慌张地低下头，齐声喊道："帝君息怒。"

没能留住帝君的宠物，神界所有人都有责任。

重尊垂下紫眸，唇角扯出一抹孤寂悲凉的笑，他似自言自语地说："贵为神王，掌三界生死，控亿万星辰，却挽留不住一个小生命，这是悲哀。"

神女头埋得更低，所有人大气都不敢出。

"帝君，伏羲君上求见。"门外有天兵朗声禀报。

"不见。"重尊挥袖，淡淡地说，起身朝内殿走去。

内殿奢华雅致，殿中的喷泉散发着雾气，整个内殿透着朦胧美。

一个淡紫色水晶匣出现在重尊掌心，宽大的衣袖一挥，细细的杂色毛发悬在水晶匣上空，一抹紫光闪过——

一只杂毛小狐狸在内殿的各个角落跳跃，偶尔回头，干净明亮的眼睛看向重尊，嘴角浮现一抹有些娇羞的笑容。

重尊慵懒地笑着，紫眸比夜空中最亮的星还要美。

时间一点点过去，重尊斜靠在榻上，视线静静地跟随着小狐狸的身影。直到小狐狸的身影渐渐透明……消失在殿内。然后，那双紫色双眸，也失去光彩，变得黯淡悲伤。

"帝君，华熙宫主求见。"神女温柔的声音传进来。

伏羲见不到帝君，只好去求助华熙宫主。

重尊凝眸看了会儿小狐狸消失的地方，然后起身，目不斜视地走了出去。

华熙见到重尊，屈膝行礼："帝君。"

"有何事？"重尊淡淡地询问。

华熙朝伏羲看了一眼，伏羲立刻跪下："帝君，人界生灵涂炭，还望帝君相助。"

神王震怒，三界生灵涂炭。

神王悲哀，三界又如何能安稳度日呢？

一场流星雨，数万陨石降落人间，死伤不计其数。

重尊垂着紫眸："人界之事，神界如何插手。"

他的意思是不帮？伏羲着急了，人界已经完全没有自救的能力了。

华熙柳眉微蹙，抿唇道："帝君，星儿的家不能就这么被毁了。"

"调天兵物资，遣司命上神下凡。"

话音落下，等二人抬眸，大殿内哪里还有重尊的影子。

只能说顾时镜的演技实在是精湛，结束了好久，所有人还沉浸在重尊最后的悲伤里。

大概沉寂了一会儿，掌声响起，顾时镜收获了无数崇拜目光。

玄幻剧为什么这么少？就是因为颜值不够，满足不了观众。

顾时镜可谓是打破了这一点，完美地诠释了角色。

顾时镜下来时，导演冲他竖起大拇指，赞赏之意溢于言表。

姜烟和顾时镜都是非常专业的、对自己要求很高的人，所有的镜头几乎都是一次过。最开心的莫过于导演了。

路过顾琉星身边的时候，顾时镜脚步顿住，然后低眸看着坐在一旁专心琢磨剧本的顾琉星，微微勾起了红唇。

他还没有卸妆换戏服，紫色长袍后摆被助理拎在手里，顾时镜在顾琉星面前蹲下，然后打了个响指。

顾琉星正沉浸在剧本里无法自拔，被他这么一吓，什么画面都消失得无影无踪。

顾琉星咬牙，双眸里尽是愤怒，气冲冲地抬起头，还没看清是谁，先骂道："你有病啊！"

等她看清那张近在咫尺的脸，视线直直地撞进她眼中的时候，顾琉星惊呼一声，吓得整个人都向后倒去……

顾时镜手疾眼快地拉住她，无奈地笑道："我这样应该挺帅的，不吓人吧？"

顾琉星："……"

"你的表情像是见了鬼。"顾时镜眉峰微蹙，声音里有着罕见的控诉。

不着痕迹地挣开他的手，顾琉星妖娆地笑了笑："异物靠近，本能而已。"

顾时镜垂眸低笑："下午就是我们俩的戏了，你准备好了吗？"

"我的专业毋庸置疑。"顾琉星似笑非笑，眼眸坚定而认真地说。

她虽然不是科班出身，可是傅言宸在私下找了很多老师教她，加上她的天赋，她的演技值得肯定。只不过成名太早，树大招风，当年的她才会遭受众多非议，甚至，她被评为影后的时候，都被很多业界知名记者质疑。

顾时镜其实只是关心她一下，根本没有任何质疑她的意思，被她误会成这样，也是无语。

"顾琉星。"顾时镜叫她，然后深邃的视线锁住她的眼眸，认真地说，"我没有质疑你，我只是关心你。"

剧组人不少，顾时镜的声音也不小，很多人听到了。对谁都拒之于千

里之外、高冷淡漠的顾时镜竟然会关心女二？

顾琉星清晰地感受到一道道怨恨的目光，如果眼神能杀死人，她想她已经万箭穿心了。

捏了捏眉心，顾琉星皮笑肉不笑地咬牙道："顾影帝，你是在整我吗？"

他故意在这么多人面前说这种话，为她树敌。

这时，导演的声音响起："半小时后我们拍下一场，大家抓紧时间吃饭。"

顾琉星深吸一口气，不想再与他纠缠："麻烦让一下，我要去吃饭了。"

顾时镜温柔地对她笑笑，抬手揉了揉她的脑袋："多吃点儿。"

顾琉星愣住："……"

站在顾琉星身后的江眠眠："……"

趁着顾琉星没反应过来，顾时镜站起来带着助理离开。

反应过来之后，顾琉星目光望着顾时镜，神色复杂。

"琉星姐……"江眠眠欲言又止。

顾琉星打断她的话："我知道你想说什么，但我想说的是，我和他压根不熟！"

叶寻虽然老开玩笑，让她和顾时镜传绯闻，但是他也明白，她如今的状况，传绯闻无疑是找死！

顾时镜的形象有多好，粉丝多多，一个个有多护着他，她不是不知道。

在顾时镜的粉丝眼里，根本没人能配得上顾时镜。她和他牵扯上，不是找骂么。

别到时候她不是因为《魔尊》一炮而红，而是变成了人人骂的明星。

"可是……"剧组那么多人看见了，怎么办？

顾琉星烦躁地捏了捏眉心，那天完全是喝了酒，随口开了个玩笑，没想到不小心惹上了口香糖，还越来越黏！

想了想，她说："去告诉南桥，让她处理。"

这种事南桥最擅长，直接交给她就行了。

"好。"

下午的拍摄任务比较轻松。

时间一晃千万年。

神界依旧繁华壮丽，所有的神没有任何变化。只是，多了一个奇怪的东西。

数千年前的一场流星雨,其中的陨石有一颗落在神界的万神之石旁,历经多年洗礼,竟然开花结果,幻化出了人形,还是少女的模样。

司命上神见少女颇具灵性,在禀告帝君之后,带回了自己的炼丹房,当了个药童。

毫无疑问,这个药童便是顾琉星。

司命上神唤她星泪,因为她是帝君的眼泪,星辰之泪。

这天,神界阳光明媚,风和日丽,星泪偷偷溜出司命宫。

她已经有百余年没有踏出这个宫门了。星泪悄然叹息,灵动的眼中闪过一抹狡黠,这次她要好好看看神界。

没走多远,星泪就发现自己迷路了,撇着嘴低下头,一脸苦恼。

怎么办?她要是被师父发现了,肯定少不了一顿责罚。想了想,星泪决定去找人问问。

误打误撞来到一片金色的池畔,星泪打量着这个美丽的地方,干净的大眼睛里充满了好奇。

绕过一处山石,一抹紫色的身影猝不及防地出现在星泪视线中,星泪吓得连忙缩回山石后。她吓得拍了拍胸口。

那是帝君吗?应该是吧,师父曾说,整个神界,只有帝君才可着尊贵神秘的紫色衣服。

按捺不住好奇心,星泪一次次探出脑袋去看。

不知道偷看第几眼时,那抹身影突然回过头来,星泪吓得变回了金色莲花的原身。

重尊看着远处以为自己藏得很好的小丫头,慵懒地笑了。

帝君一笑,星辰闪耀。白天没有星辰,但星泪在他的紫色深眸里看见了万千星辰。

星泪不知道帝君为何发笑,而且,他的笑那么蛊惑人心,竟让她移不开眼睛。

五点钟,今天的任务完成,大排场的《魔尊》,演员也都是敬业,很少重拍。

昨晚离开时,顾琉星就答应顾流沙今天去接她放学。

顾琉星快速卸妆换衣服,去接顾流沙。

"眠眠,我去接叶寻女儿,你先回去吧。"顾琉星扭头对江眠眠说。

"嗯，好，琉星姐你路上小心。"

两人分开，顾琉星去打车，江眠眠去停车场取车。

因为车上没有儿童座椅，江眠眠就没问顾琉星用不用车。

现在是下班时间，很难打车，顾琉星在马路边等车，时间已经快五点十分了，她着急得直跺脚。

这时，一辆保时捷在她面前停下，顾琉星皱眉看向徐徐降下的车窗。

顾时镜！

顾琉星眉皱得更紧了。

"去哪里，我送你。"顾时镜优雅地笑着说。

也许是老天都和顾时镜作对，一辆空着的出租车从不远处开来。

顾琉星面无表情地扯出一个微笑："谢谢，不用。"说完，她往后走了几步，招手拦车，车尾消失在顾时镜视线之中。

顾时镜摸了摸鼻子，抬头望天，运气真不好！

傅氏集团。

郑深送完文件，刚转身打算离开，就被傅言宸叫住。

"顾琉星这几天的行程。"

郑深立刻会意，恭敬地道："顾小姐明天再拍完A城取景的最后一场，就要去T城了，《魔尊》因为是玄幻剧，所以取景地很多，近两个月，顾小姐都会在各地奔波。"

"什么？"傅言宸皱眉，吼道，"那女人要去T城？还要各地奔波？"

郑深被吼得下意识后退一步，弯腰道："是的，傅董。"

和风细雨维持了不到一天，就变成狂风暴雨，顾小姐真乃神人也。

傅言宸想到自己竟然现在才知道，心里憋着一口气，不上不下的，抬手扯了扯领带，重重地呼吸。

"傅董，没事我先出去了。"郑深说。

傅言宸不耐烦地摆手："滚滚滚。"

郑深立刻出去了。站在门外，郑深拉了拉衣服，迈着稳健的步伐回到自己的座位，然后默默地看了眼办公室，有点儿可怕……

傅言宸越想越生气，烦躁地在办公室里走来走去。

顾琉星太不把他放在眼里了，明明马上就要去T城，竟然都不跟他报备！

他看了眼时间，已经五点了，那个女人应该快回家了。

傅言宸的薄唇抿成一条线，一把抓起椅背上的外套，大步朝外走去。

开门的声音传来，郑深立刻低下头，完全不敢去看傅言宸。

还好，傅言宸理都不理他。

出租车停在贝尔幼儿园门口，放学的钟声恰好敲响。顾琉星松了一口气，总算赶上了。

顾流沙看见她，一双大眼睛又黑又亮，兴奋地喊："妈咪。"

陪她出来的唐靳，望着自己被甩开的小手，小脸一黑。

"唐靳哥哥拜拜。"顾流沙被顾琉星抱在怀里，扭头脆声对唐靳喊道。

顾琉星顺着顾流沙的视线看去，见到了一直听说的"唐家那小子"。轮廓有那么一点点像傅言宸，眼睛最像，都喜欢瞪人。

见顾琉星看自己，唐靳礼貌地叫了一声："阿姨好。"

顾琉星弯着眼眸点点头，抱着顾流沙离开。

车上，顾琉星问顾流沙："宝贝喜欢那个哥哥？"

"喜欢。"顾流沙低着头，手里的扭蛋被她扭紧又扭开，里面小公主的头晃来晃去，"唐靳哥哥对宝贝很好，给宝贝好吃的，还送宝贝玩具。"顾流沙晃了晃手里的扭蛋，笑得露出一口小白牙。

顾琉星目光一黯，不知道该说什么。顾流沙没有朋友，交的第一个朋友却是傅家人……

第六章

你回来就好

她和顾流沙一起回到南桥家,叶寻已经做好了晚饭。

顾琉星和顾流沙一起扑过去狠狠地嗅了一口。顾琉星眼睛弯成月牙状,伸长手拍上叶寻的肩膀:"狗蛋儿,厨艺越来越好了!"

叶寻被拍得直接坐在了椅子上,尾椎骨差点儿都折了,龇牙咧嘴地摸着自己的腰呻吟,没好气地吼:"你力气这么大,想弄死我!"

顾琉星撇嘴,挑了挑眉,又嗅了一口饭香,感慨道:"好香啊!"

顾流沙也一脸陶醉,说:"好香啊!"

叶寻翻了一个白眼,忍着嘴角要飞上天的笑意,一脸嘚瑟地说:"也不看看是谁做的!"

看在你这么夸本帅哥的分儿上,本帅哥原谅你刚才的行为了。

南桥也回来了,边关门边语气羡慕地说:"我刚在楼道闻到了特别香的味道,香得我口水都快流下来了,就是很可惜,吃不到,唉……"

话还没说完,南桥回过头看到一桌子的菜,整个人都蒙了,屋子里是满满的香气。

南桥惊喜地大喊:"原来是我们家的!"说着,她饿狼一样扑向餐桌。

对爱好美食的南桥来说,脸上都快笑出花了。

"狗蛋儿，你做的吗？"南桥问道。

叶寻尾巴都快翘上天了，高高在上地嗯了一声，一脸快夸我吧，用尽你毕生所学，狠狠地夸我吧，顺便以后不要再压榨我了的表情。

这几天叶寻一直在给南桥打下手，在工作室帮忙，累得都快吐了。

因为顾琉星后天就要走了，今天他才做了这顿饭。

想到这里，叶寻没好气地瞪着那个狼心狗肺的女人，但正在和顾流沙玩的顾琉星完全没有看到。

"哇！"南桥感慨道，"你真是太厉害了，以后别工作了，当我的御用厨师吧！"

叶寻：他要的不是这个结果……

大家开开心心地吃完一顿饭，顾琉星说："我先回去了。"

叶寻看了看时间，已经十点了，解下灰色围裙："我送送你吧，这会儿不好打车。"

顾琉星欣然同意："嗯，行。"

顾流沙从玩具堆里蹦跶出来："爹地，我也要去送妈咪。"

"宝贝明天要上学，不能太晚睡。"叶寻蹲在她面前哄道。

顾流沙失落地垂下毛茸茸的小脑袋，绞着手指，道："可是妈咪就要走了。"

叶寻最见不得顾流沙这个样子，立刻妥协："好，那我们就一起去送妈咪。"

送顾琉星来回也就半个小时，也挺快的。

顾流沙眼睛突然亮了，像天上的星星一样，亲了叶寻一口："爹地真好！"

顾琉星温柔地笑着，顾流沙太聪明了！

三个人一起坐上车送顾琉星回星月首府，顾流沙开心地唱着儿歌，顾琉星和她一起打着拍子。

车开到星月首府门前停下，顾流沙竟然没有闹脾气，对顾琉星送上告别吻之后，抿着小嘴笑道："妈咪再见，记得想宝贝哦。"

顾琉星俯身亲了她一口："一定会想宝贝的！"

顾流沙捂嘴笑了笑，冲她挥手。

顾琉星看了叶寻一眼，缓缓转身离去。

叶寻一直看着顾琉星的背影，直到她刷卡进了公寓，才发动车子。

"妈咪的电话。"顾流沙忽然说。

叶寻动作一顿，回头就看到顾流沙递过来的手机，他翻了一个白眼：这个丢三落四的麻烦精！

顾琉星和顾流沙分开过不少次，从没有像这次这样不舍，也许是她们从来没有像这次这样，这么开心地离别。

她心不在焉地打开门，把钥匙扔在门口的储物柜上，顾琉星打开灯，换上拖鞋。

她一回头就看到一个挺拔的身影坐在沙发上，目光冰冷地盯着她。

顾琉星皱眉：他神出鬼没地想干什么？

"回来了！"傅言宸的声音很平静，但是让顾琉星觉得头皮发麻。

那股暗潮汹涌的感觉，顾琉星很反感。

她说："你来做什么？"

"上床。"

顾琉星妖娆地笑了，她真是白痴，怎么会问这种问题，脱下外衣，挂在门口的衣架上，然后朝傅言宸勾了勾手指："来吧！"

傅言宸站起来，迈开长腿，朝她缓缓走来，高大的身躯越靠近她，越让她觉得窒息。

望着平静的傅言宸，顾琉星总觉得哪里不对劲，他在生气吗？

顾琉星的眼神暗了下去，他因为生气，所以来她这里发泄是吗？

她走神的工夫，双臂已经被傅言宸紧攥住，然后手滑进她的掌心，和她十指相扣。顾长的身躯朝她走了几步，她被压在门口的墙上。

傅言宸低头，浓郁的烟草气息夹杂着一股清冽随着呼吸进入她的鼻息内。

顾琉星被呛得皱眉，他是抽了多少烟？

傅言宸动作温柔。很动人的一个吻，不带任何强迫的意味。

顾琉星睫毛轻颤，这种感觉给她一种错觉，那就是他们好像不曾跨越四年之久。

一吻结束，顾琉星微微抬脸，视线对上他深邃的黑眸，有些溺人，她下意识避开。

傅言宸看着她无措逃避的小脸，嘴角勾起笑，在她耳畔轻声道："后天晚上有个酒会，你拍完戏陪我去。"

顾琉星尚存的一丝理智快速分析着他的话。后天晚上？后天晚上她应该就在T城了，怎么陪他去酒会？

"我很忙，你找别人吧！"顾琉星说。

傅言宸眸色一暗，问："忙什么？"

顾琉星是想躲开他吗？她和他在一起，就这么受折磨？

顾琉星平静地说："我们不插足彼此的生活，所以和你无关。"

傅言宸猛地瞪向她，眼神阴冷："你的生活？顾琉星，你的生活在我面前就像一张纸，一览无余！有没有关系，都由我说了算！"

"那你还问我做什么，不是知道我要去T城，试探我有意思？"顾琉星道。

"我就想你老老实实地告诉我！告诉我你不是为了躲我、厌恶我，才一声不吭地走掉！"傅言宸大声吼道！

顾琉星被他吼得耳膜发震，睫毛微微颤抖。

很久之前的记忆从脑海中浮现，许多次，她去外地拍摄，傅言宸都会抽空跟来。

他以为她不告诉他，是因为想避开他？顾琉星深吸一口气，闭了闭眼说："对，我就是为了躲你……"

话没说完，门口传来开锁的声音，顾琉星的话一顿，心开始剧烈跳动，房间的钥匙只有南桥和叶寻有。

傅言宸也停下动作，拧眉看向门口，除了他，谁敢拿顾琉星家的钥匙！

几秒后，门开了一条缝，还没看到人，一道稚嫩清脆的声音率先响起："妈咪。"

顾琉星听到声音，眸色顿时惊恐到了极点，整个人都愣住了。

傅言宸眯眼，缓缓将视线移到门口，下一秒，脸色阴冷地注视着出现在门口的身影——顾流沙以及顾流沙的爹地！

叶寻皱眉望着两个人，薄唇抿成一条线，沉默不语。

"怪叔叔，怎么是你呀？"顾流沙惊讶地看着傅言宸，然后发现两个人的姿势后，小嘴一撇，不高兴地说，"怪叔叔，你为什么抱着我妈咪？"

傅言宸望着天真烂漫的顾流沙，第二次听到她嘴里的"妈咪"，忽然笑了，看得顾琉星起了一层鸡皮疙瘩，心脏狂跳。

她听到傅言宸用极其平静的声音说："妈咪？爹地？顾琉星，这就是你告诉我的，朋友的女儿？嗯？"长长的尾音，透出无限的冷意。他的手沿着她背部滑到后脑勺，手指插进她的头发，狠狠一抓！

呃——顾琉星被迫仰起头来，咬牙闷哼出声，剧痛告诉她傅言宸在发火。

他说过，如果让他发现她骗他，会让她付出代价。

叶寻脸色蓦地一变，将顾流沙拉到身后，冷冷地低斥："你干什么？"言罢，他就要上来解救顾琉星，却看到顾琉星乞求的眼神，脚顿在原地，她眼中的意思很明显，希望他离开。

顾琉星很少有这么慌张的时候,她不怕顾流沙暴露,她怕的是傅言宸会像个疯子一样做出疯狂的事,能杀了自己亲骨肉的人,有什么事做不出来?就像现在,他竟然当着顾流沙的面,揪她的头发。

傅言宸听到叶寻的声音,目光未动,依然冷冷地盯着顾琉星,薄唇吐出一个字:"滚!"

顾琉星转眸看向叶寻,扯了扯唇角:"你先带宝贝……回去休息。"

一声"宝贝"出口,傅言宸手中的力道更是控制不住。

顾流沙似乎没发现奇怪的地方,只是不开心自己的妈咪和怪叔叔抱在一起。

她抿着小嘴巴,说:"妈咪,你抱宝贝下去可以吗?"

叶寻仿佛找到解救顾琉星的办法,也急急地附和:"你要是不送她,她可能今晚很难睡着。"

他看得出来,如果不是顾流沙在这里,傅言宸的手动的就不是顾琉星的头发,而是脸了!

顾琉星看向傅言宸,却在他下一秒的凶狠力道中差点儿没忍住叫出声。头皮撕裂一般疼,他告诉她,不许!

但顾琉星还是强撑着开口:"我下去送他们,回来你想知道什么,我都一字不落地告诉你。"

傅言宸冰冷的目光看了她一会儿,似乎在思考,不知过了多久,他的手缓缓移开,退后了一步。

顾琉星重新换上鞋,蹲在顾流沙面前,抱起她:"妈咪送你下楼。"

顾流沙乖巧地抱着顾琉星的脖子,临走之前,偷偷地看了傅言宸一眼,那双清澈的大眼睛里露出防备。

傅言宸才明白,这个小女孩儿很聪明。熟悉的缩小版五官,傅言宸终于知道顾流沙像谁了……像顾琉星!

电梯里,因为有顾流沙在,叶寻没说什么,小小的空间内,气氛沉默得让人难受。

来到车前,顾琉星将顾流沙放进安全座椅,帮她扣好安全带,然后笑着柔声道:"妈咪有问题问爹地,宝贝等等好吗?"

顾流沙明亮的眼珠子睁得大大的,点点头。

顾琉星摸了摸她的脸,退了出去,伸手按着脑后,刚才傅言宸力气太大,她都疼了。

叶寻没好气地看着她,压低声音道:"你还知道疼,平时在我身上使的

112

力气上了天？"

顾琉星皱眉，瞪他："你没事儿跑上来干吗？我不是说过了，现在星月首府你们尽量别来！"

"我哪知道这么巧！"叶寻低声吼道，把手机递给她，"你忘拿手机了，我们给你送上去！"

说罢，叶寻就要去帮顾琉星揉脑袋，顾琉星手疾眼快地打开他，看疯子一样看着叶寻，"你还嫌我麻烦少是吧，傅言宸让我出来，不代表他不会在后面监视！"

叶寻这才意识到，自己刚才的动作要是被傅言宸看到，是怎样的后果，尴尬地收回手，挠了挠头说："你上去吧，有事给我打电话，别被欺负了。"

顾琉星点点头，目送叶寻离开，转身就看到傅言宸穿着皮鞋、西装革履地站在一棵梧桐树下。他的领带有些歪，应该是太生气拽的。

顾琉星抿了抿唇，微微低着头走到他面前。

傅言宸目光晦暗不明，居高临下地俯视着她："给我解释！"

"顾流沙不是我的孩子，我领养的。"顾琉星说。

傅言宸嗤笑，到这个时候她还在骗他，她不知道顾流沙和她长得多像吗？不过他还是想看看，她会怎么圆这个谎。

"那个男人呢，和你什么关系？"

"我们一起去领养小孩儿，同时喜欢上了顾流沙，争执不下，最后一起领养了，恰好他是造型师，我是演员，就决定一起带孩子。"

真是鬼才信的谎话，傅言宸目光越来越冷："所以说，你们只是陌生人，完全是因为顾流沙才勉强有了牵扯？"

"现在是朋友。"明知道这些话不能说，顾琉星还是老老实实说了。

傅言宸冷笑，往后退了几步，怕自己忍不住又去伤害她，声音有些冷："顾琉星，你的这番话可信度很高。"

顾琉星松了一口气，却因他的下一句话，心又高高提起。

"但是，前提是我没看到顾流沙和你的相似度！"傅言宸咬牙切齿地说，"顾琉星，你把我傅言宸当白痴骗呢！"

顾琉星抬头，语气严肃认真："我没有，如果当时顾流沙不是和我那么像，我怎么会领养她？！"

傅言宸嘲讽地看着她：四年不见，她的演技越来越好了，他培养出来的人才！

"是不是，我自己会去查。"

顾琉星垂眸，艰难地说："事实摆在那里，你信或者不信，我无法控制。"

她还在嘴硬，傅言宸完全没了耐心，抬手拔了顾琉星的一根头发，栗色的，微微卷曲。

顾琉星忍着痛没吭声。

"知道什么最可靠吗？"傅言宸说，"证据最可靠。昨天在医院，我就把顾流沙的头发取了，和你的一起去化验，结果很快就会出来。"

顾琉星皱眉："你那天就没信我？"

傅言宸冷冷地勾唇："信你？被你耍得团团转吗？我傅言宸没那么白痴！"

顾琉星目光黯淡，睫羽狠狠地颤抖，声音空洞地说："那你还问我做什么，直接等你的 DNA 结果吧！"

傅言宸看见她这无所谓的样子，被她不在乎的态度刺激了，瞪着眼，怒吼道："我刚才就说过，我只是想听你一句实话，而不是要你挖空心思给我摆出一个又一个谎言！"

"好，你要听实话，我告诉你。"顾琉星那双美丽的眼眸越来越湿，有些回忆一出现，她的神经就绷紧了。

她的眼泪很快溢出眼眶，猝不及防地刺痛了傅言宸的神经，他手指微微颤抖了一下，但很快恢复平静。他看着她抹掉眼泪，抬起苍白的小脸。

"顾流沙三岁五个月。"顾流沙比较瘦小，总给人一种两岁多的错觉，他应该也是这么认为的。说完，顾琉星停了下来，盯着傅言宸。

他果然皱起了眉。三岁五个月？那段时间顾琉星一直在他的身边，这个孩子和他们的那个孩子一样大。

顾琉星清楚地看到傅言宸眸中的一抹难以置信，讽刺道："你既然以为孩子是我的，听完我这句话，是不是想起了我们的孩子？"

傅言宸望着她，掩在衣袖中的手指剧烈颤抖。

四年前。

男医生望着眼眸猩红而绝望的傅言宸，给了他最后一次机会："Boss，我们动手了。"

傅言宸淡淡地嗯了一声，冰眸无温地望着绝望呆滞的顾琉星。

那个过程只有短短几分钟，但傅言宸就像是过了几个世纪，心脏已经痛得麻木，手臂僵硬地按着顾琉星。

昏黄的灯光投在顾琉星脸上，一片惨白，漂亮的眸子里没有任何情绪，如果没有那压抑的恨意,傅言宸几乎以为她又是那个听话的顾琉星。

她恨他了,可是他必须这么做。命运对他很残忍,没有另一条路让他走。

失去孩子后,顾琉星被送往第一医院顶层的病房,不,不能称为病房,因为这里的设施比最豪华的酒店还要高档。

坐在床上,顾琉星僵硬地抬起素白的手,抚摸已经平坦的小腹,眼泪滴落下来,那么伤心。

顾琉星双手捂着脸,肩膀不断地颤抖,眼泪从指缝里渗出,哭声压抑。

在医院的第二天,顾琉星连续两天没有进食。傅言宸来了后,顾琉星率先开口,声音沙哑:"让外面的人滚,否则我不会吃东西。"

傅言宸的手伸向她,顾琉星脸色僵硬了一瞬,眼前仿佛蒙上了一层血雾,将他的手染成了红色。

胃中剧烈翻涌,仿佛有什么东西要冲出喉咙,顾琉星下床冲进洗手间,不断传出呕吐声。

傅言宸脸色惨白,踉跄着逃出病房,并带走了守在门口的保镖。

往后几天,傅言宸住在她的隔壁,不出现在她面前,远远地看着她动作机械地用餐,面无表情地看电视。

第九天,傅言宸出门办事,留下看护,晚上回来时,只见看护晕倒了,顾琉星逃了,删除了属于她的所有监控视频。

那一瞬间,傅言宸觉得心脏缺了一大块,咽喉像是被人掐住了,浓浓的窒息感包裹着他。

他找遍房间也没有顾琉星的身影。他急了,颤抖着手,连忙打电话找人帮忙。最后,除了一张飞往M国L市的机票,他一无所获。

唐温墨家在M国兴起,他拜托唐温墨帮他找人。然而,整整三个月,一点儿消息都没有,顾琉星就像人间蒸发了一样,消失得无影无踪。

顾琉星的那句"你既然以为孩子是我的,听完我这句话,是不是想起了我们的孩子",勾起了他最悲痛的回忆,那个被他亲手埋进傅家墓园的成形婴儿。

泪水灼烧着顾琉星的眼眶,却始终没有落下来,她厉声道:"那个被你亲手处理掉的孩子!"

那个成形的婴儿,不只是顾琉星的伤痛,更是傅言宸的痛,夜色下,他的脸色惨白得像鬼。

顾琉星嘲讽地笑道:"装什么痛苦呢?四年前要是你有一点儿恻隐之

心，就不会是这个样子！"

"对不起。"傅言宸声音沉闷。

顾琉星丝毫不领情，漂亮的眼眸盯着他，轻声道："傅言宸，我从不欠你的，甚至因为当年你帮过我奶奶，我始终对你心存感恩。但是，我人生中为数不多的不堪、绝望，都是你给的，甚至连我唯一的亲人都要夺走，我要是不做点儿什么，过不了自己心里这关，所以，我回来了。"

"你回来就好。"只要你回来，你想怎么报复，我都可以接受。

顾琉星睫毛颤了颤，心口被这句话撞得酸疼，面露讥诮："在你面前一败涂地，我顾琉星真的不冤。"看着他深情的样子，哪个女人能不败呢？

傅言宸敛着眸子，薄唇紧抿，仿佛在压抑着什么情绪，那股情绪凶猛地袭击着他，疼痛感潮水一样蔓延至他的全身。

"顾流沙……"他始终没忘记自己的目的。

顾琉星冷笑一声："我在 M 国领养的，最开始，我只是把她当成那个孩子的替身，后来，流沙是流沙，而那个孩子……再也回不来了！"说到最后，顾琉星嘴唇都在颤抖，但声音很平静。

傅言宸表情麻木，愣愣地盯着她，看着她机器般麻木地叙述着。

"刚到 M 国，我晚上会不带知觉、不带记忆地游走在大街小巷，我到处找我的孩子，最后被当成疯子送进医院。我偷跑过无数次，最后成功了。但是因为被注射了太多的镇静剂，我体力不支，倒在顾流沙所在的孤儿院门口，被院长救了，换了个身份，一直在孤儿院里帮忙照顾小孩子。可是，那么干净的地方，还是不能治愈我，最初是院长凌晨的时候满大街找我，我站在马路中间嘶吼，被车撞过，被人打过。后来顾流沙出现了，我犯病的次数少了，但还是会经常被叶寻在各种角落把我带回家。院长不支持我抚养顾流沙，她说得很直白：'你很危险。'顾流沙对我来说是救赎，我就去看医生，开始各种心理治疗，评估合格后，院长把顾流沙交给了我和叶寻。"

"别说了。"傅言宸的声音里隐忍着痛苦。

顾琉星苍白地笑道："这就是你要的实话。我不想说，你说我骗你；我说了，你又让我别说。"

往事被撕开，傅言宸的神情近乎绝望，沉重的钝痛感传来，他颤抖的手指紧握成拳，呼吸越来越困难、越来越压抑。

傅言宸抬起手，想要触摸她的脸，但她冰冷的直穿心脏的话传来："能不能别碰我？我害怕。"

她说她害怕，这句话比任何话都让他窒息。

手僵在半空，傅言宸心口疼得快喘不过气来，灯光下的树影落在他的脸上，为他遮挡了眼眸中的通红和潮湿。

顾琉星垂着眸子说："今晚放过我，如果你想跟来T城，我会配合你。"

顾琉星拖着沉重的步伐，身子紧绷，绕过他朝公寓走去。

傅言宸的视线跟随着她的身影，她瘦削的背影刺痛了他的心。一股冷风吹来，顾琉星的衣角被吹动，那么悲凉。在L市时，她也是这样一个人麻木地走着吗？

她过得那么糟糕，在她最难过伤心的时候，他还不在她的身边。

"……最后被当成疯子送进医院……"

"……被车撞过，被人打过……被叶寻在各种角落带回家……"

"……我就去看医生，开始各种心理治疗……"

这些话仿佛魔咒一般，在傅言宸的耳边回响，撕扯着他的心脏。就这样，傅言宸一直空洞地望着她，身体僵硬。

电话响起，他也像没有知觉一般，任由铃声在深夜中不断响着。电话不知道响了多少遍，傅言宸眨了眨眼睛，想伸手去掏电话，才发现手指僵了。

屏幕上有六个未接电话，都是程木庭打来的，他颤抖着手拨回去。

"喂，你干什么呢？打了那么多电话不接？"程木庭的声音响起。

傅言宸嗓音沙哑地说："有事？"

程木庭发现了异常，但是没多问，只说了自己打这通电话的目的："你让我盯的结果出来了，不是顾琉星的孩子。"

"不过……"程木庭欲言又止，想了想，说，"孩子和顾琉星似乎有血缘关系，DNA有接近四分之一的相似度，可能是她兄弟姐妹的孩子。"

闻言，傅言宸皱眉："你胡说什么，顾琉星根本没有兄弟姐妹。"

"那我不清楚，结果是这样显示的。"

凌晨两点，顾琉星站在窗前，俯瞰一直站在下面的傅言宸，他每一个动作都有些迟缓。他痛吗？他应该是很痛的，和她当年一样，椎心蚀骨，流干了眼泪，喊哑了嗓子，可那个孩子还是回不来了，那是她唯一的亲人。

从医院逃出来，她删掉了自己的踪迹，选了最近的飞机去了L市，然后她的记忆就开始时好时坏，但是一直记得她的孩子被拿掉的那天。

傅言宸，后悔吗？内疚吗？可是一切都晚了。

星月首府的夜晚很静，所以南桥给顾琉星选了这个地方。

三月，道路旁有樱花盛开，花期很短，风一吹，落英缤纷。

凌晨四点，傅言宸看见顾琉星房间的灯暗下去之后，又站了一会儿，想迈步离开，才发现身体僵硬得厉害。他缓了良久，才迈着沉重的步伐离开。

郑深开车来的时候，就看到傅言宸茫然地走在人行道上：空旷的大街，萧瑟的冷风，苍白的脸色……

傅言宸想到刚才程木庭的电话，眸色渐深。

难怪他觉得顾流沙和顾琉星像，原来她们有血缘关系，那这一切都可以解释通了。但从顾琉星的表现来看，她显然不知道顾流沙和她有血缘关系，这到底是怎么回事？

车在傅言宸的身边停下，郑深下车："傅董。"

傅言宸布满血丝的双眸看了郑深一眼，皱眉问："你怎么来啦？"

"程木庭打电话让我来的，说您……有点儿奇怪。"郑深说，程木庭打电话让他去看看傅董，他就猜到傅董在这里。结果，他凌晨四点还在马路上乱晃。

"哦。"傅言宸说，"我一个人走走，你回去吧！"

郑深：他大半夜从床上爬起来，很不容易的！

"傅董，冒昧地问一句，发生了什么事？"郑深壮着胆子问。

傅言宸低头，眸色黯然，淡淡地道："胆子大了，都敢问我的私事了。"

郑深退后一步弯腰，恭敬地说："傅董，抱歉，我太没分寸了。"

傅言宸朝前走去，背对着他，挥了挥手："别跟着我。"

郑深叹了一口气，直接将车开去了公司。还睡什么睡，再过四个小时就要上班了！

翌日早晨，顾琉星若无其事地去片场拍 A 城的最后两场戏。周围只剩下两人的时候，叶寻望着她欲言又止。

顾琉星在卸妆镜里看到他这个样子，说："有什么想问的就问吧！"

"傅言宸昨天……"叶寻抿唇，"他都问了你什么？"

"我把宝贝的事告诉他了，还有我在 M 国的生活。"顾琉星说。

"他什么反应？"

顾琉星卸妆的动作一顿。傅言宸的反应超乎她的想象，她以为重提旧事，傅言宸一定会嘲讽她，可是他没有，甚至向她道歉。

她看得出来，他很悲伤，在竭力忍耐。可是他凭什么悲伤呢？那个孩子是他亲手杀死的,他有什么资格悲伤呢?

她看着他一个人在梧桐树下站了四个小时,身体僵硬才离开。傅言宸,你是不是也觉得,你亏欠那个孩子?

午夜梦回,她常常看见一个小小的婴儿冲着她喊"妈妈"。清醒以后,她的视线内只有冰冷漆黑的房间,没有一丝光亮,那黑让她的心一点点下沉,所以她疯了。

如今看着他的反应,她想笑,可是更想哭。

"我会成功。"顾琉星对叶寻说。

叶寻垂下了眸,道:"那真好。"

傅氏集团。

傅言宸准时来到公司,顾长的身躯似乎没有往日那么挺拔,透着悲凉,修剪完美的头发上落了一片樱花,深邃的黑瞳里蓄满无尽的冷漠。没人见过这样的傅言宸,他们只知道,傅氏集团董事长性格张扬,唇角永远似笑非笑。

他可以怒,可以狠,可以冷,不应该是狼狈、颓废。但是今天,这些情绪出现了,秘书室的人面面相觑,大气都不敢出,看着傅言宸大步从他们面前走过。

郑深煮了一杯咖啡送进董事长办公室。杯子轻轻地放在办公桌上,他看向背对着他的傅言宸,说着公式化的话:"傅董,您一晚没休息,喝杯咖啡吧!"

他没有劝傅言宸去睡,因为如果傅言宸想休息,就不会来公司了。郑深说完,转身朝门口走。

"郑深。"

身后忽然传来干涩沙哑的声音,郑深回头:"傅董,您还有吩咐?"

沉默几秒,傅言宸说:"没事了,你出去吧!"

他问郑深什么呢?所有的一切都发生了,既然顾琉星想报复他,成全她又何妨?他这辈子就这样了。

郑深觉得大 Boss 很奇怪,顾小姐又对他做了什么?带着这样的疑惑,郑深上午工作时有些心不在焉。

顾琉星刚上好妆出来,导演把大家召集到一起,又说了拍戏安排。

"明天早上统一从机场出发。一组跟着副导演去 T 城,最慢两天拍好 T

城的戏份。另一组跟着我去湖南，三天内必须到 Y 城会合。"孔钰说。

大家参差不齐地应道："知道了，导演。"

众人散了之后，叶寻问顾琉星："真不要我陪你去？"

"桥桥一个人忙不过来。"顾琉星说，"工作室刚起步，那么忙，宝贝还要你照顾呢！"

"要不我陪你去，让江眠眠留在这里。"叶寻想了想，说。

顾琉星眯起眼睛，狐疑地打量着他："你真是因为关心我，不是因为顾时镜？"

叶寻无语，然后仰天长叹："你别把我和顾时镜扯一起好不，我和他不是你想的那样。"

"那你们是怎么样？"顾琉星来了兴趣。那天在游乐场，叶寻看顾时镜的眼神不太对。

叶寻火大，瞪着她说："你能不能思想干净点儿？还有，你眼睛好难看，能不能别看我？"

"不能！"顾琉星笑了，眨了眨眼睛，说，"姐姐我全身上下最勾人的就是这双眼睛，你瞎了吧？"

叶寻哼了一声，转身就走。

"狗蛋儿……"

顾琉星还想再问些什么，导演的声音传来："琉星，准备下一场。"

顾琉星撇撇嘴，只好等下次再问了。

今天的戏是第三场没有拍完的部分：星泪和重尊的相处。

顾琉星很快调整情绪投入其中。

顾时镜一身紫色华贵的长袍，坐在大殿里，处理三界琐事。

自上次见过重尊，星泪总想去华尊宫，而且，每当她想起重尊和华尊宫，很多破碎的画面总会出现在她的脑子里，让她的心一阵酸疼。

这天，她趁司命上神不在，又溜了出来，之前偷偷看过神界的地图，所以她轻易地来到华尊宫下。

耸立在神界顶端的华尊宫，被金色莲花的光芒笼罩，美得让人窒息。

不知道为什么，今天的华尊宫一个人都没有，星泪畅通无阻地进了华尊宫。

她小心翼翼地躲在大门前朝里看，干净清澈的大眼睛呆呆地望着里面那一幕。

一只小狐狸在大殿内跑来跑去，偶尔噘起小嘴巴，笑容很蛊惑。

帝君单手撑着脑袋，坐在王座下的白玉石阶上，目光温柔地跟随着小狐狸。但是渐渐地，小狐狸的身体变得透明，逐渐消失在大殿里。

一滴水猝不及防地砸落下来，还没落在地上，就变成一道青烟飞向外面的天际。华尊宫，从来不允许任何人留下痕迹。

星泪意识到自己哭了，反射性地抬手摸了摸脸。自己为什么会哭呢？星泪不理解，愁闷地皱着眉。

整个拍摄场鸦雀无声，所有人都失神地望着这一幕。

顾琉星演得太好了，那一滴泪水，没有借助任何工具，就那么自然地流了下来，尤其是她去擦眼泪那一瞬的表情变化……明明还是个不谙世事的药童，什么都不懂，却被她演绎出了莫名的悲伤。

"小丫头，华尊宫是不可以哭的。"

殿内传来慵懒淡漠的声音，星泪被这个声音吓得后退一步，来不及多想，拔腿就要跑。

然而，她刚迈出一步，整个人就像是被定在了原地，一动也动不了。

重尊缓步而来，站在她身前，俯身和她平视，星泪又看呆了，连师父告诉她不能直视帝君的规矩都忘了：帝君真好看，他完美的脸那么蛊惑人心……

重尊望着她的眼睛，薄唇轻启："和星儿一样干净。"

干净？星泪大眼睛里带着疑惑，转念一想，她来华尊宫之前泡了药浴，所以帝君说干净吗？不过星儿是谁？

星泪的所有表情都被重尊看在眼中。重尊笑道："你是谁？华尊宫的禁日，竟然敢大胆跑进来？"

星泪瞬间回神，慌得手脚都不知道往哪里放了，幸好，她全身上下除了眼珠子都不能动。

她眼睛朝上翻了翻，重尊在她额间一枚透明的泪状水晶上辨识出"星泪"二字。

"你叫星泪？"重尊紫眸微闪，原来是当年的小丫头。

星泪眨眨眼睛。

"为什么来华尊宫？"重尊又问。

星泪垂眸，不知道该怎么说，过了片刻，她抬眼直直地看着重尊。

重尊笑了："想看我？"

星泪眨眨眼睛，重尊看她难受，指尖一道光芒划过她的唇畔。星泪动了动嘴巴，发现自己可以说话了。

"帝君，星泪知错了，不该乱闯华尊宫，请您宽恕。"星泪急忙解释，心忐忑地跳着。

重尊静静地注视着她的眼睛，那么熟悉，连做错事的神态都那么相似。过了一会儿，他缓缓开口："看见小狐狸为什么哭？"

星泪睁大眼睛，怔了好久，其实仔细想想，她便能明白自己为什么不知不觉就流下了眼泪。她垂眸轻轻地说："我不是因为她哭的……"我是因为帝君看到小狐狸消失，是那样孤独……帝君很孤独，小狐狸消失的那一刻，她仿佛感受到了帝君沉重的情绪，看到他那么茫然的眼神才哭的。

上面的话，她没有说出口，帝君重尊，三界最尊贵的人，怎么会有那样的情绪？

"我是因为……被风眯了眼睛。"星泪撒谎的时候不敢看人，声音很低，眼眸低垂。

许久，耳边只有独属于神界的和煦风声，星泪倏然抬起双眸，眼前的身影不知道什么时候消失了。

星泪想起师父司命的一句话："星泪，亿万星辰由帝君掌控。你由星辰诞生，你的所思所想，帝君很容易看透，要记得，不要随便表露情绪。"

所以，帝君早在她开始思考时就已洞晓她的心思？

星泪紧张得跺脚，意外地发现自己可以动了，来不及多想，快速地冲出了华尊宫。

她再也不乱跑了，一定好好听师父的话。

A城的戏份就剩最后一场。

导演心满意足地看着摄影机传来的画面，顾琅星和顾时镜都演得太完美了，没有一点儿瑕疵。

今天顾时镜的一位助理有事请假，人手不够，所以他自己拎着袍尾来到顾琅星面前，温润地笑道："琅星，刚才我差点儿陷进戏里出不来。"

顾琅星的目光太干净了，那种对他的崇拜、不忍、向往……种种复杂的情绪搅乱他的心神。

有那么一瞬间，他甚至分不清是现实还是在演戏。

顾琅星闻言，感叹一声，她明明穿着女药童的白衫，却让人看到妖娆。

她缓缓地道："顾影帝频频在我面前否定自己的演技，想干什么？"

122

顾时镜笑笑:"想追你。"

他竟然这么直言不讳!顾琉星无语地翻了一个白眼,漫不经心地说:"只要你不怕傅言宸,随便你,不过我告诉你,你有权利追,我也有权利拒绝。"

顾时镜挑挑眉:"你有权利拒绝,我也有权利继续追。"

好吧,他们的对话陷入死胡同了。

顾琉星该说的都说了,所以直接转身,朝化妆室走去。

十一点半,导演吩咐开饭。

顾琉星、江眠眠和叶寻去领饭,三个人围着一张小桌子。

叶寻一边毫无形象地往嘴里塞,一边快速地摁着手机。

江眠眠翻了一个白眼,却又忍不住朝屏幕瞄,但饭盒挡着,她啥也看不见。

下午,顾琉星和顾时镜拍在神界相处的几个画面,重尊教星泪下棋,教她法术,教她酿酒……

A城的戏份已经拍完,剧组明天会兵分两路,一路去湖南,顾琉星跟随另一路人去T城。

星月首府。

顾琉星一推开公寓的门,三双眼睛同时看来,顾流沙扔下手里的玩具,飞奔过来,开心地喊道:"妈咪。"

顾琉星蹲下抱住她,在她脸上亲了一口:"宝贝怎么还没睡?"

"等妈咪。"

顾琉星摸摸她的脑袋:"真乖。"

顾琉星问叶寻:"你房子看好了没?"

"好了,正在装修呢,过几天就可以搬进去了。"叶寻说,"然后宝贝和我住,桥桥姐最近应该很忙。"

南桥和叶寻带着顾流沙离开星月首府。顾琉星换了衣服,洗了个澡,也去睡了。

马上就要出发去取景地了,结果少了一个重要演员,"女三"昨天回去途中不小心被车撞伤了,不能再出演了。导演一筹莫展,不知道找谁来填补这个空缺。

顾琉星建议:"导演,我觉得林思意可以。"话音落下,在场的女明星

都猛地看向她。

林思意闻言，脸色平静，仿佛刚才顾琉星提的并不是她。林思意非科班出身，但因为常年学习舞蹈，气质干净，仙气十足。林思意自出道以来，演过不少角色，虚心好学，不比科班的那些演员差。

孔钰打量了林思意几眼，决定采取顾琉星的建议。

"女三"本就是个天真无邪的小丫头，剧组的这些女演员中，林思意的气质更符合要求。

孔钰说："那就定林思意，至于女暗卫……"

"导演，我可以吗？"旁边的江眠眠自荐道，"我学过一些功夫。"

戏中的女暗卫几乎没有台词，只是保护龙粟，又永远戴着一张面具。孔钰开始想随便找个人就可以了，但看江眠眠一脸期待，就点头答应了。

江眠眠兴奋得手舞足蹈，顾琉星无奈地笑出了声。

上午十一点，顾琉星一行人乘飞机赶往T城。

顾琉星从洗手间走出来时，看到外面等待的女孩儿，愣了愣。那个卖给她避孕药，并啰唆了近五分钟的女孩儿。

林夕瑶笑着朝她点了一下头，然后走进洗手间。

江眠眠放好座椅上的靠垫，顾琉星刚好回来："琉星姐，你休息一会儿吧，我们要飞好久呢！"

顾琉星坐下："你也休息一会儿吧！"

"好。"江眠眠笑得灿烂，似乎很开心。

在导演通知去T城取景的时候，江眠眠一脸向往。

她说："我以前就特别想去广袤的大草原、飞沙走石的戈壁滩，但我父母都觉得太危险了，不让我去，这次有机会，我一定要好好看看那广阔的天地。"也是，那种有着野性的原始美的地方，确实比人文胜地吸引人。

其间有空姐来送餐，顾琉星吃得不多，喝了一杯温水继续睡。

顾琉星再次醒来，飞机已经在缓缓降落。

走出机场那一刻，大家都好奇地四处观望。蔚蓝的天空仿佛离你很近很近，干净、清澈，不染一丝一毫的杂质。建筑别具一格，对他们这些见惯了城市高楼大厦的人来说，感觉新奇。

副导演走过来说："先去酒店休息，晚上开工。"

"知道了，导演。"大家三三两两朝前走。

顾琉星摘下口罩，深吸了一口气，笑道："习惯了雾霾天，看到这么蓝的天，都不习惯了。"

江眠眠说："对啊，这儿环境真好，就是有点儿热。"

余光中，顾琉星又看到了那个女孩儿，她正在打电话，脚下很急。

她从顾琉星身边快步走过，顾琉星听到她说："姓严的，你要是敢动我妹妹，我绝对不会放过你！"

顾琉星挑了挑眉，并未打算管闲事，便带着江眠眠跟上前面的人。

下午三点，傅氏集团。

高层会议室，傅言宸随意地坐在办公椅上，黑色衬衫解开两颗扣子，露出一小片胸膛，极其性感，与办公室的严肃格格不入。

郑深心知今天顾小姐去T城，大Boss忍着没去送，心情就算不坏，也绝对称不上好。

市场部总监高谈阔论，展望公司前景，说得在座的各位情绪高涨。

唯独董事长傅言宸毫无表情，一直低头看手机，不知道是不是对市场部半个月以来的努力不满意。

毕竟那种听员工激情澎湃地讲完，然后甩两个字"重做"这种事，他们的傅董不是没做过……

声音停下的那一瞬间，市场部总监紧张地看向傅言宸："傅董，这份报告您满意吗？"

傅言宸不知道在手机上看到了什么，蓦地皱起眉，眉眼间骤冷。

市场部总监心里一咯噔，慌得手脚不知道该放哪里："傅……傅董……"

傅言宸手中的笔点在面前的办公桌上，漆黑的眼眸幽深难测，但郑深立刻明白，顾小姐那边应该又出什么事了，然后他就听到傅言宸说："散会。"

在众人的愣怔中，傅言宸大步走出会议室。郑深连忙跟上，留下会议室里一头雾水的员工。

傅言宸边走边说："给我订最近一班去T城的机票。"

"好的。"郑深道，随后又问，"那明天的股东会议怎么办？"

"让副总主持。"扔下这句话，傅言宸拿了外套，离开傅氏大厦。

T城。

大家站在夜空下，望着数不尽的耀眼繁星，口中不断发出惊叹。

副导演大声道:"准备一下,开始拍摄了!"

路靖宇一身灰色休闲服从临时搭建的化妆棚里走出来,短发微微凌乱,眼神凌厉,充满野性。

见到顾琉星,路靖宇收起了气场,脸上带着青涩的笑容:"琉星姐。"

顾琉星递给他一瓶矿泉水:"怎么样?这部戏结束后,是打算回去继承财产,还是在演艺圈发展?"

"当然是在演艺圈继续发展,琉星姐别不要我了。"路靖宇开玩笑地道。

顾琉星昨晚才知道路靖宇是路氏集团总裁的私生子。

不久前,路氏太子爷被废了下半身,路氏董事长无奈找到路靖宇,路靖宇被召回了路家。

顾琉星以为路靖宇会在这部戏结束后就和工作室解约,没想到他并没有这样的打算。

"好啊,那就跟着我,一定不会亏待你。"顾琉星拍了拍他的肩膀。

摄影师、武术指导老师就位后,在副导演的一声令下,大家专注地望着站在戈壁滩上的两道身影。

剧情:驱魔师伊灵儿发现,原来自己一直在找的僵尸就是她的男朋友,她痛苦纠结,之前计划的所有浪漫都化为了泡影。

伊灵儿望着站在她对面的江原臣,低头看了一眼自己左腹正汩汩流血的伤口,忽然大笑,笑得眼泪都出来了。

蓦地,她止了笑,平静地说:"江原臣,你是不是觉得把我玩弄于股掌之中很有成就感?每天看我像个傻子一样到处找人,你是不是觉得特别可笑?我像瞎子一样,原来我做梦都想弄死的人就在我身边。"

江原臣摸了摸鼻子,绿眸妖邪地看她,唇角渐渐勾起一抹笑容:"灵儿,女人最可怕的就是爱情,我想要你的灵魂,只能先征服它,再拿到它!"

伊灵儿不屑地冷笑,忽然目光一闪,从腰间取下长鞭,纵身跳起,朝他攻击。

副导演盯着屏幕,眼睛都不眨一下。顾琉星打戏太到位了,没有拍过打戏的路靖宇都被她带得热血沸腾。

武术指导老师望着这一幕,惊愕地睁大眼睛:她竟然没有用他刚才教的招式?!不过怎么看起来这个让人更激动呢,像是现场版武侠片一样……

江原臣一开始还轻松地躲闪,想耗到伊灵儿失血过多,没有力气,但意外的是，伊灵儿招式越来越凶狠，几次差点儿伤到他。

伊灵儿的灵魂很强大，尤其是在聚集灵气上，他必须拿到它！江原臣捏紧拳头，猛地朝伊灵儿逼去。

两人打成平手的时候，忽然又出现了一个女人，帮着江原臣对付伊灵儿。

伊灵儿很快力不从心，隐隐有了落败之势。以一敌二，伊灵儿被一掌打飞，摔在地上，吐出了一口鲜血。

小腹处疼得厉害，伊灵儿眼里掠过一抹决绝。她盘腿坐起，十指摆出复杂的手势。

她知道，她的灵魂特殊，绝对不能被江原臣利用！

江原臣看出她的意图，嗤笑道："灵儿，你知道这是哪儿吗？猎魂戈壁，灵魂只要一脱离肉体，根本无法逃离这里。否则，你以为我费尽心思带你来这里是为什么？"

旁边的女妖勾起血红的唇角："她既然愿意自己把灵魂剥离出来，倒省了我们不少事。"

阵法已经开始，伊灵儿抿唇，努力让自己保持镇定。

终于，在伊灵儿灵魂脱离身体的一瞬间，江原臣和女妖冲过去，却眼睁睁地看着灵魂从他们指缝中钻出，融进猎魂石。

江原臣和女妖的脸色难看到了极点，江原臣甚至激动地去刨开猎魂石，寻找伊灵儿的灵魂。

导演一喊过，江眠眠立刻走到顾琬星身边，将手中的羽绒披风披在她的肩膀上。

T城早晚温差太大，这会儿很多人冷得套上了厚厚的羽绒服。

这一场中，路靖宇的打戏被叫停了两次，但后面的演技赢得副导演的称赞。

赵一涵的女妖也演得很不错。

大家整理好东西，时间接近凌晨两点。

戈壁滩上，夜风呼呼地吹着，发出沙沙的声音。

路靖宇喊道："琬星姐，回去了。"

顾琬星听到声音回头，在月色与星空下，她还未卸妆的脸透着白珍珠一般莹润的光。她侧着身，身后是繁星和荒芜的戈壁滩。风吹起她略微凌乱的发丝，来自天上的光，从发丝间穿过，笼罩在她的周围，让她不似凡人。

路靖宇觉得自己的心乱了频率，以至于顾琉星说的话他只听到了最后一句："你们先回去吧！"

"琉星姐，要不我陪你？"他未经思索，话已出口。

顾琉星笑着拒绝："不用。"

路靖宇目光一暗，随后牵起一抹笑容："那我们先走了。"

等所有人都离开，周围安静下来，顾琉星坐在一块大石头上。

天上闪着星星，柔和的风吹拂着，环境静谧，她忽然就想到了顾流沙，也不知道叶寻他们在干什么。

江眠眠紧了紧羽绒服，瑟缩地坐在顾琉星身边，牙齿都在打战："琉星姐，这美景果然不是谁都能看的，这也太冷了！"

顾琉星无语："要不你先回去？"

江眠眠几乎把头甩飞："不行，你一个人在这里我不放心。"

顾琉星无奈地笑了笑，从兜里拿出一个手握式暖宝宝，递给她："拿着吧，能暖和点儿。"

江眠眠笑眯眯地接过来："谢谢琉星姐。"

戈壁滩上的风景很美，是那种粗犷的美，天地相接，繁星满天。

十几分钟后，一颗脑袋倒在顾琉星的肩膀上。顾琉星叹息，叫醒昏昏欲睡的江眠眠："眠眠，回去了。"

话音刚落，有奇怪的声音传来。顾琉星目光一惊，扭头就看到三米外，好几条蛇高高地扬着脑袋，冰冷的眼睛盯着她，危险地吐着蛇芯子。

顾琉星顿时全身紧绷，瞪大眼睛防备着它们突然攻击。

江眠眠在这时醒来："琉星姐，走吧！"

顾琉星抿唇未语，江眠眠睁开眼睛，看到顾琉星正注视着什么，好奇地去看。

"啊——"江眠眠看到那么多的蛇，吓得就要尖叫，顾琉星手疾眼快地捂住了她的嘴巴。

江眠眠慌乱地转着眼珠，看向顾琉星，询问现在该怎么办。

顾琉星望着那几条蛇，一时也没有好的方法，如果是她一个人，那还好，但现在不是，她还要顾及江眠眠。

顾琉星摸了摸身上，发现因为没换衣服，身上还有一条鞭子。又找了找，找到了烟盒和打火机，顾流沙不在她身边，她就会抽烟。

想了想，顾琉星啪的一声打着打火机，明晃晃的火焰出现，那几条蛇挪着躯体朝后退了一点儿。

一阵风忽然吹过来,火焰瞬间被吹灭。蛇呲了一声,猛地爬向她们,其中有一条还跳了起来,顾琉星来不及思考,伸手抓住蛇的七寸。

　　触感滑腻,顾琉星眼中掠过一抹厌恶,手指用力,蛇软趴趴地垂了下去。

　　其他的蛇见同伴被杀,蓦然狂躁起来,疯了一样。

　　江眠眠吓得嗷嗷大叫,撒腿到处跑。

　　顾琉星镇定地拿出皮鞭,快速用打火机点燃皮鞭,皮鞭燃烧得很快。

　　顾琉星铆足力气,将火鞭甩向那几条蛇,火鞭抽在蛇的身上,发出啪的一声,伴随着肉烧焦的味道。

　　这边顾琉星好不容易把那些蛇弄死,回头就看到江眠眠朝自己跑来,后面一条蛇紧紧地跟着她。

　　在江眠眠跑到她旁边的时候,蛇一跃而起,顾琉星脸色一变,想也不想地推开江眠眠,快速伸出手去抓,只捏住了蛇的尾巴,而那张恶臭的嘴巴一口咬在了顾琉星的腿上。

　　"啊——琉星姐——"江眠眠急得大叫,眼泪立刻流了出来。

　　顾琉星咬牙忍着疼,弓身抓住蛇,用力捏它的七寸。

　　地上躺着很多蛇的尸体,江眠眠用余光看了一眼,身体狠狠地抖了几下。其他的蛇见到火光,已经爬走了。

　　想到顾琉星被蛇咬了,她连忙扶着顾琉星,担心地看着顾琉星的小腿。顾琉星穿的是黑色的皮裤,这会儿血沿着裤子流下来。

　　江眠眠哽咽地问:"琉星姐,你怎么样?"

　　顾琉星小腿已经全麻了,一点儿知觉都没有,虚弱地道:"这蛇毒性很强,我们快回酒店找医生!"

　　"好好好。"江眠眠连声道,立刻扶着顾琉星返回酒店。

　　没走几步,顾琉星就晕倒了,月光下,江眠眠看到顾琉星的嘴唇微微透着紫色。

　　"琉星姐!"江眠眠哇的一声哭了出来,颤抖地给副导演打电话。

　　迷迷糊糊中,顾琉星好像看到有人把她抱起来,略显慌乱的声音在她耳边吼道:"顾琉星你要是敢有事,这辈子都别想拍戏了!"

第七章
我没你就活不下去

顾琉星做了一个冗长的梦,梦中画面杂乱,奶奶生病,同学让她去丽煌筹钱,傅言宸天神般降临拯救她,傅言宸残忍地夺去她的孩子……那么多画面不断地在她脑海中闪现。

傅言宸坐在病床边缘,蹙眉望着紧咬下唇的顾琉星。

顾琉星迷迷糊糊地醒来,入目是刺眼的白。她环顾房间,空无一人,鼻腔中是淡淡的消毒水味。

她撑着床坐起来,动了动小腿,疼痛瞬间袭来,她倒抽了一口冷气,缓了很久,才忍过那阵疼痛。

江眠眠这时推门进来,看到顾琉星醒了,迅速走过去,激动地喊:"琉星姐!"

顾琉星笑了笑,唇色苍白:"我昏迷了多久?"

江眠眠撇着嘴巴:"大概十个小时。"

"谁送我来医院的?"顾琉星问,她不确定昨晚耳边的那句话是不是她的幻觉。

江眠眠倒粥的动作一停,然后嘿嘿地笑道:"是傅董,昨晚我刚要打电话给副导演,就看傅董朝这边走来,我立刻喊他。幸好傅董来得及时,不然琉星姐你就有生命危险了，医生说再晚来几分钟，就没办法了！"

江眠眠把粥递给她，心有余悸。

"今天还在拍戏吗？"

江眠眠点头："导演之前说过，明天就要在Y城集合，所以副导演不敢耽误。"

"那我的戏份副导演打算怎么处理？"顾琉星喝了一口粥，觉得不错，又喝了一口。

"导演说，反正那几个镜头多是你的侧面，所以决定用替身。"不用替身能怎么办，想想傅董今天在剧组发的那通脾气，太可怕了。

喝完粥，江眠眠正在收拾东西，傅言宸推门走进来。

江眠眠脸上立刻堆满笑容，暧昧地冲顾琉星眨了眨眼，说："琉星姐，我先出去了。"

江眠眠刚离开，傅言宸就走到床边坐下，掀开被子，抓住顾琉星的脚就把她的裤腿朝上推。

顾琉星皱眉，回想起梦中的一幕幕，眼中掠过一抹戾气，猛地将自己的脚从他手中抽离，甚至都顾不上伤口的疼痛。

她过激的反应引来傅言宸的目光，他看着她，唇角轻抿着。

他们就这么四目相对。最后顾琉星撑不住，转过脸，傅言宸低头再次握住她的脚，顾琉星没有反抗。

顾琉星以为他要查看她的伤势，但他又抓住她另一只脚把裤腿也推上去，顾琉星一头雾水。

"你干什么？"顾琉星问。

傅言宸冲她勾了勾唇，然后拿出手机对两条小腿拍照。

顾琉星脸一沉，立刻把被子盖住，皱眉道："滚！"

傅言宸笑着坐到她身边："乖，你现在生病，不能滚。"气氛转得很快，也很微妙。

顾琉星看着他的侧脸冷笑一声。

傅言宸一手揽住她的肩膀，然后把手机举到她面前："以后还敢不敢一个人待在荒山野岭？！"

顾琉星望着照片里明显粗了一圈的小腿，蹙眉："你来就是取笑我的？"

傅言宸像煞有介事地点头："所有人都回去了，就你待在那里，蛇不咬你咬谁呢？"

顾琉星气得咬牙，瞪着他不说话。

傅言宸摸了摸她的脑袋："顾琉星，你说我要是不在你身边，你该怎么生活呢？"

顾琉星微笑："我还是第一次听说，谁没谁就活不了的。"

"我没你就活不下去。"傅言宸垂眸，注视着她。

他装什么呢？顾琉星移开目光，道："那我消失这四年，你怎么就没奔赴黄泉路呢？"

傅言宸勾起唇角："你怎么知道这四年我过得很好？"

顾琉星扭头看着他，他眼神认真专注。

这时，医生推门而入，僵持的局面被打破。

医生走过来，笑容亲切："顾小姐，伤口现在什么感觉？"

"还有些麻，不太疼了。"顾琉星说。

医生拿起手中的文件夹记录，然后说："这个是正常的，蛇的毒液毒性挺强，幸好送来得及时，否则就算保住命，腿怕是也要废了。"

顾琉星眨了眨眼：这么严重？

她抿了抿唇，说："谢谢。"

"不客气。"医生微笑，"我先走了，顾小姐有什么不舒服的地方，可以按呼叫铃。"

这一天，傅言宸都在医院陪着她。

天色已经暗了下来，连带着风的温度也降了，有些冷。

傅言宸坐在床尾，掀开被子看了一眼她的腿，已经快消肿了。

顾琉星瞪了他一眼。

傅言宸笑了，挪到她身旁，轻捏着她的下巴："顾琉星，我们回到从前好不好？我会补偿你。"

顾琉星愣怔了片刻，勾唇一笑，挑眉凑近他，几乎快要贴上他的唇："凭什么在那么对我之后，还要求我不当回事？况且，傅董愿意吊死在我这棵树上？"

傅言宸身体前倾，直接贴上她的唇。

仿佛有电流快速穿过她的大脑，麻痹了她的神经。

唇，是滚烫的，心，是狂乱的。

不知过了多久，她以为自己要昏过去的时候，傅言宸的唇离开了她的唇。

他抵着她的额头，看着她迷离的神情，勾唇一笑："跟我回 A 城，养好伤再去拍戏。"他的声音低哑。

顾琉星稍稍平复的心再次失控,摇头道:"我已经没事了。"

傅言宸皱眉,视线落在她的腿上:"没事也必须再养几天!"

"傅言宸。"顾琉星忽然严肃地叫他。

"嗯?"傅言宸笑着应道,似乎很久,她没有这样叫他了。

顾琉星问:"你说补偿我,真的假的?"

傅言宸一听她这么说,知道她已经同意自己刚刚说的话,眼中闪过兴奋。然后他一字一句地道:"我什么时候骗过你!倒是你,骗了我很多次。"

"那好。"顾琉星坐直身体,"以后,我说的话,请你不要反驳,如果你听不懂,那我说得再直白点儿,那就是,听我的。"

傅言宸薄唇勾起一抹似笑非笑的弧度:"听你的?"

顾琉星深知傅言宸的脾气,此刻他的笑,让她觉得脊背发凉,但她还是点了点头。末了,她又无所谓地笑了笑:"如果你不同意,我就当你开了个玩笑。"

傅言宸总算知道什么叫搬起石头砸自己的脚了。四年前,顾琉星什么都听他的,现在要反过来了吗?

"好。"他答应了。

顾琉星对他这爽快地答应感到很诧异,看了他几秒,确定他不会反悔,才开口:"我会和剧组的人一起去Y城,至于你,回A城吧!"

"顾琉星,你就这么让我回去?"傅言宸眉头紧皱。

顾琉星勾唇:"所以呢?需要我脱衣服?"

"腿受伤,不影响,反正都是我来。"傅言宸眼眸漆黑深邃,直直地注视着她。

一触即发的瞬间,顾琉星的手机忽然响了。

傅言宸动作一僵,脸色顿时变得无比难看。

"别接了。"傅言宸眼中幽深,指腹轻轻地滑过她的唇。

顾琉星目光一瞟,看见是叶寻的电话,几乎没有犹豫就推开了傅言宸。

傅言宸下颌紧绷,瞪着她手中的手机,几乎想杀人。

"可能有事。"顾琉星解释了一句。

然而,某人的脸色依然很难看。

"喂……"

"顾琉星,你活着呢?"顾琉星话说一半,就被叶寻的吼声打断了。

顾琉星语气沉了沉:"你又抽什么风?"

"我抽什么风？"叶寻听到她这话，更暴躁了，"你出事了不知道给我打个电话是吧？是不是等你死了，我也要等别人通知我？说了我陪你去，非要逞能，现在好了吧？活该！"

顾琉星翻了一个白眼，知道他是担心自己，尽量忽略他欠揍的语气："我没事，你别担心。"

"谁担心你？"叶寻不屑地轻嗤，"你倒是会往自己脸上贴金！"

"那再见。"顾琉星也没了好声气。

"你……顾琉星！"叶寻咬牙切齿，几乎要暴走了。

顾琉星无语，叹了一口气说："我真没事，下午应该就能出院了。宝贝还好吗？"

避免叶寻受刺激太大，顾琉星转移了话题。

"比你好。"叶寻说道。虽然他的语气还是不太好，但比刚才冷静多了。

顾琉星捏了捏眉心，有些无力地应付叶寻。

手机忽然被抽走，顾琉星怔住，抬头去看，傅言宸把手机放在耳边，薄唇微动，冷冷地道："我的女人轮得到你凶？！"话音落下，他狠狠地挂断电话。

顾琉星："……"

"我们继续。"傅言宸把手机扔出去，为了防止再出现这种情况，他特意把手机扔到很远的沙发上。

翌日，机场。

傅言宸临走之前，警告顾琉星："不许和顾时镜走得太近，不然我就灭了他！"

他明白顾琉星的解决方式是最好的，但理智认同是一回事，心里妥协又是另一回事，尤其是自己的女人和别的男人传绯闻，他总觉得头上有个隐形帽子……

顾琉星："我知道了。"

目的达到，他总算不虚此行。傅言宸摸了摸她的脑袋，心情颇佳地踏上回A城的航班。

顾琉星和剧组人员赶往Y城。

A城国际机场。

傅言宸刚出来，就看到一个熟人。也不算是熟人，毕竟只见过三次。

林夕瑶看见傅言宸，礼貌地点了点头，拉着身旁和她差不多大的女孩儿快步朝前走。

傅言宸挑了挑眉，来到郑深给他发的停车位置。

他还没走到车旁，副驾驶座的车窗缓缓降下，露出楚轶的脸。

傅言宸上车，拿过身旁的电脑开机，问："你怎么来啦？"

楚轶笑眯眯地道："有点儿无聊，所以就来接你，正好一会儿去傅宅蹭饭。"

郑深狂翻白眼：楚少怎么永远都这么脸大呢？

楚轶惊讶地咦了一声，视线落在马路对面："那不是林夕瑶吗？"

傅言宸一边查看这几天的邮件，一边道："和我同一航班，也是从T城回来的。"

"她去T城干什么？"楚轶好奇地问道。

傅言宸十指动作飞快，鼻梁上的复古镜框为他增添了一抹书卷气息，他不耐烦地说："再多说一个字，就滚下去。"他一开口，什么美好都是骗人的……

忽然，傅言宸想到什么，吩咐郑深："先去贝尔幼儿园，给傅言溪发消息，说我去接唐靳。"

郑深惊讶不已：傅董刚才说了什么，他主动去接唐靳？

他压下惊讶，恭敬地应道："好的。"

五点钟左右，车抵达贝尔幼儿园。

离开两天，公司有一大堆事等傅言宸处理，他看了一眼时间，片刻也不耽误地处理邮件。

楚轶无聊地在打游戏，声音很大。

傅言宸面无表情地抬头，望着前面副驾驶座上的某人："你滚，还是手机滚？"

楚轶灰溜溜地下车，他和手机一起滚。

郑深憋着笑。

然后，过了一会儿，郑深也下来了，楚轶看看他。

郑深耸肩，点了一根烟。他刚准备在车上抽烟，被傅言宸吼了："不知道一会儿有小孩儿上车？"

两个人来到一棵柳树下，蹲在地上，肩膀靠着肩膀，互相支撑着。

五点半，幼儿园内小孩子欢闹的声音一下子冲破云霄。

唐靳拉着顾流沙的手走在队伍的末端，其间有小男孩儿朝顾流沙身旁凑，想去拉顾流沙的手，被唐靳恶狠狠地赶走了。

郑深看见唐靳拉过顾流沙被碰的那只手，用自己的小手帕用力擦着。

郑深、楚轶："……"

傅言宸下车，唐靳一看见傅言宸，就赶紧跑过去，还不忘拉上顾流沙。

"小舅舅。"唐靳笑眯眯地叫道。

傅言宸盯着他的脑袋，蹙眉："谁给你烫的头发？"

唐靳一听，全身紧绷，漆黑的眼珠子滴溜溜地转着，自己烫得这么不明显了，怎么还是被小舅舅看出来啦。

"我……我自己烫的。"唐靳低着头，语气小心而谨慎，不时抬眼去偷偷观察傅言宸的脸色。

傅言宸本来想发脾气，但看见顾流沙正站在唐靳后面，漆黑明亮的大眼睛盯着他，小巧的嘴巴轻轻抿着。

虽然小丫头尽量收敛自己的小情绪，但一想到那天这位怪叔叔欺负自己妈妈的事，眼里还是露出了防备和不喜。

傅言宸收起脾气，唇角勾起一抹自认为很亲切的笑容，几个大步走到顾流沙面前。顾流沙似乎受到了惊吓，眼睛瞪得大大的，退后一小步。

恰好这时，叶寻的声音从马路对面传来："宝贝。"

顾流沙立刻转身，紧绷的小脸染上笑意，仿佛被解救一般，声音急促："爹地！"

挣开唐靳的手，顾流沙迈开腿跑过去。

傅言宸的笑就那么僵在俊脸上。

叶寻一到幼儿园门口，就被顾流沙扑了个满怀，然后她把脸埋在叶寻肩膀上，小声道："爹地，宝贝想回家。"

叶寻看了眼傅言宸，立刻明白顾流沙为什么忽然不安。

安抚地拍了拍顾流沙的后背，叶寻柔声道："好，爹地带你回家，晚上给你做布丁吃好吗？"

顾流沙脸上总算出现了笑容："好的。"

顾流沙和叶寻就这么走了……

唐靳气冲冲地朝他们离开的方向重重地哼了一声。

顾流沙今天都没跟他说拜拜！

傅言宸脸色很难看，他本来是打算接顾流沙一起回傅宅的，结果……

"回傅宅！"傅言宸冷冷地道，转身迈开长腿进了车内。

坐在车上，傅言宸捏着下巴，在手机漆黑的屏幕上看着自己的脸。

他从来都是微笑示人，说不上亲切，也不至于凶神恶煞，怎么顾流沙就对他这么防备呢？

郑深一眼就看出来他为何烦心。

从刚才见到顾流沙的那一刻，郑深就明白，傅董这是想亲近顾流沙。

小丫头既然是顾小姐在国外领养的，顾小姐又那么疼小丫头，就算为了缓和和顾小姐的关系，傅董也有必要和小丫头搞好关系，但小丫头对傅董……

郑深忽然开口："傅董，小孩子是需要哄的，他们都喜欢玩具、零食什么的……"

"是吗？"傅言宸放下手机，若有所思地回道。

"才不是！"坐在傅言宸旁边的唐靳斩钉截铁地吼道，"我就只喜欢顾流沙！"

郑深：小少爷，你别捣乱！

傅言宸想了想，问唐靳："你上次缠着你妈想去肯德基？"

唐靳眼睛一下就亮了，期待地看着傅言宸："小舅舅你要带我去吗？"

"但这么好的东西，一个人独享是不好的。"傅言宸一本正经地教育他，"应该叫上自己的朋友。"

果然，唐靳急切地问："小舅舅，我可以带上顾流沙吗？"

傅言宸笑得无害："当然可以，你的朋友就是舅舅的朋友。"

唐靳欣喜不已，差点儿从座位上蹦起来，拿起手机就想给顾流沙打电话。

忽然，小身子一僵，防备地瞪着傅言宸："小舅舅，你千万别对顾流沙图谋不轨，她是我的，你别和我抢，不然就算你是我舅我也不会让给你的。"

傅言宸："……"

楚轶哈哈大笑，简直服了唐靳，还图谋不轨！

郑深憋着笑，憋得全身颤抖，车都开不稳了。

"不会的。"傅言宸咬牙道。

唐靳乐了："那小舅舅你打算什么时候带我去肯德基呀？"

"明天下午怎么样？"傅言宸说。

"好呀好呀。"

唐靳立刻给顾流沙打电话,激动地在座位上扭着身体,一脸嘚瑟。

黑色的车开进傅宅,唐靳立刻开门跳下来,在院子里就喊:"外婆!"

傅老太太从别墅里走出来,一看见唐靳就抱住他,摸着唐靳的脸,慈爱地喊:"乖孙子,宝贝……"

当看见傅言宸的时候,她笑得更意味深长了。

傅言宸皱眉,总感觉背后凉飕飕的。

"傅董,我先回去了。"郑深开口道。

还不待傅言宸点头,傅老太太忙道:"小郑啊,别急着走,来了就吃顿晚饭吧。"

郑深笑着说:"这怎么好意思啊,老夫人。"

傅老太太摆手:"没什么不好意思的,我就喜欢看你们这些年轻人,朝气蓬勃的。"

然后,她又转过头对楚轶说:"小轶也留下来吧,人多了热闹。"

楚轶几步来到傅老太太面前,笑容灿烂:"阿姨,我原本就是来蹭饭的。"

"让你蹭让你蹭。"傅老太太拍拍楚轶的胳膊,欢喜溢于言表。

傅言宸:"……"

他们刚说完,又有一个人从别墅里走出来,是苏希源。她是A城有名的名媛。

苏希源看见傅言宸,眉宇间带着一抹羞涩,垂眸抿唇一笑,女人的声音柔情似水:"言宸。"

傅言宸终于知道傅老太太到底打的什么主意了,人都给带到家里来了!

楚轶好整以暇地看着这一幕,撞了撞唐靳:"臭小子,看出什么来没有?"

"嘁。"唐靳不屑地道,"丑八怪也敢勾搭我小舅舅。"

楚轶憋着笑,对唐靳佩服得五体投地,又问:"那你觉得顾流沙的妈咪怎么样?"

唐靳白了他一眼:"那还用问,漂亮阿姨可是顾流沙的妈咪!"

楚轶眯眼盯着他,纳闷地道:"你怎么那么喜欢顾流沙呢?"

唐靳捂着嘴巴笑了笑,朝他勾了勾手指,楚轶蹲下听到唐靳说:"顾流沙和我很像!又萌又可爱还漂亮。"

楚轶疑惑地看了他一眼："什么叫和你很像？"

唐靳的胖手指做了个嘘的收手势："这件事我不会告诉别人的。"

楚轶："……"

一想起顾流沙整那些小屁孩的样子，他真是好喜欢！

但是，当唐靳看到自己外婆扯着小舅舅的胳膊，走到那个丑女人面前时，脸色瞬间就不好了。

傅老太太对傅言宸说："希源是我请来做客的，言宸你帮妈好好招呼着。"

苏希源两颊染上淡淡的绯红，小声道："伯母太客气了。"

"你们年轻人应该有更多的话题。"傅老太太拍着苏希源的手，警告地瞪了傅言宸一眼。

意思很明显，要好好照顾苏希源！

傅言宸不悦地皱眉，脸色微冷，喊："郑深！"

"傅董。"郑深恭敬地走过来。

傅言宸说："帮我好好照顾苏小姐，都是年轻人，话题应该不少的。"

郑深欲哭无泪：他不蹭饭了好不好，好想回家。

楚轶差点儿笑出来。

苏希源脸色蓦地一白，傅言宸的羞辱让她几乎想钻进地缝，但她一想到自己好不容易才来到傅宅，这个机会不能这么放过了。

"傅言宸你说什么鬼话呢？"傅老太太脸色沉了下来，斥道。

"妈，你不是说年轻人话题多吗？我都是个二十九岁的老人了，怎么还能和苏小姐有话题可聊？"傅言宸微笑。

傅老太太一听这话，皱眉道："谁说你老？"

"那妈你今天这是什么意思？"

傅老太太：死小子，竟然套路她！

还不是他骗自己交女朋友了，结果她等了一周，女朋友影子都没见到。

恰好今天去打麻将，苏夫人说她也正为苏希源的婚事着急呢，所以两人一拍即合，想着先让孩子见个面。

傅老太太知道自己儿子绝对不会去相亲，她直接将人带到了家里。

苏希源看着他们争执，明显傅老太太处于下风，勉强笑了笑，对傅老太太说："伯母，没事，我这么大个人了，不用别人照顾。"

傅老太太疼惜地看着苏希源："你要不嫌弃伯母，就继续陪我这个老人家吧！"

苏希源当然愿意了，忙说："好啊，听说伯母插花很好呢，正好教教我。"

两人朝别墅内走去，傅老太太抽空回头瞪了傅言宸一眼。

傅言宸无语，他在考虑要是继续这样，以后就不回来吃饭了。

傅宅很热闹，有傅言溪一家、傅言天和颜筱、傅言宸、楚轶、郑深，再加一个苏希源，最开心的就是傅老太太了。

傅言溪和苏希源聊得很投机，唐靳从洗手间出来时，傅言溪招手："靳儿，来。"

唐靳手背在身后，慢悠悠地走过去："妈妈。"

傅言溪说："这是你苏阿姨。"

唐靳装作没听到，黑眼珠子乱看，就是不叫。

傅言溪不悦地训道："靳儿，不能这么没礼貌。"

唐靳甩开傅言溪的手："哼！"然后他就跑开了。

傅言溪不好意思地道："靳儿被我宠坏了，你别介意。"

苏希源尴尬地笑了笑："没事，我怎么会和小孩子计较。"

两人都很默契地绕过了这个话题。

用餐期间，老太太一直给苏希源夹菜，非常热情。苏希源终于在老太太身上找到了属于她的待遇，笑容也真了几分。

"小轶，你现在有女朋友了吗？"老太太突然问道。

楚轶动作一顿，抬头笑眯眯地说："有了，打算过几天就带回去见我爸妈。"

傅老太太欣喜地道："哦，真好。"言罢，她又瞪了傅言宸一眼。看见没，就差你了！

傅言宸怒了，直接扔下筷子："不吃了！"

他起身大步朝外走去，汽车引擎声很快从院子里传来。

傅老太太气得脸都青了："这个不孝子，我早晚被他气死！"

傅言天连忙拍着母亲的背帮她顺气，说："妈你别生气，我会和言宸好好谈谈的。"

傅老太太脸色这才有所缓和："你一定要多劝劝这个死小子，千万不要让他和顾琉星又纠缠在一起。"

她也不想逼自己儿子，以前顶多就是提提，不愿意也不会这么强硬，但是，顾琉星回来了，就耽误不得了。

桌上的人一下子就沉默了。除了傅老太太，几乎都知道傅言宸和顾琉星早就又在一起了。

丽煌。

几个男人接到傅言宸电话的时候，反应都如出一辙。今天是周一，他怎么会约他们去丽煌？

季南景先到的，一推开包间门，就看到满桌的酒以及坐在那里闷头喝酒的男人。

"怎么啦？"季南景脱下大衣扔在沙发上，问道。

傅言宸怒吼："我都不知道我妈怎么想的，怎么忽然逼我这么紧！"

傅言宸被逼婚也不是一天两天了，季南景挑眉，坐下给自己倒了一杯酒优雅地品着。

"所以今晚又被逼婚？"季南景道，"我以为你应该习惯了。"

"以前我倒是没当回事。可这次她连人都直接给我带到面前来了！"傅言宸皱着眉，一脸烦躁。

"谁？"

"苏希源。"

季南景顿时不厚道地笑了："苏希源也不错，门当户对。"

傅言宸睨着他："我以前怎么没发现你还有这讲究。"

季南景说："我这是安慰你。"

过了几分钟，唐温墨和厉枫炀也来了，后面还跟着程木庭。

"洁身自好的木庭都来啦？其实我也没多大事，就是被家里人逼得不爽，喝喝酒而已。"傅言宸耸肩。

程木庭心想，他要不要直接说自己只是来这里出任务，因为这个包间视野好，所以才进来的？

唐温墨坐在单人沙发上，周身的冷冽、阴狠气息十分明显，很久没有见到他这个样子了。

傅言宸好奇地问："你又怎么啦？"

"没什么。"唐温墨冷冷地道，"遇到了点儿麻烦，很快就解决了。"

"哦，那就好。"傅言宸还是忍不住去看唐温墨的脸，想窥探些什么。

傅言宸手里的酒瓶空了，扔下空瓶，伸手去拿酒。

厉枫炀离他最近，拦住："少喝点儿，逼婚而已，至于吗？"

傅言宸扭头，眯眼看着他："你说得轻松，要是你妈也逼你，我看你是不是还能这么轻松地说风凉话？"

厉枫炀神色淡漠:"你怎么知道我没被逼婚?"

傅言宸觉得这句话信息量很大,往厉枫炀身边凑了凑:"这么说,你妈也逼婚?"

厉枫炀点头:"不过还好,我一个月也见不了几次。"

傅言宸在心里问自己,他确定是安慰自己,而不是补刀的?

十一点,四人离开,只有还在出任务的程木庭留在丽煌。

傅言宸回到盛景。别墅内一片漆黑,用人都以为他今晚会留在傅宅,所以早早就休息了。

傅言宸趔趄地上了楼,连衣服都没脱,就倒在床上。

白桦树的影子错落不齐地落在房间里,清风拂过,微微晃动。

他微闭着眼,薄唇轻抿。逼婚倒不至于让他喝这么多,真正让他心情不好的是他母亲可能知道顾琉星回来了。他没想瞒多久,只是没想到会暴露得这么快,有些措手不及。

顾琉星就像傅家所有人心里的那根刺,一触碰,就会有激烈的反应。

Y城。

顾琉星刚拍完一场打戏,额上有些汗,在月光下莹莹发亮,嘴唇红红的。

江眠眠立刻递上湿巾:"琉星姐,擦擦吧!"

"谢谢啊!"顾琉星笑着接过来。

忽然想到什么,江眠眠问:"琉星姐,你以前是不是学过柔道、跆拳道什么的?"

"怎么啦?"

"没什么,就是感觉你打起来很厉害的样子。"江眠眠崇拜地看着她。

顾琉星被她的小表情逗得忍俊不禁:"是啊,以前学过一点儿。"

"原来顾小姐是个练家子,难怪这么厉害。"宋简揉着肩膀走过来。

顾琉星扭头问道:"受伤啦?"

"没多大事儿。"宋简看了一眼自己的肩膀,"刚才用力过猛,抽筋了。再说,拍打戏受点儿小伤很正常。"

宋简助理在他身后说:"简哥,去擦点儿药吧!"

宋简对顾琉星点了点头,跟着助理走向休息区。

顾琉星拿着小板凳和剧本,坐在那里看姜烟和顾时镜拍戏。

一会儿她有一场很虐的戏,而刚才拍的打戏是欢快的,她需要好好调整一下情绪。

姜烟今天似乎状态不太好,不知道是第几次重拍了。

旁边有不少人在议论:姜烟演技虽比不上顾时镜,但也很好,怎么今天一场简单的戏这么多次都过不了?

"停!"孔钰失去耐心,直接站起来,冲姜烟吼,"姜烟,你今天要是状态不好,别耽误大家时间。"

孔钰是个敬业的导演,一到这种时候,谁的面子都不给。

姜烟也知道是自己的错:"抱歉导演,我休息半天,明天再拍。"

孔钰摆摆手,脸色不太好。

姜烟换了衣服,和助理离开。

"琉星,你准备得怎么样啦?"孔钰问。

顾琉星勾着唇角:"没问题。"

孔钰望着顾琉星这个样子,不太放心,叹了一口气:"你过来我再给你讲讲。"

顾琉星:"……"

孔钰招手让她过来。

"星泪由星辰陨石而生,却不知道为什么,突然生命到了尽头。而此时,神王早已对星泪有了很深的感情,不可能再次看着和星儿那么相似的人去死。最终他知道,星泪的诞生地是神界的万神之石旁,而万神之石是神界不可撼动的灵气来源,众神奏请重尊不要因小失大,重尊最后还是动了万神之石,却被众神合力制止,重尊看着星泪灰飞烟灭后由神入魔,这也是第一个高潮。"

顾琉星点点头:"确实很虐人。"他亲眼看着自己喜欢的人死了好几次,次次无能为力。

"星泪死前和重尊相处的那几个画面,一定要演好,这个感情转变的过程,很重要!"可能是今天受姜烟的状态影响,孔钰对顾琉星也有些担心。

顾琉星妖娆地轻笑:"知道了。"

看见她这样,气质和星泪相差十万八千里,孔钰忧心忡忡,做好了多拍几次的心理准备,叹息着摆摆手:"好了,去上妆吧!"

听说原著赚了不少眼泪,好评如潮。而作者风宿也因此大火,要是电影评价太差,估计会被骂得很惨。

顾琉星上好妆出来,导演被惊艳了。

当时他选顾琉星,是因为顾琉星的红衣形象最能诠释女主龙粟!而其

他几世，他的要求并不高，毕竟他很少见到在各种人物角色间游刃有余的演员。

"喀喀。"导演咳了两声，为自己刚才的怀疑有些不好意思，"开始吧！"

这个女人的眼神实在太有戏了，她对每个人物都把握得分毫不差！

星泪来到华尊宫后的桃林，这一天是华尊宫的禁日。

重尊坐在天河畔的黑曜石上，紫色长袍流水般随意地倾泻下来，五官绝无仅有，此刻带着慵懒、魅惑。

看不到尽头的天河，蜿蜒壮丽，星辰明月落在其中，熠熠生辉。

河畔桃花盛开，他微微仰着头，一颗流星在天际划过，唯独少了小狐狸奔跑的影子。

小狐狸留下的毛发终于用完了吗？所以，帝君……又形单影只？

星泪站在一棵桃树后，望着这一幕，唇瓣紧抿。

十万年了吧，每年的华尊宫禁日，她都会来偷偷看帝君。

帝君从小狐狸出现的那一刻，那双紫眸中只容得下它，直到它消失，才会闭上眼睛。

帝君的落寞，在小狐狸的幻影消失后，变得更加落寞。而她，始终是那个触不到他视线的人。

她只会在小狐狸消失后，走进大殿，坐在帝君身旁。

这是师父的吩咐，师父说，她的身上寄托了帝君的一种感情。

后来，她才明白，她的母体是帝君的眼泪，而这滴眼泪是因为那只小狐狸而落下的。

她很开心，能因为这个在这一天陪着帝君。

偶尔，帝君会教她一些东西，也会主动和她说话，但是那双紫眸淡淡地凝视着她，她知道，帝君看的不是她。

只是如今，若连小狐狸的幻影也无法重现，帝君该怎么办呢？她也陪不了帝君多久。星泪眼眶红了，衣袖下的手紧握，她克制着冲击着心口的情绪。心口缓慢跳动，手心冰凉，这些都在无情地告诉她，她的时间所剩无几。

"下来。"耳边响起他的声音，很轻很好听，散在风中，一只修长白玉般的手伸到她的眼前。

星泪抬头，重尊唇角露出一抹淡笑，看见她呆呆的样子，又伸了伸手，重复道："下来。"

她抬手，他的掌心炙热。

"冷吗？"重尊带着她来到天河畔。

星泪抿唇笑了笑，违心地摇头。神是不会感到冷的，除非神元已尽，就像如今的她。

他们一起坐在黑曜石上，星泪望着天空中的流星，惊愕地瞪大眼睛，旋即扭头。

"帝君，您心情不好吗？"星泪问道。

师父曾说：帝君一笑，星辰闪耀；帝君伤感，星辰陨落。

重尊低眸看着她，是干净的眼神："若是我心情不好，你又要讲笑话了吗？"他慵懒地笑着，调侃着她。

她不会这么不自量力的！她每次讲人界的笑话，帝君总是平静淡漠地看着她，不言不笑。

星泪红着耳垂，轻声道："还是算了吧！"

重尊唇角弧度深了些，眼眸也弯了，星光萦绕，紫瞳魅惑。

"这里的流星不代表我的任何情绪。"他向她解释。

星泪望着他，仔仔细细地把他的轮廓刻在脑中，哪怕以后再也见不到帝君，也无憾了。十万年，点点滴滴，她不虚此生。

她说："帝君，你知道吗？人界的百姓讨厌流星雨，却很喜欢一簇流星。"她双手合十，仰头，"他们说，流星雨是神王的眼泪，一簇流星承载着他们的愿望。"

重尊眉头微动，凝眸，今天的星泪有些不对劲，他竟然听不到她的心声了。

不用转头，星泪也知道重尊在看她，她用了法术，他听不到她的心声了。

如果真的可以许愿：重尊，我希望你永远没有感情，你是高高在上的神王，是三界的主宰，没有感情，在时间的长河里，你才会永远没有烦忧。

孔钰的喊停声音拉回所有人的神志。

画面定格在顾琉星双手合十许愿，顾时镜若有所思的凝望上。

顾时镜的演技毋庸置疑，但顾琉星竟然和他旗鼓相当！

她一次过也就算了，感情还那么充沛，充满了不舍、留恋、无悔、希望。

感情的跨度，被她演绎得毫无瑕疵和违和感，轻而易举地将所有人带

145

入戏中，尤其是和顾时镜的默契，更让很多人羡慕。要知道，很少有女星和顾时镜搭戏这么顺利的，顾时镜的高要求和精益求精，让很多女星紧张害怕。

导演盯着顾琉星，从顾琉星身上似乎看到了未来《魔尊》在影视界势不可当地横扫各大奖项。

而顾琉星没有心情去看导演，她还没从刚才的戏里走出来。

这就是所谓的入戏容易，出戏难。

江眠眠跟过几个艺人，自然看出顾琉星此刻的情绪波动。她静静地站在顾琉星身旁，等着顾琉星出戏。

眼看快到凌晨，大家还没吃饭，顾时镜叫来助理帮大家订了消夜。

所有人欢呼雀跃，对顾时镜一句接一句地奉承："顾'影帝'真大方，剧组这么多人呢！"

顾时镜温和地笑了笑："大家开心最重要。"

过了一会儿，几大箱消夜被抬进剧组，一群人围过去开始分发。

顾时镜拿了一盒脱脂牛奶和一些脱脂蛋糕，走到顾琉星面前，递给她："快吃吧，吃完卸妆回酒店休息了。"

顾琉星抬头，眸中还带着些情绪。顾时镜愣了一秒。

顾琉星坐在那里，仰头看着顾时镜。顾时镜低眸递食物，画面唯美！

江眠眠僵在那里，欲哭无泪。

她怎么办？傅董临走之前把她拉到一边专门警告她，要是顾琉星和顾时镜有任何不寻常，立刻阻止并且通知他。她现在到底要不要开口说话？

顾琉星淡定地接过吃的，大家都有份，所以她拿得心安理得。

吃完消夜，众人"满血复活"，甚至有人嚷嚷着去唱歌。

路靖宇问顾琉星："琉星姐你要去吗？"

"不去了，我明天有不少戏，需要休息。"顾琉星站起来，和江眠眠打算离开。

路靖宇有些失望，但还是笑着说："那琉星姐你好好休息。"

一群人朝外走去，有和路靖宇关系好的，手搭在他的肩膀上，劝道："别怪哥儿们没提醒你，顾琉星哪里是我们可以肖想的？"

路靖宇抿唇："我现在……"

"你现在怎么样？"男人打断他的话，"我知道你现在身价也不低，可顾琉星背后什么人，剧组没人不知道，别犯傻往上撞，到时候头破血流，也不见得顾琉星能回头看你一眼。"

路靖宇低眸,眉头紧皱。

顾琉星回到酒店,简单冲洗了一下,就爬上了床,坐了快半天的飞机,又马不停蹄地赶戏,真的快要虚脱了。她虽然身体很累,但脑子还是很清醒。

顾琉星拿出手机,打开微博,手机页面忽然跳转至来电,是叶寻打来的。

顾琉星愣了愣:这么晚了,他打电话来做什么?

"怎么啦?"顾琉星接通,问道。

叶寻躺在床上,拿着素描本,随意地画着,手机扔在身旁开着免提。

他一副吊儿郎当的模样:"腿还好吧?"

顾琉星笑了笑:"消肿了就恢复挺快的。"

"那就好,下次注意点儿,江眠眠那个笨蛋还好意思说保护你,到头来还不是拖你后腿?否则凭你的能耐,几条蛇还能咬到你?"叶寻撇嘴道,"算了算了,不和这'猪队友'计较,我有话问你。"

"嗯?"

叶寻扔下素描本,握着手机坐直,一脸严肃:"你是不是和傅言宸说了什么?他今天去幼儿园,看样子是想接宝贝。"

"接宝贝?"顾琉星没太明白他的意思。

叶寻说:"傅言宸绝对不是单纯想和你上床,这个我不信你看不出来。现在宝贝的身份也摆在那里,他为了追你,利用宝贝,有什么不可能的!"

"我不希望宝贝牵扯进来,更何况,A城对我们来说不是久留之地。"牵涉顾流沙,让她的眼神冰冷如霜。

话音刚落,听筒里传来间断的嘟嘟声,顾琉星拿下手机看了一眼,是傅言宸的电话。

她对叶寻说:"傅言宸打电话来了,我先挂了。"

"嗯。"叶寻挑挑眉,又补充了一句,"琉星,留给你的时间不多。"

顾琉星顿了顿,声音淡漠:"我知道了。"

她转接到傅言宸,似乎知道他为什么打电话了。

"顾琉星!"还未等她开口,傅言宸咬牙切齿的声音传了过来,"你离顾时镜远点儿能死吗?"

顾琉星的微博是江眠眠在打理,平常会拍很多顾琉星的生活。傅言宸喝多了酒,脑子很清醒,就去刷微博了,然后就看到顾时镜和顾琉星的那

张照片，烦躁极了，二话不说就打了电话。

顾琉星低眸冷笑："拍戏需要，我会注意的。"

那边似在沉默，半响，傅言宸才再次开口："顾琉星，我说回到以前是认真的，你别让我腹背受敌好吗？"

这次是顾琉星沉默了，他低沉的声音从听筒里传出来："顾琉星，对不起。"

他又对她说对不起，可有些事，不是简简单单的三个字就可以抹去的。

"顾琉星，我把我们的女儿葬在傅家墓园了，无字碑，在等你取名字。"傅言宸嗓音哑得厉害。

顾琉星听到这句话，浑身一震，眼眶立刻就红了，她抬起手咬住食指关节，嘴唇还是控住不住地颤抖。

傅言宸良久听不到一点儿动静，低笑，笑声里透着一抹自嘲："顾琉星，要是我现在说我爱你，你一定很不屑吧？"

心跳忽然漏掉一拍，顾琉星呆呆地盯着电视里正在播放的综艺，屏幕里，大家都笑得开怀。可她哭了，温热的眼泪淌过脸颊。

她和傅言宸在一起四年，他从没对她说过"爱"这个字，她不介意，乖乖地待在他身边，不求任何回报。如今他在狠狠地伤了她之后，对她说"爱"。傅言宸，你不觉得可笑吗？

"你喝酒啦？"她擦掉眼泪，努力让自己平静下来，淡淡地问。

傅言宸说话那么奇怪，毫无章法，显然是神志不清。

他嗯了一声："不喝酒对你说不出这些话，你信不信'酒后吐真言'这句话？"

她只说："明天还能记得这些话吗？"

那边忽然响起一阵呕吐声，顾琉星静静地听着、等着。

良久，傅言宸才说："不知道，你希望我记得吗？"

"忘了吧！"

电话被挂断，顾琉星不知道自己怎么拿着烟来到阳台的，颤抖着手点燃，狠狠地吸了一口，把自己呛得剧烈地咳嗽起来，眼泪都流出来了，她才冷静下来。

原来她的孩子埋在傅家墓园，当年她走得匆忙，到了M国又患上心理疾病，几次死里逃生，哪怕是后来治好了，她也一直在逃避这件事，下意识不去查孩子到底在哪里。

没想到，那个孩子在傅家墓园。她的孩子愿意吗？她知道，她的孩子一定是不愿意的。

冷风吹在她泪湿的脸上,她的意识混乱,全身都在发抖。当时撕开她在 M 国那些不堪的生活,她的情绪也没有这么崩溃,现在却被傅言宸的几句话击得溃不成军。

顾琉星,要是我现在说我爱你,你一定很不屑吧?耳边全是他的声音,哪怕是说这种话,他的语气也是不可一世的。

她不知道他为什么喝酒,又为什么心血来潮告诉她这么多,唯一知道的是,他们之间没有回转的余地。所以,他说什么都没用。

傅言宸,我们的感情早就画上句号了,剩下的,只有我对你的报复!

江眠眠洗完澡出来没见到顾琉星,有些诧异,余光一瞥,阳台门大开,她走过去。

站在推拉门的门框边,江眠眠脚步一顿,愣愣地望着坐在角落里、紧紧蜷缩成一团的顾琉星。她的指间有火光闪烁着,她是那么孤独、无助。

"琉星姐?"江眠眠小心翼翼地喊道,声音很轻,怕惊到她。

顾琉星动了动身体,抬头就看见江眠眠一脸担心地看着自己。

江眠眠蹲在她面前,问:"琉星姐你怎么啦?"

顾琉星没说话,深吸了几口气,站起来,越过江眠眠,回到房间掐灭烟,然后躺在床上。

江眠眠视线一直跟随着她,看着她做完一系列的动作,冷漠、孤独。

她歪头想了想,毫无头绪,不知道顾琉星怎么就变成这样了。

忽然,一个艺人因为抑郁症自杀的消息在江眠眠脑子里蹦出来,她瞪大眼睛看着躺在床上的顾琉星,吓得呼吸都停止了。

江眠眠心肝颤抖,僵硬着身体上床,平躺在床上,眼睛眨也不眨地盯着天花板,不断地扭头去看旁边床上的顾琉星,神色无比纠结。

第八章
吃　醋

清晨。

江眠眠睁开眼的时候，顾琉星已经不在了。她吓了一跳，尤其是自己昨晚胡思乱想了一大堆，这会儿什么画面都有了。

江眠眠赶紧跳下床，快速洗漱，穿衣服，准备出去找人。

然而，她走出洗浴室就看到顾琉星坐在沙发上吃早餐，随即紧绷的神经也一下子放松了。

顾琉星听到动静，转过头来，笑道："过来吃早餐。"

昨晚的事仿佛是江眠眠的错觉。

江眠眠盯着顾琉星，欲言又止，过了几秒，她一咬牙问道："琉星姐，要不我给你请个心理医生吧？绝对可靠，不会泄露消息。"

"嗯？"顾琉星瞪大眼睛，略一思考，似乎明白了什么，好笑地道，"眠眠，你想什么呢？"

"可是昨晚你……"江眠眠低头，紧咬着唇。

她听过不少演艺圈艺人因为演戏患上抑郁症，昨晚琉星姐的状况明显有些像嘛！

这么一想，江眠眠火急火燎地跑到顾琉星面前，一屁股坐在她身边，语重心长地道:"琉星姐,其实生病了没事,及时治疗就好了。"

顾琉星有个习惯,那就是心情不好的时候,一句话都不想说,没想到竟然让江眠眠产生这么大的误会……

她无语地看着江眠眠,淡淡地说:"眠眠,我觉得,我应该跟你说一下我的习惯。"

江眠眠疑惑不解地抬头,然后意识到,好像这么久她对琉星姐什么也不知道。

顾琉星捏了捏眉心:"就一条,我心情不好的时候,不喜欢说话。记住了吗?"

所以她是心情不好才没说话?江眠眠松了一口气:"琉星姐你昨晚吓死我了。"

顾琉星拍了拍她的肩膀:"淡定。"

江眠眠拿了一个包子,咬了一大口,口齿不清地道:"我吃个包子压压惊。"

顾琉星无语地戳了戳她的脑袋:"一天到晚胡思乱想什么呢!"

吃完早餐,两人赶去剧组。

场务正在准备道具,不少艺人坐在一边说说笑笑的,等待拍戏。

傍晚,任务也差不多完成了,再拍几场,估计就要去下一个取景地了。

顾琉星正卸妆,江眠眠拿着手机走过来:"琉星姐,叶寻的电话。"

顾琉星接过来:"喂。"

"琉星,怎么办?宝贝好像被傅言宸接走了!"叶寻站在幼儿园门口,急得团团转。

顾琉星眸色微沉,想了想,道:"算了,接走就接走吧!回来之后你告诉宝贝以后一定要等你接她。"

"你确定不找?"叶寻略微惊讶,昨天顾琉星还说绝对不能把顾流沙牵涉进来。

顾琉星深吸了一口气:"不然呢,你现在去哪里找宝贝?"

"好吧!"

A城市中心某家肯德基店。

唐靳和顾流沙坐在沙发上,短腿晃着,手上拿着一张点餐单。

傅言宸坐在两个小家伙的对面,视线一直落在顾流沙身上。

如果他和顾琉星的孩子顺利出生,应该也像顾流沙这么大了吧,一定

和顾琉星长得很像，很听话，很黏他。

"小舅舅，我们就吃这些。"

唐靳将菜单递给他，满眼兴奋，这可是小舅舅第一次带他来吃肯德基呢！

傅言宸接过菜单，两个人点得还不少。

唐靳见傅言宸半天不动，眨了眨眼睛，小舅舅是嫌他吃得多吗？

"小舅舅……要去排队买的。"唐靳弱弱地说。

傅言宸淡淡地看了他一眼，唐靳顿时大气都不敢出，吓得缩了缩脖子。

唐靳终于等到傅言宸从鼻腔里嗯了一声，他慢悠悠地站起身，迈开长腿，朝点餐台那边走去。

唐靳转头去看顾流沙，发现顾流沙也一直盯着他小舅舅，像是害怕的样子，万一他小舅舅把顾流沙吓走了，可怎么办？所以他言不由衷地为他小舅舅说起了好话。

"宝贝，我舅舅其实人很好的，你别怕他，你看他还带我们来吃肯德基呢！"

顾流沙抿着小嘴巴笑了笑："唐靳哥哥，我不怕的。"

"那就好。"唐靳轻呼一口气，忽然想去厕所，"我去上厕所，一会儿就回来。"

顾流沙点头："好的。"

傅言宸拿着吃的回来时，看见座位上只有顾流沙一个人，她安安静静地坐在那里，很乖很萌。

"靳儿呢？"傅言宸问。

顾流沙漆黑明亮的眼睛看着他，小手指了指厕所的方向。

傅言宸坐下，把吃的都放在两个孩子那边，温柔地笑了笑，问顾流沙："自己吃还是我喂你？"

顾流沙伸手拿了一个鸡翅，小声道："我自己吃。"

"哦。"傅言宸情绪微微低落，好不容易示好，小孩子还不吃他这一套，"那你小心点儿，不要弄在衣服上了。"

顾流沙嗯了一声，咬了一口鸡翅，包子脸咀嚼着，小心翼翼地看了一眼傅言宸，欲言又止。

傅言宸从没觉得顾流沙是个不谙世事的小孩子，相反，觉得她很有想法。

他问道："想对……叔叔说什么？"对于称呼，傅言宸皱了一下眉，因为顾流沙叫顾琉星妈咪，叫叶寻爹地，而他是怪叔叔。

顾流沙嘴抿得紧紧的，拿着鸡翅，弱弱地抬起头，眼睛里隐约透着防备。

她考虑了一会儿才开口："叔叔，你以后可不可以不要欺负我妈咪？"

傅言宸眉梢微动，目光落在她干净而紧张的小脸上，道："我没有欺负你妈咪。"

顾流沙皱眉，重重地说："那天！"

傅言宸知道她说的是在星月首府的那天，那天他的脸色应该很差，傅言宸顿时不知道该怎么解释了。

"妈咪很辛苦的，不要欺负她。"顾流沙再次开口，多了点儿底气。

傅言宸邪气地勾起唇，笑了出来："所以你今天没有拒绝靳儿，和他一起来就是要对我说这个？"

他可没忘记顾流沙讨厌他、防备他的样子，下午她这么容易就上了他的车，是有目的，否则，一定会毫不犹豫地跑开。

顾流沙错愕地看着傅言宸，没想到那么容易就被他看穿了，小声道："叔叔，你好聪明。"

"叔叔是在和你妈咪谈大人的事，不是在欺负她。"傅言宸说。

顾流沙咬住唇，坐得笔直，似是在思考他的话的可信度。

良久，她才拘谨地问："真的吗？"

傅言宸点头："真的。叔叔很喜欢你妈咪，不会欺负她。"

顾流沙开心地笑了，吃东西也快起来，一双眼睛时不时偷瞄他。

"小舅舅。"唐靳清脆稚嫩的声音响起，一眨眼，他已经跑到桌前，坐在顾流沙身边。

傅言宸正在看手机，只瞟了他一眼。

唐靳撇嘴，已经习惯了傅言宸对谁都不冷不热的样子，扭头见顾流沙开始吃了，笑着问："好吃吗？"

"好吃。"顾流沙格外开心。

唐靳一脸满足，扭着身子坐正，抓起一个鸡腿就开始啃。

看着顾流沙吃完一个鸡翅，在一堆吃的里找餐巾纸，傅言宸随手在旁边一抽，递给她。

顾流沙抿唇，害羞地笑了笑："谢谢叔叔。"

一大两小，看起来相处得非常融洽。

吃蛋挞的时候，顾流沙嘴巴小，把旁边的蛋挞皮啃完，怎么都咬不到

里面的，小脸略显着急。

傅言宸放下手机，从她手里拿过蛋挞，也不嫌弃上面的油，手指颇有技巧地轻轻一捏，整个蛋挞就脱离了锡壳。

顾流沙瞪大眼睛，惊喜地看着这一幕，目光带着崇拜。

傅言宸用叉子帮她插好，放在她手里："吃吧！"

"好的。"顾流沙甜甜地笑着，在傅言宸面前越来越放得开。

顾流沙每吃完一样东西，傅言宸都自觉地拿纸巾给她擦擦嘴。

一开始，顾流沙还会不好意思，慢慢地，像是习惯了一般，也不拒绝了。

唐靳没好气地瞪了一眼傅言宸，又羡慕地看向顾流沙，他小舅舅都没给他擦过嘴。

他们走出肯德基，对面儿童主题餐厅灯光璀璨，许多卡通人物身子笨拙地跳着可爱的舞蹈。

周围围了一圈又一圈的大人和小孩儿。儿童歌曲在广场上欢快地播放着。

顾流沙被傅言宸牵着，眼睛不断地朝那边看。

"想去看？"傅言宸停下，低头问她。

顾流沙仰头，眨了眨眼睛："可以吗？"

傅言宸没说话，直接牵着两人过马路。走到人群前，顾流沙望着前面一个个高大的身影，皱了皱眉。

顾流沙忽然惊呼一声，身子悬空，她下意识紧紧闭着眼睛。

等她睁开眼睛，眼前是一片黑压压的人头，不远处，可爱的卡通人物挥舞着手臂和大家打招呼。

顾流沙坐在傅言宸宽大的肩膀上，左右张望，小脸上满是开心。

"唐靳哥哥，我好高！"顾流沙欢快地对下面的唐靳说道。

唐靳被挤在一堆大人中间，举目望去，全是腿……他撇撇嘴，又不敢有意见。

傅言宸眼眸朝上看了看，顾流沙脸上笑开了花，整个身子激动地朝前倾斜，傅言宸大手扶好她，避免她摔下来。

活动结束，主持人说要在现场挑选小朋友送礼物。

周遭几乎都是妈妈，个子都比傅言宸矮，所以顾流沙坐在他的肩上，再加上那张可爱漂亮的小脸，相当引人注目。

主持人瞬间就被吸引了，视线微微移动，看见傅言宸那张英俊逼人的脸,眼睛亮了亮。

"那个最高的小女孩儿,你最想和我们的哪个玩偶握手呀?"主持人甜美的声音从扩音器里传出来,响彻广场。

顾流沙大眼睛呆滞了一瞬间,没想到自己会被点名,然后下意识伸出小手指了指兔子朱迪。

主持人笑容温柔:"原来想和我们的朱迪握手呀,和朱迪握手要回答一个问题。"

顾流沙低头看了一眼傅言宸,小嘴巴抿着,略微慌乱。

傅言宸唇角扬起一抹浅浅的弧度,朝她点了点头,顾流沙这才稚嫩地开口:"姐姐你问。"

主持人被萌得心都化了,笑容更大:"问题是我们的小兔子问哦!"

顾流沙看向兔子朱迪,大眼睛一眨一眨的。

兔子朱迪挥舞着手臂跳了几下,然后模仿着童音问:"小朋友看过《疯狂动物城》吗?"

"看过的。"顾流沙清脆地答道,提起这部电影,小脸上带着明显的喜欢。

"那你最喜欢小兔子什么呢?"

顾流沙眼眸弯了弯,说:"动物们个头都很大,就她最小啦,但她好厉害。"

看过的人瞬间明白顾流沙说的是兔子训练的那段情节。

"谢谢你的喜欢。"兔子玩偶手臂放在胸口,一条腿微微退后弯曲,行了一个绅士礼。

顾流沙又羞涩地笑了。

主持人笑道:"恭喜小朋友,能和我们的兔子警官握手,快到前面来吧!"

整个过程,傅言宸视线一直在顾流沙身上,发现她和人交流的时候,总会不自觉地将手握成小拳头,应该是有些害怕,尤其是在听到可以和朱迪握手的时候,是既恐慌又期待的小表情。

傅言宸没把她放下来,牵着唐靳,朝前面走去。他将顾流沙小心翼翼地从肩膀上放下来,同时,兔子朱迪已经站在她面前,顾流沙努力按捺着雀跃的心,翘起的唇角却怎么也收不回去。

傅言宸走到前面,主持人眼睛都看直了。

傅言宸察觉到周围的目光,眼中闪过厌恶,眉头蹙起,然后轻启薄唇:

"我女儿要握手！"

"哦哦哦。"主持人连忙回神，面露尴尬。随后她反应过来：什么？不是说傅三少没结婚吗？他哪里来的这么大的女儿？

兔子朱迪弯腰伸出毛茸茸的手："小朋友你好，我是朱迪，很高兴认识你哦！"

顾流沙慢慢伸手，放在兔子朱迪的手心，兔子朱迪轻轻握住，顾流沙的脸刹时变得兴奋。

"流沙也很高兴认识你。"

小女孩儿青涩稚嫩的童音响起，众人都被萌化了。

主持人还陷在傅言宸的那句"我女儿"中，好一阵惋惜后，才继续和大家互动。

最后主持人说要顾流沙和玩偶拍照，傅言宸一口拒绝："我女儿不拍照。"

主持人又尴尬了，不是说傅三少很好相处吗？

这时，另一个工作人员拿来一个小玩偶，递给主持人帮她解围。

玩偶还没递到她手里，横空而来的一只大手一把抢走，等主持人回神，只看到傅言宸抱着顾流沙牵着唐靳离开的背影。

主持人：她没见过这么拿别人送的东西的。

回去的路上，顾流沙抓着兔子朱迪的毛绒玩具，爱不释手。

唐靳坐在一边一脸不开心，为什么他送的扭蛋没见顾流沙这么喜欢呀，他好失落。

傅言宸坐在驾驶座上开车，余光不时通过后视镜看着后座上的顾流沙。

小丫头笑容灿烂，看得出来真的很开心。

"小舅舅，我们现在去哪里呀？"唐靳从座位上跳下来，头伸到前面。

傅言宸睨了他一眼，吓得唐靳差点儿一屁股坐下，然后他听到小舅舅温柔的声音："先送宝贝回家，你坐好。"

唐靳忙坐回去，狠狠地咽了几口口水："哦。"

"叔叔，我住在枫林苑。"顾流沙抬起头，睁着一双大眼睛说道。

顾流沙没问傅言宸为什么刚才要当她爹地，可能是因为叔叔也不喜欢别人老是看着他吧，所以用她当挡箭牌。

以前在国外，有人搭讪妈咪的时候，妈咪就会悄悄给她使眼色，让她喊"妈咪"。

傅言宸说："好，叔叔知道了。"

"唐靳哥哥？"顾流沙看到唐靳坐在一旁，晃着小短腿，手指绞在一起，便疑惑地问，"你在干什么呀？"

唐靳眼睛亮了，小脸在这道声音响起的瞬间也生动起来。

她终于想起他了！从吃肯德基到现在，顾流沙几乎没和他说过几句话，明明是他约顾流沙来吃东西，为什么受冷落的会是他？

"唐靳哥哥，你要和我一起玩兔子朱迪吗？"顾流沙抿着小嘴巴，友好地笑着。

唐靳立刻点头："好呀好呀！"

然后两个人开始玩剪刀石头布，谁赢了，谁就能玩一会儿兔子朱迪。

傅言宸看着这一幕，唇角无意识地微扬。

傅言宸把车停在小区门口，然后下车打开后座的车门，把顾流沙抱出来，毫不客气地对唐靳说："自己下车。"

唐靳委屈地哦了一声。

唐靳小心翼翼地爬下车，低着头跟在傅言宸后面。小舅舅好凶！

小区内路灯已经亮起，出来散步的人看见傅言宸，不由得多看了几眼：这气势，不像是这里的人啊！

"叔叔，你抱着我不累吗？"顾流沙趴在傅言宸的肩膀上，问道。

傅言宸点了点她的小鼻子，微笑道："我说累你下来吗？"

顾流沙不说话，她吃得太饱，不想走路！

傅言宸唇角笑容加深，忽然觉得这个小丫头有点儿狡猾。

他们乘电梯到达顾流沙所住的楼层，顾流沙按响门铃。

南桥打开门看见傅言宸，没有一点儿惊讶。顾流沙显得很兴奋，立刻从傅言宸怀里扑向南桥，讨好地喊道："桥桥阿姨。"

南桥接住她，摸了摸她的头，神色带着无奈。她知道自己闯了祸，就卖乖。

"麻烦傅董了。"南桥客气地对傅言宸说道。

"嗯。"傅言宸只吐出一个字。

嗯什么，走啊，你不走我怎么关门？南桥郁闷地想。

僵持了几秒，见傅言宸还没要走的意思，南桥只好道："傅董要进来喝杯茶吗？"

傅言宸："好。"

将自己以前的大老板请进来，南桥很局促，紧张得手脚都不知道该往哪里放。

"地方小，委屈傅董了。"南桥对某尊大佛赔笑脸。

傅言宸淡淡地看了她一眼，说："没事。"

南桥无语，把顾流沙放在沙发上，然后走向厨房去泡茶。

"姐姐，我想喝橙汁。"唐靳伸长脖子，朝厨房的方向大声喊道。

厨房内，南桥嘴角抽了几下，道："好。"

唐靳满足了，噔噔噔地跑到顾流沙身边坐下，然后问她："你喜欢哆啦A梦吗？"

顾流沙点头如捣蒜："喜欢呀，超级喜欢呢！"

"那我们周末一起去看电影，好不好呀？"唐靳期待地望着她。

顾流沙为难，皱着眉头说："可是我们是小孩子，没有大人带着，不让进去的。"

唐靳也开始愁了：对啊，他们两个小孩儿，怎么去啊？

他的余光瞥到他小舅舅，唐靳投去渴望的目光。

"周末不行。"傅言宸拒绝。

唐靳脸色垮了下来："为什么啊？"

"哪有那么多为什么？不行就是不行！"他周末还要去找顾琼星呢，陪小孩儿看电影的话，他的福利怎么办！

唐靳被吼得不敢说话，耷拉着脑袋，手用力地抠沙发。

顾流沙拉起他的另一只手，安慰道："唐靳哥哥，反正我们也去不了，等电视上可以看了，我们看电视吧，好不好？"

唐靳撇嘴想了半天，也没找到解决办法，只好点头："好吧！"

南桥在厨房里听到对话，松了一口气，要是傅言宸下次再把顾流沙带走，她自问没那个胆子从傅言宸手里抢人。

"傅董，喝茶。"南桥把茶放在桌上，把果汁递给唐靳，然后又进去拿了一杯热牛奶给顾流沙。

南桥规矩地站在傅言宸面前，不时抬头。

整个房间里，除了唐靳和顾流沙偶尔小声说几句话，气氛怪异。

南桥觉得每一分每一秒都是折磨，最后一咬牙，微笑着开口："傅董，您有什么事吗？"要是没事，您就慢走吧！

"嗯。"傅言宸抿了一口茶，吐出一个字。

南桥：嗯是什么意思？

过了几秒，傅言宸道："有兴趣做天视的总监吗？"

南桥一怔愣：做天视的总监？他是想挖人？

"傅董应该知道，我和琉星一起开了工作室，而且，我觉得自己也胜任不了那个职位。"南桥笑道。

傅言宸轻抿了一口茶，道："你是怀疑我看人的眼光？"

南桥干笑两声："我哪敢怀疑傅董看人的眼光，主要是工作室也忙，没有多余的精力再去做这份工作，怕辜负傅董的信任啊！"

"我收购你们工作室怎么样？并在天视旗下，但不用受天视规矩约束，所有的决策都交给你。"傅言宸盯着她，说出的话不容置喙。

南桥想哭：他为什么来找她？顾琉星也是投资人啊，你去找顾琉星不是更方便？

"这……我一个人恐怕决定不了。"南桥硬着头皮说，"其实琉星也是工作室的投资人，所以……傅董可以找她商量商量。"

傅言宸唇角一勾，笑容邪气，线条分明的俊脸透着凌厉："你决定就行，我给你考虑时间。"

南桥一脸为难："傅董……我……"

"别急着拒绝。"傅言宸淡淡地道，"当是给自己留一条后路。"

南桥被堵得一句话都说不出来，低着头想应对方法。

傅言宸起身，一手插进裤袋里，侧头对唐靳说："靳儿，回家了。"

唐靳条件反射般跳下沙发，非常听话。他恋恋不舍地和顾流沙道别："那明天见哦！"

顾流沙笑眯眯地道："唐靳哥哥拜拜。"

送走傅言宸这尊大佛，南桥立刻掏出手机给顾琉星打电话。

电话是江眠眠接的，她一接通，就听到南桥火急火燎的声音："顾琉星！"

江眠眠被这着急的声音惊到，忙说："桥桥姐，琉星姐在洗澡。"

电话那头沉默几秒，南桥微微冷静，道："眠眠，你让琉星出来给我回个电话。"

"好的，桥桥姐。"

挂了电话，南桥深呼了一口气，先带顾流沙去洗澡。

顾流沙白嫩的小身子泡在小浴缸里，上面漂着几只小黄鸭，她一边玩水，一边问："桥桥阿姨，我爹地怎么不在呀？"

南桥正烦着，但还是勉强地笑了笑，说："你爹地晚上去工作了，要明天早晨才回来。"

"哦。"顾流沙略微失落。爹地不在呀，那今晚谁给她讲故事。

159

简单帮顾流沙洗完,南桥就哄着她睡觉了。

爹地、妈咪都不在,顾流沙今晚格外乖巧,一上床就规矩地躺下,闭上眼睛。

没一会儿,电话在客厅里响起,南桥给顾流沙留了一盏小灯,就走出去了。

"怎么啦?"顾琉星在电话里问。

南桥神色严肃,说:"今天晚上傅言宸送宝贝回来的时候,和我谈了点儿事。"

顾琉星愣了愣,不知道他们还能谈什么:"他说什么啦?"

南桥想了想,声音带着严肃:"他想收购我们的工作室。"

顾琉星眉头皱起,道:"为什么?我们工作室才成立,他收购这个有什么用?"

"他还说,收购之后,工作室还是归我们自己管,只是要挂上天视的名。"南桥说,"琉星,他让我去当天视的总监。"

顾琉星紧抿着嘴唇,眼中渐渐染上怒意,问:"你怎么回他的?"

"我当然说不愿意。"南桥说,"但他说让我别急着拒绝,当给自己留条后路。"

顾琉星冷笑一声:后路,所谓的后路,不过是他给自己留的罢了,他还想借工作室控制她?她怎么可能傻傻地任由他摆布?

"那就考虑着吧!"她说。

南桥问道:"你打算就这么拖着?"

"桥桥,工作室负责人是你,以后怎么样我不会干涉,但现在,我希望它是独立的。"顾琉星认真地说。

两人都沉默了。

最终南桥开口道:"还不打算告诉我四年前到底发生了什么吗?琉星,你为什么离开,为什么领养一个和你长得那么像的女孩儿?我有很多疑问,等着你解答。"

顾琉星忽然笑了,笑声中透着苍凉,她轻声道:"等我回去当面跟你说吧,到时候好方便你骂我。"

南桥脸色一黑:"你这么说我很忐忑。"

顾琉星勾了勾唇,岔开话题:"宝贝睡了吗?"

"刚睡。"

"你有没有问她今天和傅言宸出去都做了些什么?"

南桥声音一下拔高了："你还说呢,一送回来,傅大爷就登堂入室,然后扔下一个深水炸弹,搞得我心脏都快跳出来了,哪还有心情去问宝贝今天干了什么!"

"那回来的时候心情怎么样总能看出来吧?"顾琉星捏捏眉心,神情略显疲惫。

"心情?"南桥回想了一下,"还好吧,回来的时候她看着挺开心的。"

"那就好。"顾琉星放下了心,"其实我倒不担心宝贝出事,她一向很乖,这次没告诉我们就和傅言宸走了,肯定是有自己想做的事。"

"做什么?"南桥好奇,"三岁多的孩子能懂什么?"

顾琉星挑眉,后面半截话她没说出来,顾流沙可是借着单纯无害的样子骗了不少人。

她说:"我去休息了,最近拍戏很赶,有些累,你也早点儿睡吧!"

"嗯,好。"

又想到什么,顾琉星道:"路靖宇在这部戏中的戏份快要杀青了,你尽快给他好好定位,培养起来。"

之前路靖宇的公司不好,他的人气虽然不低,但始终不见进步,戏路太窄。现在他需要再次包装,多参加一些活动增加曝光度。

"你怎么对他这么关心?"南桥语气暧昧,"难道你对他……"

顾琉星无语,没好气地骂了一句:"神经病。"

挂断电话之后,顾琉星又站在阳台上抽烟。

江眠眠洗澡出来,就看到她斜靠在栏杆上,笔直而细白的长腿交叠着,慵懒地抽着烟。她的五官精致完美,肤若凝脂,清纯中隐隐露出性感,几乎是看到的第一眼,就叫人再也无法移开目光。明明是一个那么出众的人,为什么总能在她身上看到淡淡的伤感?

"琉星姐。"江眠眠走到阳台上。烟雾缭绕,顾琉星的面孔模糊不清。

顾琉星冲江眠眠勾了勾唇,道:"怎么不睡?"

江眠眠嘿嘿地笑了两声:"睡不着。"她看了一眼顾琉星手里的女士香烟,"好抽吗?"

顾琉星微挑眉梢,抬起夹烟的手:"还好。"她的目光停在她好奇的脸上,戏谑地道,"试试?"

江眠眠头摇得像拨浪鼓:"我不抽烟。"

"这个是水果味的,很淡,不会上瘾。"顾琉星诱惑她。

江眠眠动摇的一瞬间,又摇头拒绝:"琉星姐,我定力差,你别诱惑

我了。"

顾琉星好笑，也不再勉强她。

"琉星姐，抽烟对身体不好，不管浓的淡的，都要少抽。"江眠眠语重心长地道。小姑娘眼睛睁得挺大，很认真地劝她。

"我在戒了，要不这会儿得熏死你。"顾琉星冲她挑眉，像个妖精。

江眠眠瞬间不知道该看哪里了，顾琉星眼中笑意更深。

"琉……琉星姐，我先回去睡了。"江眠眠扛不住，落荒而逃。

顾琉星笑出了声。

这天，顾琉星拍完自己的戏份就离开了。

她一出来，就看到傅言宸斜靠在车前，高挺的鼻梁上架着一副太阳镜，头发剪短了，显得更加精神。唯一不变的是完美的五官，以及嚣张慑人的气势。

天气回暖，他穿着黑色衬衫，外面是一件休闲西装，下身穿着黑色休闲裤，衬得身材修长，很帅。

衬衫解开两颗扣子，露出锁骨，像是在引人犯罪一般。

江眠眠看得眼睛都直了：几天不见，傅董怎么风格不太对了……难道是因为天气？

看见顾琉星，傅言宸挑起一侧的唇角，弯腰从车后座拿出一束香槟玫瑰，迈开长腿，朝她走来。

顾琉星平静地打量他："你做什么？"

"不明显吗？"傅言宸摘下太阳镜，深邃的眼眸望着她。

顾琉星不说话。

"顾琉星下午还有戏吗？"傅言宸问江眠眠。

江眠眠连忙摇头："琉星姐今天的戏已经拍完了。"

傅言宸一笑，看得出来心情很不错。他把花塞给她："走，带你去玩玩。"

顾琉星没拒绝，被他搂着走向车子。

也许是周末，这个取景点有不少游客，傅言宸体贴地给她戴上帽子和口罩。

"吃饭了吗？"他打开副驾驶座的门，示意她坐进去。

顾琉星摇头："还没有。"

他一边弯腰帮她系上安全带，一边问："想吃什么？"

"随便吧，我不挑。"顾琉星抱着花，花香扑鼻。

傅言宸笑得意味深长，坐在驾驶座上，发动引擎："那我怎么样？"

顾琉星对他露骨的话翻了一个白眼，懒得开口。

车疾驰而去，留下江眠眠一个人站在在风中。

他们抵达餐厅的时候，顾琉星看了一眼餐厅的名字，是个鱼庄。

这里是一座小山谷，听说天然水潭里养的鱼非常有名，很多游客慕名而来，但顾琉星没想到在这里也能遇到熟人……

傅言宸应该早就计划带她来这里，所以他们一到，服务生就迎上来带他们直接走向包间。

他们路过一间包间，门忽然从内被拉开，顾琉星就这么和苏希源打了个照面。

苏希源看见顾琉星，眼中是藏不住的厌恶，尤其是看到顾琉星怀里的花以及她身旁的人时，厌恶转为浓烈的忌妒。

"言宸。"苏希源笑靥如花，柔声喊道。

顾琉星心里啧啧感叹，不愧是"天视"的演技担当！

傅言宸眉宇间露出不悦："你怎么在这儿？"

苏希源没听出他语气的怪异，以为傅言宸在关心自己，唇角抿出一抹娇羞的笑容："来这里客串一个电影。"

她话音刚落，脚步声响起，等苏希源抬头，傅言宸已经拉着顾琉星进了隔壁的包间。

苏希源咬牙，瞪着紧闭的金色包间门，眼中是遮掩不住的忌妒。顾琉星回来后，傅言宸对她的态度越来越差了！

包间内，傅言宸脸色不太好，虽然确定不是自己母亲向外人透露他的行踪，只是意外，但这个意外也有点儿影响他的心情。

服务员菜上齐后，恭敬地说："先生、小姐慢用。"然后服务员弯腰退出包间。

顾琉星拿起筷子开始吃，早上拍戏时间太早，她一直没吃饭，饿到现在。

她夹了一块清炖的鱼肉，鱼肉口感很好，软嫩鲜美。顾琉星眉梢微扬，再次伸出筷子。

傅言宸看见顾琉星完全不受影响的样子，反而吃得很好，更来气了，见她夹了一块鱼肉要往嘴里送，他直接倾身咬住她的筷子。鱼肉进了他的

嘴里。

顾琉星："……"

咀嚼了几下，傅言宸咽下去，瞪着她："顾琉星，刚才那个女人在勾引我。"

"所以呢？"顾琉星反问。

傅言宸咬牙切齿，一字一句地说："你不该做点儿什么？"

顾琉星微笑："以什么身份呢？傅董，你身边的女人还少吗？要是我每次都做点儿什么，那我岂不是要累死？"

在L市，身体恢复之后，她一直关注国内娱乐新闻，傅言宸的花边新闻几乎次次占据头条。他和半个演艺圈都有染，身边从来不带重复的女人。

傅言宸闻言，盯着她，蓦地发出一声短促的轻笑，朝她凑近："看到啦？"

顾琉星当然明白他在指什么："你支撑起整个娱乐版面的头条，我想不看到都难。"

"吃醋？"他嗓音低哑地问道。

顾琉星唇角勾起一抹弧度，很淡，带着些许嘲讽，没有开口。

在傅言宸看来，她像在吃醋。

"既然吃醋，为什么不回来？也许你回来了，就可以改变这种状况。"

他靠着她，手搂着她的腰，下巴抵在她的肩上，薄唇就在她耳边，呼吸轻抚过她的皮肤。

她身体微微绷着。

"傅董的好兴致，我还是不要打扰了。"她平静地道。

傅言宸听着她冷冰冰的语调，低笑一声，大手握了握她的后颈，叹道："顾琉星，你要是像以前那么听话就好了。"不像现在，他都快分不清她的话到底是发自内心的不在乎，还是口是心非。

"现在的我不好吗？"

傅言宸顿了顿，说："好。"只要她回来了，就一定是好的。

傅言宸在她腰间的大手微微收紧，像是怕失去一样，不敢松开。

顾琉星握着筷子，手臂垂着，傅言宸靠在她身上，抱着她，呼吸一下一下地落在她的皮肤上。

"我饿了。"她怕他还不放开，又补充了一句，"我从早上到现在就吃了一口鱼肉，第二口……"第二口还被他抢走了。

傅言宸抬起头，看着她。她皱着眉，眸中含水，似在控诉。他低笑，从她手里夺过筷子,夹了一块鱼肉送进她嘴里。

"顾琉星!"某人看着她把鱼肉吐进垃圾桶,脸色阴沉似水。

顾琉星表情冷漠,淡淡地道:"我去一下洗手间。"

傅言宸脸色更难看了,死死地瞪着她,吼道:"顾琉星,我有那么恶心吗?"

回应他的是开门、关门的声音。

"死女人!"傅言宸从齿缝里挤出几个字,下颌紧绷。

洗手间里,顾琉星用手捧着水含进嘴里,然后吐出来。

刚才在包间中的画面再次出现在脑海中。

2014年6月,傅言宸带演员蓝潇出海度假,在豪华游艇上两人举止亲密,同时咬住一块水果,热吻。

她又掬起一捧水含进嘴里,用力漱口,还是觉得脏。如果不是他提起,她应该不会想起这些事。

"做了什么事,还漱口?"身后响起一道女声。

顾琉星手撑着洗手台,抬头去看,镜子里,苏希源抱着胳膊,下巴微挑,眼神高高在上。

"跟你有什么关系?"顾琉星淡淡地道,用纸巾擦了擦嘴,转身朝外走。

经过苏希源身边的时候,她的胳膊被用力扯住,一个不留神就被推得撞在洗手台边缘。腰部传来尖锐的疼痛,顾琉星皱眉按着腰。

苏希源一步一步靠近她,看着她狼狈的样子,刻薄地道:"顾琉星,别再缠着言宸,就你这样的,配得上他?"

"不管我配不配得上他,"顾琉星站直身体,眼中冷若冰霜,"他连看都不会看你一眼!"

"你!"苏希源扬手朝她脸上扇去。

顾琉星毫不费力地捏住她的手腕,刚才没留神才被她推了一下,她竟然还想动手!

顾琉星掐着她的手腕,逼近她:"以前就没在我手里讨过便宜,还不长记性!"

苏希源被她慑人的气势吓到,下意识退后。

顾琉星步步紧逼:"苏希源,我告诉你,你要是聪明,就别惹我。傅言宸你有本事就去追,没本事就别在我面前吠!"

"要不是你从中作梗,我和他早就在一起了!"苏希源咬牙,恶狠狠地

瞪着她。

顾琉星冷笑:"那我不在的四年,怎么他和那么多明星、模特传绯闻,唯独没有你?"

苏希源脸色涨红,憋不出半个字。

顾琉星甩开她的手:"苏希源,事实证明,人家根本看不上你。"

"你别胡说!他只是和那些人逢场作戏,我不介意!"她强撑着说道。

"天真。"顾琉星讥讽道,不想再和她废话,大步朝外走。

"等等。"苏希源急忙出声,追出来,"顾琉星,你已经有个女儿了,傅家绝对不会让你进门,你别再纠缠他,我保证你以后好资源不断。"她不笨,看得出傅言宸对顾琉星不一样。傅言宸什么时候给女人送过花,什么时候带女人单独出来吃过饭?

顾琉星止步,回头,目光嘲弄:"谁说我要进傅家的门了,而且,你的好资源,傅言宸现在也能给我。"

"顾琉星,你别敬酒不吃吃罚酒!"苏希源被激怒了,"我现在能和你商量,是给你面子,你要是不识好歹,我就把你有女儿的消息透露给媒体,到时候我一样能达到自己的目的!"

有一次,顾琉星去童装店给顾流沙买东西,正好碰到苏希源,苏希源也是那时候才知道顾琉星有个女儿的。

顾琉星眼中闪过狠戾,挑起唇角,无所谓地说:"那你去啊!"

"你……你不怕?"要是被人知道她有女儿的事情,顾琉星这辈子都没办法在演艺圈翻身了。

顾琉星不屑地嗤笑:"你要是透露出去,我保证,你一定会后悔!"

苏希源心里一紧:"你什么意思?孩子是谁的?"

顾琉星看了她一眼,见她往自己误导的方向去想,淡淡地道:"你猜。"

顾琉星随即绕开她,大步离去。

苏希源站在那里,整个人惶恐不安,那个孩子是谁的?为什么顾琉星说她会后悔?她知道,顾琉星绝对不是吓唬她!难道是……傅言宸的?四年前她真的是因为怀孕所以去了国外?

苏希源眉头越皱越紧,脸色苍白。

顾琉星刚走到包间门口,门被从里面拉开,傅言宸脸色极差地出现在门后,看见她回来,不耐烦地问:"怎么那么久?"他拉着她进去。

"遇上苏希源了,吵了几句。"顾琉星直白地道,没有瞒他。

傅言宸蹙眉:"那个女人神经病,你别理她,不管她说什么,都别信。"

"嗯。"

"吃饭吧，不是说饿了吗？"

她刚刚的确很饿，但现在没什么胃口。吃了几口，顾琉星放下筷子："我吃好了。"

"再吃点儿。"

顾琉星摇头："吃不下了，我们走吧！"

"顾琉星，你现在和我吃饭都吃不下去了，是吧？"傅言宸啪的一声扔下筷子，神色极冷。

"我真的没胃口，不是你的原因。"顾琉星耐着性子解释，并不想和他生气。

他抿着薄唇，看了她一会儿，摸了摸她的脸，开口道："那就等饿的时候再吃，你不需要节食。"

"我知道。"顾琉星说，"我们走吧！"

两人离开鱼庄，回到酒店。

顾琉星从包里拿出卡准备开门的时候，顿了顿。她现在和江眠眠住在一起，傅言宸进去不方便。

"开门，发什么愣？"傅言宸语气不耐烦，"里面藏了野男人？"

顾琉星转过身："我和眠眠住在一起，你进去不是很方便。"她又说，"只有你一个野男人。"

她似笑非笑，微微抬头看着他。

傅言宸眼睛眯起，唇角勾起一抹危险的弧度，朝前走了一步，逼近她："顾琉星。"

她被他逼得靠在墙上，手无意识地轻轻抠着墙壁，冷静地应道："嗯。"

傅言宸缓缓抬起手臂，撑在她的两侧，头低下去，和她平视："你胆子越来越大了。"

两人距离很近，近到她能感知到他的温度，炙热的、张扬的、危险的。

她目光闪烁，躲着他的视线："是你说里面有野男人的。"

傅言宸轻呵一声，脸又凑近了一点儿："我不是，只要你想，我现在就可以变得正大光明。"

"呃……"忽然响起一道突兀的声音。

顾琉星侧眸看到门半开着，江眠眠站在那里，手扶着门，脸色愣怔。

"抱歉。"江眠眠见两人都静静地看着她，尴尬地开口，"你们继续，当我没出现过。"

话音一落，江眠眠砰的一声关上了门。

走廊里，原本暧昧的气氛忽然变得有些奇怪，顾琉星眨眨眼睛，手抵着他的胸膛将他推开。

"你什么时候回去？"顾琉星问。

傅言宸看着她："你想我什么时候回去？"

顾琉星：她可以说你爱什么时候回去就什么时候回去吗？不过看他这个样子，今晚他应该是不会走了。

她说："重新开个房间吧！"

"好。"他一口答应，"你晚上过来。"

顾琉星嘲讽地勾起唇角："你每次找我都是为了上床吗？"

傅言宸皱眉，动了动唇，还未开口，顾琉星已经拿出卡开门，对他的回答显得那么不在意，仿佛已经认定了一般。

她推开门时，门后响起一道痛呼声，顾琉星透过门缝看见江眠眠坐在地上，手撑在身后，姿势狼狈。

顾琉星无语，望着因为偷听而紧张的江眠眠，叹了一口气。

江眠眠干笑两声："地上好滑，我不小心就滑倒了。"

顾琉星翻了一个白眼，走进房间。傅言宸一手插兜，跟在她的身后。

江眠眠从地上站起来，特别有眼力见儿地给大 Boss 泡茶。

傅言宸打量着顾琉星住的房间，眼中一片不满，嫌弃地说："你们剧组经费应该很多，为什么就安排这种条件的住宿？"

江眠眠闻言，嘴角抽了抽：Boss 我知道您住的都是总统套房级别的，但也别这么鄙视我们的住宿好吗？

顾琉星没说话，沉默地收拾着睡衣和卸妆湿巾，下巴朝外挑了挑，对他说："走吧，陪你去开房。"

傅言宸收回视线，看向她，唇角微抿，然后坐在她的床上："急什么，这才几点？"

"快点儿完事，我还要背台词。"

江眠眠站在电热水壶旁，一动不动，是称职的木头人。

傅言宸脸色顿时就黑了，眉头皱得很紧：到底每次先说上床的人是谁？

"傅董，喝茶。"江眠眠恭恭敬敬地把茶放在床边的柜子上，然后对顾琉星说："琉星姐，我出去买点儿东西。"

顾琉星点头："去吧！"

168

江眠眠赶紧溜之大吉，刚才的傅董有些可怕。

房间里只剩下两人，谁都没说话，顾琉星放下手里的东西，偏头看向窗外。

不经意间，很多画面出现在她的脑海里。

往昔的他们相处时，总能让她感觉到温暖。

闲暇的时候，他们会待在盛景或者她的公寓，躺在床上，聊一些无关紧要的事，平淡地度过一天。有时他们会选择一个陌生的城市，在那里旅游，无拘无束地走走停停，看风土人情。若是他忙，她就在家里等他。

但这些幸福，都在四年前化为乌有。现在想起这些，真是无比讽刺。

扯一扯唇角，顾琉星目光淡漠。

最终打破一室沉寂的是傅言宸："我哥过几天举行婚礼，如果你那天有戏，我去跟导演说一声，你陪我去参加婚礼。"

顾琉星转眸看着他，过了几秒才开口："你确定？你家人应该不会欢迎我。"

"我带你去，谁敢有意见！"

她轻笑一声："好啊，我去，你提前告诉我，我会准时到。"

第九章
非要和我作对吗?

夜色,很深。

顾琉星躺在傅言宸怀里,目光看向落地窗,有月光从窗帘下的空隙溜进来,落在地毯上,像是地毯在发光。

她不知道傅言宸怎么想的,今晚竟然没有碰她。

洗完澡,他掀开被子躺上床,手触及她的身体时,又起身,拿了她的睡衣过来,给她穿上。

"别感冒了。"他嗓音很低很低,落在她的耳畔,激得她一阵战栗。

他只是抱着她,没有任何多余的动作,手安静地放在她的腰上,紧紧地圈着她。

顾琉星皱着眉,从枕边拿起手机看时间,已经凌晨一点了。

"还不睡?"傅言宸问,下巴抵着她头顶,伴随着他说话的动作一下又一下和她的头顶接触,让她有些痒。

顾琉星冷冷地道:"你这样,我怎么睡?"

"可我想抱着你,要是不这样,我就抱不到你了。"某人说得一本正经。

顾琉星深吸了一口气,用力抿了一下唇,然后转过身,手直接握住他的某个地方。

傅言宸猛地一僵，夜色中，他的视线紧紧地盯着她。哪怕看不到，顾琉星也知道，他的眼里必然满是欲望。她以为他立刻会有所动作，然而，他用力拉开她的手，迅速掀开被子跳下床，赤脚站在地上瞪着她。

　　"你做什么？"傅言宸语气透着防备。

　　顾琉星侧躺着，微微无语：他摆出一副被侵犯却死守清白的样子干吗？

　　"我想休息，但是你这样，我很难睡着，我帮你解决。"

　　傅言宸定在那里，眉紧紧地皱着，重重地道："不用你帮。"

　　"傅董，我明天还要拍戏，需要休息！"她咬牙切齿地道。

　　傅言宸一动不动地站着，过了一会儿，骤然转身，大步冲进浴室。

　　顾琉星听着浴室里传来的水声，轻轻勾了勾唇，背过身闭上眼睛。

　　不知道过了多久，在她快要睡着的时候，身边微微塌陷，有一股微凉的气息在身边萦绕，却没有靠近。

　　翌日。

　　顾琉星在闹钟响起的那一刻，睁开眼睛，她躺在他怀里，视线所及是一片赤裸的胸膛，线条分明，肌理流畅。愣了片刻，她轻轻挪开搭在自己腰上的大手，小心翼翼地从床上坐起来，准备下床。

　　忽然，手臂上传来一股大力，猛地将她扯回床上，顾琉星惊呼一声，眉头紧锁。

　　"干什么去？"傅言宸声音透着初醒时的沙哑，眼睛微睁，薄唇轻抿，平日里嚣张的脸变得柔和了些。

　　顾琉星用力挣开他的桎梏，说："早上要拍戏，你放……"

　　他一手摁着她的后颈吻住她，一手放肆地在她身上点火。

　　漫长的深吻之后，她似是被抽走所有力气，狠狠地喘息。

　　傅言宸盯着这一幕，眼中幽深，咬牙松开她："去拍戏吧！"

　　从昨晚开始，傅言宸的忍耐她不是没看到，可以说，这是她第一次见他这样。究其原因，她也能猜到，因为她说了一句："你每次找我都是为了上床吗？"

　　呵，这算他开始向她妥协了吗？

　　从床上起来，顾琉星站在床尾背对着他换衣服。傅言宸半躺着靠在枕头上，点了一根烟。

　　"顾琉星，你真的这么喜欢演艺圈？"他问。

顾琉星动作一顿，回过头，他的脸隐在缭绕的烟雾后，神色模糊不清。

"不喜欢能出卖自己和傅董你交易吗？"她轻笑一声，"所以还要麻烦傅董，以后可以多给我一点儿广告代言。"

傅言宸抿唇，望着笑容虚假的她，心里五味杂陈。

化妆棚里，顾琉星正在上妆。

今天她要演星泪神元覆灭的那一场戏，神王重尊入魔，成为魔界至尊。

小说里，这些情节赚足了书迷的眼泪，顾琉星当时看这本小说的时候，虽然不至于哭，但眼睛确实酸了。

此刻，她看着剧本，酝酿情绪，化妆师帮她化着憔悴的妆容。

当导演在外面喊开拍时，顾琉星放下剧本，起身走过去。

刚站好位置，顾琉星就察觉到一道视线紧盯着她，她蹙了蹙眉，转头去看。

傅言宸坐在导演旁边，手撑着脸，见她看过来，还冲她挑眉。

顾琉星无语：他跟过来做什么？以前周末他不是都很忙吗，各地飞，现在这么闲？

导演开拍的声音响起，她回过神，不再想别的。

对面的顾时镜已经将自己完全融入了这场戏，一身紫色华服，眼中隐忍痛苦，微微发红。

星泪坐在他旁边，脸色煞白，风吹动衣衫，似乎随时都可能消失。

"星泪。"重尊艰难地说道。

话音落下，星泪眼里猛然涌起泪水，快要溢出的一瞬间，她用力眨眨眼，将眼泪逼了回去。

"帝君，星泪要走了。"她扯扯唇角，笑着说。

重尊似是没听到，眼神专注地望着天河，过了很久，问她："去哪里？"

"去一个很好的地方。"那里没有痛觉，没有伤心，没有不舍，也没有他。

又是良久的沉默，重尊才回道："可以不走吗？"神界的神王，三界的主宰，何时有过这种乞求的语气？

星泪到底还是没忍住，眼泪夺眶而出，在重尊看到之前，连忙转过脸擦掉，她竭力让自己的声音轻松如常。

"帝君，星泪……会想念你的。"她想笑，唇角仿佛被什么东西重重压制着,怎么也扬不起来。

重尊抬手,握着她的肩膀将她拉到自己怀里,声音很轻:"星泪,我给你讲个故事吧!"

"好。"她说。

重尊视线落在远处的桃林上,那里落英缤纷,入目是一片粉红,天河倒映着桃林的影子,那么美,是整个三界的绝美景色。

一只丑狐狸的身影,仿佛将他拉回记忆深处。

"时光恒流里,曾经有一只狐狸,陪我度过数万年,后来气数殆尽。我身为三界主宰,却救不了她,看着她在我眼前灰飞烟灭,我什么也抓不住。那时候,我觉得,神王,也不过如此。"

她靠在他怀里,眼皮很沉。

"我没想到,你会和她如此相像,一个神怎么会和一只人界的狐狸像呢,我以为自己思念成疾。"

她眼皮控制不住地垂下去,又用力睁开,身体周围散发着白雾,一片冰冷。

"其实不然,神王,怎么可以摈弃理智、放纵感情呢?你和星儿是不一样的,我对星儿,是喜欢;对你,也许,是另一种感情。"

再一次,她强撑着精神,听着他的故事,也许对她来说,这是最后一个故事。从此,他们再无相见的可能。

"星泪,十万年,重尊爱上你了。"他说完这句话,星泪闭上了眼睛,泪水从眼角涌出。

以她为中心,四周开始结冰,撕裂一般的声音,和重尊心里的声音重合。

他掌心狠收,紧握她的肩膀,白雾从他们接触的地方疯狂地往外冒,他垂眸扯了扯唇,眼睛血红:"所以,我会救你,万神之石救不了星儿,但一定可以救你,那是你的灵气之源。"

一切仿佛都没有变化,但又像是发生了翻天覆地的变化。

桃花在空中飞舞,天河内桃花一瓣瓣落下,仿佛在为她送别。

重尊低头,在她的额头印上长久的一吻。

摄影师镜头靠近,拍一个特写时,导演忽然出声喊停:"琉星,别抖睫毛,你全身结了冰,一点儿都不能动!"

顾琉星道:"我知道了,导演。"

"好,继续。"

顾琉星尽量让自己忽视那道狠狠盯着她的视线。但当她再次闭上眼睛,顾时镜的唇即将落在她额头上时……

"Cut(停)!"导演皱眉,语气差了些,"琉星,说了不要抖睫毛!装死人就行,再来!"

顾琉星抿了抿唇,点头,深呼一口气,然而,那道恶狠狠的目光比之前有过之而无不及。

顾琉星再一次在这个特写上掉了链子。

"顾琉星!这场戏不难!你不用做任何多余的表情,只要别动就行了!"导演很生气,因为傅言宸在这里,他尽量控制情绪。

摄影机重新对准他们。

"Cut(停)!"导演几乎要暴走了,整个人气得怒吼,"以前那么难的戏,你都是一次过,为什么这次这么简单,你怎么都过不去?顾琉星,你告诉我原因可以吗?"

顾时镜摸了摸鼻子,尴尬地动了动眉,别说顾琉星抖,他都快要吻不下去了。某人的视线快把他千刀万剐了。

"抱歉导演,可能我今天状态不好,给大家添麻烦了。"顾琉星低声道歉,"我会尽快调整过来。"

导演压下满肚子的火,语气不好地说:"给你五分钟,好好想想自己的问题。"

顾琉星点头,目光瞥向坐在那里的大佛。傅言宸挑着唇耸肩,整张脸上写满得意,顾琉星脸色阴沉。

五分钟后,在导演气急败坏的一声"Cut"后,傅言宸站起来,看着顾琉星,对导演说:"我记得这种戏不是可以借位吗?"

这种戏还要借位?那一刻,导演似乎明白了什么,眼角剧烈抽搐,这只是一场吻额头的戏,傅董的占有欲也太可怕了吧!

顾琉星眼中燃起怒火,狠狠地盯着他:"傅董,您作为一个局外人,还是不要发表意见了!"

现场所有人倒吸一口冷气,下意识地偷偷打量傅言宸的脸色。

嗯,他的脸色比锅底还黑,真可怕。

有人幸灾乐祸地看了一眼顾琉星,觉得她好日子到头了。她惹怒老板,这场戏一定很好看!但那些人期待的那一幕并没有发生。

傅言宸轻笑了一下:"我记得我现在似乎是这个剧组的投资人之一,怎么,投资人都是局外人吗?"最后一句话,他是看着导演说的。

明白过来的导演,也不好意思再训斥顾琉星了,干笑两声,道:"怎么会呢?傅董愿意指导几句,是我们的荣幸。"

顾琉星:"……"

"要不就借位吧,尽快拍完,我赶时间去B城。"顾时镜说。

傅言宸勾了勾唇,对顾时镜的识时务感到满意。

"好了,那就借位吧!"男主角和投资人都这么说,导演虽然不太赞成,但想了想,又妥协了。

顾琉星直直地看着傅言宸,目光冰冷。

而其他人,则是愤愤不平:为什么顾琉星都那么说了,傅董竟然还能容忍她?顾琉星这种"花瓶"到底有什么好,勾引这个,勾引那个,傅董喜欢这种人吗?

嫉恨的视线,一束束落在顾琉星身上。

即将开拍的那一刻,顾琉星迟疑地走过去,走了几步,顿住,咬牙转过身:"导演,再给我一次机会,我一定可以过!"

顾琉星的请求,导演自然是乐见其成,毕竟每个镜头的真实、完美,是他所追求的,但当他余光瞥向傅言宸,恰好和傅言宸阴冷的视线相撞时,心里一个哆嗦。

他假笑着对顾琉星说:"琉星啊,还是借位吧!顾'影帝'不是赶时间吗?我们尽量选容易的来。"

顾琉星蹙眉,冷冷地道:"难道借位比真拍还快?"

导演:"……"

傅言宸脸色微变,暗沉的眸子盯着她。

顾琉星淡淡地看着他,妆容憔悴,显得格外固执、倔强。

"导演,可以吗?"她问。

导演为难:"这……"

他看向傅言宸:"傅董……您看?"

傅言宸眼中一片阴冷,冷笑一声,转身离开。

顾琉星松了一口气,很怕他会用强硬的手段,那她还有反抗的余地吗?

导演叹了一口气,然后冲所有工作人员打手势:"准备开始。"

顾琉星闭了闭眼,再次睁开,已经是星泪的气质。

顾时镜轻笑一声，问她："那么固执对你应该没好处吧，得罪老板就开心啦？"

顾琉星目光闪了闪，没说话，顾时镜，包括所有人，都看不懂她，其实，她也看不懂自己，一次次试探傅言宸的底线，到底是在折磨他，还是在折磨自己……

"琉星，你是我第一个欣赏的女孩子，如果我有机会，记得提醒我。"顾时镜道。

结束时已经下午一点钟了，导演吩咐开饭，顾琉星没胃口，就让江眠眠自己去吃，而她，随意地走在桃林里，神情恍惚。

她走了一会儿，忽然闻到浓郁的烟味，顾琉星继续朝前走了几步，就看到傅言宸靠在一棵树上吞云吐雾，地上已经有了不少烟头。

景区，树林，他这样抽烟……也不怕出事。

"开心啦？"傅言宸说，声音沙哑，"让我在你面前妥协能怎么样？顾琉星，以前你又不是没用过借位，非要和我作对吗？"

顾琉星垂眸，手指微颤，沉默着。

以前，她从不拍吻戏，哪怕是拥抱，她的身体也会时刻警惕。因为傅言宸不喜欢。可是，那是以前，就只能是以前。

他站直身体，侧身盯着她，她还没卸妆，衣衫翻飞，脸色苍白，看起来不堪一击，却能一次次逼他到绝境。

他几步走到她面前，抬手摸了摸她的脸，低声道："何必因为我牺牲自己呢，要是你想和我作对，我给你这个机会，想怎样都行。"

顾琉星垂眸，手指微微颤抖，眼中浓重的戾气一闪而过，有一种猛烈的情绪在她的身体里冲击着，全身的血液仿佛都燃烧起来。

啪——顾琉星一巴掌甩在他脸上。

傅言宸的脸偏过去，他定定地站着，没有任何反应。

"这一巴掌，是为了我的孩子打的。"顾琉星寒冷如冰的声音从齿缝里挤出来，"她真不幸运，未出生，就被她的父亲残忍地杀死了！"

啪——紧接着又一巴掌甩在傅言宸的另一边脸上。

手落下，顾琉星整个身体都在颤抖，眼睛一片血红，她用尽全身力气一字一句地说："这一巴掌是我为自己打的，我瞎了眼，竟然想为你这种人生孩子！"

她捏紧手，压抑不受控制颤抖的身体，狠狠地盯着他，表情无比厌恶，眼中全是泪水，倔强地不肯落下。

傅言宸极淡地一笑，第一次被人狠狠地甩了耳光，却显得那么不在意。

他说："顾琉星，从来没人敢扇我耳光。"

顾琉星冷笑一声，讥讽地看着他："怎么，你要打回来？"

"我对谁动手，都不会对你动手！"傅言宸指着自己，脸色阴冷。

她不屑地冷笑一声："傅言宸，你说这话恶不恶心，不会对我动手，这话我听了都想笑。"

"顾琉星……"

"别叫我！"她冷冷地打断他，"我这辈子，最后悔的就是认识你！从一开始，我们的交易就是我陪你睡，现在你凭什么管这么多！"

傅言宸阴沉的视线落在她的嘴唇上，她绝情的话让他的一双眼里迸射出寒光。

我这辈子，最后悔的就是认识你！呵，她这辈子最后悔的事就是认识他？她后悔了，那他呢？他怎么办？

她这四年过得不好，他就过得好吗？她有没有去看过临江上城的公寓，公寓发生过爆炸，她知道吗？发生爆炸的时候，他就在里面，如果不是楚轶，也许，他会去见那个素未谋面的女儿。顾琉星，你说我家人讨厌你，你知不知道你生病的时候，我母亲和我同时躺在手术室里。哪怕到那一刻，他还在叫她的名字。

他从来没后悔过，因为从她在盛景天台没拒绝他的那一刻起，他就没给自己留退路！

现在她说后悔了，顾琉星，你当年要是多看我一眼，我就不信你发现不了什么！

他凭什么管这么多？呵，因为顾琉星除了他，谁都不能碰！

"就凭你八年前招惹我！"傅言宸狠狠地吼道。

话音落下，他一把扣住她的后颈，不由分说地用力吻住她。

"唔……唔……"

顾琉星拼命挣扎，用力晃着头，想要摆脱他的吻："傅言宸……你放开我！唔……放开我！"

傅言宸直接用两只手固定她的脸，长舌霸道蛮横地席卷她口中的每一个角落。

"呃——"

一道闷哼声从傅言宸喉中逸出，伴随着血腥的味道弥散在两人纠缠的

唇舌间。

他深深蹙了一下眉，顾长的身子猛地将她压在树上，胸膛压迫着她，一只大手从她的脸上微微下滑，掐住她的下颌。

他轻而易举便制止了她的所有挣扎。他的吻，更加凶猛。

顾琉星狠狠地瞪着他，眼中是浓浓的恨意。

她不挣扎了，挣扎，受苦的只是她。

果然，傅言宸见她安静地承受着，动作渐渐变得轻柔，技巧高超地引导着她。

不知道过了多久，在她几乎要窒息的时候，他才松开她，注视着她，神色复杂。

她原本苍白的脸色因为刚才两人的纠缠，变得红润，此刻，她嘴巴微微张着，喘息着调整呼吸。

他拨开她额头上被汗水打湿的发丝，声音喑哑："顾琉星，我们的事，我们自己解决，否则，连我都不知道会做出什么事！"

顾琉星偏头勾了勾唇，没再争辩什么。她在他面前没有任何反抗的余地，争什么呢？她不过是自讨苦吃罢了。

"别再打其他主意，乖乖待在我身边，想翻天我都宠着！"傅言宸眼中幽深若潭。

她看着他，脸色冰冷："我要是不愿意呢？"

他一声轻笑，眼里渐渐有疯狂之势，在她耳边轻声道："你可以试试。"

顾琉星听着他充满威胁的话，沉默不语，用力咬住唇。

傅言宸摸了摸她的唇角，手指微微用力，已然化解她牙关处的力道："我最后一次警告你，不要再靠近顾时镜，否则，我不忍心动你，我就动他！"

他眼神阴鸷，透着狠厉。

春景柔和，微风拂过，暖阳落在两人脸上，那层光似乎因为两人之间的气场，而充满寒气。

"傅言宸，我们来打个赌吧！"她忽然开口。

傅言宸愣了愣，问："什么赌？"

"赌我会不会再次爱上你。"顾琉星说。

他眼睛微眯，勾了一下唇："你倒是会开条件，顾琉星，我明明白白地告诉你，你也就仗着我爱你，才敢和我打这种赌！"

顾琉星深吸了一口气："那你赌还是不赌？"

"赌了。"傅言宸双手撑在她的肩膀两侧,咬牙道。

"好。"顾琉星点头,"从现在开始,重新追我,不管我提出什么要求,你都要凭自己的能力做到,直到我爱上你,赌约作废,为期一年,如何?"

"还是要我什么都听你的?"傅言宸邪肆地挑了挑眉,"顾琉星,你提什么要求我都要做到,那你呢?为了公平起见,你是不是也该给自己定点儿规矩?"

"这一年内,你约我,我绝不拒绝。"她说。

她绝不拒绝,又是个诱惑的条件,傅言宸凝视着她,眼中瞧不出任何情绪。

顾琉星心里顿时没了底。

傅言宸突然道:"好。"蓦地,他又发出一声短促的轻笑,"你这个赌约存在漏洞,你没说这一年你会保持单身。"

顾琉星心里一咯噔,有种被发现的紧张。她真是天真,在一个每天审阅各种合同的财阀面前玩心计。

"不过没关系。"傅言宸摸了摸她的脸,目光眷恋,"你开的条件对我来说很有吸引力,只要你做得不过分,我可以当这是你对我的考验。"

顾琉星皱眉,暗骂了一句:阴晴不定!

下午三点,剧组又赶往下一个取景地。

顾时镜因为要去B城参加一个时尚盛宴,所以他和顾琉星的对手戏都被调到了后面。

整个剧组,属于一线"大咖"的顾时镜、姜烟、宋简都在受邀之列。

顾琉星因为才复出,所以并未被邀请。

VIP(重要客户)候机休息室,顾时镜一进来,就看到傅言宸坐在那里,腿上是一个纯黑色的笔记本电脑,鼻梁上架着一副复古眼镜。

他有事要先回趟A城,然后再转去B城。

察觉到顾时镜的视线,傅言宸淡淡地看了他一眼,然后不屑地笑了一声,继续办公。

"傅董。"顾时镜跟他打招呼。

傅言宸盯着电脑屏幕,眼睛都没动一下,顾时镜挑眉摸了摸鼻子,坐在另一边刷手机。

二十分钟后,登机提示音响起,顾时镜拿出口罩戴好,眼前忽然投下一大片阴影,他抬头一看,傅言宸站在他面前,姿态高高在上。

"别再打顾琉星的主意,否则,我不介意让 A 城剩下的两大娱乐公司再次合并!"

冷傲的声音落下,傅言宸大步一迈,朝前走去。

顾时镜站起身,望着他的背影说:"傅董,顾琉星是单身,谁都有机会。"

傅言宸脚步一停,拎着电脑包的手骤然握紧,气势猛地高涨,他回头,阴冷地望着顾时镜:"有胆子再说一遍。"

"傅董,女人不能这么控制,总有一天会反弹,其实我们可以公平竞争。"顾时镜神色淡然,嘴角带着一抹微笑,优雅温润。

"你也配!"他不屑地道,"顾时镜,别以为你刚成为嘉影的股东,就可以在我面前横,我傅言宸要是不想看见你,十个嘉影都不够我玩!"

"我想傅董误会了。"顾时镜依旧不急不缓地道,"只凭魅力,不是拼财力,不管多少财力,作用总归只是护她一世无忧而已。"

傅言宸眼中一片阴鸷,冷冷地道:"那我可以让你现在就没有任何财力!"

顾时镜淡淡一笑:"傅董不会的,您这样做,只会坐实您的魅力不如我。"

傅言宸咬牙,阴狠的视线盯着他。

蓦地,傅言宸哼笑一声,指指他:"激我?"

"看傅董怎么理解了。"顾时镜说。

傅言宸狂妄地说:"不管你是不是激我,我傅言宸要是想做什么事,天王老子来了,也不会看一眼,魅力算什么?"

顾时镜目光闪烁了几下:"都说傅董做事全凭心情,果然是有根据的。"

傅言宸冷哼一声,不可一世地蔑视着他:"不过,现在我不会动你,因为这是我和顾琉星之间的事,把你牵扯进来,我不是没事找事吗?"

动顾时镜,就相当于承认顾时镜和顾琉星有染,他会那么白痴。

顾时镜轻笑一声:"那我谢谢傅董。"

登机提示声再次响起,两人眼神不可避免地又是一番交战,接着一前一后进入登机通道。

B 城。

叶寻下飞机的那一刻,B 城的天空飘着细雨。

叶寻冲着天空低骂一声,最讨厌下雨天了!

他走出机场,因为下雨,车也变得紧张起来,十几分钟过去,叶寻没拦到一辆车。湿润的冷风吹在脸上,寒意袭人。

叶寻打了一个哆嗦,将身上的大衣裹紧,神色烦躁。

余光不经意间瞥到一道身影,叶寻愣了愣,见他正在上车,拔腿就跑过去,喊道:"顾时镜!"

顾时镜听到声音,上车的动作顿了顿,回头就看到某个男人风一样扑过来,还给他来了一个热情的拥抱。

顾时镜被撞得一个趔趄,好不容易稳住,连忙拉下叶寻的胳膊,并和他保持一定的安全距离。

"你……"他停了一下,然后想了想,才开口,"你是顾琼星的造型师?"

叶寻猛点头,看顾时镜的目光更期待了。

还好顾时镜认得自己,不然就自己刚才那激动的样子,分分钟吓走他。

"我叫叶寻。"叶寻笑声爽朗地自我介绍。

"叶寻?"顾时镜难以置信地看着他,"你就是那个在B城拿过多个设计大奖的造型师?"

叶寻尴尬地笑了笑:"之前瞒着不好意思,也是怕给琼星惹麻烦,要被人知道连我都这么大牌,会给琼星招黑的。"

顾时镜:"……"

想起正事,叶寻忙道:"顾'影帝'啊,我今天来得匆忙,没来得及通知别人,你应该也是去时尚汇吧,捎我一段路可以吗?"

"嗯,OK。"顾时镜道,又打量了他几眼。

这么不修边幅的人,真的是造型师?不是说大多造型师有很严重的洁癖吗?

叶寻欣喜,猛拍一下他的肩膀:"谢了,顾'影帝'。"

"不客气。"顾时镜身体轻晃,这么瘦的男人,力气还不小。

两人一左一右上了车,坐在后座。

顾时镜的经纪人坐在副驾驶座上,不时瞟过来几眼,叶寻权当没看到。

他前几天参加了一个设计比赛,好久没休息了,形象当然不会好到哪里去。

侧头望着B城街上的风景,叶寻自言自语道:"雨下得这么大,有什么浪漫的?落汤鸡一样,任何美感都没了。"叶寻回过头,询问他,"顾'影帝',你说是不是?"

他恰好看到顾时镜棱角分明的侧脸，轮廓总给他一种很熟悉的感觉。这也是当时在游乐园看到他时，自己微微失神的原因。

"浪漫的定义不同而已。"顾时镜淡淡地答道。

"反正我不觉得有什么浪漫的。"叶寻耸肩，眼中忽然掠过一抹光，他不经意地问，"顾'影帝'，你哪里人啊？"

"A城。"顾时镜说。

"不是。"叶寻摇头，"我是问你出生地是哪里。"

顾时镜侧眸看着他："问这个干什么？"

叶寻挠了挠头，不好意思地说："觉得你和我小时候的一个朋友有点儿像，所以问一下。"

"我是孤儿，这不是秘密。"顾时镜脸色淡然，"以前在港城的一个天使孤儿院待过。"

听到这个久违的名字，叶寻手指颤抖了一下。

雨滴在车窗上，滑下长长的线，窗外阴沉的天空笼罩着这座霓虹灯闪烁的城市，叶寻在车窗上看到顾时镜的侧脸，发现和多年前似乎有了很大的变化，又像什么都没变。变的是他的眼神，没变的是他让人过目难忘的脸。

"不过，后来出车祸，一部分记忆没了，小时候的事很多不记得了。"顾时镜目光失神片刻，继续道，"关于车祸以前的事，都是我在自己以前的采访视频上看到的。"

后来他才知道，他一直在资助一个孤儿院，据他的经纪人说，他在那里长大。

"车祸？"叶寻皱眉，立刻问，"怎么会出车祸呢？"

"对方司机酒驾，就撞了。"他淡淡地道。

叶寻闻言，骤然握紧拳头，眼中阴沉，抿了抿唇，转过头看着他，开口道："我以前也在天使孤儿院待过，如果我没认错人，以前我们应该认识。"如果之前只是怀疑他是自己一直在找的人，那现在已经确定了。

顾时镜垂眸深想，意料之中的一抹刺痛立刻在他脑中撞击着，狠狠地揪着他的神经。他闭了闭眼，放弃回忆，笑道："那真巧，可惜我都不记得了，你以前叫什么名字？"

他一直叫叶寻，从来没变过，二十三岁顾时镜出车祸，之前顾时镜找过他吗？

"小寻，你乖一点儿，我保证，这次我也会像以前一样很快就回来，我一定会回来找你的。"男孩儿的脸透着营养不良的黄，但仍然让人惊艳。

叶寻捧着一只纸鹤，五岁的小身体微微发抖，大眼睛里有着依赖和害怕，看着他说："时哥哥，我等你回来。"

他叫叶时。因为天使孤儿院的创办者姓叶，所以那里面的孤儿都姓叶。

那是他最后一次见叶时，他未曾想过，那会是他们最后一次见面。

孤儿院经常会有人来领养小孩儿。而顾时镜，总是第一眼被看上，但也总是领养几天就被人送回来，因为他刻意表现出的怪异性格，让领养人放弃了他。

这次，他像往常一样，对叶寻承诺，却一去不返。

叶寻轻眨了一下眼，苦涩地笑了笑："一直叫叶寻。"

他的声音有些奇怪，顾时镜不由得侧眸看了他一眼，却见他匆匆别过头，看向窗外。

顾时镜眉头动了动，没再开口，车内很安静。

车子抵达时尚汇的举办地点，叶寻立刻下车，冲顾时镜低声说了一句："谢谢。"

顾时镜望着他快速消失在门口的身影，眼中掠过沉思，然后对经纪人说："你去帮我查查我以前和叶寻有没有过交集。"

"好。"

3月23日，傅家二少爷傅言天和颜氏千金颜筱举行婚礼，惊动了A城所有名流商贾。

傅家二少，英俊多才，有名的律师，精通国际法，自从事律师行业起从无败诉。

颜氏千金颜筱，姿色平平，家族企业在A城颇有名气，但比起超级家族傅家差了太多。

很多人觉得颜筱和傅言天不般配。在A城名媛中，有很多人比颜筱更适合傅言天，可傅二少怎么就看上颜筱了呢？

傅言溪站在门口，笑容得体地招待宾客，将宾客请进婚礼殿堂之后，却频频看向手表。

"老公，你去帮我给言宸打个电话，问他什么时候到。"傅言溪着急地说。

傅言天结婚，这婚礼马上就要开始了，傅言宸还没到！

唐峥拍了拍她的肩膀，安慰道："你别着急，言宸又不是小孩子，怎么可能会在这么重要的日子里胡来？"

"你不知道，今天我这心里一直慌得厉害，总感觉有什么事要发生。"傅言溪皱着眉，神情恍惚地说。

唐峥无奈地笑了笑："你啊，一天别想那么多事，也不嫌烦，都是大人，怎么会处理不好自己的事？"

傅言溪握着他的手，摇摇头："我的直觉一向很准，今天一定有事发生。"

唐峥叹了一口气："好了，别疑神疑鬼了，一会儿我先去给言宸打个电话，然后告诉这里的保安，婚礼举行期间不允许乱七八糟的人出现，你担心的也就这两件事，都处理了，能安心吗？"

傅言溪抿唇轻笑："老公，谢谢你这么包容我。"

唐峥捏了捏她的手："老夫老妻了，说这么肉麻的话做什么？"

"谁说我们老了，靳儿才五岁，哪里老？"傅言溪嗔怒地瞪了他一眼。

唐峥好脾气地哄道："不老不老，是我说错话，好了吧？"

"好了。"傅言溪推他，"你快去给言宸打电话，还有不到一小时婚礼就开始了。"

唐峥失笑，拿着手机走到角落，拨通傅言宸的电话。

"喂。"傅言宸穿着一身剪裁得体的墨色西装，正坐在沙发上随意地翻着杂志。

唐峥问："言宸，你多久能到婚礼现场？"

傅言宸抬手看了一眼时间，说："半小时后。"

"你姐姐快急死了，你尽快赶到婚礼现场。"唐峥语气透着严肃。

傅言宸望着镜子里的自己，理了理脖颈上的粉色领带，格外满意。

"姐夫，我姐姐这脾气，也就你受得了。"傅言宸似笑非笑地说，"以前没问过，现在忽然想问，当年你和我姐姐是怎么看对眼的？"

"这就叫缘分。"唐峥淡淡地道。

傅言宸嗤笑一声："得了吧，还缘分？"

"尽快过来，我去陪你姐姐招待宾客。"唐峥说完这句话，便挂断了电话。

傅言宸挑挑眉，刚抬头，就看到缓缓出现在帘子后面的顾琉星。黑色的长直发做了个简单的造型，妆容清淡，上挑的眼角为她增添了一抹妖娆。淡粉色的长裙完美地勾勒出她凹凸有致的身材，清纯与妩媚并存，没有半分冲撞。脚上是一双黑色红底细跟鞋,衬托得她白皙的脚踝莹润诱人。

傅言宸喉头动了动,失神了一会儿,然后身体前倾,手臂撑在大腿上托着脸,把她从头到脚打量了一遍,满意地点了点头。

顾琉星缓缓地走到他面前,皱着眉问:"确定要穿这个?"

傅言宸挑眉:"你不满意?"

"满意。但是,我这样会抢了新娘子的风头。"颜筱并不是个长相惊艳的人,她这样盛装打扮,确定不是去砸场子的?

"他女人长得丑怪我?"傅言宸不可一世地说。

在场的助理闻言,用力憋着笑,傅董这么说他嫂子,他哥知道吗?

顾琉星被他噎得一个字也说不出来,无语地看着他。

傅言宸扬唇,站起身,一把搂过她,朝外走去。

顾琉星脚步不稳地被他带着走,连忙戴上口罩。

婚礼现场,傅言宸的车以嚣张之势停在礼堂门口时,傅言溪脸色稍霁,总算赶在婚礼开始之前到了。

傅言宸下车,没有直接走向礼堂,而是一手插兜,几个大步来到副驾驶座门边。

傅言溪微微皱眉,盯着正在下车的女人。

在看清她的脸之后,傅言溪脸色变得铁青。虽然顾琉星戴着口罩,但她的身影,傅言溪可是再熟悉不过了。

傅言溪压抑着怒火,迅速走过去,挡在傅言宸和顾琉星的面前,视线冷厉。

"你带她来干什么?"她咬着牙道。

傅言宸不悦地蹙眉,下意识攥紧顾琉星的手:"我为什么不能带她来?"

傅言溪在极度生气下竟笑出了声:"言宸,为什么所有人都为你好,劝你,你非不听!"

"很简单。"傅言宸斩钉截铁地说,"因为我以后不是和所有人过,而是想和她过。"

"你!"傅言溪脸色极差,一脸倨傲,"你知不知道妈在里面?你把她带到里面,难道连妈的死活都不管了吗?!"

"威胁我?"傅言宸笑笑,"傅言溪,我叫你一声姐,不代表你可以插手我的人生。"

"我插手你的人生？"傅言溪气得眼眶通红，道，"正如你说的，如果你不是我弟弟，我何必这么苦口婆心地劝你，惹得你一次又一次厌烦？"

顾琉星站在傅言宸身旁，眼中闪过报复的快感。

"怎么啦？"唐峥看着剑拔弩张的两人，快步走过来，"大喜的日子，先进去，有什么事等婚礼结束后再说。"

傅言溪对唐峥说："老公，他把顾琉星带来了，你说我怎么能让她进去！"

唐峥闻言，皱眉看向傅言宸，质问道："你怎么想的？"

"你知道我的脾气。"傅言宸冷着脸，"我想做的事，没人拦得住，你管好她。"

话音落下，傅言宸拽着顾琉星，绕开两人，大步走向婚礼殿堂。

"言宸……"傅言溪抬脚就想追上去。

唐峥拉住她："别拦了。"

"可是……"傅言溪急得整个人开始发抖，"顾琉星那个女人四年前能狠心抛弃言宸，现在回来又能安什么好心？"

"不安好心你有什么办法？言宸什么脾气你还不知道，他要真认定顾琉星，绝对不可能放手。"唐峥沉声道。

傅言溪咬唇："你不知道，之前我在盛景见过顾琉星一次，她明明白白地告诉我，她就是看上言宸的权势和金钱，想在演艺圈混出一番成绩，但是你也看到了，言宸他那么认真，我真的很怕三年前那一幕重现，傅家禁不起那样的折腾。"

"我看，不见得。"唐峥望着殿堂的方向，摇了摇头，"一个年纪轻轻就掌控傅氏商业帝国的人，绝对不会在一个地方栽两次。"

"感情这种东西，最不受控制，谁能保证以后。"傅言溪担忧地道。

唐峥叹了一口气："那你想怎么办？"

傅言溪想了想，道："我去找顾琉星，她不就是想要钱吗？我给她。我在演艺圈说话也有分量，她不就是想火吗？我可以不遗余力地帮她，把她送上国际舞台，只要她远离言宸。"

"然后呢？"唐峥问，"你有没有想过，你做的这件事，可是冒着和言宸关系彻底崩裂的危险。况且，你只想让顾琉星离开，你有没有想过，要是言宸不放手，你不怕激得他旧病复发？"

傅言溪沉默，低着头，肩膀微微颤抖。

唐峥握着她的肩膀，带着她走进去，说："言宸不是你想的那么不顾家里,他一定有自己的处理方法,再说了,他为傅家付出得够多了,要是你们这些家人还不断阻止他,你们有没有想过他会变成什么样?"

傅言溪渐渐冷静下来:对,自己不能这样做,不能明目张胆地去要求顾琉星离开言宸,自己要做的是让言宸看清这个女人的真面目,对她死心。

婚礼殿堂,傅言宸和顾琉星坐在傅老太太的后排,傅老太太今天一心在二儿子身上,一张老脸快要笑出花来了,压根儿就没注意到傅言宸和顾琉星。

傅言宸一直紧握着顾琉星的手,脸色不太好,明明是来参加婚礼的,现在这副样子,倒像是来参加葬礼的一样……

掌心因为他的力道,微微出汗,湿湿的,很难受,顾琉星抿了抿唇,另一只手覆在他的手背上,轻柔地安抚他。

他愣了愣,缓缓转眸看着她,她眉眼低垂,长睫在眼下打下一片阴影,神情温柔动人,他的目光渐渐放空,仿佛又回到了四年前……但现实,狠狠地打了他一巴掌。

她在他怔忪的一瞬间,抽出自己的手,然后抬头看向高台。

他看着她轻轻揉着被他攥红的手,眼中平静,没有任何情绪。她的每一次示弱,永远都是怀着目的。

低沉的开门声响起,整个殿堂霎时变得神圣而庄严。

颜筱被父亲带着,在幸福梦幻的钢琴曲中,一步步走向高台上微笑等待的傅言天。

颜筱紧张地搂紧父亲的手臂,颜父眼中带着不舍和开心,拍了拍女儿的手,安抚她。

颜筱悄悄地深吸了一口气,唇角不经意间露出一抹幸福的笑意。

顾琉星看见薄纱下颜筱的脸,愣了一瞬间,其实颜筱也不像传言中长得那么普通。

也许,每一个女人穿上婚纱的那一刻,她的美都足以匹配任何一个出色的男人。

颜父将颜筱的手交给傅言天,当然还有对他的叮嘱,傅言天一一应下。

傅老太太看着这一幕,眼眶红了红。

砰的一声,忽然,殿堂大门被用力推开,一个女人逆着光站在门口,身材娇小,声音却铿锵有力:"傅言天,你们不能结婚!"她一字一句地道,"我怀孕了!你们不能结婚!"

颜筱脸色蓦地一片煞白，惊愕地看向门口。

众人同时倒抽了一口冷气，异样的目光在新人和门口的女人之间扫视。

傅老太太猛地站起身，因为起得太猛，身体狠狠地晃了晃。

傅言溪神色一变，连忙扶住傅老太太："妈，别激动，我们听听言天怎么说。"

傅言天极淡地笑了，仿佛没听到女人的声音一般，说："我这辈子，一定会紧握颜筱的手，不离不弃，现在我们可以交换戒指了吗？"

颜筱闻言，愣愣地看着他，她动了动唇，想说些什么，但什么都说不出口，她怕说了，他会后悔。

傅老太太全身颤抖，在听到傅言天那句话后，苍白的脸色才稍稍缓和。

傅言溪用手在她背后轻抚，帮她顺气，一脸担心。

傅言天执起颜筱的手，在颜筱的注视下将戒指缓缓地戴在她的无名指上。

颜筱手指轻轻动了动，视线落在戒指上，心脏狂乱地跳动着。

女人迅速跑上前，却眼睁睁地看着戒指稳稳地戴在颜筱的无名指上，粉色的钻戒格外惹人注目。

女人眼眶通红，眼泪涌出，流过苍白的小脸，嘴唇控制不住地狠狠颤抖。

"傅言天，我怀孕了！我怀孕了！"女人大喊。

众人脸色各异，有不嫌事大的，竟笑着看起热闹。

楚轶坐在人群中，眼睛因为震惊瞪得老大，随后不禁悄悄在心里竖起拇指：厉害了，二哥。

遇上这事，他还能这么淡定，真是厉害。

傅言天帮颜筱戴好戒指，手自然地握住颜筱的手，转过身来看向女人："打掉吧，不管是不是我的。"

女人脸色一变，眼泪更加汹涌，整个人伤心欲绝。

殿堂中，嘈杂的声音不绝于耳，有人甚至指指点点。

"没想到他这种绝世好男人也会干这种事！"有名媛皱眉道。

另一人附和："绝世好男人那都是虚拟世界里的，现实生活中，怎么可能！"

"可惜了那个女人，怀孕了，不要孩子也就算了，他都不敢承认。"名媛摇头，同情地看了一眼微微发抖的颜筱。

傅言溪朝唐峥看了一眼，唐峥会意，走到傅老太太身边，扶住她。

傅言溪脸上挂着勉强的微笑:"婚礼到此结束,请大家移步枫叶酒店。"

所有人面面相觑,然后低声议论着,走出礼堂。

不管怎么样,傅家这次的脸可算是丢尽了。

傅言溪听着那些毫不客气的议论声,强撑着,冷锐的目光轻扫过弓腰号啕大哭的女人,眼里带着愠怒。

适才高朋满座的婚礼现场,花瓣零落地铺满通道,带着萧瑟。

傅老太太怒问傅言天:"你给我解释清楚这到底是怎么回事!"

傅言天扫了一眼台阶下的女人,抿唇,凉薄地道:"没什么好解释的,我和颜筱早就是夫妻了,这些都不重要,让人把她带走,婚礼一辈子就一次,不能让人看了笑话。"

女人仰头难以置信地望着他,眼上带着两道泪痕。

傅言天抬手招来保安:"送这位小姐离开。"

女人绝望地看着傅言天,整个人僵硬地被保安带走。

在场的就剩下楚轶、顾琉星,以及傅家和颜父颜母。

颜父、颜母脸色阴沉地站在颜筱两侧,紧紧地护着她。

虽然颜氏不如傅氏,但他们就颜筱这一个女儿,整个颜氏都是她的,要是傅家对不起颜筱,他们拼上颜氏又如何。

唐靳晃着小短腿,坐在最前面的椅子上,睁着清澈的大眼睛盯着被带走的女人,不时还去瞟女人的肚子。怀孕了就是有小宝宝的意思哦,他要有妹妹啦。

女人离开后,傅老太太恨铁不成钢地看着傅言天:都要结婚了,也不知道把自己的烂摊子收拾干净。但现在不是训斥他的时候,天大的事都要等到婚礼之后再说。

"筱筱……"傅老太太看着颜筱,欲言又止。

是傅家对不起颜筱,她刚开口,就说不下去了。

颜筱撩起遮面的头纱,脸色很差,弯了弯唇,道:"听他的吧!"

她说的是"他",甚至连他的名字都不想叫了。

傅言天深深地看了她一眼,最终什么都没说。

傅老太太感激颜筱的识大体,看她的目光越发慈爱。

"筱筱……"颜母握了握颜筱的手,"委屈了就和妈妈说,我们回家。"

颜筱摇摇头,对傅言天说:"走吧,去酒店。"

颜父怒火高涨,唯一的女儿受了这种委屈,丢了那么大的人,他恨不得一巴掌打在傅言天脸上。但在女儿扯了扯他衣袖之后,颜父满腔的怒

火化作疼惜，红着眼眶看颜筱。

这边，傅老太太的心落下，颜筱和傅言天赶去酒店。

傅老太太一回头就看见傅言宸坐在后面，竟然在玩手机，顿时气不打一处来。

"傅言宸，你知不知道刚才发生了什么事？"

傅言宸淡淡地抬眸："不是都解决了吗？"

傅老太太差点儿被气得犯高血压，瞥到他身旁戴口罩的女人，皱眉询问："她是谁？"

顾琉星目光闪了闪，抬手摘下口罩，脸上带着妖娆的笑容。

"伯母，还记得我吗？"顾琉星眼波流转，顾盼生辉，"我是顾琉星。"

傅老太太瞪着顾琉星，脸部剧烈颤抖："你……"

"是我。"顾琉星微笑，"我回来了。"

傅老太太身体忽然不稳地向后倒去，所有人脸色一变，傅言溪和唐峥手疾眼快地扶住傅老太太。

傅言溪狠狠地看向顾琉星，对傅言宸吼道："是不是非要妈再进一次医院，你才能和这女人做个了断？"

傅言宸坐在那里，纹丝不动，视线落在顾琉星白皙的脸上，清晰地看见她眼中那一抹的兴奋。

顾琉星继续道："伯母，你可千万别晕，要是一不小心，您这么去了……"

"顾琉星！"傅言溪暴怒的声音响起，"你管好自己的嘴！"

顾琉星耸肩，丝毫没有被她威胁到，继续道："您要是去了，就再也没人能阻止我踏进傅家的大门了。"

楚轶：他只是来参加个婚礼，要不要这么搞事情？

唐靳咬着手指，在众人之间来回看，一脸懵懂。顾流沙的妈咪怎么会在这里？她还和自己妈妈吵起来了……

傅老太太强撑着睁开眼睛，虚弱地骂了一句："小妖精，你别得意，你害得我家言宸那么惨，我死都不会让你踏进傅家一步！"

顾琉星扯扯唇角，眼神讥讽："真是可笑，我的孩子都死在傅言宸手上了，你们傅家人竟然还一个个说我害惨了傅言宸。"

傅老太太闻言，脸色一变："什么孩子？孩子死在言宸手上？这到底是怎么回事？"

"你胡扯！"傅言溪怒道："哪里来的孩子？！"

顾琉星冷笑一声："这你应该问他。"她低眸看了一眼端坐在那里的男人。

"哇——"一声撕心裂肺的哭声忽然响起，僵持的气氛猝不及防被打破。

傅言溪见儿子哭得一抽一抽的，脑子一片空白，连忙跑过去抱起他，哄道："怎么了，靳儿？别哭，告诉妈妈哪里不舒服？"

唐靳夸张地抽噎着，几乎下一秒就会岔气："妈妈……你们别……别吵架，靳儿……害怕……哇……"

楚轶嘴角抽了抽：吵个架他都害怕……当年抓虫子的人是谁？和人打架的又是谁？

傅言溪拍着唐靳的背，帮他顺气："不吵了，不吵了，靳儿不哭，是妈妈不对……"

唐靳微微睁开满是泪水的眼睛，小心翼翼地问："真的吗？"

"真的。"傅言溪道，"妈妈什么时候骗过你？"

然后楚轶看到唐靳嘴角弯了弯，很快又压了下去。他就是个小恶魔！估计他是因为顾流沙，不想让两个女人吵架。

顾琉星睨了一眼唐靳，抿了抿唇，然后直接大步朝门口走去。

傅言宸在她抬脚的瞬间骤然起身，跟在她身后，几个大步就追上了她，扯住她的手腕："我送你回星月首府。"

顾琉星用力甩开他的手，冷冷地道："不用。"

傅言宸愣在原地，回过神，又继续追上去，这次他强硬地控制顾琉星，不容她挣脱。

傅老太太微闭着眼，见到这一幕，老人哽咽道："真是造孽啊！"

唐峥拍了拍老人的肩膀："妈，现在言宸又没事，你别担心，顾琉星翻不出天来，再差，不是还有楚轶吗？"说完，他忙向楚轶递了一个眼神。

楚轶附和地点头："是啊，阿姨，您别担心，我会经常和言宸聊聊的。"

老太太这才缓了一口气，脸色渐渐好转，拉着楚轶的手叮嘱："小轶，言宸那时候怎么过来的，你也知道，顾琉星那个女人，真的不能要。"

楚轶说不出什么话，只能点头，先稳住老人的情绪："阿姨你放心，我知道的。"

傅言溪抱着唐靳，岔开话题："妈，我们先赶去酒店吧，否则不是落人口实吗？"

"好好。"傅老太太说，"走吧！"

枫叶酒店，颜筱挽着傅言天的胳膊，含笑对众位宾客敬酒。

那笑怎么看都像是装出来的，但当事人选择粉饰太平，其他人自然也不敢多说。丑闻谁家都有，他们能说什么？

敬酒结束，颜筱回到休息室换衣服，想到刚才的那一幕，脸色微微泛白。

休息室里，傅言天推门，感受到门后抵着的力道，抿了抿唇。

"筱筱，"傅言天柔声喊她，"听得见吗？要是不想和我说话，就敲一下门，要是连听都不愿意，我就先走了。"

话音刚落，门上传来一道重重的声音，不像是敲，倒像是砸。

傅言天失笑，心里浮起一抹愧疚："痛不痛？让你敲，轻轻给我个回应就可以了，那么用力，伤到自己了吧？"

门后一阵沉默，傅言天挑了挑眉，斜倚在门边，声音低沉："筱筱，我很抱歉，今天的婚礼没能如愿让你感受到幸福，反而丢了很大的脸。"

颜筱听言，眼眶红了红。

傅言天又道："不管你信不信，我都想解释，今天出现的那个女人，是我以前想谈婚论嫁的对象。"

门内响起砰的一声。

傅言天愣了愣，抬起手，无奈地捏了捏眉心："别气，气也不要伤害自己，要是你想发泄，不如打开门，来捶我吧！"

门后的人又沉默了。

傅言天笑笑："虽然以前有过和她结婚的念头，但后来分了，原因我就不细说了。现在，我们已经结婚，不管我对你感情如何，但我可以保证，这辈子我不会松开你的手。我也相信，再荡气回肠的爱情，最后都会转化成亲情。"

"筱筱，我傅言天做的决定，一定会负责，我和那个女人已经是过去式了，从决定和你结婚开始，我早已处理好自己的事。今天是个意外。"傅言天声音很低，语气透着一抹小心翼翼，看得出来是真心在解释。

"筱筱，开门好不好？有气你就发出来，我保证，我不和你讲道理。"他道。

傅言天第一次这么低声下气地和她说话，颜筱咬紧唇，脑子里乱成一团，不知道该怎么办。

良久的沉默后，颜筱问道："还在吗？"

"在。"那方立刻回答。

握了握拳，颜筱压下胸口翻滚的情绪："那个孩子到底是不是你的？"

傅言天紧张的眸子放松，答道："不是。"

话音落下，门被打开，颜筱苍白的脸出现在门缝间，傅言天讨好地笑道："筱筱。"

颜筱红着眼眶："你真的没有骗我？"

傅言天愣了片刻，随即点了点头："不骗你。"

颜筱忽然冲过来抱住他："你不知道刚才我有多害怕。"

她的声音带着哽咽和不安。

傅言天轻轻拍着她的背，安抚着她。

第十章
我找不到你

黑色轿车在马路上奔驰。

车内,顾琉星坐在副驾驶座上,车窗完全降下,她双目无神地望着迅速倒退的树木以及路灯。

傅言宸侧眸看了她一眼,眼中一片暗沉。

她当时答应得那么爽快,来参加婚礼,原来是有目的的,呵,他应该早就预料到的。

"在前面超市停车。"她说。

车缓缓在超市门前停下,在顾琉星下车时,傅言宸将自己的西装披在她的肩膀上:"外面冷。"

顾琉星低眸看向肩膀上的黑色西装,睫毛轻颤。

她的心里涌起很复杂的感情,让她有了一瞬间的迷茫。前路,似乎被一块巨大的石头堵死,让她难受得很。

她伤心,她恼怒,她愤恨,最终化为一道重重的力道,摔上车门,径直走向超市。

重重的摔门声,让她有了发泄之后郁结得以舒缓的轻松。

傅言宸笑了笑,不甚在意,停好车,跟在她身后,脸色平静淡漠,似乎对婚礼上的事一点儿也不放在心上，甚至，他连自己的母亲都不担心，连自己哥哥的婚礼宴席都不去参加。

超市入口，顾琉星拿出一块钱硬币，塞进取推车的卡槽里，然后推着车来到儿童营养零食区。

此时是下午，超市里的人不是很多，但顾琉星还是能感受到很多人投来的目光。

她披着遮过大腿的西装，下面是一件粉色的裙子，脚上是一双黑色细跟鞋，戴着口罩和棒球帽，只露出一双过分漂亮的眼眸。有人议论，猜测是哪个大明星。

顾琉星似乎习惯了这样的情形，并不在意，扫视着货架上种类繁多的商品。

将顾流沙喜欢吃的东西每样选了两份，顾琉星又来到泡面区。

傅言宸跟在她身后，见她朝购物车里扔了五大包泡面，眉头狠狠地皱起。

"买那么多泡面做什么？"

顾琉星不说话，自顾自地挑选，宛若他是空气。

傅言宸抿唇，长臂一伸，泡面被他从购物车里拎起来，欲放回货架。

顾琉星横空拦住，抢过来，砰的一声，泡面掉在购物车里。

傅言宸脸色越发阴沉，咬牙："顾琉星！"

下一刻，顾琉星忽然将泡面放回货架上，沉默着走向收银台。

傅言宸一愣，看着她气急败坏的身影，竟无奈地笑出了声。

结算时，顾琉星正要拿钱包，傅言宸直接递过自己的手机。收银员心领神会，扫了码，付款成功。

顾琉星什么都没说，又把钱包放了回去，然后扣上包包旋扣。

他们走出超市，傅言宸拎着一大包零食，几个大步来到她身边，握住她的手，发现触感极凉。

顾琉星轻轻挣扎，因他一下子掌心收紧，便放弃了。

傅言宸却因她皮肤的温度而加快脚步，带她回到车内，打开暖气。

发动引擎，傅言宸打了转向灯，将车缓缓驶上主道，随后加速，车内温度也渐渐升高。

没一会儿，顾琉星就因为热而脱下西装，抱在怀里。

一路沉默，气氛尤为压抑，只有耳边暖风的呼呼声。

傅言宸在一个十字路口打了转向，却不是星月首府的方向，而是南桥

的公寓枫林苑。

见到顾琉星那一刻，南桥很惊讶，然后视线一扫傅言宸，脸上立刻堆满笑容："傅董，什么风把您给吹来啦？"

顾琉星瞪她，很看不惯南桥这个样子。

顾琉星走进房间，顾流沙端端正正地坐在沙发上看动画片，目不转睛，连顾琉星回来都不曾看过来。

还是顾琉星喊了一声"宝贝"，顾流沙才扭头，随即小脸上带上了惊喜。

"妈咪，妈咪。"顾流沙稚嫩清脆的声音，让顾琉星的心一下子就软了，她瞬间将刚才不愉快的事统统抛到了脑后。

顾琉星蹲下，抱起顾流沙。几周不见，顾流沙似乎又重了。

南桥将傅言宸请进来，笑得谄媚："傅董，您找地方坐，我去泡茶。"

傅言宸点头，拎着一大袋零食放在大理石茶几上，耳边是母女俩互诉衷肠的声音。

"妈咪，宝贝好想你呀！"

"妈咪在很远的地方就听到宝贝说想我，所以就回来找宝贝啦！"

"宝贝好爱妈咪。"顾流沙亲了一下顾琉星的脸颊，"妈咪要喝水吗？宝贝帮你倒水。"

顾琉星摸了摸她的脑袋，说："妈咪不喝，妈咪给宝贝买了好多好吃的，宝贝快去看看。"

顾琉星把顾流沙放在地上，伸手指了指茶几上的零食袋子。

顾流沙眼睛发亮，立刻蹦跶过去，小手翻看着零食。

"呀，好多宝贝爱吃的。"顾流沙星眸弯得像天上的月牙，"谢谢妈咪。"

南桥端着一杯茶和两杯水出来，见傅言宸还站着，立刻招呼道："傅董，您坐。"

傅言宸坐在沙发上，视线不曾离开不远处的母女俩。

顾流沙像是才看见傅言宸，甜甜地喊了一句："怪叔叔。"这声音听起来不怎么愿意喊。

傅言宸觉得，顾流沙性格真的很像顾琉星，一样的翻脸不认人。

他笑笑："靳儿说他明天来找宝贝一起学习，让宝贝记得等他。"

提到唐靳，顾流沙羞涩地抿唇："好的，我明天在家里等唐靳哥哥。"

顾琉星手机忽然响了，是本地的陌生号码，她挑了挑眉，接通："您好。"

"顾小姐,"郑深道,"傅董在您身边吗?"

顾琉星把电话递给傅言宸:"郑深的。"

傅言宸伸手接过来:"有事?"

不知道郑深在那边说了什么,傅言宸起身拿着电话走向阳台。

顾琉星看见傅言宸单手插兜,侧脸严肃的样子,应该是在谈公事。这是回来之后,她第一次看见傅言宸在她面前因为公事接电话。

"如果对方非要死磕,就去找枫炀,哪怕和DY共同开发这个项目,也要给我拿下来。"傅言宸冷笑一声,"没那么大的胃,还妄想吞下那么大的项目,也不怕把自己撑死了。让副总抓紧时间,下周我要看到新的报告书。"

"就这样,有事明天再说,别再打电话了。"话音落下,傅言宸挂了电话。

他一边走向客厅,一边拿出自己的手机开机,刚才不想接家里的电话,所以直接关机了,郑深才会把电话打到顾琉星的手机上。

"你要是有事,就先走吧!"顾琉星坐在沙发上,微微仰头,看着他道。

傅言宸一愣,这是顾琉星从婚礼场地离开后主动和他说的第一句话,却是变相赶他走。

开机后,许多未接电话和短信像是一下子解除禁忌一般,疯狂地跳出来。

页面忽然一变,楚轶的电话打了进来。

傅言宸将顾琉星的手机还给她,看了她一眼,再次走向阳台。

南桥偷偷朝阳台瞥了一眼,然后用嘴形说:"怎么啦?"这两人这么奇怪,明显发生了什么事。

顾琉星并未做任何解释,岔开话题:"今晚我睡这里。"

"行。"南桥一口答应,"正好我有事要问你。"

顾流沙坐在一边,两条腿中间放着拆开的零食,专心地看着自己的动漫,样子特别萌。

"对了,叶寻怎么还没回来?"顾琉星问。

南桥挑眉:"好像B城那边要拍一个周年纪念版的杂志封面,请他去帮模特化妆、选造型了吧?"

顾琉星点点头:"嗯。"

傅言宸接完电话出来,客厅的声音戛然而止,顾琉星坐在那里刷手机。

南桥看见他出来，站起来道："傅董要走？"

傅言宸嗯了一声，然后对顾琉星说："去剧组的时候告诉我一声。"

顾琉星没有反应，视线仍落在手机屏幕上，浏览着网上五花八门的消息。

傅言宸也没勉强她，抿了一下唇，然后开门走出公寓。

门一关，南桥不禁为顾琉星竖起大拇指："你厉害了，估计傅董这辈子都没被人甩过脸色。"

顾琉星嘲讽地笑了笑："这都是轻的，比起我受过的罪，这就是九牛一毛而已。"

能说到这个话题，顾琉星已经做好了和南桥坦白的准备。

南桥皱眉，因为有顾流沙在身边，便没有深问。

傅言宸下楼，楚轶已经等在那里，靠在车前的引擎盖上玩手机。

脚步声响起时，楚轶抬头看见自己等的人到了，收起手机："去我那里聊聊？"

"不用了，我没事。"傅言宸拒绝，然后坐上驾驶座。

楚轶拉开副驾驶座的门，面色严肃："不是说聊聊就代表有事，如果你不想去我那里，去丽煌也行。"

把车停在丽煌地下停车场，两人并没有进包间，而是找了一个角落的位置坐下，傅言宸点了一杯酒，却没怎么动。

楚轶笑问："太阳打西边出来了，你竟然不喝？"

"明天有重要的会议。"他说。

楚轶翻了一个大白眼："你还会顾忌这个？是怕自己喝醉了，忍不住去找顾琉星吧？"

傅言宸沉默，从烟盒里抖出一根烟，咬在唇边，点燃。

"要不坦白吧，就当赌一次，不会比现在还惨。"楚轶喝了一口酒，认真地建议。

傅言宸摇头："要是能赌，四年前我就赌了，何必等到现在。"

"唉……"楚轶不知道该说什么，没好气地道，"有病！"

傅言宸轻轻一笑，烟雾缭绕，他的表情看不太真切。

一时间，两人竟无话可说。

楚轶电话忽然响起，他扫了一眼来电显示，差点儿没跳起来。

耳边重金属音乐的声音非常刺激，楚轶二话不说拿起手机，穿过人群，摆脱那些浓妆艳抹的女人来到消防通道——电话因为长时间无人接听而挂断。

清了清嗓子，做好准备，楚轶才点下未接的那个号码，拨打出去。

另一边，傅言宸一直在抽烟，以他为中心，烟雾浓重，有好几个客人轻咳出声，有人扭头欲教训他。这是抽烟吗？这是在放烟幕弹吧！

那人在看清傅言宸的脸时，又灰溜溜地回到了自己的座位。

"你不是去教训人了吗？"朋友问，"怎么又回来啦？"

那人尴尬地笑道："来这里的人都是解闷的，人家只是多抽几根烟而已，就不要为难人家了。"

看着他的众人："……"

没过几分钟，丽煌的经理又跑过来，笑得一脸谄媚："傅董，您怎么来了，要去包间吗？"

傅言宸慵懒地靠在椅子上，食指和中指间夹着燃了半截的烟，他淡淡地瞟了经理一眼，说："滚。"

经理一句话都不敢多问，惶恐地走了。他看出傅董心情不好，顺便将周围几桌客人请到别的地方，单独留出这一方空间。

楚轶回来的时候，疑惑地四下看，觉得丽煌今晚生意不行啊！

他坐在真皮单人沙发上，满脸烦躁："你说阿姨怎么想的，我那天怕她又要给我介绍对象，所以就随口说了句有女朋友了，结果呢，立刻被捅到我妈那里去了，现在叫我把女朋友带回家，我上哪儿给她找个女朋友？"

傅言宸沉默，一只手慢条斯理地抽烟，另一只手握着手机滑动着屏幕。

楚轶闭眼深呼吸："你有没有在听我说话？"

傅言宸："嗯。"

楚轶脸色这才好了一点儿，继续吐槽："你说我怎么办啊？难道真要去租个女朋友，万一被我妈识破怎么办？我妈那眼睛，毒着呢！"

"嗯。"傅言宸又淡淡地应了一声。

楚轶唾沫横飞："真是搞不懂父母那辈人，为什么老催婚呢？这缘分是能催到的？真是莫名其妙。"说完，楚轶气呼呼地灌了一大口酒，重重地放下空酒杯，抬眼一看，傅言宸依旧是刚才的姿势，顿时咬牙切齿，脸色扭曲。

他视线一转，忽然看到一个熟悉的身影。

楚轶下意识又朝那人瞥了几眼，随即皱眉："那不是林夕瑶吗？她怎么会来丽煌？"

丽煌这种地方，可不是谁都能进的，以林夕瑶的身份，估计还没到门口就被挡住了。

她匆匆忙忙地走向旋转楼梯，跑上楼。楚轶更好奇了，最近看见林夕瑶总是着急凝重的样子，他很想知道什么事能让这个牙尖嘴利的女人这么担惊受怕。

楚轶十分好奇，不断地朝楼上看。

"我先走了。"傅言宸将烟捻灭，站起身，拿着手机的手插进兜里。

楚轶回神，只要确定他没事，也不想和他耗时间，摆摆手道："你先走，我再留一会儿。"

傅言宸大步流星离开。

华灯初上的A城，恰是下班时间，车子很多，几乎每过一个路口都要等很久，交警站在十字路口中央疏导交通。

车窗落下，傅言宸胳膊肘搭在车窗边上，指间一抹亮光闪烁。一根烟抽完，车流几乎未曾前移，他烦躁地又去拿烟，发现烟盒早空了。

中午的那一幕出现在脑海里，傅言宸微微闭眼，眉宇间露出一抹疲惫。

终究，还是他把事情想得太简单了，以为只要和顾琉星相处一段时间，有些事便会变得不那么困难。但实际上，顾琉星的做法完全超出他的预料。

带她去婚礼，他也有私心，和顾琉星的赌约他想尽快结束，所以第一步就是傅家。可他没想到，顾琉星去参加婚礼就是抱着挑起矛盾的心思，甚至气得他母亲差点儿晕倒，这……还是当年那个善良的顾琉星吗？

她心里的仇恨，远比他想象中要多。而她报复得越厉害，他越没办法开口解释……

他眨眨眼，前方的车已经前行，傅言宸发动引擎，随着车流往前开。

到了一个路口，车拐向和盛景完全相反的方向。

南桥公寓内，主卧突然响起一道几欲冲破屋顶的声音。

"什么？"南桥从床上一跃而起，瞪大眼睛，望着淡定地坐在那里的顾琉星，"你是说，你四年前离开是因为傅言宸不要你们的孩子！"

顾琉星心不可避免地揪了一下，然后淡淡地点头："嗯。"

"为什么？！"南桥紧紧皱眉，完全不能冷静下来，"好歹你也跟了他四年，什么都没捞着，还伤了身体！"

顾琉星扯了扯唇，故作轻松地道："所以说，男人心，海底针。"

"你还有心思开玩笑？"南桥没好气地说。

"不然呢？"顾琉星握着热水杯的手紧了紧，她似乎在用力获取杯子上的温度，"很多事，已经发生了，我也……无能为力，不管是以前的我，还是现在的我，从来都斗不过他，他想做的事，我根本没能力阻止。如今，我仗的不过是他的兴趣，还有那少得可怜的愧疚。"

南桥重新坐回床上，沉默片刻，纠结道："会不会……会不会有什么苦衷？你找机会问一下。"

顾琉星轻笑一声，看着她，眼中带着严肃："桥桥，我问你一件事。当年应木尧因为公司的事，当着你的面和别的女人滚到一起，后来你知道如果他不这样做，他们家的困难根本没人帮得上忙。如果有一天，他因为愧疚、临时兴趣或是当年没到手的遗憾，重新和你纠缠不清，你会继续选择他吗？"

应木尧……听到这个名字的刹那，南桥心口传来一抹清晰的疼痛，像是陈年伤口被骤然撕开，痛感来得猝不及防。

南桥垂着眸，目光空洞，唇色苍白，整个人像是被抽光了所有的力气，沉默而悲伤。

"桥桥……"顾琉星低声喊她，说，"就是这样，很多事，不能找理由，发生了，就是彼此的选择。"

年少时，谁不向往爱情。那时，都不需要考虑太多，只要爱了就好，但是当阻碍来临，考虑的问题增加，谁能保证这份爱情不会变质。

南桥一笑，坐在床上，抱着膝，嗓音发涩："我现在过得很好，没有他，我依然可以过得很好。"这句话，她不知道是说给谁听的。

顾琉星抿唇来到落地窗前，靠在冰凉的金属栏杆上："所以，不管他有没有苦衷，我都不会放下这件事。"

她喝完一杯水，将水杯放在桌上，手撑着金属栏杆转过身，看见了一个黑点。

她愣住，连身后南桥的声音都模糊了。

南桥家在八层，能清晰地看见楼下的所有事物。一辆黑色轿车出现在视野之内，驾驶座窗户大开，半截手臂露在车外，这个姿势代表车的主人现在心情很差。

"琉星，其实你说得都对，但是，有时候，越放不下，代表自己越在意。"南桥轻声道。

顾琉星望着楼下，失了神。

像是感应到什么一般,车门忽然被推开,车上的人走下来,仰头看向南桥家所在的窗户。

窗前,有个人影。下一秒,窗帘被迅速拉上,连屋内的灯光也暗了下去。

南桥在顾琉星猛地拉上窗帘并关掉灯的那一瞬,猜到了什么,却只说道:"《魔尊》的投资人里,有一家手机公司,上一个代言人已经解约,这次想请你和姜烟为他们代言,明天下午约在他们公司谈合约。"

顾琉星说:"好。"

顾时镜和宋简如今还在 B 城,姜烟今天才从 B 城回来,最近几天,剧组只拍别人的戏。

躺在床上,两个女孩儿背对着对方,黑暗中都未曾闭上眼睛。

楼下,傅言宸一身黑色西装,仿佛要融进那浓郁的夜色中,他脸色微沉,薄唇轻抿,站在那里,良久没有动一下。

他和顾琉星真奇怪,每次红脸,第二天依旧照常相处,好像前一天晚上的事根本没发生。

事实上,他知道,一晚上的时间,足够让顾琉星计划下一次的事情。她是在很认真地报复自己。

周一,南桥和顾琉星来到智源集团,被秘书带入负责人办公室。

她们是提前十分钟到的,而智源的高管早已等着了。

和高管寒暄一番,她们坐在办公桌对面,等着姜烟。

九点,姜烟和她的经纪人才来,高管亲自起身迎接姜烟。

高管请姜烟坐下,才回到自己的位置,微笑道:"姜小姐,顾小姐,我看过两位《魔尊》里的造型,很美,很像一对姐妹花,我们这次即将上市的手机是以自拍作为主要宣传方向。所以我们决定,以两位的自拍合照作为宣传大图。"说着,高管将合约推至两人面前,"签约期是一年,至于费用,已经在合约中详细标明,如果两位没有意见,我们今天就把这件事定下来,尽快拍摄广告。"

智源在业界口碑极好,对与之合作的人向来大方,所以在看到代言费时,姜烟和顾琉星都没什么意见,很快双方交换合约签字。

合约生效,两人又马不停蹄地赶往早已准备好的广告剧组,进行拍摄。

她们都是敬业的人,广告拍摄得很顺利。

拍摄结束，已是四点半，姜烟换下衣服，依旧冲顾琉星礼貌地点了一下头，才和经纪人离开。

南桥感慨道："姜烟才是真正的人生赢家啊，未婚夫是日恒的总裁季南景，又是上海姜氏的唯一继承人，在演艺圈虽说高冷，但待人还是不错的，都是凭借自己的演技一步步走到今天。很多人起步就是我们终其一生才能达到的高度。"

顾琉星翻了一个白眼，径自朝前走。

南桥快速追上来："一起去接宝贝吧，你不是明天早晨才走？"

"好，顺便带她去买些衣服，天气越来越热了，宝贝换洗衣服不多。"

南桥皱眉："你确定？那种人多的场合，别说是你，就算是我也要全副武装。"

顾琉星妖娆地勾起唇："当然确定。"

南桥眉皱得更紧，但又劝不了她，只好犹犹豫豫地走向车子。

江眠眠最近家里有事，明天才能陪顾琉星去剧组，开车的任务便落在南桥身上。

车上，顾琉星束起头发，快速地绑了一个丸子头，露出脖颈处优美的线条，又从储物柜里拿出一副豹纹框平镜架在鼻梁上，然后戴上口罩。

南桥：她跟个大学生一样，谁还能联想到这是最近上过好几次头条的顾"影后"？妖精，果然什么角色都可以毫无压力。

顾琉星看见南桥的表情，笑出了声："桥桥，你这个眼神不对劲，和我刚回来时看我的眼神有点儿相似啊！"末尾的字，声音被顾琉星刻意拉得很长。

南桥呵呵一笑。

B 城。

叶寻刚给顾时镜化好妆，手机忽然响了，他掏出来一看，整个人激动得手都在颤抖。

走到偏僻的角落，叶寻才接通。

"阿寻。"女人的声音透着说不清道不明的韵味，似干练，似温柔，又像是历尽沧桑的淡然。

叶寻激动得无以复加："姐，你终于给我打电话啦？"

对方轻轻地嗯了一声："听说你找到以前的哥哥了，是吗？"

"嗯。"叶寻说，"姐，你现在在哪里？"

203

听出叶寻语气里的担心，女人道："他不在，去 S 城了，有点儿危险，就没带我。"她又问，"流沙最近怎么样？"

叶寻唇角笑容很灿烂："宝贝都好，琉星把她照顾得很好。"

女人良久未出声，再开口时，声音带着惆怅："那就好，一定要……照顾好她。"

话音落下，电话已被挂断，通话时间不到一分钟。

叶寻叹了一口气，有些不舍，随后又笑起来，能接到这个电话已经是意外之喜了。

回国时，在 B 城机场，叶寻遇到了一个熟人，两个人同时愣了愣。

女孩儿是时尚杂志的签约模特，有着 F 国人标准的脸部轮廓，五官立体，极为漂亮。

女孩儿有些尴尬，一看见叶寻，就想起上次两人在床上只差最后一步的时候，叶寻狂奔至厕所大吐特吐，好似……她很恶心一样。

叶寻倒是大方，冲她打了一声招呼，并像朋友一样寒暄了几句。

告别后，女孩儿回头看了一眼叶寻潇洒的背影，旁边的朋友问："上次你们不是一起离开酒吧去开房了吗？"怎么关系还不如之前的样子呢。

女孩儿悄悄在朋友耳边说了三个字，朋友一脸难以置信，吞了吞口水，不确定地问："真的？"

"我也是猜的，要不是性冷淡，不至于临门一脚跑去吐……"女孩儿面露挫败，叶寻的那个动作对她的打击实在是不小。

朋友默默回头，恰巧看见叶寻消失在拐角的影子，干笑两声："那……以后还是不要肖想叶寻了。"

"不过，既然都到那一步了，叶寻的身材怎么样？"朋友贼兮兮地笑道。

女孩儿脸色红了红，比了个"八"的手势。

"八块腹肌？！"朋友瞪大眼睛，"那身材一定也是没话说，这也太可惜了吧！"

女孩儿摊手，两人朝前走去，朋友一脸惆怅。

翌日八点钟，南桥、顾琉星和江眠眠将顾流沙送往贝尔幼儿园，然后车开向机场方向。

南桥说："路靖宇的戏后天杀青，我已经给他选好了剧本，是国内翻拍

204

的一部韩剧，让他在剧里演'男二'，角色讨喜。"

"你决定就好。"顾琉星一边琢磨着剧本，一边应道，随后想到什么，"还有林思意，她的戏份也不多了，这个女孩儿气质好，现在演技还不太成熟，就先让她演擅长的角色，等以后再挑战。"

"我也是这个意思，之前你给我看的那个《后宫》的剧本，里面有个公主就很适合她，到时候你做女主角，带一个人进去应该不是什么问题。我最近再给她挑一些剧本。"

"好。"

顾琉星抵达剧组时，顾时镜和姜烟正在拍戏。

姜烟落落大方，华熙的角色被她演绎成每个男人都梦寐以求的另一半。她穿着一袭流光溢彩的广袖仙裙，发髻精致繁复，高贵逼人。

顾时镜穿着一袭紫袍，站在分隔神界与魔界的山脉最高处，侧脸完美，眼中无光。

他如果动了万神之石，就会导致神界衰、魔界盛。届时，三界大乱，妖魔横行，而重尊将会遭到天道的惩罚，后果未知。

顾琉星草草看了一眼，走向化妆棚，江眠眠快速拿出戏服，给她换上，化妆师也马不停蹄地赶过来，开始给她上妆。

这次顾琉星依然不需要什么演技，只要躺在那里装死人就好了。

因为是神界的一场大战，多数场景由电脑完成。

重尊最终决定动万神之石，与神界众神为敌，一场大战一触即发。

星泪躺在万神之石旁，身周是湖蓝色的保护罩，万神之石中的灵气一点点汇聚到她的体内，她那惨白的脸色渐渐有了一丝血色。

重尊挡在保护罩前面，两拨灵气撞击，发出天崩地裂的响声，仿佛三界即将灭亡。

双方交战，重尊背后，是亿万星辰。众神上空，阴暗无边。

渐渐地，山脉彼端响起群魔狂欢的声音，像是在看一场好戏。

众神皆是脸色骤变，更多的是觉得屈辱。数万年平静祥和、主宰万物苍生的神界，竟会落到如此地步！

元天上神劝道："帝君，您当真要如此做？不惜搅乱三界，与神界天道为敌，也要救一个无关紧要的丫头？"

说话间，山脉彼端魔界大军传来一道震耳欲聋的轰鸣声。重尊充耳未闻。

众神咬牙，攻击越来越猛烈，只想速战速决，尽快稳住万神之石。

上乘法器暴雨般朝重尊飞去，全部都被他毁掉，碎石横飞，一批又一批的天兵从云上坠落。

神界仙气凌乱，多处宫殿被震塌，曾经恢宏绝美的神界，此刻到处是断壁残垣。

重尊手中紧握一把紫色宝剑，骨节分明的手绷得很紧，神色冰冷，眼中杀意四起。已经有不少上神神脉受损，华熙站在一旁，亿万年不曾有过表情的脸上，露出纠结和无奈。

"华熙宫主！"元天上神怒喝，"您难道要看三界毁于一旦吗？还望快快动手！"

华熙掌心蓦地收紧，金色流光不断从掌心溢出。

司命上神站在华熙的身后，轻叹："宫主，动手吧！帝君的命运由自己掌控，如今发生这么大的变数，我们唯一能保住的，便是这神界。"

华熙红唇微抿，一道光芒闪过，身影已出现在万神之石的另一端，手指开始迅速结印——数道流光射向保护罩，砰的一声，那护着星泪的保护罩发出玻璃碎裂的声音，一道道细纹疯狂蔓延，眨眼之间，保护罩碎成了渣，与空气融为一体。

重尊想要阻止，已然来不及。他脸色骤变，那双紫眸中满是慌乱。

他的眼中倒映着不远处的景象，星泪的身体正在一点点消失，他的瞳孔猛地放大，一掌朝华熙袭去，纵身来到星泪的身边。

星泪的身体迅速消失，重尊惊慌地伸手去抓，却什么也没抓到。

重尊再一次看着一个灵魂消散，整个人愣在那里，眼中一片猩红。

华熙受了重尊一掌，体内仙气控制不住地冲击着她，立刻呕出一口血。

司命一惊，连忙飞身而来，抓住正在坠落的华熙。

忽然间，电闪雷鸣，一道道闪电撕破苍穹，整个神界被魔气势不可当地笼罩，众神都在彼此的眼里看见了一抹恐惧。

暗紫色的浓雾朝重尊身体里汇聚，他望着星泪完全消失的地方，眸中的紫色缓缓退去，取而代之的是一抹赤色。神界帝君，入魔了……

华熙目眦欲裂，怎么也没想到最后会变成这样。

她坐直身体，拼尽最后一丝仙气，将星泪的灵魂碎片纳进猎魂石。

"快，趁帝君现在正处于过渡，众神用这猎魂石将帝君封印在人界和魔界山脉内的天湖中！"华熙从未如此惊慌。

随后，华熙冲不知还有没有理智的帝君说："帝君，星泪的灵魂碎片在猎魂石里，猎魂石碎，灵魂消失在三界之中，还望您慎重。"

话音落下，一块大石压着重尊，如陨石坠落般，深深地嵌进天湖底。

神界一片寂静，众神伤痕累累，万神之石依旧屹立。

"过！"导演兴奋的声音响起，"这次很不错。"

大家同时松了一口气，刚才的情节真的有些压抑。《魔尊》是大制作，要求每一个小角色都必须演出那场大乱的情绪，中途可是因为不少群演犯错而让所有人重来。

导演站起身，笑吟吟地道："今天大家辛苦了，都回去休息吧！"

众人和导演告别。

刚出剧组，顾琉星的电话就响了："喂，狗蛋儿，从 B 城回来啦？"

路过顾琉星，原本想和她说几句话的顾时镜冲助理摆手，让他先走，自己无声地跟在顾琉星身后。

江眠眠："……"

不知道叶寻说了什么，顾琉星呵呵地笑道："长本事了，现在才告诉我，前几天干吗去啦？"

"我是不会原谅你的。"顾琉星挑着眉道，神色轻松。

"你这点儿战斗值，很容易被我秒杀的。"

顾琉星轻笑："狗蛋儿，你看，每次都是这种结果，搞得我很没压力，也没成就感。"

"顾琉星，你怎么那么无耻呢！"叶寻暴怒，声音都传到江眠眠耳朵里了。

顾琉星恶狠狠地道："你的态度我很不满意，这账你记好了，回去再收拾你。"

叶寻：为什么每次和女生吵架，最后都会归结到态度问题？

电话挂断之后，江眠眠羞涩地问："叶寻从 B 城回来啦？"

顾琉星点头，深深地看了江眠眠一眼，眼中复杂的情绪一闪而过。

"琉星。"身后响起一道低沉的声音，顾琉星不用回头都知道是谁，当即有些无语。

顾琉星回头看着这个年纪轻轻就斩获多个奖项的"影帝"："顾'影帝'，有事吗？"

顾时镜眉目微动："没事就不能像朋友一样随便聊聊？"

顾琉星笑笑："还是算了吧，绯闻这东西，不能任由其膨胀，否则，以

后大家议论起顾琉星，只会说我最近又和谁谁谁怎么样了，而不是我最近又有什么电影、电视剧了。"

顾时镜失笑："你这就是明明能靠脸吃饭，偏偏要靠才华，对吧？"

顾琉星严肃认真地点头："彼此彼此。"

"好了，不开玩笑了。"顾时镜对她都无奈了，"要去吃饭吗？宋简和姜烟也在，我们四个主角似乎还没有过交集。"

既然是四个人，那其他两人自然也知晓顾时镜会请顾琉星，顾琉星要是不去，显得很没有礼貌。

"好啊！"顾琉星微笑，随后对江眠眠道，"眠眠，你先去吃饭。"

江眠眠点头："嗯。"

顾时镜和顾琉星走在一起，免不了被粉丝拍照，顾时镜似乎不在意。他一般在粉丝面前没有架子，生活几乎全透明，所以才会粉丝量破亿。

"其实我觉得，你刚回来，应该去接一些电视剧，而不是电影。"顾时镜说。

顾琉星眨了眨眼，弯唇："电视剧拍摄时间太长了，我没耐心。"她的时间也不多。

顾时镜淡淡一笑："这部戏拍完，有没有想过摆脱傅言宸？"

"怎么？顾'影帝'还真想当我的靠山？"顾琉星抱着胳膊，魅惑的视线落在他的脸上。

"我不强迫人。"顾时镜说，"傅言宸这人喜怒无常，年纪轻轻就把傅氏带入国际，这种人太危险了。"

相处下来，开始那个只是觉得她有趣的顾时镜，现在是真心为她好。

顾琉星心里微微触动，随后轻松地道："顾'影帝'，这种人，是看不上和我们这些小人物斗的，等以后腻了，我就恢复单身了。"

顾时镜沉默，他有句话没说。傅言宸对她，起码现在是认真的，否则，怎么会两次亲临剧组，一个集团的掌权人，时间可以这么浪费？

他们抵达餐厅，宋简和姜烟已经在那里等着，两个人似乎聊得很开心。

"琉星，时镜。"宋简朝两人招手。

他们坐下之后，宋简本想将菜单递给顾时镜，想了想，先给了顾琉星，温和地笑了笑，道："女士优先。"

顾时镜也说："想吃什么别客气。"

"是啊，琉星也算是妹妹了，不用觉得不好意思。"姜烟望着顾琉星，眸中生出羡慕，"我们几个都是三十岁左右的人了，琉星真年轻，才二十五岁。"

顾琉星但笑不语,没有再推辞,垂眸翻看菜单,最后只点了两个大家都可以吃的菜。

"对了,琉星,听说你下部戏确定是《后宫》的'女主'?"宋简倒了两杯茶,推过来。语气中没有任何轻蔑的意思,要知道,顾琉星和傅言宸的事几乎全剧组都知道。

《后宫》也是一部投资巨大的古装历史电视剧。

顾琉星双手接过水杯,说:"嗯。"

"《后宫》剧本不错,团队也敬业。"姜烟喝了一口水,说,"明年我的戏还是一部仙侠,依然是三界的绝世美女。"

宋简调侃道:"姜'影后',你是包揽了这世上的绝世美女了吧?"

姜烟佯装生气:"难道我颜值不够?"

"够,够。"宋简讨好地道,"姜'影后'可是集颜值和才华于一身的大美女。"

姜烟睨了宋简一眼,然后问顾时镜:"时镜呢?听你经纪人说,你现在不接戏了,这部戏要不是孔导请你,你也不会过来。"

顾时镜勾唇:"是不想接了,打算休息一年,重新学点儿东西。"

顾琉星下意识看了他一眼,拍完《魔尊》,顾时镜的片酬只会增不会减,为什么他在这个时候选择暂别影视圈?

"也是。"宋简点点头,"咱们从踏进这个圈子开始就太浮躁了,休息一下,也许就得到升华了。"

姜烟无语,双手合十,道:"阿弥陀佛。"

顾时镜和宋简笑出了声。顾琉星也附和地笑了笑。

这顿饭氛围很好,大家聊完工作,又说剧本。

散的时候,宋简说附近有个酒吧,保密工作做得还行,可以去玩玩,询问他们的意见。

顾琉星婉拒,顾时镜和姜烟也说累了,最后宋简觉得一个人没意思,就和他们一起回酒店了。

这天下午,顾琉星频繁点开手机,次数多了,江眠眠忍不住问:"琉星姐,你在等谁的电话?"

顾琉星皱眉:"有那么明显?"

"你已经看四十七次手机了,这还只是从我开始数算起……"江眠眠重

重地说道。

顾琉星眉头皱得更紧,随后点开微信,给叶寻发消息。

顾琉星:"狗蛋儿,我有事问你。"

叶寻秒回:"你也有求我的时候?"

顾琉星:"傅言宸已经一周没联系我了。"以为他周末会过来,结果,这周没来。

叶寻:"早告诉过你,别心急,现在你又是打人,又是去人家的家里闹,傅言宸怎么可能一点儿不介意?"

顾琉星:"……"

叶寻:"你们最后一次见面,他说什么了没?"

顾琉星想了想:"让我去剧组的时候,告诉他一声。"

叶寻:"那你说了没?"

很快,叶寻又发来一条消息:"肯定没有。两人还算好的时候都是这样,更别说关系忽然结冰。"

顾琉星:"那现在怎么办?"

消息刚发出去,聊天界面变成来电显示,顾琉星按了接听键。

"怎么回事?"叶寻在那边问,"怎么忽然就这样啦?"

顾琉星坐在一块石头上,脚尖有一下没一下地踢着杂草:"狗蛋儿,你说,要是傅言宸真放弃我了,我还能有什么办法?"

她连唯一的筹码都没了。

"要不你给他打电话?"叶寻想了想,建议道。

顾琉星抿唇,除了这样,似乎也没别的办法了。

她道:"我晚上回去给他打过去试试。"

"琉星,其实……"叶寻顿了顿,道,"我陪你回来,只是让你解开心结的,而不是真指望你能为那个孩子讨回一个公道,就算傅言宸道歉,哪怕他跪下,有用吗?当年你受的伤害就能弥补回来?"

"我觉得,那不过是对你的侮辱罢了。"叶寻说,"你这辈子都不可能原谅他们,那又何必再为难自己?"

"我不是在为难自己。"顾琉星声音很轻,"我只是不甘心,凭什么这么久以来,我一个人整天活在噩梦里,他们却安稳地生活,所以我才回来的。我要傅言宸和我一样,要傅家也和我一样,为那个孩子赎罪。"

叶寻叹气,劝了多少回了,他都累了,她还是半点儿也听不进去。

"那你就去主动联系他,不过你想清楚,送上门的,也许……"

话只说了一半，顾琉星听明白了，说："给自己买个教训，我以后会听他的话，时机不到，一定控制好自己的情绪。"

"好，有事给我打电话。"

挂断电话，顾琉星回到剧组，导演恰好叫她开工。

收拾好满腹的思绪，顾琉星站在镜头下，全心投入拍摄当中。

结束后，天色已经黑透了。

顾琉星和江眠眠回到酒店，顾琉星简单洗漱，穿着睡衣走到阳台。

四月的风，吹得人很舒服，从她的发尾吹到发梢，她海藻般的长发在风中飘动着。

她握着手机，眼眸低垂，面无表情。

江眠眠洗漱出来，没见到顾琉星，往阳台看了一眼，发现顾琉星站在那里，像是在发呆，然后视线又落在她的手上，没有烟。

"琉星姐，你不睡吗？"她们明天四点就要起来。

顾琉星回神，看向她，唇角弯了弯："你先睡吧！"

江眠眠打了一个哈欠，困意难以抵挡，说道："那我就先睡了，琉星姐你也早点儿睡。"

顾琉星看着手机，唇抿了抿，最终还是打开通信录，点了傅言宸的号码。

她将手机放在耳边，听筒里传来标准的女音："对不起，您拨打的电话已关机……"

她缓缓移开手机，整个人都是木的，所以他现在连她的电话都不想接了吗？

M国N城，高层大厦顶楼会议室。

傅言宸似笑非笑地坐在最前方的皮椅上。下面汇报工作的负责人，声音不稳，冷汗直流。

傅言宸听完，笑了一声，说："所以，到了这最后一步，你们栽了个大跟头，让公司损失上千万美元。"

他点点头，下一秒笑容消失，脸色阴沉，极具压迫感的视线冷冷地扫过所有高管。

"你们的能力，让我产生了质疑，今年的大项目，每个人都应该给我重视起来，没有应急措施，让内鬼一棍子打得再也爬不起来，我要是你们，

直接从这里跳下去！"

会议室静得可怕，所有人都低着头，不敢吭一声。

"有谁能告诉我，下半年的业绩，打算怎么给我保证？"

傅言宸站起来，走到第一位高管身后，大手落在他的肩膀上，不轻不重地拍了一下。

其他高管立刻全身僵直，额头渗出冷汗，听到傅言宸淡淡地道："你？"

见那个人不说话，傅言宸又走向另一个人，拍了一下他的肩膀，似笑非笑地问："还是你？"

他转了一圈回到座位，众人仿佛在死亡边缘走了一遭，冷汗直流，大气都不敢出。

傅言宸冷笑一声，啪的一声将文件摔在桌子上，吼道："John呢？你们现在告诉我，是他泄露机密，让公司损失这么多钱，这就是你们给我的交代？"

众人倒抽一口冷气，仍没人敢开口。会议室内死一般寂静，只有傅言宸走动的脚步声。

这时，郑深递上一个文件，他冷着脸看完，过了几秒，道："这件事，我可以不和你们计较，所有人一个月内给我整理好下半年的前景预测和数据分析，否则，众位的老骨头也该歇一歇了。"

一连几天，N城分公司的员工忙得不分昼夜，只希望在傅董离开之前，拿出一份完美的计划书。

傅言宸也研究各大市场，亲自去一些地方考察。

周六，郑深问傅言宸："傅董，要给顾小姐打电话吗？"

"给她打电话做什么？"傅言宸戴着安全帽，仰望着傅氏今年计划开业的精品商业大厦和购物大厦。

郑深：您不是每周六都要去找顾小姐吗？现在您问我打电话干什么。反正他该提醒的都提醒了，私事、公事他尽职尽责了，后面要是出事，和他无关。

傅言宸不理会他，继续视察工程。

下午，傅言宸忽然看到一个地方安全保障似乎没做好，想走进去看看，电话在这时响起。

苏希源打来的。

周一他回家时,苏希源的号码被傅老太太强行存进他的手机,说他要是敢删,她就离家出走。

傅言宸还是留下了号码,一个电话而已,也没什么。

他明白老太太对顾琉星的忌讳,哪怕那晚在问过他孩子是怎么回事后,也没想过让顾琉星进门,只想着用别的方法补偿她,并告诉他,谁都可以进傅家的门,唯独顾琉星不行。

三年前的爆炸真的把他母亲吓坏了,她宁愿他这一辈子过得平平淡淡,哪怕和一个并不喜欢的女人相敬如宾,也不愿意他和顾琉星纠缠不清。

傅言宸烦躁地盯着手机屏幕,挂断了电话。

没过多久,苏希源的电话又打了进来,傅言宸又挂断。

手机再一次响起,傅言宸想杀人的心都有了:"苏希源,你有病是不是?!"

"言宸,我……"苏希源声音有些委屈。

"你什么你,有事说事,没事离我远点儿。"傅言宸毫不客气地道。

苏希源的声音忽然变得雀跃:"言宸……你的意思是,我以后有事都可以去找你?"

傅言宸二话不说,挂断电话,走到高台边缘。

往楼下看了一眼,傅言宸脸色又沉了沉,眼神阴鸷地喊道:"郑深!"

站在他身后,低着头,和他保持安全距离的郑深,脊背僵直,赴死般应道:"傅董。"

傅言宸指着下面,吼道:"这下面怎么回事?!安全防护不合格,不放应急工具,傅氏花这么多钱养的都是死人吗?!"

"傅董……我现在就去找负责人。"郑深欲哭无泪,心都在颤抖。

傅言宸冷冷地道:"难道还要我去?"

郑深一溜烟跑开了。

刚才后面仓库出现了点儿小问题,所以把本来正在陪傅言宸的负责人叫走了,郑深过去找到人,端着总裁助理的架子,冷漠地道:"十二层露台那里为什么不做安全防护?"

负责人脸色一变,慌乱地道:"没有吗?我记得之前所有的安全措施都检查合格……"

"你的意思是我在开玩笑?"郑深皱眉。

"不不。"负责人立刻否认,"只是……之前确实检查过了。"

郑深也不多说什么,直接将人领过去:"傅董正在那里,如今情况就是

这样，怎么交代，你自己看着办吧！"

负责人擦擦额头上的汗，道："多谢郑助理。"

等他们到的时候，看见傅言宸斜靠在青色水泥墙体上，正在翻看手机。傅言宸瞪眼盯着没有任何消息的界面，眉头紧皱。

"傅董。"郑深喊了一声。

傅言宸轻抬眼皮，毫无波澜的一眼让负责人手脚都不知道该往哪里放了。

他结结巴巴地道："傅董，这边的安全防护的确是有的，不知道怎么，就忽然没了……"

"忽然？"傅言宸轻声重复，"你的意思是，你每天都来检查，恰好我今天来得不凑巧，它没了？"

负责人慌张地弯腰，距离他上次检查已经过去一个月。

他心虚地道："不不不，是我检查不到位。"

"等你的检查到位，就该闹出人命了！"傅言宸冷冷地道。

负责人更加恐慌，不断道歉："对不起，傅董，这是我的原因，我一定会调查清楚为什么安全防护会被拿走。"

傅言宸站直身体，留下一句话："你被辞了。"说完，他直接走向电梯。

两栋大厦的营业额预计几千万，如果在开始营业之前就出了事，那负面影响将是无法估计的。

负责人脸色骤然惨白，立刻就要追上去认错求情，却被郑深拦住："傅董做出的决定，从没有收回过，放弃吧！"

负责人面如死灰地向后倒，贴在墙壁上，绝望地低着头。

郑深同情地看了他一眼，跟上傅言宸。

傅言宸回到办公室，又是马不停蹄地开会。开会前，傅言宸将私人手机递给郑深："去充电。"

郑深接过来时，手机已经没电关机了。

会议室里，傅言宸看完报告，啪的一声摔在一个人脸上，单手叉腰，指着下面一群人，开口怒骂。

郑深一个哆嗦：傅董今天可能真的吃炸药了。

傅言宸在N城待了两周，处理好分公司的所有事务，才乘飞机抵达A城国际机场。

在盛景别墅门前见到顾琉星的那一刻，傅言宸愣愣地望着本该在拍戏的她，没有反应过来。

顾琉星缓缓朝他走来，近了，傅言宸发现她眼眶有些红，脸色冷下来，问道："哭啦？"

顾琉星站在他的面前，低垂着脑袋，不说话，一张脸带着委屈。

傅言宸一急："是不是剧组又有人欺负你？"

顾琉星摇头。

"拍戏拍累啦？"他弯下腰，皱眉看着她。

顾琉星还是摇头。

傅言宸更急了，控制着语气，哄道："那到底怎么了，告诉我！"

顾琉星睁着通红的眼睛，良久才哽咽地问："你干什么去了，我找不到你。"

傅言宸一愣，随即因为顾琉星的话内心狂喜，嘴角不断地上扬。

他嗓音很低，微微压抑："找我？为什么找我？"他盯着她，因为等待答案，喉头紧张地耸动。

他也不记得有多久顾琉星没有用这种语气跟他说话了。

四年前，她真的很乖，乖到几乎他说什么就是什么，从来不会惹他生气。没想到，她不乖起来，竟然会让他束手无策。

顾琉星眉眼低垂："我给你打电话，关机。"她没有正面回答他，只是简单陈述了一番。

答案虽然不是傅言宸期待的，但她能主动给他打电话，已经是难得。

他说："出差了，有点儿忙，所以就把手机关了，你怎么不给郑深打？"

事实上，因为苏希源一直烦他，他就没再开手机。他答应他母亲，不拉黑、不删除。他现在甚至都有些后悔了，为什么会答应这个条件。

"我不知道他的号码……"顾琉星声音弱弱的，很轻柔，拨动着他的心。

他好笑地问："所以你因为打不通我手机，就哭啦？"

顾琉星睫毛轻颤，有种被戳穿的心虚。的确，当时打不通他的手机时，她很紧张，怕傅言宸以后对她退避三舍，那她就什么机会都没有了。

傅言宸却误以为，她是因为想他，找不到他，才急哭了，急到从剧组跑回来。

傅言宸摸了摸她的脸，眼中带着温柔："下次找不到我，就打给郑深，一会儿我把他的号码给你。"

她点头，一阵默然，忽然扑上去紧紧抱住他，闷声道："对不起。"

他被她扑得重心不稳，扶着她的后背，心因为她的这三个字激起涟漪："对不起什么？"

顾琉星哽咽着说："我不该在婚礼上和你母亲吵。"

她的额头抵在他的肩膀上，声音哽咽，却面无表情，眼中冷静。

傅言宸低笑："找不到我的时候，想了很多？"

顾琉星沉默，圈在他腰间的手紧了紧，似乎在用行动告诉他她的想法。

然后，他又笑了，轻轻拍着她的背，吻了吻她的发顶，说："傻。"

她揪了揪他的西装衣角，以示抗议。

傍晚，周妈看到顾琉星又像四年前一样，和少爷如胶似漆，脸上笑出几条深浅不一的褶皱。

她和蔼地问："顾小姐，您想吃什么？我去做。"

顾琉星唇抿出浅浅的弧度，柔声道："想吃周妈做的家常菜。"

周妈闻言，高兴地应道："哎。"

周妈进去之后，傅言宸视线从电脑屏幕上移开，落在顾琉星的脸上，她微微泛红的脸颊格外吸引人的目光。

此刻，她捧着剧本，认真地背着，时间仿佛真的回到了四年前。

傅言宸勾了勾唇角，继续回复邮件。

不知道过了多久，周妈出来让两人用餐，他们这才抬起头。

傅言宸看见她沉迷在一件事情中，被打断时露出迷茫的眼神，轻笑着揉了揉她的脑袋。

"傻。"他又说这个字，眼神宠溺，嗓音低哑。

顾琉星皱眉瞪他："你才傻。"

傅言宸勾唇："去吃饭吧！"言罢，他伸手搂住她的肩膀，和她一起走向餐厅。

用餐期间，傅言宸不断给她夹菜："多吃点儿，瘦得硌手。"

顾琉星默默吃饭，不和他争论。

周妈看见这一幕，目光闪烁，顾小姐……有些奇怪，以往要是少爷这么说她，她一定会瞪大眼睛，天真地问："真的很瘦吗？"若少爷说是，她才会努力吃饭。哪怕不问，她也一定会撇嘴，不乐意少爷这么说她，怎么现在这么安静。

周妈不由得多看了顾琉星几眼，等顾琉星察觉到的时候，周妈已经若有所思地转身离开。

主卧外,白桦树沙沙作响,月光穿过树的缝隙落在地毯上,为地毯镀上一层光。

顾琉星洗完澡出来,就看到傅言宸靠在床头的枕头上,一只手握着手机,不知道在浏览什么,另一只手上夹着燃了一半的香烟,烟雾缭绕,他狭长而深邃的眼眸微微眯着,像是蛰伏在暗夜里的侵略者。

他头发微湿,应该是刚在客房的浴室冲过澡了。这样看着,不知不觉间,顾琉星出了神。她很久没有这么认真看过他了。

"还看?"傅言宸揶揄的声音响起,侧目,那两道深邃的视线落在她的身上,"想看就过来,躺在床上看,不是更舒服吗?"

顾琉星眨眨眼睛,回神,缓步走向大床,纤细的手指不经意间抓紧了睡袍。

等她走到他的面前,傅言宸微微撑起上身,嘴角带着一抹邪笑,语速极慢地问:"磨磨蹭蹭干什么呢?早点儿睡,明天我送你回剧组。"

顾琉星看着他,唇不经意间抿了起来。

傅言宸忍着笑,望着她纠结的样子,觉得很有趣。他伸出手,用力一拉,顾琉星惊呼着跌进他的怀里,手撑着他宽阔的胸膛,心怦怦直跳。

他幽深的视线盯着她,良久,他才含笑开口:"明天要早起,不碰你,早点儿睡。"说着,他松开她。

下一秒,他的手臂被一只细软小巧的手拽住,他抬眼看着她,听到她说:"我可以,你要吗?"

谁知……

傅言宸从地上捡起浴袍,边穿边往门口走。

顾琉星什么也来不及想,跳下床跑进浴室,神色懊恼,烦躁地抓着自己的头发。

顾琉星从柜子里拿了新床单换好,脏了的床单被她扔进浴室,打算明天自己洗。

忙完后,她没敢坐在床上,怕又弄脏了,所以靠在梳妆台上低头捂着肚子。

傅言宸进来的时候,就看到顾琉星坐在梳妆台前的凳子上,抱着胳膊趴在那里,近了,他看到她的手在微微发抖。

他心一紧,快步走过去,然后将手里的热水和向用人要来的卫生棉放

在桌上，扶着她的肩膀把她扶起来。

他低眸看着她，她的脸色惨白一片，额头上冷汗直流，他担忧地问："怎么样啦？"

顾琉星颤抖着声音道："疼……"

傅言宸抿唇，打横抱起她，将她放在床上，顾琉星强撑着睁开眼睛，不肯躺下。

"听话，躺下休息。"他沉声道，语气透着慌乱。

他从没见过她这个样子，她以前不痛经的，这四年她到底把她的身体折腾成什么样了？

顾琉星虚弱地开口："会弄脏床单，我先去洗浴室换上卫生棉。"不知道这东西怎么到他手里的，他应该是找用人要的吧？

傅言宸从桌上拿起卫生棉，把她抱到洗手间，放在马桶上。

顾琉星坐在那里，动作缓慢。

傅言宸催促："快点儿，晃晃悠悠的，站都站不稳。"

顾琉星目光躲闪，脸色惨白，语气带了一抹撒娇："你先出去，我换好了就出来。"

傅言宸没多说什么，转身走了出去。

过了一会儿，顾琉星出来了，傅言宸不知道又从哪里拿了一小包红糖，正在往热水杯里倒，用银色的小勺子搅拌着。他做得认真，仿佛这件事很重要。

他竟然会为她做这些事，是闲的，还是心情好？他会担心吗？她不知道。

顾琉星眼中掠过一抹冰冷，眨了一下眼睛，又是温柔含水。

傅言宸冲好红糖水，转身见她扶着门框，脸色苍白地站在那里，便皱着眉几个大步走到她面前，将杯子递给她："喝点儿这个，应该会好点儿。"

顾琉星点头接过，捧着杯子轻抿了一口，很甜。

傅言宸扶着她回到床上，看着她喝完，询问："现在怎么样，还疼吗？"

顾琉星无语，他以为红糖水是什么，喝下去包治百病。

"明天应该能好点儿。"她说。她痛经一般只痛一天。

傅言宸帮她盖好被子，然后又离开房间。

这次，他回来得很快，顾琉星听到动静，迷迷糊糊地睁开眼睛，看见他手上拿了一个热水袋。

傅言宸轻手轻脚地掀开被子躺进去，将热水袋放在她小腹上，拿手按着。

顾琉星已经疼得意识模糊，只感觉到一抹温暖从她的小腹传遍她的四肢，很舒服。

后半夜，傅言宸电话忽然响了，他迅速按掉，低头去看怀里的人，见她只是轻蹙了一下眉才放心。

他控制着动作起床，然后走到阳台回电话。

"傅董，查到了，关于顾小姐和小小姐。"那边人硬朗的声音传来。

小小姐，就是顾流沙。

傅言宸静默听完，脸色微沉："这件事先不要声张，我看冷夜也不知道这件事，否则，顾琉星不会这么容易带着顾流沙回来。"

"那顾琉月那边……"

傅言宸想了想，道："她那么谨慎的人，一定会想好所有退路，等她找上你的时候再说。"

挂断电话，傅言宸回到房间。他摸了摸热水袋，已经不热了，他把热水袋放到床头柜上，用手帮她轻轻揉着小腹的位置。

他的手心很温暖，顾琉星似乎感觉到了，整个人往他怀里拱了拱，傅言宸勾起唇。她这个样子就像一只小猫，睡着的时候很乖、很听话。她一醒，时而张牙舞爪，时而怀有目的……

就是不知道这次是因为什么。不过，不重要，她在就好了，目的是什么，真的不重要。

他抱紧她，下颌抵在她的发顶，手继续帮她暖着小腹，眼睛缓缓闭上。

第十一章
主　动

天蒙蒙亮,哈士奇睡得正香,就被用人叫醒,正想龇牙咧嘴汪汪大叫,忽然被嘴套扣住,只剩下呜咽声。

用人用力拉着不肯走的哈士奇,一人一狗走出别墅。少爷盼咐了,怕狗吵醒顾小姐,所以这几天得把它送到宠物会所去。

顾琉星醒了,从窗帘下漏进来的光判断,天应该不早了。

旁边空无一人,只有熟悉的淡淡的烟草味。她动了动身体,小腹处已经不是很疼。

她刚坐起来,傅言宸推开门,缓缓走了过来。

他问:"好点儿了吗?"

顾琉星点点头,微微一笑:"嗯,好多了。"

傅言宸坐在床边,摸了摸她的脸,觉得有些凉。

他说:"去洗漱,下去吃点儿东西。"

顾琉星含笑说:"嗯。"话音落下,她仰起头在他嘴巴上亲了一下,蜻蜓点水一般。

她说:"谢谢。"

傅言宸盯着她半晌,才道:"顾琉星,你还没刷牙。"

她听到这句话,愣了愣,有些神思恍惚。

"傅言宸,你为什么那么喜欢早晨吻我,还不刷牙?"十九岁的她在某天早晨瞪着他问道。

他邪邪地一笑,掐着她的脸,道:"顾琉星,你敢嫌弃我?"

她打开他的手,哼了一声,快步跑去浴室,然后听到他在她身后大笑的声音。

没一会儿,她也不由自主地弯起唇角。

如今,对换角色,她的心情纷乱不堪。

望着他幽深的眸子,她勾唇一笑:"那怎么办?已经亲了,要不你明天也不刷牙,亲回来?"

傅言宸看了她几秒,笑了笑,修长的手指轻轻捏住她的下巴:"顾琉星,你怎么不知道害羞?"

她挑眉道:"我以为你喜欢我主动。"

傅言宸眼中笑意更浓,揉了揉她微乱的头发,下巴挑向洗浴室:"快去洗漱。"

洗漱完,下楼,顾琉星看了一眼大厅里的复古式钟表,已经十一点半了。

周妈从厨房出来看到她,眼神微微闪烁,说:"顾小姐,来吃饭吧,少爷起来之后就让我一直准备桂圆红枣粥。"

"谢谢周妈。"顾琉星冲周妈一笑,坐在餐桌前,拿起汤匙喝了一口。

红枣粥入口软糯,甜度适中。她舔了舔嘴巴,问:"周妈,傅言宸呢?"

周妈说:"公司的人来找少爷,少爷应该正在院子里和他们谈公事。"

顾琉星一愣,傅言宸今天明明公司有事,却留在别墅,是因为她?

"顾小姐。"周妈忽然叫她。

顾琉星抬头就看到周妈一副欲言又止的模样,因为嘴里有粥,只道:"嗯?"

周妈双手交握放在身前,神色复杂,好几秒后才重重地握了一下手,然后凝重地对顾琉星说:"顾小姐,有些事不是你表面看到的那样,如果可以,就和少爷好好过吧,少爷其实……很喜欢你的。"喜欢,也许不止,差点儿连命都搭上了。

顾琉星闻言,眼眸微沉,很快平静下来,笑道:"周妈,你这是什么意思?我怎么有些听不懂?"

周妈皱眉,正要开口,就看到傅言宸领着几个西装革履的男人走进来。

顾琉星转眸,傅言宸也正好看向她。他浅笑,唇形微动,顾琉星辨识

221

出他在说:"好好吃饭。"

她移开视线,低下头。余光中,那些人正在给他递文件,傅言宸看完,指着某些地方,和他们讨论。能被傅言宸亲自接待的,应该都是傅氏的中流砥柱。

吃完饭,顾琉星见他们还没有谈完,就准备上楼,刚走到楼梯口,外面传来稚嫩的童声:

"小舅舅!"

顾琉星下意识地回头,就看到唐靳牵着顾流沙从门外奔进来。

周妈正在收拾餐桌,看见唐靳来了,满眼喜爱,唤道:"小少爷,你来了。"

唐靳甜甜地喊了一声"周奶奶"。

周妈脸上笑开了花,走进厨房给两个孩子拿吃的。想想刚才,周妈不免觉得自己冲动,才会对顾琉星说那么多,这会儿冷静下来,有些后悔。

少爷之前警告所有知情人,不能在顾小姐面前提。

顾流沙看见顾琉星,惊喜得瞪大眼睛,挣开唐靳的手,立刻朝顾琉星跑去,大眼睛弯成月牙。

"妈咪。"稚嫩清脆的声音让顾琉星愕然,不知道她怎么会到这里来。不过,再多的思绪也在顾流沙扑进她怀里的那一刻烟消云散。

顾琉星蹲下身抱住她,抚了抚她毛茸茸的脑袋,眼中尽是温柔。

顾流沙紧紧地搂着她的脖子,脸埋在她的肩膀上,问:"妈咪回来了,为什么不先来找宝贝?"她的语气中带着控诉。

唐靳大眼睛骨碌碌直转,这次他带顾流沙来玩,还见到她妈咪,顾流沙以后应该会更喜欢他,不会喜欢其他小屁孩儿了吧?

傅言宸看了一眼站在门口的唐靳,和顾琉星抱在一起的顾流沙,顿觉头疼,这两个孩子怎么跑过来了。

顾琉星拍了拍顾流沙的后背,轻哄:"妈咪错了,宝贝别哭,以后妈咪回来,一定第一时间去看宝贝。"

顾流沙撇嘴,趴在她的肩膀上扭头看傅言宸,没想到恰巧傅言宸也在看她,然后她黑白分明的眼眸里露出一抹敌意。怪叔叔为什么要让妈咪住在这里?妈咪明明有家!刚才她看到妈咪脸色好差,怪叔叔是不是又欺负妈咪?他怎么能不讲信用呢?他明明答应过她,以后不会欺负妈咪的。

瞪了他一眼,顾流沙继续把头埋进顾琉星的脖颈处,紧紧抱着不松开。

顾琉星被她勒得喘不过气,柔声道:"宝贝,别抱那么紧,妈咪喘不上气了。"

顾流沙乖听话地松了松，问："妈咪，那你什么时候回家啊？"

顾琉星顿时不知道该说什么了，她这次回来三天，没想过去找顾流沙，因为她还有事情要做。

只是，今天忽然和顾流沙见面，她有些忐忑，怕好不容易和傅言宸的关系缓和了，又因为顾流沙被打回原形。顾流沙讨厌傅言宸，她能感觉到，要是顾流沙不小心惹到了他……

"妈咪工作结束之后就回家啦！"她轻哄，"宝贝乖乖上学，妈咪有空就会去看宝贝的。"

顾流沙从她怀里退开，噘嘴道："那妈咪为什么来找怪叔叔？"

"上次妈咪受伤，是不是就是怪叔叔打的？"顾流沙低着头，兀自道，"妈咪为什么要住在这里，这里明明是怪叔叔的家。"

顾琉星一开始没反应过来，等明白了，脸瞬间红透了。上次，顾流沙看见她身上的吻痕，以为她被人欺负了。

那些精英人士脸色各异，偷偷朝大 Boss 瞟。老板打人？有可能，毕竟他一言不合就直接把文件摔他们脸上。

唐靳闻言，看向舅舅，眼里满是嫌弃。他真是没想到呀，他舅舅还打女孩子，丢人，太丢人了！

傅言宸皱眉，他什么时候打过顾琉星？小丫头片子把话说清楚！

顾琉星怕顾流沙又说出什么不该说的，连忙打断她："宝贝，吃午饭了吗？妈咪带你去吃饭吧！"

唐靳插言："顾阿姨，我也没吃呢！"

顾琉星招手，唐靳噔噔噔跑过来，顾琉星迅速带着两人走进厨房，几乎是落荒而逃。

有人眼中闪过了然，打架也分很多种打法嘛！

他轻咳一声，说："傅董，我们先走了，晚上您要是有空，可以视频会议。"

傅言宸嗯了一声，让用人送他们出去。

客厅安静下来，他没有进厨房，继续看那几个高管留下的文件。

周妈见顾琉星进来，问道："顾小姐需要什么？"

顾琉星笑笑："我来给两个孩子拿些儿童营养餐。"

"要去叫厨师来吗？"厨师刚被喊去检查新送来的生鲜食物了。

顾琉星点头，她不会做，周妈也不会做儿童营养餐，只能叫厨师了。

223

从冰箱里拿了些西饼和酸奶，顾琉星朝顾流沙看了一眼。顾流沙何其聪明，立刻明白自己妈咪的意思，让她不要乱说话。她不开心地垂下了小脑袋，她好像更不喜欢那个怪叔叔了。

顾琉星带着两个孩子走出来。

傅言宸看过来，缓缓放下文件，问唐靳："怎么到这儿来的？"

唐靳低头撇着嘴，小声道："桥桥阿姨和叶寻叔叔都去忙了，我和宝贝在公寓无聊，想找小舅舅带我们去看电影。"

"我问你怎么来的？"傅言宸声音带着一丝冰冷。

唐靳缩了缩脖子，声音渐小："坐出租车……"

"长本事了。"傅言宸冷笑，"上次的事还没长记性？"

唐靳有一次偷偷坐出租车逃课，被拉到邻市，差点儿被拐卖，要不是当时苏希源的车正好在那条路上坏了，拦那辆出租车时看到唐靳，还不知道会出什么事。

"我这次没关防丢手表。"唐靳小声辩解。

傅言宸目光一冷，怒吼："你是觉得每个人都很闲，每次都必须帮你收拾烂摊子吗？"

唐靳迅速摇头。

"你是个男人，做一件事之前要考虑清楚后果，看看自己有没有那个能力，别连累了别人！"傅言宸声音严肃。

唐靳小手在身后用力绞着，眼中没有丝毫悔意。他带着顾流沙安全到了这里，有什么错。

傅言宸目光冰冷，望着他不服气的样子，嗓音逼人："错了没？"

唐靳抿着小嘴巴，没有开口。良久，唐靳依然挺着小身板，站得笔直。

傅言宸目光阴沉地瞪着唐靳："说话！错了没？"

唐靳盯着自己的脚尖，沉默着。

"怪叔叔，是我要看电影的，我不是男人，不用考虑自己有没有能力。"顾流沙忽然开口，大眼睛看着傅言宸。

顾琉星脸色微变，很怕傅言宸会忽然迁怒顾流沙，抿着唇道："傅言宸，宝贝她……"

"你别说话。"他冷声打断她，视线落在顾流沙身上，压迫、阴冷。

顾流沙被吓到了。她大眼睛轻眨了一下，小手紧握着，故作冷静。

傅言宸幽沉的视线落在顾流沙的小脸上，安静了几秒。

"你过来。"他忽然开口对顾流沙说。

顾琉星和唐靳同时一惊，唐靳立刻大声说："小舅舅，我错了，我认错！"

傅言宸冷漠地扫了他一眼，没有理会他。

"小舅舅，我真错了，我保证，我以后再也不这样了。"唐靳着急地瞪大眼睛。

傅言宸没有说话，视线不曾移动。

顾流沙垂着眼眸，小嘴巴用力地抿了一下，然后看向他，迈开脚步。

顾琉星心慌乱地跳着，正在想该怎么办，一不留神，顾流沙已经走出几步，她连忙阻止顾流沙，把顾流沙抱在怀里。

"傅言宸，宝贝她还小，你别凶她，她会害怕。"顾琉星轻声对他说，语气透着一抹乞求。

傅言宸蹙了一下眉，他很不喜欢顾琉星这个样子。她的乞求太假了。他宁愿她永远和他作对，惹他生气，也比这样好。

他深深地看了她一眼，胸口闷疼，烦躁。他怕自己会控制不住和她吵架，吸了一口气，站起来，朝门口走去。

顾琉星见他要走，想要出声阻止，试图挽回两人刚缓和的关系，却见他停下脚步说："我去N城出差，手机关机了，如果你以为我是因为婚礼那天你言行不当的事生气而不理你，那我告诉你，我没有。"他微微仰起下颌，笑了笑，又道，"顾琉星，别装了，不累吗？"说完，他大步离去。

周妈从厨房走出来时，恰好听到这句话，随即叹息着摇头。

她还以为少爷是真的没看出来顾小姐奇怪，原来他看出来了，只是不愿意戳破，刚才顾小姐用那种语气和少爷说话，少爷不生气才怪。要是顾小姐直接带着小小姐离开，少爷一定会追出去。

顾琉星愣在原地，看着门口，本就苍白的脸色，现在更加惨白。

"妈咪，"顾流沙扭过头来，小声道，"对不起。"妈咪明明都不让她顶撞怪叔叔了。

顾琉星眼睫轻颤，勉强地勾了勾唇，摸着她的脸颊，说："没事，宝贝又没错，不用道歉。"

唐靳皱着眉，踢了一下茶几，小舅舅真是无理取闹！

不想两个孩子一直沉浸在这件事里，顾琉星收拾好自己的情绪，站起来，牵着两个人的手朝楼上走去："我带你们去放映厅，新出来的电影那里都有。"

唐靳努力上楼梯，哼了一声："阿姨，我舅舅脾气很差的。你还是不要和他在一起了，虽然我喜欢顾流沙，你要是和我舅舅在一起，我肯定能经

常见到顾流沙，但是，我舅舅整天骂人，你太委屈了。你委屈，顾流沙肯定会不开心，所以你不要和我舅舅在一起了。"

顾琉星："……"

"阿姨，你觉得我说得对不对？"唐靳仰头看她。

顾琉星无奈地笑了笑，摸着他的脑袋，说："你很喜欢宝贝？"

唐靳立刻被这个问题带跑，羞涩地看了顾流沙一眼，点头，完全忘了刚才的事。

顾流沙知道自己让妈咪为难了，垂着小脑袋不说话。

顾琉星握了握她软软的小手，在她抬头时安抚地对她笑了笑。

顾流沙看见后，也抿唇笑，紧绷的小脸放松了些。

在放映室里找到电影，顾琉星给两人放好，两个孩子的注意力立刻被屏幕吸引。顾琉星悄悄走出放映厅，给南桥打了个电话，让她一会儿来接顾流沙。顾琉星又下楼去拿午餐。

两个孩子的午餐，顾琉星一个人拿不了，周妈便帮她一起送上来。

周妈端着盘子，边走边说："顾小姐，少爷不会动孩子的，他只是为了让小少爷认错，小少爷经常因为乱跑出事。"顿了顿，周妈又道，"前几天报纸上出现少爷带着小少爷和小小姐去参加一个游戏，少爷很疼小小姐，后来因为有报纸刊登小小姐的正面照，少爷直接将市面上的报纸全部回收，网上的消息也都删除了。您应该对少爷有很深的误解。"

最后一句话，周妈说得意味深长，可顾琉星还沉浸在怎么和傅言宸和好上，周妈说的话她没听进去几句，只是下意识地点了点头。

有些事，周妈自知多说无益，便闭了嘴。

傍晚，顾琉星已经在卧室窗前站了近一小时，一直望着空荡荡的别墅门口，等着那辆她熟悉的车出现。

敲门声传来，顾琉星回头："进来。"

周妈缓缓推开门，没有走进来，站在门口道："顾小姐，晚餐准备好了。"

顾琉星抿了抿唇，问："傅言宸不回来吗？"

周妈道："少爷说在丽煌和朋友喝酒，不回来吃晚餐了。"

顾琉星眼中微黯，从窗前走开，躺上床："我累了。"

周妈为难，少爷刚打电话来的时候，说顾小姐来月事了，晚餐准备些补血的菜。

"顾小姐，您的身体……"周妈劝道。

顾琉星声音闷闷的:"我没事,我想睡了,周妈你出去吧!"

周妈站在门口,叹了一口气,关上门,下楼了。

"喂,少爷。"周妈拨通傅言宸的电话。

听筒里立刻传来震耳欲聋的音乐声,周妈被吓了一跳。不是说去丽煌喝酒吗,怎么这么吵,那几位都是喜欢安静的人啊。

傅言宸问:"怎么了,顾琉星吃晚饭了吗?"

"没有。"周妈道,"顾小姐说她累了,就睡了。"

那边半晌没有声音,过了一会儿,周妈听到傅言宸说:"让厨师再做一次,我半个小时后到家。"

挂了电话,傅言宸拎起挂在沙发后背的米色风衣:"我先走了。"

季南景笑着阻止:"回去干什么,哪次不是你最后一个走?今天走这么早,一会儿的拍卖会不玩啦?"

"玩什么?"傅言宸甩开他的手,"我要回去找老婆。"

"不是找祖宗?"厉枫炀抿了一口酒,在一旁补刀。

唐温墨也笑了:"女人不能太惯着,要不就该上天了。"

"对啊!"季南景不放人,"我们今晚陪你坐外场,你把我们丢在这里,也太不够意思了。"

傅言宸呵呵一声:"你们这几个万年单身人士,是不会明白我的想法的。"

趴在一边看钢管舞的楚轶扭过头,鄙夷地道:"朋友一生一起走,谁先'脱单'谁是狗。当初立下的誓言,你都忘啦?!你的良心不会痛吗?"

傅言宸道:"要能'脱单',狗就狗,谁和你要一起走。"

话音落下,他直接松开被季南景拽在手里的衣服,翻过沙发,身影迅速消失在人群里。

唐温墨和季南景相视一笑。楚轶翻了一个白眼,继续看那边的美女跳舞,厉枫炀沉默地喝酒。

院子里传来车熄火的声音,顾琉星睁开眼睛,起床朝窗边走去。

她拉开窗帘,傅言宸刚下车,似是察觉到她的目光,抬眸看向二楼,准确无误地捕捉到她的身影。

对视短短几秒,傅言宸锁了车,走进别墅。

顾琉星也转身回到床上。

傅言宸推开卧室门进来的时候,顾琉星背对他侧躺着。

他没说话,在更衣室换了家居服,也来到床前,掀开被子躺进去。

顾琉星眼睛轻眨，手掌微微紧握。

他靠近她，把她圈在怀里，她的后背抵上他炙热的胸膛，手指抖得厉害。

他的手穿过她的腰，落在她的小腹上，轻柔地按着。

其实，她已经不疼了，却没有拒绝。她的身体微微紧绷，明显在抗拒。

她可以和他做尽情人间所有的事，唯独不喜他触碰她孕育过孩子的地方。

"顾琉星，"他低沉的嗓音从头顶传来，温热的呼吸扫过她的脸颊，"我回来了。"

顾琉星：他没回来，抱着她的是鬼吗？

"所以下去吃饭。"他说，"你不就是想让我回来陪你吃吗？"

顾琉星：她不是想让他回来陪她吃饭，而是以为他真的生气了。

她也懒得回应，因为还记得他临出门说的那句话："顾琉星，别装了，不累吗？"

"我知道你没睡，说话。"他嗓音低沉，好听。

顾琉星依然沉默。

"顾琉星。"他又叫，她依旧没说话。

在顾琉星以为他终于放过她、不叫她的时候，他忽然开口："顾琉星，好像床单又脏了，湿湿的。"

闻言，顾琉星猛地睁开眼睛，从床上跳起来，赤脚站在地毯上，死死地盯着床单。床单上没有一点儿痕迹。

她脸色一沉，然后看到某人躺在床上，眼中带着笑意。

顾琉星狠狠咬牙，瞪着下床朝她走来的某人。

"醒了就下去吃饭，自己身体不好，就不要逞强。"傅言宸半蹲着将鞋子放在她的脚前。

顾琉星低头看了他一眼，转身，再次躺回床上。

傅言宸脸色黑了，直接站起来，一把从床上抱起她。

"喂！"顾琉星略微惊慌，皱眉，双手握拳抵着他的肩膀，"你放开我！"

他垂眸，淡淡地扫了她一眼："肯说话了？"

顾琉星这才反应过来，傅言宸若是想达到目的，方法太多，司空见惯的便是逼迫。

她轻抿着唇，别开视线。

他无所谓地笑了笑，大步朝卧室门口走去。

他们下楼来到餐厅，周妈恰好把菜上齐。

顾琉星低垂着头，葱白纤细的五指抓着他的肩膀，似乎怕摔下来。

周妈见两人这样，了然地笑了。她弯了弯腰，恭敬地道："少爷，顾小姐。"

傅言宸把她放在椅子上，又把椅子朝餐桌推了些许，自己坐在她身边。用人相隔一定的距离站着。

顾琉星显得拘谨，不管是以前还是现在，她不喜欢旁边有太多围观者。

傅言宸把她的小动作看在眼里，轻抬了一下手，周妈立即领着用人退出餐厅。

"吃饭吧！"他将汤匙递给她，下巴挑向摆在她面前的粥。

这次顾琉星学乖了，听话地接过汤匙，不用他说什么，一小口一小口地喝着。不过，喝了小半碗她就喝不下去了，动作越来越慢。

傅言宸看了她一眼，询问："不好喝？"

她摇头："我吃好了。"

傅言宸轻蹙眉头，他要是没记错，今天顾琉星只喝了两碗粥。不，是一碗半，面前这碗她才喝了一半。

他耐心地轻哄："再吃点儿，明天就要去剧组了，忙起来，我不认为你还有时间照料自己的三餐。"

她在他身边，他还能劝着、哄着，实在不行就逼迫她吃饭，但她一到剧组，他叮嘱再多，做不做还是在她，所以趁她还在自己身边，就好好养着。

"真的吃不下了。"她下午肚子疼，喝了很多热水，这会儿胃里胀胀的，吃不下去了。

傅言宸见她脸色微白，手按住她的小腹，轻声问："还疼？"

她不着痕迹地拨开他的手，自己按住，说："还好，明天就不疼了。"

他目光闪了闪，收回自己的手，点点头，随即再次确认："是不想喝粥，还是真的吃不下？"

她不想喝粥，也吃不下了，补血的粥太甜，红枣的味道也太浓，并不好闻。

她说："要是饿了，我自己会下来找吃的。"

他想了想，摸着她的脸道："那晚上饿了再下来吃吧！"

她嗯了一声。

吃完饭，傅言宸接了个电话，顾琉星站在一旁等水开，给自己灌热水袋。

他讲的英文，嗓音独特，发音准确。

他单手插兜，立于落地窗前，窗外夜色很浓，他的身影倒映在玻璃上。

顾琉星看见他时而皱眉，时而点头，时而发怒，手从裤袋里抽出来撑

在腰间……

他打完电话,她的水恰好开始沸腾,沸腾声拉回她的神思,她意识到看他看出了神。

眨了眨眼睛,她低头,正要将热水灌进去,傅言宸的声音响起:"等等,我来。"

他将电话随手扔在餐桌上,几个大步来到她面前,夺走她手里的水壶及热水袋。

她乖乖站在一旁,神色淡漠,却在听到他的下一句话时心口又被不轻不重地撞击了几下。

"没力气就别拿这么危险的东西,被烫伤了怎么办?"他低声道,"别墅里那么多用人,摆着看的?既然是给你请的,就别浪费我的钱。"

在顾琉星出现之前,盛景里只有周妈,后来因为顾琉星,傅言宸担心她一个人无聊,又请了很多用人,照顾她的生活起居。

这一请,就是七年,他总以为所有的东西保持原状,她就一定会回来。

事实上,他的决定是正确的。

顾琉星看见他唇角扬了半秒,很快消失,她知道那不是错觉,只是不明白他为什么笑。

"拿着。"他将热水袋递给她,问道,"明天几点的机票?"

顾琉星将热水袋捧在手里,手心一下子温暖起来:"十一点。"

"我让郑深送你。"他说。

她拒绝:"不用了,叶寻明天来接我。"

傅言宸眸色一沉,阴阳怪气地问:"从你领养了顾流沙之后,你们一直住在一起?"

顾琉星愣住,目光一下子跌进他幽深漆黑的冷眸中。他薄唇微抿,露出一抹怒意,盯着她。

"是啊!"她浅浅勾唇。

既然他说让她别装了,她也不必费尽心思去迎合他,她笑容张扬:"你吃醋?"

她的模样让傅言宸失神了一秒,似乎一切又回到了她在华玉会所遇到他的时候。他说:"八年前的交易,要再来一次吗?你不是说让我别栽在你手上吗?我给你这个机会。"她答应了,也做了很多。不管她做什么,他都可以容忍,不会有任何脾气。但前提必须是她和他在一起,身边不能有任何对她图谋不轨的男人。

"对。"傅言宸一字一句地道,"吃醋。"

顾琉星挑眉,不怕死地说:"以后吃醋的日子还多着呢!"

"顾琉星!"他咬牙切齿地瞪着她,"你再说一遍!"

她神色无辜:"演艺圈绯闻很多,你看我最近和顾'影帝'的绯闻,连续几天登上热搜榜。"

"你信不信,我说一句话,你那热搜的男主角立刻在演艺圈消失!"他恶狠狠地说。

顾琉星眼眸很亮,没应他的话,而是轻声道:"你这样子我挺喜欢看的。"

他微愣,目光渐深,片刻后缓缓勾唇。

"顾琉星,"他声音变低,捏住她的下巴摇了摇,"是不是女人真的不能宠?给太多好脸色以后就镇不住啦?"

顾琉星:"……"

"不过没关系。"他低头,唇贴在她的唇上,说话时轻轻摩擦,让她下意识屏住呼吸,"我在床上绝对镇得住你,以后要是你不听话,我们慢慢磨合。"

灼热的呼吸喷在她的脸上,烫得她心在微微颤抖,耳垂红透,双颊染上粉色。

翌日。

叶寻来接顾琉星的时候,傅言宸已经去上班了。

叶寻坐在驾驶座上,手撑在方向盘上托着脸,看着从别墅里走出来的女人,若有所思。

顾琉星拉开车门坐进副驾驶座,随口问:"你最近都在干什么呢?"

叶寻耸肩:"还能干什么,给那些名门贵妇设计宴会造型呗,或者被桥桥姐拉去当临时助理……"

话说一半,他忽然大叫一声。

顾琉星系安全带的动作一顿,她回过头,就看到叶寻扑过来,扳着她的脑袋死死地往她脖子上凑。

"顾琉星,你被狗咬了!这么惨!"叶寻喊道,声音大得车顶都要掀翻了。

顾琉星皱眉,眼睛微眯,啪的一声扔了安全带,手抓住某人的爪子,用力一扭,车内立即响起一道杀猪般的惨叫声。

叶寻脸贴在方向盘上,整个身体以一种极其怪异的姿势扭曲着。

顾琉星扣住他的双手,微微用力,叶寻又撕心裂肺地惨叫。

"啊,顾琉星!"叶寻大喊,"你让人咬得满脖子吻痕,还不让我说了!"

顾琉星唇角抽搐，微微尴尬，但还是平静地道："说可以，别离我那么近。再说了，都是成年人了，装什么纯洁呢！"

叶寻："……"

要是让叶寻看见她在傅言宸面前害羞的样子，他估计能蹦三尺高。

"狗蛋儿，我告诉你，以后别作，听见没？我怕我忍不住，一拳过去让你脸上挂彩。"她又用力拧了一下他的胳膊。

"啊！"叶寻惨叫不止，"我错了我错了，我以后不作了，还不行吗？"

"算你识相！"顾琉星缓缓放开他的胳膊，坐回副驾驶座，重新系上安全带。

叶寻龇牙咧嘴地活动着自己的胳膊，发动引擎。

"傅言宸什么表示？"他问。

顾琉星刷手机的动作一停，她想到昨晚迷迷糊糊睡着时，有人在她耳边说："顾琉星，我为你撑起的这片天地，随你折腾，只是，别再离开。"

那一刻，她只想笑，笑他天真，笑她还会为他这句话动容，她甚至想，他当年会不会有什么不得已的苦衷。但是很快，这些想法就被她狠狠地赶出脑海。

叶寻说得对，他有苦衷又怎么样，有苦衷，她也做不到不怪他。

她眉目低敛，然后说："能有什么表示，和好了呗。他说他没生气，出差了，才会没接到我的电话。"

"这样也不生气？"叶寻惊诧地道，"你都把他母亲气得差点儿进医院了。"

谁不知道傅家现在就剩下那么一个长辈，傅家兄弟姐妹再忙，每周都会抽出一天时间陪老太太，那天顾琉星那么过分，傅言宸竟然就那么平静地翻篇啦。

"老太太没那么脆弱。"顾琉星说。老太太精明着呢，她都说了老太太出点儿意外，就再没人能阻止她进傅家的门了，老太太怎么也会撑着。她也不想做得太绝，只是不想让傅家那么安宁而已。

叶寻点点头："反正你没事就好了，我挺怕傅言宸疯起来会对你动手。"

顾琉星望着手机屏幕的视线渐渐失去焦距，模糊不清。

叶寻接着道："你就应该把对我那一套让那位傅董体验一下，保证他再也不敢对你动手！"

顾琉星闻言，笑出了声，扭头看一脸愤愤不平的他，摇着头说："狗蛋儿，你真是又傻又天真。"

"喂，顾琉星，你可以揍我，但你不能侮辱我的人格！"叶寻一脸认真。

顾琉星啧啧感叹:"说你傻你还不承认,你以为傅言宸只是个商人?当年他……"

话说到一半,顾琉星忽然停了下来,嘴角的笑容也缓缓消失。

"当年他什么?"叶寻看了一眼路况,转过头。

顾琉星笑了笑:"没什么。"

叶寻皱眉,盯着她:"跟我还搞神秘?"

"真没什么。"顾琉星认真地道。

叶寻撇嘴,完全不相信。他右手松开方向盘,抓着车前镜转向她:"等你看过你的鬼样子,再和我说没什么。"

顾琉星下意识地抬头看,镜子是长方形的,恰好能照到她的脸。她眉微皱,眸色恼怒,唇轻抿着。

她是演员,当然知道这个表情代表什么,代表人不想提及刚才的话题,她讨厌刚才那个话题。

"看到啦?"叶寻翻了一个白眼,"你不想说,我也不会打破砂锅问到底,但你这个样子,我就得说一句了。"他顿了顿,再开口时声音低沉,"你很恨,不过你也要想想,没有爱,也就没有那么深的恨了。我记得你回来的时候,你告诉我你只是为了报仇。现在呢?十一月还能走得了吗?"

"当然。"她掷地有声,神色决绝,"那四年,我本来就很看重,所以现在不经意回忆起来,也很正常,但什么也代表不了!"

她是想起当年傅言宸争夺傅氏时,她被傅言宸的叔伯绑架,傅言宸来救她的场景。她从来不知道,他格斗那么厉害。

叶寻沉默了一会儿,然后赞同地道:"也是,看你刚才的样子,也不像一件好事,只能让你更恨。"

二人一路无话,车抵达机场。

下车之前,顾琉星对他说:"以后尽量让宝贝离唐靳远一点儿,我不想看见宝贝走的时候哭。"

叶寻挑眉:"那当然,况且唐靳那小子那么熊,宝贝被带坏了怎么办?"

顾琉星:"……"

"好了,放心去吧!这电影可能就是你这辈子最后一部戏了,好好演,到时候本少给你包几场,走咱们也要风风光光地走。"叶寻豪情万丈地说。

顾琉星送他一声冷笑,转身离去。

第十二章
爱惨了

傅氏大厦。

郑深站在傅言宸面前，正在报告和 DY 集团共同开发的项目进程。

"傅董，厉董的意思是……他要拿六成。"说完，郑深小心翼翼地去看傅言宸，结果发现某人正盯着桌上的文件发呆。

郑深：他刚才说得口干舌燥，傅董很可能一个字都没听进去。

郑深心里很苦，偏偏还不敢叫某人，要是一不小心触怒某人，他又得遭殃。他无聊地盯着地面，等某人回神。

终于，大 Boss 开口了，结果他竟然问："顾琉星去剧组啦？"

郑深秉持着助理的好素质，恭敬地道："是的，顾小姐现在应该已经上飞机了。"

傅言宸嗯了一声："刚才的报告你再说一遍。"

饶是郑深早已做好心理准备，还是暗暗抹了一把泪：傅董现在真的好奇怪。以前只要不和顾小姐吵架，傅董每次来公司，心情都还不错。最近顾小姐那么忙，还特意抽出时间来找傅董，难道不该是两人度过了几个美好的夜晚，傅董又是春风满面吗？

他真是越来越看不懂爱情这个东西了，认命地翻开报告，又汇报了一遍。

傅言宸听完,狠狠地皱眉,难以置信地吼道:"你说厉枫炀要六成?"

郑深硬着头皮说:"是的。厉董说,他那边下了很多功夫,所以他要分六成。"

"你让他滚!"傅言宸瞪着郑深,"老子的项目,老子的人,他就动动嘴皮子就想分六成?!"

郑深心想:瞪我干什么,又不是我要分六成。

他问:"那,傅董……您看,怎么回复厉董?"

"不答应,最多让到五成。"傅言宸怒不可遏,想了想,又道,"算了,我自己给他打电话。"

厉枫炀能耐了,敢敲他竹杠,这个项目便宜厉枫炀了,厉枫炀还敢狮子大开口要六成!

郑深立刻道:"傅董,要是没事我先出去了。"

傅言宸摆手,郑深快速退了出去,顺便关上了门。

他打通厉枫炀的电话,那边风声很大,像是在机翼旁边。

"你干什么呢?"傅言宸蹙眉问。

厉枫炀朝即将跳伞的人打了个手势,然后朝程木庭看了一眼,走到直升机里面接电话。

"训练呢,有事?"厉枫炀声音淡漠。

"没事老子就不能给你打电话?"傅言宸一字一句地道,"你让郑深传来的话是什么意思?你疯了吧,六成你也敢开口?"

厉枫炀语调不急不缓:"怎么不敢开口?利益,当然要最大化。"

傅言宸呵呵一声:"攒棺材本呢?"

"不,老婆本。"他轻轻勾唇,邪魅的轮廓显得更加惑人。

"人家还不一定嫁给你呢!"傅言宸嘲讽,"别到时候被秒杀。"

厉枫炀:"那是你,未战先败。"

傅言宸:"我这叫疼老婆。"

厉枫炀轻呵一声,不屑极了:"行,我的六成,别忘了让郑深把合同送过来。"

"不可能!"傅言宸咬牙,"最多让到五成,你不要,有的是人想要。"

"人是多,但都没我方便。"一句话,厉枫炀又将自己拉回到和傅言宸势均力敌的位置。

傅言宸捏紧手机,冷静下来,笑道:"麻烦也总比亏本好,你说呢?"

厉枫炀沉吟片刻:"行,五成就五成,明天签合同,最近挺忙的。"

235

听到他施舍一般的语气，傅言宸说："厉枫炀，你这么无耻，白魔女知道吗？"

挂了电话，傅言宸又骂了一声，某人的商业头脑是真的让他咬牙切齿。毕竟短短十年，他就创建了一个和傅氏、日恒、唐氏齐名的集团。

顾琉星抵达剧组时，江眠眠站在门口等着她。

"琉星姐。"江眠眠迎上来，压低声音道，"你要是再不回来，导演都要发火了。"

这三天，其他人像是演技突飞猛进一样，最差的也是三条过，导致剧组进度一下子快了近一倍。后续剧情因为顾琉星不在，无法拍摄，大家都在剧组聊天。场地每一天都得花钱。

顾琉星微微一笑，安慰她："没事，一会儿进去你就帮我换戏服。"

一到片场，安然和路靖宇正在拍对手戏。

导演目露满意，不时和副导演笑着夸赞安然："这安然不错，这几天演技一直在进步，她的助理就是她的武替，这几天，天天晚上教她动作，她最近几场打戏，都是亲自上阵，是个肯努力的，气质也好……"

副导演看了一眼安然，赞同道："是啊，演艺圈拼的不就是谁对自己更狠吗？"

"哎，不过……"副导演欲言又止，顿了顿道，"这顾'影后'就有些过分了，三天不出现不说，连手机都关机，白白让我们耽误了这么久。"

导演脸色一沉："别提她，还以为她是个上进的人，没想到一声不响上飞机，先斩后奏说自己有事离开三天，没见过这么随心所欲的人，当这里是什么地方，想来就来想走就走，让大伙都在这等她！"

副导演叹了一口气，失望地摇了摇头。

忽然，一道熟悉的身影从他们面前走过，两人愣了愣，就看到顾琉星目不斜视地走向化妆棚。

副导演着急，压低声音道："导演，这……她不会都听到了吧？"

导演心里也微微发怵，但为了面子，他还是强撑着说："听到了又怎么样？她先做出这种事，让所有人等着她，电话不接，来了也不打招呼，这就是她的素质？"

导演说得很大声，视线落在化妆棚的方向，明显是冲顾琉星说的。

"琉星姐……"江眠眠气急，"本来时间刚刚好的，都是那群人联合起来整你。"

化妆师听到后，目光带着鄙夷："江助理，你怎么能这么说呢？大家演技好，所以给剧组节约经费，怎么能是整顾小姐呢？"

化妆师是个快四十岁的女人，一向瞧不起耍大牌的女明星。

"那怎么没见她们以前演技那么好呢？"江眠眠力争道。

化妆师笑笑："那江助理的意思是，大伙演技就该一直不进步？"

"我不是这个意思。"江眠眠说。

化妆师咄咄逼人："那江助理什么意思，我跟着孔导这些年，给不少明星化过妆，还没见过顾小姐这么大牌的呢！"

"你！你别污蔑我琉星姐！"江眠眠气得要冲上去，却被顾琉星拽住。

她说："走吧，安小姐下来，应该就是我了。"

"琉星姐！"江眠眠不想她这么忍气吞声。

顾琉星一个眼神扫过去，江眠眠委屈地低下头。

化妆师见自己占了上风，下巴微挑，说："看来顾小姐也觉得这次是自己做错了。"

顾琉星动作一滞，回头看着她，几秒后缓缓开口："第一，我不和你吵，不代表我自己做错了，而是我觉得没必要浪费时间。"

化妆师脸色蓦地一变，难看至极。

顾琉星冷笑，讽刺我不是很爽吗？怎么，我才说了一句话就受不了啦。

"第二，如果何小姐干这行这么久，从来没请过假，那你今天的这番说教我就接受了。"顾琉星歪着头，漫不经心地道，"但我记得，前几天何小姐好像因为孩子生病，请了几天假，然后我们都是自己化妆的。"

化妆师脸色青白交加，被噎得一句话也说不出来。

冷冷地看了她一眼，顾琉星走出化妆棚，坐在自己的休息位上琢磨剧本。

安然和路靖宇拍到两人翻脸、快要拔剑相向的时候，顾琉星朝那边望了一眼。安然的演技的确不错。

打戏开拍时，工作人员检查两人的威亚，确定没有危险，才朝导演比了一个"OK"的手势。

开拍前，路靖宇见顾琉星正看着这边，冲她咧嘴笑。顾琉星也回以一笑。

安然看见后，眼中闪过一丝怨恨。

导演喊了开始，安然连忙整理好情绪，剑一扬，整个人在威亚的带动下冲了过去。

几招之后，两人又飞回原来的位置，互相损了对方几句，又开始刀剑相向。

忽然，有人大喊一声："啊，安然受伤了！"

导演一惊，猛地站起来，就看到安然软趴趴地被吊在半空，捂着肩膀，整个人疼得蜷缩起来。

"怎么回事？"导演立刻踢开凳子，快步走过去。

工作人员也被吓到了，反应过来之后，立即将安然放下来。

大家看到安然肩膀上的伤口，不约而同地倒吸一口凉气。

戏服基本都是轻柔的薄纱制作的，很容易破，安然的伤口就暴露在所有人的眼前。

她的肩膀被蹭破了一大块皮，两边的肩膀形成强烈的对比，肿得厉害。

安然疼得额头上大滴的汗珠淌下来，死死地咬着唇，不发出一点儿声音。

路靖宇呆呆地看着安然，没想到只是做样子的武器会伤到安然。

他着急地让工作人员把他放下来，跑到安然身边，一脸忧心地问："安然，你没事吧？"

安然脸色惨白，整个人疼得发抖，勉强带着笑，反过来安慰他："没事，靖宇，你别担心，我就是不小心撞上去的，是我的错。"

路靖宇更自责了，女孩子受伤了，伤人的毕竟是他手里的东西，所以不管怎样，他都有一定的责任。

他拍了拍她没受伤的胳膊，说："别再说了，先撑着，救护车应该一会儿就来了。"

安然冲他笑笑，紧抿着唇，似是怕自己不小心发出声音。

所有人都围着安然，唯独顾琉星静静地坐在自己的位置上，没有任何表示。

江眠眠怕顾琉星得罪人太狠了，犹豫着建议："琉星姐，要不我们也去看看？"

顾琉星充耳未闻，低着头，嘴唇轻轻动着，在背台词。

江眠眠嘴角抽了抽，算了，她不去就不去，那个安然整天装柔弱，虽然没得罪过顾琉星，但这人确实虚伪。

救护车来的时候，一群人依旧围着安然，直到将安然送上去才散开。

路靖宇和副导演跟着安然去了医院，留下的人继续拍戏。

没一会儿，顾时镜也来到片场，一靠近人群就听到那些人在议论顾琉星。

"你说那个顾琉星，就算不喜欢安然，但好歹面子也要做做，安然受了这么严重的伤，她愣是不闻不问。"

"高冷着呢，从进组开始，别说关心安然了，就是导演都没和她说几句话，谁让人家老板厉害呢！"

"这么一对比，瞬间觉得姜烟是真不错。"

听了一半，顾时镜淡淡一笑，走向顾琉星。

顾琉星坐在那里，身子单薄，看起来怎么也不像她们口中的那种人。但顾时镜知道，顾琉星绝对做得出刚才的事。

"什么时候回来的？"他在她旁边坐下，拧开矿泉水瓶子，递给她。

顾琉星倒也没客气，接过来："比你大概早到一小时。"她举了举瓶子，扬唇一笑，"谢了。"

顾时镜挑眉，又拧开一瓶喝了一大口，随口道："你是签了路靖宇吧？"

"怎么，你也看上他啦？"顾琉星瞥了顾时镜一眼，眼角不经意间流露出一抹魅惑。

顾时镜笑："看上倒不至于，只是在想，既然是你工作室的，出了事，怎么你也不关心关心？"

"关心？"顾琉星反问，"你觉得路靖宇是犯那种低级错误的人？"

"那你说说刚才是怎么回事。"顾时镜朝威亚那边看了一眼，"这个位置看得应该挺清晰的。"

"顾'影帝'，"她叫他了一声，微微眯眼，"你是过来获取第一手八卦的吧？以前怎么不知道你还这么无聊？"

顾时镜说："感兴趣而已，也不算八卦。"

"你这是想免费听故事啊！"顾琉星喝了一口水。

顾时镜笑了笑，下巴朝她手里的水挑了挑："不是给了你一瓶水嘛，也不算是免费的吧？"

顾琉星无语地翻了一个白眼。

顾时镜无奈地笑了，然后就听到她道："路靖宇没动安然，安然自己撞上去的，因为重力，撞得太猛，估计连安然自己都没想到会这么严重。"

安然的目的，她还是能猜到一些的，安然不就是为了和路靖宇接触，吸引路靖宇的目光嘛，就是心机重了些。

顾时镜恍然："这女孩儿，对自己有些狠啊！"

顾琉星笑得意味深长。

"时镜，你准备一下，马上开始了。"导演的声音传来。

顾时镜应了一声，走进化妆棚。

一道紫色身影出现时，顾琉星看到那一群小迷妹花痴的眼神，笑了笑。

今天的剧情主要拍摄星泪死后成为伊灵儿，她穿越回三界内，和重尊相遇。回到三界的她，在龙粟身上重生，只可惜龙粟是个凡人。

因为拍摄画面是在水中，所以还是在全绿景房内拍摄。

顾时镜站在道具石头前面，工作人员正在把长长的铁链戴在他的身上。

封印重尊的湖底，龙粟失足掉了下去。她昏迷之前，看见一个人影，微弱的几声救命之后，她失去意识。

导演忽然喊停。

所有人停下手里的动作，顾琉星还吊在空中，闻言，睁开眼睛，不解地皱眉。

导演望着顾琉星，语气不好地说："顾'影后'，麻烦您动作到位一点儿，掉进水里的姿势，一点儿都不自然，我们这是大制作，要力求完美！"

顾时镜看了一眼，对顾琉星的反应倒是挺期待的。

顾琉星语调平静地说："好，我知道了。"

顾琉星没说话，调整了一下姿势，工作人员就位，开拍。

导演又喊了停。

"顾'影后'，喊救命的时候，脸上的求生欲望强一点儿！"导演大声喊道。

顾琉星微笑："好，我知道了，导演。"

导演漫不经心地又喊停。

所有人动作一顿，视线在顾琉星和导演之间扫视，立即明白导演是故意针对顾琉星。

有人旁观，有人幸灾乐祸，也有人期待顾琉星什么时候亮出爪子。

导演说："顾'影后'，这才三天而已，就不会演戏啦？刚清醒的样子是惺忪的；你发现自己在水里，竟然可以正常呼吸，应该是震惊的；看到重尊，你应该是惧怕的，驱魔人难道分辨不出神魔？"

顾琉星眉心微蹙。

就在众人以为顾琉星会直接生气走人不拍的时候，她淡淡地道："谢谢导演，我调整一下状态。"

顾琉星竟然这么好说话？事实上，刚才顾琉星演得没问题，瑕疵还不都是导演一句话的事。

导演嗯了一声："给你一分钟调整，本来就耽误三天了，所有的戏你就都该一次过。"

顾琉星微微低头，致歉地笑了笑。

接下来，导演没再为难顾琉星，什么事都得有度，他还是有分寸的。

再次醒来时，龙粟躺在水里，手指动了动，水体轻晃，她缓缓睁开眼睛，满目都是蓝色。

她在水底？龙粟表情一惊，然后发现自己可以在水底呼吸。这感觉很奇妙，水只会接触到皮肤，并不会因为呼吸而进入鼻腔。

她揉了揉有些疼的脑袋，撑着石头想站起来时，耳边响起一阵哐当哐当的声音，龙粟视线下移，就看到自己的脚腕被铁链缠住了。

她动一动，铁链就会发出一阵清脆的响声，她皱眉，目测铁链有五六米长。

她尽可能保持镇定，四下寻找熟悉的东西或是将她困在这里的人。

一抹紫色忽然闯入眼帘，她目光一顿。华丽的金边紫袍上，花纹繁复、高贵，让人敬而远之。

只此一件衣服，让龙粟顿生警惕。要是能住在地面上，谁会愿意住在水里。除非，这是这个世界所说的封印。

伊灵儿在龙粟身上重生，继承了龙粟的记忆，知道这是人、神、魔共存的世界。

湖底、封印……那么，这个人绝对是危险的。

朝那人靠近几步，在看到他的脸时，龙粟愣了。

到底是什么人，竟拥有如此盛世美颜？到底是什么人，能将这种相貌的人锁在湖底？

很短的时间，龙粟心里生出无数个疑问，但很快，她回过神，望着自己脚上的链子，决定叫一下这个男人。

她声音下意识放柔，似能滴出水："请问，怎么从这里出去？"

男子一条腿半屈，手肘撑在腿上支着脸，长睫在眼下投落一片阴影。

她等了良久，男子依旧沉睡着。

龙粟咬着手指，在男子身前徘徊，视线一直没离开他的脸。

难道这封印是让人沉睡，所以他才会不醒？可是，他若是不醒，她身上的铁链该怎么解开？

跺了跺脚，龙粟恨恨地盯着铁链，这么粗，她根本弄不断呀！

拖着粗粗的铁链，龙粟生气地一直朝前走，约莫十步的样子，铁链就绷紧，她再也无法前行半步。

放老子出去啊！有比她更憋屈的吗？把一个僵尸当自己男朋友，还被他害死，死后穿越到这个地方，浑身染满鲜血……

龙粟抬头，望见从外面照射进水里的阳光，一道道光束，像光幕一般，很美。但这样的视野，让她气得鼓起脸。

她要出去！她要出去！她要出去！她再也不说姐的征途是星辰和大海了，星辰就够了，大海，免了吧！

耷拉着脑袋，龙粟回头看了一眼男子，对他醒来这件事并不抱希望，却在视线猝不及防陷进他眼里的一瞬间，彻底愣住。

男子五官没变，让她惊愕的是那双眼睛是妖冶的赤红色！这是妖怪吗？

龙粟咽了咽口水，她现在估计连他一根手指都打不过！

重尊望着龙粟，龙粟弓着腰，回头凝视他。

跨越数万年的对视，他们都不认得彼此，只能将对方当成陌生人。

后来，龙粟问重尊："当时为什么救我？如果掉下来的是其他女人，你会救吗？"

重尊微微笑："我已经几万年没睁开双眼了。"

他成魔，被华熙打败，自此沉睡，却因为她醒了。他第一眼看到的就是她，以后，眼里、心里便只有她。五生五世，他把心都给了她，再也找不回来了。可那时，龙粟不懂，闻言只是傻傻地笑。

导演克制着内心的激动喊了停，没想到刚拍完星泪的顾琉星能把龙粟演得这么到位。

两个截然不同的性格，被顾琉星演绎得出神入化。

"好了，过了。"

顾琉星依旧礼貌地道谢："谢谢导演。"

顾时镜狐疑地瞥了一眼顾琉星，有点儿怀疑今天可能是个假顾琉星。

晚上八点，导演吩咐大家收拾好东西回去休息。

顾琉星带着江眠眠离开时，顾时镜喊住她："琉星。"

听到声音，顾琉星翻了一个白眼，刚才顾时镜那看戏的眼神，她可是记得清清楚楚。

"顾'影帝'，有事吗？"顾琉星面带微笑回头。

顾时镜走到她的身边，眉目间染了笑意："回酒店？"

"对啊，今天太累了，早点儿回去睡了。"顾琉星理了理被风吹乱的头发。

"可以一起吗？我的车坏了。"他薄唇微勾，绅士地询问。

顾琉星眯眼看他，眼中带着怀疑。坏了？谁的车不能坐？不知道他们现在不敢出一点儿绯闻？要是他们再坐一辆车，估计微博要炸了。

顾琉星无语地说："顾'影帝'，你到底知不知道什么叫适可而止，什么叫避嫌？"

顾时镜笑容不减："适可而止？追女朋友若是适可而止，早被人捷足先登了。再说了，我们有嫌可避？男人和女人之间，不能当朋友？"

顾琉星竟觉得自己无言以对，看了他几秒，依然拒绝："你还是去找宋'影帝'吧！"

"宋简先走了，路靖宇又去医院了，你出来得晚，现在就只剩下你的顺风车了。"顾时镜道。

顾琉星：所以她没有选择，不让他上车，就是她不近人情。

江眠眠坐在副驾驶座上，不断地偷偷从后视镜里瞄着坐在后面的两个人。

"你今天为什么一直忍着？照你这性格，应该直接和导演闹了。"顾时镜笑着问道。

顾琉星扭头看着他，妖娆一笑："多少人等着看我耍大牌的戏，我偏不。"这其中可是有顾"影帝"你呢！

顾时镜叹了一口气："我和孔钰是朋友，我还在想，等你闯祸了，给你收拾烂摊子呢！这样，你就能欠我一个人情。"

"那顾'影帝'可能要失望了，我这人，"顾琉星稍顿，扬唇，"最不喜欢欠人情了。"

车开到酒店地下停车场，江眠眠帮顾琉星打开门，顾时镜从另一边下来，见顾琉星头也不回地朝电梯走去，摸了摸鼻子，有些无奈。

江眠眠低着头站在顾琉星身后，纠结着要不要给傅董发短信，顾"影帝"似乎开始死缠烂打了……

电梯快到时，顾时镜微微低眸，看向顾琉星，问："今晚只休息吗？"

"是啊！"顾琉星刷着微博，漫不经心地答，随口问，"顾'影帝'想约我？"

"可以约？"顾时镜不答反问。

顾琉星自始至终都没看他，说道："不可以，顾'影帝'有什么心思，趁早打消了。"

顾时镜轻笑："你就这么看不起我，我应该没你想象中那么弱吧？"

顾琉星这才抬起头，神色露出一抹严肃："顾时镜，不是你弱，而是你

选择的对手太强大，我不知道你看上我什么了，竟然做了这么多。那次在桃林里，你应该也听到我和傅言宸的事了。没错，当年我进演艺圈就是他捧的，我跟了他四年。现在，他又成了我的老板，所以，别在我身上浪费感情了。"

叮——电梯恰好停下，顾琉星大步走出电梯，身后忽然传来男人低沉的声音："不试试看，我也不甘心啊！好不容易遇上个喜欢的，你的过去我未曾出现，事情发生了，也改变不了，我要的是以后。"

顾琉星蹙眉，不知该说什么了，便没有理他，打开房门走进去。

顾时镜站在电梯门口，望着那扇紧关着的门，挑挑眉。

顾琉星问他看上她什么了，她应该问问自己，身上怎么会有那么多吸引人的地方。

那次在桃林里，他去找洗手间恰巧路过，看过去时，顾琉星已经抬手一巴掌打了过去。

顾时镜有些心惊，怕顾琉星出事，就一直站在两人看不到的地方。然后他发现，傅言宸是个劲敌，他真的喜欢顾琉星，否则，这么厉害的人物，怎么可能允许顾琉星打他的脸。

连他都能看出这其中另有隐情，顾琉星竟然没看出来。不过也好，在一个也许对他有威胁的真相揭露之前，顾琉星喜欢上他的可能性更大。

顾时镜笑了笑，走向自己房间的门口。

江眠眠刚关上房间门，就跑去厕所："哎呀，憋死我啦！"

顾琉星下意识地看了她一眼，摇头失笑。

坐在马桶盖上，江眠眠表情纠结，一下子点开傅言宸的电话，进入短信界面，一下子又退出来。

几分钟过去，江眠眠抓耳挠腮：说不说？她说了就相当于背叛琉星姐，可是不说……琉星姐每次在傅董来的时候，那忽然变化的气场，其实……傅董也不是琉星姐的老板吧？从那次网络上的绯闻，到T城被蛇咬，再到琉星姐拍吻戏，傅董怒气冲冲地离开，这哪里是老板对员工的态度啊！

咚咚咚——敲门声响起，沉浸在自己思绪里的江眠眠被吓了一跳。

"眠眠，你没事吧？"顾琉星的声音在门外响起。

江眠眠连忙说："啊，没事呀，我马上就出来。"

看了一眼手机上的时间，江眠眠震惊，她都在洗手间待了十几分钟了！

一咬牙,她再次点到短信界面,手指飞快地打字:"傅董,你快来看看琉星姐,急急急!"

几乎在发送成功的下一秒,她的屏幕蓦地跳到来电显示,江眠眠心脏又是一阵颤抖。

她没接电话,也没敢挂,等电话挂掉后,她又发了一条短信:"傅董,我现在不方便接电话,您有事就给我发短信。"

傅言宸:"顾琉星怎么了,你把话说清楚!"

江眠眠才发现自己刚才的话有歧义,赶紧回道:"有人在挖您的墙脚!"

董事长办公室。

郑深感受着温度忽然降到冰点,习惯性低下脑袋,降低存在感。

傅言宸狭长的眼睛眯起,修长的手指重重地在屏幕上敲下一个字:"谁?"

江眠眠佩服自己的想象力,脑海里浮现傅董那阴冷的表情,她咽了咽口水,回道:"顾'影帝'。"

下一秒,江眠眠盯着刚发过来的那个字,忽然哆嗦了,傅董的气场真是隔着屏幕都能感受到。

傅言宸:"呵。"

她走出洗手间,顾琉星正在烧热水,闻声,看向她:"怎么了,身体不舒服?"

江眠眠打着哈哈:"可能是中午吃错东西了。"

顾琉星点头:"一会儿喝点儿热水吧,我那儿还有蜂蜜。"

江眠眠:这会儿琉星姐对她那么关心,怎么办,她好愧疚,要是……要是傅董来了,和琉星姐吵架可怎么办?

烧好热水,顾琉星先给江眠眠倒了一杯,然后给自己灌了热水袋。这次月事疼得有点儿久。

"眠眠,你喝点儿,要是还不好,明天去看医生吧!"她把水杯和小袋蜂蜜递给江眠眠。

江眠眠立刻双手接过来,笑眯眯地说:"谢谢琉星姐。"说完,她见顾琉星将热水袋贴在小腹上,便睁大眼睛问,"琉星姐,你来'姨妈'啦?"

顾琉星嗯了一声:"我先去休息了。"

江眠眠放下水杯,过来扶她:"琉星姐,我扶你上床。"

顾琉星笑了笑："没什么大不了的，你不用这么紧张。"

她出身不太好，所以对身边的工作人员一向尊重，没有那种高人一等的感觉，也不太喜欢他们在她面前太过拘谨。

顾琉星睡着之后，江眠眠正在喝蜂蜜水，电话忽然开始振动，在桌子上发出嗡嗡的声音。

江眠眠快速拿起手机，怕吵到顾琉星，低头看了一眼，差点儿一口水呛死。

憋着咳嗽，她拿着手机来到阳台。

"喂。"江眠眠小心翼翼地开口，"傅董。"

"你们在哪个酒店？"傅言宸冷冰冰的声音传来。

江眠眠迅速回答："我们在华天酒店1132，傅董您要……"

话还未说完，电话已经响起嘟嘟声。

傅董应该是快到了。

为了避免顾琉星怀疑，江眠眠立刻回到房间，背上自己的包，拿了房卡，悄无声息地离开。

顾琉星不知道自己睡了多久，醒来的时候，房间黑漆漆的，她打开床头壁灯，隔壁床上没有人。

眠眠不在？她下床走向洗手间。

她刚走出来，准备打电话让江眠眠带点儿红糖回来，剧烈的敲门声忽然响起，连门铃都不按。

顾琉星愣了愣，走过去开门，就看见傅言宸脸色阴沉地站在门外，她毫不意外。

能把门敲成这样的，她只见过他一个。但是，他们不是早上才分开吗？他怎么这时候来找她？而且今天是工作日……

"你……"顾琉星正要开口，就被他打断。

傅言宸大声吼道："顾琉星，是不是把我气死了，你就开心啦？"

"我？"她一头雾水，想了想，道，"是微博上又出现什么消息了吗？"她离开这么短的时间，能发生什么事？这世上传播最快的只有网络了。

"你还知道！"他咬牙切齿地说，"那个卖脸的有什么好？"

江眠眠一给他发消息，他丢下手里的项目，立刻赶了过来。

卖脸的……顾琉星无语，这种低俗的词，到底是怎么从傅言宸脑子里冒出来的。

"你先进来。"顾琉星打开门，站到一侧。

傅言宸哼了一声:"你今天必须彻底给我解释清楚,否则我就公布我们的关系。"

"公布你是我的靠山?"顾琉星一边关门,一边低声道。

傅言宸脚步一顿,回头:"顾琉星,非要把自己说得那么不堪吗?"

"没有,我随口说的。"她勾了勾唇,"更何况,难道我说得有错?"

傅言宸神色阴沉,紧紧地盯着她:"如果我说的公布是男女朋友呢?四年前,你不是很想我们能光明正大地在一起吗?"

顾琉星闻言,笑出声来。她走到床边坐下,一边拿出包里的烟和打火机,一边说:"那是四年前,现在,不稀罕了。"

"你抽烟?"傅言宸看见她手里的东西,目光一冷。

顾琉星无所谓地道:"是啊,怎么啦?"话音落下,她葱白的手指夹起细长的香烟往嘴边递。

身前忽然投下一片阴影,指间的烟被他的大手一把夺去。

顾琉星抬头看着他,他目光阴鸷,死死地瞪着她。视线下移,她看到香烟被他攥得变了形,一根根烟草掉落下来。

"从现在开始,立刻戒了!"他怒吼。

顾琉星听话地点头:"好,戒。"

傅言宸皱眉,见她这么听话,怀疑地问道:"你说的是真的?"

"当然。"她说,"不过既然要戒,那就一起吧!"

傅言宸愣了愣,简简单单的一句话让他整颗心都柔软了。她是在关心他,还是又在演戏?这次她又是什么目的?他不敢深想。

"不愿意就算了。"等不到他的回复,她无所谓地挑了挑眉,又要去拿烟。

傅言宸脸色一沉,直接将一盒烟连打火机全部夺了过来:"好,一起戒。"

顾琉星仰起脸弯唇:"那把你的也给我。"

他不动,失神地看着她的笑脸。

顾琉星也不客气,直接伸手在他裤袋里掏,一边没有,她就又去摸另一边,刚把烟握在手里,手要拿出来时,却被他按住。

头顶传来他低沉的声音:"东西可以拿走,但以后别在男人裤袋里摸。"

顾琉星含笑开口:"只摸你也不行?"

傅言宸目色微沉,格外深邃,说:"可以。"

"那放开我。"她说,"我胳膊举得有点儿疼。"

他松手,她顺利拿出烟,是他常抽的牌子,四年前她没让他戒掉,现在却让他开口答应戒了。

所有的一切似乎都反过来了,难道他真的喜欢现在的自己?

从他漆黑的眼中,她看到自己的容貌彻底长开,处处透着致命的诱惑和风情,不像当年那么青涩。

"晚上吃饭了吗?"他问。

她答:"还没,你来之前我刚睡醒。"

他拿起电话,吩咐前台送来晚餐,然后对她说:"今天还是不舒服?"

他看到了床上的热水袋,如果不是不舒服,她应该不会用热水袋。

顾琉星点头,说:"可能是来之前做得太狠了。"

傅言宸直勾勾地盯着她,身体里似乎有什么东西正在苏醒。

顾琉星咯咯地笑道:"傅董,今天可不行,别想着闯红灯了。"

傅言宸气得咬牙,绷着下颌,薄唇挤出几个字:"别的地方也可以。"

顾琉星笑容一滞,皱眉,下意识抿唇,有些后悔口不择言。

傅言宸瞧见她这个模样,得意地勾唇,大手握着她的后颈,轻轻捏了捏,说道:"顾琉星,教你个道理,和男人说这些,就是找死。"

顾琉星装作听不懂的样子,反问:"怎么死?"

下一秒,他忽然严肃,语气充斥着危险:"现在解释和顾时镜怎么回事。为什么会被拍到从一辆车上下来?"

顾琉星也没隐瞒,说:"他的车坏了,顺便坐我的车回来,如果闹了绯闻,那应该是粉丝或者'狗仔'做的。"

"只是这个?"傅言宸眼中带着狐疑。如果只是绯闻,江眠眠怎么会一惊一乍。

傅言宸想起之前在机场那个卖脸的敢和自己叫板的样子,就想废了他!

顾琉星笑笑:"傅董不信我也就不必说了,您可以自己查。"

傅言宸看着她,片刻后,说:"顾琉星,不是我不信你,你拈花惹草的本事,我防不胜防。"

顾琉星:"……"

"那个顾时镜,最好别再激怒我,否则我就让他再也爬不起来!"傅言宸语气狂妄。

顾琉星疲惫地揉了揉眉心,也没说什么求情的话,这种时候,她沉默会比较好。

没过多久，酒店服务生送来晚餐，可能是因为饿的时间比较长，顾琉星吃得不少，傅言宸脸色总算缓和了一点儿。

江眠眠在约莫十一点的时候才回来，推开房门，见两人还在房间里，愣住了。以往不都是傅董开总统套房，和琉星姐住过去吗？然后这个标准间留给她……

回过神来，她笑着问好："傅董，琉星姐。"

傅言宸眼神都没动一下，半躺在顾琉星的床上，握着手机。

顾琉星正在抹脸，问道："怎么这么晚才回来？"

江眠眠目光躲闪，就是不敢去看顾琉星："有点儿闷，就出去走了走，我帮您买了这个。"

她举起手里拎着的东西，是几小包红糖。

顾琉星道："谢谢眠眠。"

江眠眠不好意思地摇头："琉星姐你太客气了，这都是我应该做的。"

某人听到对话，这才将目光移了过来，夸了一句："你这助理不错。"

江眠眠闻言，受宠若惊地看了一眼傅言宸。天哪，他是在夸她，真是稀奇了。

顾琉星道："我的人都好。"

傅言宸抬眼，微勾着唇，笑道："是啊，你的人都好。"

顾琉星后知后觉明白他的意思。

江眠眠撇嘴，觉得自己真是多余的。

终于等到两人离开，江眠眠松了一口气，简单洗漱，换上睡衣，正要上床睡觉，门铃又响了，她以为是顾琉星忘记什么东西，没看猫眼就打开了门。

"郑助理，怎么是你？"江眠眠惊讶地问道。

郑深望着她的粉兔子睡衣，愣在原地。

江眠眠咧嘴一笑，露出两个小酒窝，说："郑助理，你来找傅董？"

郑深回过神，以往公式化的笑容隐隐透着真切："对，这里有一份紧急文件需要傅董签字。"

郑深下意识地对江眠眠多说了点儿，等反应过来，不由得轻皱了一下眉。

"傅董和琉星姐刚才去上面了。"江眠眠说道。

她见郑深看着自己皱眉，疑惑地低头看了看自己："郑助理，我……有

什么奇怪的地方吗？"

"没有，只是忽然想起一件事。"郑深表情恢复如常，微笑道，"那我就先过去找傅董了，再见。"

江眠眠笑容灿烂，挥了挥手："嗯，拜拜。"

一直走到电梯门口，郑深还蒙着，不知道自己刚才怎么了。

他当时毕业之后，被好友抢了工作，傅董碰上他，将他带回了公司，亲自带他。自己除了傅董，再也不愿意相信别人，做事一板一眼，就算和员工互动，也只是为了笼络人心。刚才，他怎么就会对江眠眠多说那么一句话呢？两人也只是因为傅董和顾小姐才有点头之交。难道是因为她刚才的样子让他没了警惕之心？

郑深笑着摇头，走进电梯。

傅言宸一进房间，电话就一直在响。

顾琉星默不作声地上床躺下，在他走过来将热水袋塞进自己怀里的时候，乖乖抱紧。

他摸了摸她的脑袋："睡吧！"说完，他拿着手机朝阳台走去。顾琉星听着他刻意压低的声音，终是闭上眼睛。

郑深站在门口，给傅言宸打了电话，没有敲门。

等傅言宸出来，郑深将文件递给他："傅董，建材那边出了点儿事，有人受伤比较严重，李总说他愿意全额赔偿，并且无条件更换这批建材，希望您不要终止合作。"

傅言宸冷笑一声："全额赔偿？傅氏的名誉他赔得起吗？去找质检局查，傅氏不背黑锅！"

"好的，傅董。"郑深恭敬地应道。

签完字，傅言宸询问："还有事？"

郑深踌躇着开口："傅董，今天的高管会议什么时候再确定时间？"

"让他们做好准备，明天我一到公司就开始。"傅言宸道。

跟到这边，郑深也是没有办法，有些紧急的事必须今天处理，所以他连夜又飞回了 A 城。

他没想到在机场碰到了叶寻，两人互相点头致意。

叶寻挑眉问："你怎么没跟着你们傅董？"

郑深微笑道："傅董在陪顾小姐，我是去送紧急文件的。"

叶寻相当惊愕："别告诉我，你们傅董是因为看到网上的绯闻，才追过去的?"

傅言宸看得也太紧了吧,顾时镜根本不是顾琉星的菜,有必要大惊小怪,亲自跑过去吗。

郑深面带笑容,没有回答,朝前走去。

叶寻回过神,立刻追上去,随意地问道:"郑深,你们傅董这样子,应该爱顾琉星爱惨了吧?"

郑深转头看了他一眼:"傅董的事,我们这些做下属的,不敢议论。"

"不敢议论,又不是不能议论。"叶寻无所谓地道,随后又朝他身边凑了凑,"哥儿们,我觉得,你肯定知道不少东西,分享分享呗?"

郑深微微一笑:"无可奉告。"

叶寻脸色一黑,嗤道:"喊,当我不知道,傅言宸当年是有不得已的苦衷吧?"

话音落下,他余光朝郑深瞥去,见郑深依然面不改色,瞬间无语。这傅言宸带出来的人,就是不容易对付。

他诱惑道:"哎,哥儿们,你别沉默啊,你对你们傅董这么忠心,肯定也不愿意看到两人成天这么折腾。要是你知道什么,你告诉我,我肯定好好劝劝琉星,让她以后别任性了。"

郑深脚步稍顿,看向他:"叶寻,傅董的事,没人能插手,你要是想从我嘴里套话,你还是趁早打消这个念头。"

叶寻咬牙:"我还不是为了你们傅董好,成天因为琉星的事,公司都不管了,你难道愿意看到这样?"

"好不好,傅董自己知道。"郑深说,"傅董这么做,自然有他的理由。"

"什么理由啊?"叶寻撇嘴。

郑深又微笑着扔出四个字:"无可奉告。"

叶寻再度咬牙切齿,郑深已然大步远去。

他说了能死吗。

郑深离开后,傅言宸又接了几个电话,事情一多,他下意识摸向口袋找烟,结果却是空的,他揉了揉额角,就不该答应她戒烟。

男人抽烟有什么好奇怪的,她一个女人抽什么烟,在M国都养成了什么坏习惯。

推开门走进去,傅言宸轻手轻脚地去浴室冲了个澡,然后回到床上,把她搂在怀里。

顾琉星似是感觉到了，朝他怀里靠了靠，眼睛微微睁了一下，又闭上睡了过去。

傅言宸听着她平稳的呼吸声，才敢将手放在她的小腹上，轻柔地按着。

翌日清晨，顾琉星是被来电铃声吵醒的，摸到手机接通，余光看到傅言宸的身影在浴室门口晃了一下。

"醒啦？"南桥的声音传来。

顾琉星嗯了一声，问："打电话有事？"

"当然。"南桥哼道，"你和顾时镜怎么又闹出了绯闻？不是说好了，网友怎么玩都行，你自己还是要和他保持距离。"

"你处理啦？"顾琉星从床上坐起来，走到茶几那边倒水。

南桥似乎在吃东西，咕哝道："哪里轮得到我？傅言宸一句话的事，连'双顾'话题都沉得无影无踪。"

顾琉星："……"

"叶寻昨晚送朋友去机场，遇到郑深了，说郑深去给傅言宸送文件，你说他既然那么忙，为什么还要去找你？"南桥道。

顾琉星扯了扯唇角："怕自己被戴绿帽子吧！"

南桥无语："这话也就你说得出来，你到底知不知道他是谁？那是傅言宸！你要是还想在国内发展，就别和他对着干了。"

南桥良久听不到那边的回复，叹了一口气，道："那随你吧，从认识你，我还不知道你会这么倔。"

"桥桥……"

南桥笑道："好了，不说了，照顾好自己。我听眠眠说你被导演为难了。"

"没事。"顾琉星不想多说。傅言宸在，她也怕他听到了，到时连导演都得罪了，她还怎么安安静静地拍戏。

"没事就好，我先去送宝贝上学了，从上次回来到现在，好不容易心情好点儿。"说完，南桥翻了一个白眼。那天去盛景接顾流沙，她从来没见顾流沙那么安静过。现在顾流沙知道她和顾琉星打电话，都不会吵着要听电话，只是安安静静地站在一边。

顾琉星闻言，愣了愣，问道："宝贝……在你旁边？"

"是啊！"南桥低头看了顾流沙一眼，小丫头抿着唇，手指搅弄着，也不知道小脑袋里在纠结什么。

顾琉星沉默了几秒，开口："你把电话给宝贝。"

252

南桥挑眉，笑容宠溺地对顾流沙说："宝贝，妈咪电话哦！"

顾流沙小手动了动，又克制地收回去，别扭极了。南桥被逗笑了，直接蹲下将电话放在她的耳边。

"宝贝，是妈咪。"顾琉星声音温柔。

顾流沙低垂着大眼睛，不说话，手指绞得更用力了。

顾琉星等了一会儿，还没动静，低落地说："宝贝是生妈咪的气了吗？真的不要再理妈咪啦？"

顾流沙见妈咪伤心，连忙摇头。

顾琉星看不到，吸了吸鼻子，继续扮可怜："妈咪还从来没让宝贝有过坏心情呢！"

"妈咪。"顾流沙没忍住，软软地喊道。

顾琉星惊喜地道："宝贝愿意理妈咪啦？"

顾流沙见妈咪还这么在乎自己，皱了两天的小眉头也渐渐松开了，不过还是不似以往热情，小声说："宝贝要去上学了。"

她能让顾流沙开口，已经很难得了，顾流沙性格本就内敛，要慢慢哄。

顾琉星立刻道："那宝贝先去上学，晚一点儿妈咪再打给宝贝好不好？"

顾流沙抿唇，想笑又压制着，点点头，小声道："嗯。"

南桥摸了摸顾流沙的脑袋，将手机移到自己的耳边："那就先挂了，晚上再联系。"

顾琉星放下手机，刚下床，傅言宸幽沉的声音在她身后响起："原来你还知道我怕你给我戴绿帽子。"

顾琉星一愣，反应过来是自己刚对南桥说的话，勾唇道："这不是没有嘛，我们很清白，别担心。"

她走向浴室，却在经过傅言宸身边的时候被他拉住。顾琉星扭头，见他抿唇紧盯着自己，无奈地道："傅董，我要去洗手间，放开可以吗？"

傅言宸问："好点儿没？"

"嗯？"顾琉星不解，没明白他问什么。

他的视线落在她小腹的位置上。

顾琉星低眸去看，笑道："好多了。"说完，她踮脚在他脸上轻吻了一下，"谢谢关心。"

傅言宸目光渐深，直接捏住她的下巴，低头狠狠地覆在她的唇上，缠绵良久，才放开她："十点钟我回A城。"原本他还想找顾时镜交流交流，

253

现在不行了，近几个月，傅氏几个大项目同时启动，耽误不得。

"那一路小心。"顾琉星笑容灿烂，却极少能到达眼中。

傅言宸皱眉："就这个？"

他因为那句要被撬墙角了，扔下一堆事来找她。结果顾琉星告诉他只是恰巧被拍到，他信了，所以就这么结束？

"我三天不在，耽误了剧组的进程，这几天要尽快赶上。"顾琉星道，"不能浪费时间送你去机场。"

"浪费时间？！"傅言宸瞪着她，咬牙切齿。

顾琉星叹了一口气，靠进他的怀里，抱住他："等拍完《魔尊》，我有很长时间会在A城。"

最终还是傅言宸将顾琉星送到剧组，她一示弱，他就只剩下妥协了。

导演看见傅言宸，整个人一惊，他昨天刚为难顾琉星，今天人就来了……傅言宸要不要这么准时。

顾琉星下车关上门，却见他降下车窗，叮嘱她："累了就休息，想演戏也不是只能选这一部。"

她笑而不语，转过身。导演战战兢兢地站在那里，盯着这边。

顾琉星眉目微动，主动打招呼："导演好。"

孔钰尴尬地笑了笑，快步走过来，冲傅言宸弯了弯腰："傅董。"

傅言宸淡淡一瞥："顾琉星最近身体不舒服，如果可以用替身……"

"傅董！"顾琉星忽然出声打断他，漂亮的眼睛瞪得很大。有傅言宸这句话，导演哪里敢让她出现在镜头下，她真成花瓶了。

傅言宸皱眉，怕她又生气，还是止住了话头，哼道："让她多休息。"

话音落下，车窗升起，一道黑影绝尘而去。路边空空荡荡的，很多人还没到。

导演朝顾琉星笑了笑，顾琉星微微颔首，看着他和场务走进片场，然后站在一个柱子前等江眠眠。

没一会儿，保姆车停在路边，江眠眠拿着东西从车上下来，四处瞅了瞅，问："琉星姐，傅董走啦？"

顾琉星点头："走吧，我们也进去。"

她们刚转身，顾时镜的车缓缓停在路边，助理帮顾时镜拉开车门，顾时镜全副武装从车上下来。

江眠眠在顾琉星耳边小声道："昨晚不知道怎么回事，有人泄露了顾'影帝'的房间号，好多记者去堵他，各种提问关于您和他的事，酒店保安来了都控制不住场面。"

"什么时候的事？"顾琉星问，那些记者找顾"影帝"，怎么没找她？

江眠眠回想了一下："大概就凌晨那会儿，我听外面很吵，就偷偷看了一眼，那些记者竟然有顾'影帝'的房卡，直接就推开门了。"

一堆记者直接冲进去，"长枪短炮"开始采访，人太多，顾"影帝"毫无办法。

最后还是剧组的工作人员和酒店的保安合力把记者请了出去，但效果甚微。记者在走廊里声音很大，打扰到很多客人休息，被客人投诉到前台。

江眠眠继续道："听说昨晚不知道谁的摄影机误伤了顾'影帝'，伤到脸了，最后还是顾'影帝'说明天开记者会，才制止了那些疯狂的记者。"

顾琉星：房卡都有了……她想想，似乎知道是谁做的了。

顾时镜好歹也是两大娱乐巨头之一嘉影娱乐的股东，在剧组也算是举足轻重的。要不是有人撑腰，酒店怎么敢把万能卡给记者，记者又怎么敢那么肆无忌惮。所以记者没来打扰她，估计也是某人指示的。

顾时镜显然也猜到了，望着顾琉星的目光中带着无奈和怨气，他走过来："琉星，我不知道这位大老板还这么幼稚。"

顾琉星挑眉认同他的说法，想到傅言宸那句"卖脸的"，再看顾时镜如今戴着口罩，边缘还露出一点儿红痕，轻笑出声。她都能想象傅言宸今天看到消息那嘚瑟的样子。

顾时镜顿时更哀怨了。

与此同时，傅言宸来到机场，下意识瞥向中央的大屏幕。

没过一会儿，便转播到娱乐频道，顾时镜昨晚被十几个记者围堵的狼狈模样，让众多行人驻足，一个个指着屏幕议论。其中不乏顾时镜的粉丝，气得脸红脖子粗。

"那些记者的素质呢？！那么欺负'镜子'！"

"'镜子'怎么不告他们！侵犯隐私，恶意伤人，那些没有底线的'狗仔'，就该让他们坐几天牢，长长记性！"

"气死我了！'镜子'脸受伤了！"

"啊啊啊，看起来伤得很严重，都红成那样了！"

傅言宸嘴角一挑，春风得意地过安检。

第十三章
只有我能看

下午一点,傅氏大厦。

严肃的会议室里,气氛如沐春风般温暖。今天的高管会议,是几个月来最和谐、最顺利的一次会议。

傅言宸耐心地指示,纠正错误,让所有高管受宠若惊,整个会议室萦绕着轻松的氛围,大家都面带笑容。

"关于 N 城那边的情况,文副总已经去监督了。新修地铁线的商业大厦由陆副总负责,之前那起意外,赔偿一定要合理,虽然李总已经被查,意外却是在我们这边出的,借着这件事,给那些建材商敲个警钟,也能让公司的形象再上一个台阶……"

傅言宸将所有项目有条不紊地安排下去,会议结束。

"告诉那群记者,那个卖脸的明天的记者会什么事该宣传、什么事该隐瞒,别让我亲自去教。"傅言宸推开办公室的门,大步走进去。

郑深抱着文件,紧随在后:"好的,傅董。那之前说收购嘉影,还要继续吗?"

傅言宸拉开办公椅坐下,接过郑深手里的文件,一边快速浏览,一边道:"不了,天视今年已经在走下坡路了,要是没了嘉影这个对手,一个个更不知天高地厚。"

"好的。"郑深应道。

郑深又汇报了一些工作，傅言宸听完，将签好字的文件给他："前段时间国际知名奢侈化妆品牌不是要找全球代言人吗？让天视那边去安排人参加。以后少培养点儿'女神'，多些种类。"

郑深怪异地看了傅言宸一眼：以前天视这边傅董从来不关心，怎么忽然关心起来？

天视在A城演艺圈虽然有名，但比起整个傅氏商业帝国，根本就是微不足道的存在，哪里值得傅董亲自花心思。他转念一想，便明白了，只可能因为是顾小姐了，他道："好的，傅董。"

傅言宸将早上积累的事情处理完，傅言溪的电话打了过来。

"言宸，妈妈邀请了希源来家里做客，一会儿你经过天视的时候，顺便接一下她，我已经告诉她在那里等你了。"傅言溪道。

傅言宸皱眉："让我去接？她自己没长腿？"

"你！"傅言溪压制着脾气，"妈妈最近身体不好，对你昨晚没出现在傅宅的事，已经很不高兴了，我也没说你昨晚跑去找顾琉星了，今天你把希源带过来，当给妈妈赔罪了。"昨晚傅言宸没出现在傅宅，苏希源等了一晚上。

傅言宸冷笑一声："赔罪是我的事，和她有什么关系？姐，别因为她救过靳儿，你就想用我的婚姻来感谢，下次再这么不经过我同意就擅自做决定，我让苏希源直接从天视滚出去！"

"妈她……"

"别拿妈当借口。"傅言宸打断她的话，"从你知道傅家墓园开始，我就不信你猜不到整件事的过程。我瞒着妈，是不想让妈觉得愧疚、伤心，不是给你这个借口来堵我。"

傅言溪也来了脾气："知道又怎么样？顾琉星只是当年的一个棋子，傅家的门她配进吗？"

"可我对这颗棋子动心了。"傅言宸一字一句地道，"孩子我都能埋进傅家墓园，为什么孩子的母亲进不了傅家的门！"

傅言溪气得说不出话。

"既然是你说的让她等着，那就你去接。"傅言宸冷冷说完这句话，挂断电话。

车驶进傅宅，唐靳蹲在台阶下玩虫子，把虫子周围的土戳了个稀巴烂，

还浇了水，虫子在唐靳画出的方寸之地焦急地徘徊。

一听到车子熄火声，唐靳立即扔下手里的木棍，朝傅言宸奔去："小舅舅。"

傅言宸一下车，看见他满头汗水，手脏得没法看，下意识后退一步，指着他吼道："站在那里别动！"

唐靳脚步一顿，委屈巴巴地望着他："小舅舅你能帮我给顾流沙妈咪打电话吗？"

傅言宸眉皱了一下："你要给顾琉星打电话做什么？"

唐靳低垂着小脑袋，轻声道："顾流沙说她过几天要转学了，我想给顾阿姨打电话，能不能不让顾流沙转学……"

傅言宸："先进去吧！"他朝别墅内走去。

唐靳乖乖哦了一声，跟在他身后，忽然想起什么，噔噔噔跑到傅言宸身边，刻意压低声音："小舅舅，丑女人来了。"

傅言宸蹙眉，面色阴沉，他走进大厅，就看到苏希源和傅言溪还有他母亲聊得很开心。

唐靳跟在傅言宸身后，看着这一幕，白眼要翻上天了。这个丑女人讨厌死了！她为什么老来缠他舅舅！他爸爸身边出现别的女人，他妈妈都会不高兴。小舅舅身边出现那个丑女人，顾阿姨怎么可能会开心。顾流沙还怎么和他好好玩。这个丑女人都是装的，当时把他从那个坏司机手里救出来，都不立刻告诉他妈妈，非要带着他到处逛，等到晚上了才给他妈打电话。他妈妈因为他回去得太晚，差儿点打他屁股！她又丑又坏，真讨厌！

傅老太太正和苏希源聊最近几个奢侈品牌新出的几套服装，见苏希源忽然直直地望着门口，脸颊渐渐染上红晕。她了然地笑了笑，回过头，就看到小儿子穿着银灰色的西装，身姿挺拔地站在那里。

"言宸，你回来了。"老太太笑得开怀，招手道，"希源等你好久了。"

傅言宸眼神淡漠，目不斜视地绕过沙发，拐去楼梯。

傅老太太脸色一变，转眸就看到苏希源神情失落，眼眸低垂。老太太愧疚不已，怒斥："傅言宸！希源是客人，礼数呢！"

傅言宸脚步未停，很快消失在楼梯拐角。

傅老太太气得手指颤抖，指着楼上："这个臭小子！真是气死我了！"

唐靳撇嘴，还不都是你们把丑女人请到家里来的，所以都怪你们！他又翻了一个白眼，挺着小肚子跑上楼。

"靳儿，"傅言溪站起来，叫住唐靳，惊愕地望着一身脏污的他，"你怎么把自己搞成这个样子？"

唐靳哼了一声，继续扶着栏杆爬楼梯。

傅言溪几步走过来，双手扶着唐靳的肩膀把人转过来，才发现他的身上比想象中还脏，她震惊地瞪圆眼："你刚才做了什么？"

唐靳又是重重地哼了一声，推开她的手："不要你管！"

傅言溪皱眉，脸色稍冷，严肃地道："靳儿，怎么和妈妈说话呢？"

唐靳见母亲生气，站着不动了，包子脸鼓鼓的。

这时，傅言天带着颜筱从外面走进来，扫了一眼客厅的情形。

苏希源和母亲坐在沙发上，正在安慰母亲。

唐靳站在楼梯上，傅言溪站在台阶下，严肃地看着低着头的唐靳。

傅言天摸了摸鼻子，道："这是怎么啦？"

唐靳听到声音抬头，立刻从楼梯上跳下来，绕过傅言溪，奔向傅言天："舅舅。"

傅言溪因为唐靳大胆的动作，吓得心狂跳，还没反应过来，唐靳已经跑开了一段距离。

唐靳一把抱住傅言天的腿，傅言天笔挺的黑色西裤上立刻就沾染了好几块不明物体。

傅言天："……"

颜筱望着傅言天整个人僵硬地站着，动也不敢动的样子，笑着从他掌心抽出自己的手，然后蹲下摸了摸唐靳的脑袋。

"靳儿怎么啦？"颜筱温柔地问。

唐靳扭头："舅妈，我现在有点儿烦，你可不可以不要和我说话，如果你有零食，我可以勉强对你说声谢谢。"

颜筱无奈地说道："那靳儿先去洗洗，洗好了舅妈才能给你零食。"

唐靳想了想，点头，他要用那些零食哄顾流沙，所以便乖乖地朝颜筱伸出手，由着颜筱带他走向洗手间。

傅言天看着自己好几个脏手印的裤子，皱眉道："我上去换件衣服。"

客厅里，傅老太太叹了一口气，愧疚地对苏希源说："希源啊，如果你真的喜欢那个臭小子，伯母肯定是会帮你的，可那个臭小子的态度你也看到了，不是一时半会儿能改变的……"

"没关系。"苏希源笑容温和，知书达理地说，"我都等他这么多年了，不在乎这点儿时间。"

傅老太太感动不已，拍着她的手道："好孩子，要是我们言宸能娶到

你，真是他的福气。"

苏希源羞涩地垂眸，抿唇微微一笑。

二楼。

傅言宸换了一身白色家居服，刚走出房间，就和傅言天在走廊上打了个照面。

他瞥见傅言天西裤上的泥手印，挑唇一笑，幸灾乐祸地说："靳儿这速度见长，你都躲不过去了。"

傅言天无语，问他："昨晚干什么去啦？"

傅言宸单手插兜，斜靠在墙上，慵懒地道："找顾琉星去了。来，想说什么，我听着。"

"只是听？"傅言天说，"都是为你好，能做的也做了吧？"

傅言宸邪肆地笑了笑："对，只是听，我要能放下，用得着你们废话？"

傅言天叹息一声："我也不是想劝你什么，如果你们两个一条心也就算了，可顾琉星显然不想和你在一起。她可以闹你，但是如果闹到家里来，我是不会答应的。"

婚礼上的事后来传到他的耳中，他本欲找顾琉星谈谈，却又知道了孩子的事。他想了想，没这样做，这种事对女人来说，伤害都会比男人大。傅家也不能太过分了。

傅言宸眯眼："你是不是我亲哥？你们一个个的不帮我就算了，怎么还拖我后腿？"

"帮？"傅言天轻笑，"你那天怎么不帮我？"

傅言宸知道他是指婚礼的那天，挑眉道："人家都说怀了你的孩子了，我能帮什么？是你自己管不住，把种落在人家肚子里。"

"同样这句话，我送给你。"傅言天淡淡地道，"你当年要是小心一点儿，事情也不会走到今天这一步。你做出的牺牲能让我们同意顾琉星进傅家，可是后来出现那些事，谁也不敢放这个女人进门了。"傅言天说得直接。

傅言宸目光一暗："对，所以傅家欠她很多，我欠的更是永远也无法弥补。"

傅言天笑着摇头，道："谁也不欠她，说白了，是一场交易。是她妄想在你身上投入感情，没有回报，所以因爱生恨。这算欠？"

况且，他的弟弟也险些丢了性命。说句难听的话，顾琉星与傅言宸的命画不了等号。

傅言宸没说话，过了几秒，他站直身体，出口的话带着一抹决然："从我动她的那一刻，就不是交易了。她进不了傅家，我就进顾家。"说完，他不正经地笑了笑，可谁都知道他不是在开玩笑。

傅言宸性格嚣张、倨傲、冷漠，做事毫无原则，只凭心情，这样的他，什么事做不出来。

傅言天：他进顾家，这话他也说得出口，是要把妈妈气死吧。

傅言宸如愿见到他难看的脸色，勾着唇，经过他身边的时候，脚步稍顿："哥，你和姐姐觉得，有些事可以凌驾在爱情之上，甚至在你们心里经过理智冷静的对比，做出对所有人都好的选择。我不一样，我傅言宸要的从来都不是选择，而是全部！"

傅言天一个能言善辩的金牌律师，在法庭上可以用言语将对手逼至绝境，却无法说服自己的弟弟。

"别太过了，要是你再出一次意外，这个家承受不起。"傅言天最终只能妥协。

傅言天回头，看到傅言宸已经下楼了。

客厅里只有用人，傅言宸问："夫人和大小姐呢？"

用人恭敬地回答："小少爷闹脾气，不肯洗澡，夫人她们都在楼上。"

傅言宸来到餐厅，苏希源正在帮管家摆放碗筷，两人相谈甚欢。

傅言宸嘴角一弯，站在拐角的墙边，似笑非笑地望着这一幕。

待管家余光发现那道颀长的身影后，惶恐地低下头，迅速从苏希源手里拿过餐具，轻声道："苏小姐，您是客人，我来吧！"

在傅宅几十年，管家能在很多时候猜到主人的心思，少爷对苏希源的不屑，注定她们也绝不能和少爷都瞧不上眼的人走太近。

摆好碗筷，管家低着头走进厨房。餐厅里只剩傅言宸和苏希源。

苏希源紧张地站在那里，不时地抬头看他，整个人显得很局促。

傅言宸冷漠地看着她的慌张，蓦地轻笑一声。

"苏希源，这么想当我家的用人？"他声音带着讥讽，宛若一个巴掌狠狠地扇在她的脸上。

苏希源的脸骤然煞白，唇微微动着："我……我……"

"以为讨好我妈、我姐就能登堂入室？"傅言宸笑容渐冷，气势咄咄逼人，"你赖在天视，给公司赚钱，我可以睁只眼闭只眼，若是脚伸太长，我就只好打断了。"

苏希源身子一晃，退后一步，难以置信地望着他摇头，声音透着浓浓

的恐惧："你不会的……不会的……"

"呵。"傅言宸轻嗤一声，冰冷的视线将她从头扫到脚，无比轻视，"你试试看。"

苏希源眼眸瞪大，不甘心地问："你可以和那么多明星传绯闻，带她们出去玩，给她们买珠宝、送游艇，为什么我不行？"

话音刚落，大厅里传来唐靳清脆的声音："妈妈，我想要限量版玩偶，要一整套的。"

傅言溪柔声道："好，妈妈一会儿就吩咐人给你去买。"

唐靳开心地道："好，那我明天放学就想玩，你让他们快点儿帮我买回来。"

刚才的谈话注定无疾而终，苏希源也庆幸有人出现打断他们的对话，她冲动地问出原因，以傅言宸的性格，恐怕会说出更难听的话。索性，她暂时不必知道。

苏希源眨了眨眼睛，深吸一口气，调整好情绪，一派名媛淑女的模样。

傅言宸扯了扯唇，从容地走到餐桌旁落座。

男人姿态慵懒，短发干练，轮廓鲜明，有着比女人还浓密的长睫，狭长的眸子低垂着，薄唇轻抿，浑身散发着致命的诱惑力。

他的视线落在手机上，修长的手指不时敲敲打打，专注而认真。

苏希源望着他，眼中的贪婪和不甘心更甚。这么优秀的男人，顾琉星她怎么配得上。自己是嘉影唯一的千金，更是Ａ城名媛的佼佼者，怎么会输给一个出身低微的女人。

傅老太太走进餐厅，狐疑的目光在两人之间扫视。

苏希源正在倒水，傅言宸正在用手机回复邮件，两人之间的气场在傅老太太看来相当和谐。

傅老太太笑了笑，招呼大家："都快吃饭吧！"

傅言溪将唐靳抱起来放在椅子上，正好坐在傅言宸身边。

唐靳坐好之后，扯扯小舅舅的衣服，大眼睛可怜地望着他，还记着刚才让他打电话给顾琉星的事。

傅言宸睇了他一眼，低声说："吃完饭来我房间。"

唐靳笑开了花，太好了，给顾阿姨打电话啦，仿佛看到了人生的希望。

一顿饭吃得还算和谐。

女人聊的话题无非就是吃和穿，还有化妆品。

傅言天和傅言宸谈论着最近的时事和傅氏的一些发展状况。

吃完饭，傅言宸双手插兜，踢开椅子打算离开，却被傅老太太喊住。

"你先别走，一会儿送送希源，一个女孩子回家不安全。"

傅言天看向自己的母亲："……"

傅言溪也附和："是啊！"

傅言宸一笑，一口答应："行。"

苏希源听到傅言宸答应了，惊愕地抬头看着他。

他不是……刚才警告过她，怎么现在又答应啦？

傅老太太笑得满脸褶皱，夸道："臭小子总算不气我了。"

傅言溪以为刚才两人聊了聊，发现还不错，打算继续相处。

她叮嘱道："别开太快，路上注意安全。"

傅言天：这不是告诉傅言宸可以晚点儿回来吗？最好两人多待一会儿。

唐靳震惊地张大嘴：那他的电话怎么办？唐靳狠狠地瞪着苏希源，毛都要奓起来了，像一只愤怒的小狮子，龇牙咧嘴。

傅言宸摸了摸他的脑袋，说："明天小舅舅送你去学校。"

唐靳这才被稍稍顺毛，那就只好明天在车上打电话了。他又瞪了苏希源一眼，气得直鼓脸。

他们离开傅宅，傅言宸开的是傅言溪的车，苏希源坐上副驾驶座的那一刻，心里惴惴不安，总觉得有些蹊跷。

车内昏暗，路灯光不断从傅言宸英俊的脸上掠过。苏希源偷偷打量着他的表情，辨不出他情绪的好坏。

红灯时，车子停下，傅言宸伸手从车前置物台上拿烟，顾琉星的脸忽然在脑海里一闪而过，他收回手。

等待的时间有些无聊，傅言宸轻敲着方向盘，一下又一下。

气氛怪异，苏希源觉得自己就像一团空气，被傅言宸忽略得彻底，那指腹敲的仿佛不是方向盘，而是她的心尖。

沉默蔓延着，苏希源好几次张了张口想说点儿什么，话却在即将出口时被自己咽了下去。

苏家别墅距离傅宅不是很远，车停在别墅区大门前。

见傅言宸依旧没有开口，苏希源抿了抿唇，忍着满腹的话，解开安全带。

她刚推开门，抬脚下车，傅言宸的声音响起："对了。"

苏希源刹那间收回脚，转头害羞地看着他："怎么啦？"

傅言宸看着她这个样子，挑了一下唇角，倾身缓缓靠近她。

苏希源紧张得心跳如雷，男人好闻的气息萦绕在鼻端，她长睫颤抖，

263

面红耳赤，满怀期待，却因他的下一句话而脸色煞白。

"我和别的女人玩，只是为了气顾琊星，最好能把她气回来，至于你，我傅言宸眼睛还没瞎。"

苏希源愣愣地看着他。

他神色冰冷，漆黑深邃的眼眸里满是不屑和厌弃，仿佛她是脏得入不了眼的东西。

"赶紧滚，别在这里碍我的眼！"傅言宸狠狠地吼道。

苏希源身体猛地一抖，愣愣地下了车，几乎在她关上门的一瞬间，车从她身边急速掠过。

苏希源下意识后退几步，因为高跟鞋踩到一颗小石子，她狼狈地摔倒了。

她回到家中，苏父、苏母正在家里商议以后若是能和傅家联姻，最好让天视和嘉影合并，这样，A城的娱乐公司便是一家独大。苏父、苏母幻想美好，似乎能预见以后风光的日子。

苏希源一进门就听到这些话，莫大的耻辱感涌上心头，眼眶通红。

苏母见女儿进来，高兴地说："希希，回来了。"

看到她失魂落魄的神色，苏母诧异地蹙眉，起身快步走向苏希源："希希，怎么了，不是去傅家吃饭了，怎么这样子？"

苏母还朝外望了几眼，确定苏希源身后没人，又问道："你怎么回来的？"

苏希源低垂着眼眸，轻声道："傅言宸送我回来的。"

苏母喜笑颜开，激动地问："那他人呢？"

苏希源扯了扯唇："走了。"她推开母亲，脚步虚浮地上楼。

苏母着急地看向苏父：这孩子是怎么了，像霜打的茄子一样。

苏父也站起身，望着苏希源摇晃的背影，脸色凝重。

苏希源回到房间，放下包，瞥见穿衣镜里颓败的自己，她呆愣地望着。

"赶紧滚，别在这里碍我的眼。"傅言宸冷酷的声音在耳边回荡，她的眼睛立马就红了，手指在剧烈地颤抖。她像是疯了一般将桌上的化妆品、瓷器花瓶，悉数拨到地上。

东西碎裂的巨响传到楼下，苏父、苏母脸色同时一变，两人快步上楼。

苏希源蹲在镜子前，抱着腿，哭得浑身颤抖。

"希希，"苏母担忧地唤她，"发生了什么事？"

苏希源只是扑进母亲怀里，一味痛哭。

苏父、苏母面面相觑，完全不知道怎么回事，上次女儿去傅宅回来还挺开心的，怎么这次一回来就哭？

"是不是傅董欺负你啦?"苏母拍着苏希源的背问道。

苏希源摇头:"妈,你别问了,我就哭一会儿,我绝对不会放弃傅言宸的!"她既对父母说,也是对自己说。

苏父欣慰地点头:"希源,当年爸爸同意你去天视,就知道你是个不轻言放弃的孩子,千万别让爸爸失望。"

苏希源抹了抹眼泪:"我苏希源从小要什么有什么,身份、地位,哪里不比那个女人好?让我给她让路,想都别想!"

苏父拍了拍她的肩膀:"好孩子,爸爸一定会支持你的。"从女儿回来后的反常举动,他就知道事情不对劲,因为不了解女儿内心的想法,也不敢贸然开口,既然女儿有如此决心,他当然会尽力帮她,同时也是帮自己。

枫林苑。

顾流沙端端正正地坐在沙发上,紧紧地盯着桌上的手机。

叶寻玩游戏的间隙看着顾流沙,撇嘴,他要是长时间没有和宝贝在一起,她肯定不会这么眼巴巴地守着电话。他好吃醋!

叶寻出了几口气,低头杀敌,杀得更猛。

"桥桥阿姨,"顾流沙等了好久,都等不到电话,着急地叫南桥,"妈咪怎么还不来电话?"

南桥的视线从合同上挪开,落在顾流沙的脸上,笑道:"再等一会儿,妈咪可能还在忙。妈咪答应找宝贝,肯定不会忘记的。"

顾流沙眼睛垂下,低低地哦了一声。

南桥摸了摸她的头,问:"宝贝要喝水吗?"

顾流沙摇头:"不喝。"

南桥相当无奈,正想直接把电话打过去,手机屏幕亮了,欢快的来电铃声传进顾流沙耳中,小丫头眼睛一下就亮了。

南桥合上电脑,探身看了一眼手机屏幕,的确是顾琼星打来的。

顾流沙着急地从沙发上跳下来,拿起手机正要接听,小手却顿了顿,她扭头把电话递给叶寻,讨好地喊了一声:"爹地。"

南桥:小丫头到底跟谁学的?她都急成这样了,还要扭扭捏捏的。

叶寻从来就不知道拒绝顾流沙,一声"爹地"更是让他心花怒放,二话不说就接听了电话:"喂,顾琼星。"

"狗蛋儿。"顾琼星歪头夹住手机,两只手正在调面膜,"宝贝呢?"

叶寻单手操控着游戏,漫不经心地道:"在我旁边啊,你个大忙人终于

想到给宝贝打电话了。"

顾流沙闻言,冲爹地笑得灿烂。叶寻眨了一下眼。

看着父女俩玩得不亦乐乎,南桥无语地转头,继续忙自己的。

顾琉星不想和他贫,直接说道:"你把电话给宝贝。"

"行。"叶寻挑眉,把电话给了顾流沙,在她耳边悄悄说,"想要什么就说,过了这个村就没这个店了。"

顾流沙大眼睛迷茫了一会儿,很快反应过来,笑着点头。

"宝贝?"顾琉星声音温柔,"在听吗,宝贝?"

"嗯。"顾流沙道。

顾琉星见她似乎还是闷闷的,轻声哄道:"宝贝还生妈咪的气呢?"

"没有。"顾流沙抿着小嘴巴,脆生生地说。

顾琉星怀疑地道:"真的?可妈咪怎么感觉宝贝似乎不想和妈咪说话呢?"

顾流沙沉默了,小身子靠在沙发上,盯着脚尖。

顾琉星听着那边的呼吸声,眼中尽是疼爱:"宝贝今天都做了些什么呀?"

"老师教我跳舞、画画、做游戏,还有唐靳哥哥带我玩。"顾流沙开心地说道。

顾琉星放下手里的小木勺,拿着手机靠在梳妆镜前,笑道:"幼儿园好玩,还是院长阿姨那里好玩?"院长阿姨指的便是L市孤儿院的院长。

顾流沙听到这个问题,颇为纠结,过了一会儿说:"都好玩。"

顾琉星被她逗笑了:"那等妈咪回去之后,带你去看院长阿姨好不好?"

"好呀!"顾琉星开心地应道,"我带好多好吃的给他们。"

"那把宝贝的箱子装满好不好呀?"

顾流沙克制着激动的心情,轻声道:"好的。"

顾琉星知道,总算把小丫头哄好了。

"那宝贝就不能再生妈咪的气了哦!"顾琉星趁机道,"妈咪这么爱宝贝,宝贝生妈咪的气,妈咪很伤心的。"

"不生气。"顾流沙抿唇笑着,然后说,"那妈咪要答应宝贝一件事哦!"

叶寻听见小丫头开始和顾琉星谈条件,朝她竖起大拇指。

顾流沙咧嘴笑着,露出一排整齐的小牙齿,说道:"爹地说,妈咪想给我换个幼儿园,宝贝不想换,可以不换吗?"

叶寻:所以他这算是搬起石头砸自己的脚了吗?宝贝这是坑爹啊!

南桥憋笑憋得脸红,朝叶寻作揖:佩服!

顾琉星在那边愣住了,咬牙切齿地把叶寻问候了一万遍,甩锅道:"宝贝，妈咪也觉得那个幼儿园挺好的，是爹地觉得太远，才想给你转个近一点儿的。"

顾流沙思索一番，道："那我找爹地说。"

顾琉星笑弯了眼睛："好，那宝贝早点儿休息哦，妈咪挂电话啦！"

顾流沙嗯了一声："妈咪拜拜。"

"宝贝拜拜。"

顾流沙红着脸，小心翼翼地挂断电话，然后扭头去找叶寻。

沙发上哪里还有叶寻的影子？他一听顾琉星甩锅给他，此时不溜，更待何时。

顾流沙一脸迷茫，爹地呢？

看了一眼来电显示，顾琉星接起电话："喂。"

"在做什么？"傅言宸在那边问。

顾琉星戳了戳玻璃盒的面膜，随意道："玩脸。"

"什么？"傅言宸皱眉，"什么叫玩脸？"

顾琉星笑笑："就是敷面膜啊！"

傅言宸道："少往脸上抹那些奇奇怪怪的东西，丑死了！"

之前他见过顾琉星敷一种绿色的植物面膜，晚上回来，吓得他差点儿一拳挥过去。

"要是不用，才丑。"顾琉星反驳，"我也是卖脸的，当然要好好保护。"

"你的脸多少钱？我买了，以后少折腾。"傅言宸靠在驾驶座上，望着外面被霓虹灯照得昏暗的天空，眼中出现一抹淡淡的笑意。

"那这张脸以后老了，怎么办？傅董岂不是很亏？"她说。

傅言宸勾唇："到时候我也老了，正好凑一对。"

顾琉星沉默了几秒，岔开话题："打电话来有事吗？"

傅言宸把玩着手里的打火机，点燃、熄灭、点燃、熄灭……

"闲的，才给你打电话。"他说，"什么时候月事结束？"

顾琉星闻言，淡漠的眼中蓦地出现一抹嘲讽："明天吧，傅董要是有空，明天就可以过来。"

傅言宸皱眉，稍一思索就明白顾琉星话中的意思，咬牙道："顾琉星，老子是关心你的身体，你当老子随时随地都想着那件事！"

"难道不是？"顾琉星不答反问。

傅言宸被她气得呼吸变粗，忍着怒火道："下次你要是不诱惑我，看我

是不是随时随地都想把你压在床上。"

顾琉星挑眉:"你这话有歧义,诱不诱惑,还不是你一句话的事。"

傅言宸低笑一声:"学聪明了啊!"

顾琉星不置可否,电话里忽然传来汽车鸣笛的声音,她见他还不挂电话,随意地问道:"你在外面,和哪个小妖精在一起呢?"

傅言宸闻言,唇角弧度加深,嗓音慵懒:"这么感兴趣?来视频,我给你看。"

"呵呵。"顾琉星干笑两声,"傅董要是没别的事,我就先挂了。"

傅言宸脸色一黑,为什么傅言天和颜筱每次打电话,半天都挂不了,他每次都被逼着挂电话……

"确定身体没事啦?"傅言宸没好气地再次确认。

顾琉星说:"没事了。"

傅言宸又叮嘱了她几句,听她敷衍地应着,脸色铁青。

翌日,顾琉星和江眠眠来到剧组,姜烟正在上妆。

顾时镜回A城去开记者会,所以龙粟在多年后和重尊相认的戏份挪到明天拍摄。

今天剧组主要拍摄华熙和龙粟的战斗,还有龙粟在和重尊相处和谐时,玄夜揭开她是魔界圣女,以及她转世多次只是为了一统神界的秘密。

姜烟此时一身银白色铠甲,眉目凌厉。在重尊入魔后,华熙做了多年代神王,她的气势自然也要发生一些改变。而顾琉星是带领魔兵攻上神界的魔界圣女龙粟。

今天是两个人之间的一场打戏。

姜烟似乎也学过一些拳脚功夫,所以在武术老师简单指导之后,选择亲自上阵。

两人演技都没问题,打戏只因为工作人员的一个小失误重拍了一次,拍得很顺利。

导演赞赏地点头,对她们说:"去换服装,拍下一场。"

换装过程中,姜烟侧眸对顾琉星说:"这次时镜真是踢到铁板了,被整得够呛。"

顾琉星微微一笑,并未多说什么。

"琉星,时镜怎么也是受你牵连,你微博没一点儿动静,估计不太好。"姜烟歪头,似是开玩笑地说道。

顾琉星道:"我也做不了什么,既然顾'影帝'已经决定开记者会,我安静一点儿,流言自然就不攻自破了。"事实上,她如果插手,顾时镜的麻烦会更多。

姜烟轻笑一声:"你这冷静的程度和你的性格真的完全不配。"

两人有一搭没一搭地聊着,上好妆后,开始拍下一场。

临时搭建的布景内,两人面对面站着:一个妖娆妩媚,充满诱惑力;一个端庄优雅,从容不迫。风吹动两人的衣袍,画面唯美。

宋简坐在休息椅上,托着脸,百无聊赖地看着。

"这《魔尊》你是真的给我选对了。"他对经纪人说,"顾'影帝'和顾琉星,顾琉星和姜烟,到处都是看点,而且这么大的制作,想不火都难。"

经纪人挑眉:"这部电影听说要角逐多个奖项,能在这里随便出演一个角色,身价都会翻倍。"

宋简赞同地点头,随后想起最近比较倒霉的那一位,问道:"顾'影帝'的记者会几点开始?"

"十点半吧!"

宋简又问:"直播?"

经纪人嘴角抽搐了几下,点头:"傅董这次发飙了,非要给顾'影帝'一个教训。还好你那会儿说对顾琉星有点儿意思的时候被我制止了,否则顾'影帝'的今天就是你的下场。"

"唉。"宋简叹气,"这么有意思的女人,真是可惜。"

可惜他们认识得太晚了,他又下不了狠心舍弃自己现在的身份、地位去和傅言宸拼,只能放弃了。更何况,也拼不起啊,胳膊能拧得过大腿吗。

姜烟和顾琉星的戏很快结束,接下来就是宋简和顾琉星的戏份。

宋简一袭黑色长袍,灰色长发披在身后,血眸妖艳,剑眉凌厉,浑身散发着黑暗的气息。

顾琉星是普通妇人装扮,长发绾成精致的发髻,用一根桃木簪固定。此刻她正坐在床边,为重尊缝制衣服,从容美好,嘴角浅浅勾起的笑容告诉所有人,她生活得很幸福。

宋简一恍神:若是家里真有这么一个女人,也不赖。只不过,他还是没有那个胆量去和傅氏的董事长争女人。

导演忽然出声喊停,对宋简说:"宋简,你看到龙粟这样,应该是惊愕、愤怒,而不是怅然若失,表情不到位。"

宋简抱歉地笑了笑,收心继续拍摄。

顾琏星目光微微闪烁,瞬间明白了。

十点半时,不用出镜的演员几乎都拿着手机看顾时镜的直播。

顾"影帝"第一次因为私人感情的事开记者会。

顾琏星安安静静地坐在一边,无语地看了一眼拿着手机两眼冒光的江眠眠。

与此同时,郑深得意地看着屏幕上被记者刁钻的问题问得脸色不善的顾时镜。

敢和大 Boss 抢女人,你真是不知死活,非要让你跪下求饶。

嘉影的接待厅里,顾时镜站在台阶上,下面是言辞犀利的记者以及无数的镜头。

他知道,这是一次直播,自己若是出现丝毫差错,恐怕都会被这群记者大肆宣扬。

他深吸一口气,继续从容应对。

记者问:"顾'影帝',在这之前,您的感情几乎一片空白,所有人都在猜测,您是否有秘密情人,抑或是您的性取向有别于正常人,您对此怎么解释?"

顾时镜笑容恰到好处:"你也说了,只是猜测。"

另一个记者问:"那您怎么解释和顾小姐的事?在演艺圈您的口碑极好,从不会和任何女明星暧昧,这次您和顾小姐多次被推上热搜,甚至两人同乘一辆车,您不觉得对不起一直信任您的粉丝吗?"

顾时镜微笑着答道:"暧昧?我想不是的,男追女不是很正常吗?至于你所说的热搜,粉丝对我和顾琏星在一起的呼声如此高,我很开心。"

记者被堵,开始犯难,没完成傅董交代的任务啊!

"可据我们所知,《魔尊》开拍也才一个多月,顾'影帝'因为粉丝的呼声,如此草率地对待自己的感情,不仅是对自己不负责,更是对顾小姐的不尊重。您觉得感情是一件随便的事情吗?"

顾时镜双臂撑着桌沿,身体前倾,看着那个记者说:"我解释过了,我喜欢顾琏星,我在追她,一见钟情只是一眼,而我在多眼之后做出这个决定,我不觉得草率。"

"但那天我们有同事拍到,顾小姐似乎对您并没有意思,甚至有远离您的想法。您不觉得此次行为不仅对自己造成不好的影响,更是打扰了顾小姐的生活吗?"

顾时镜挑眉:"如果当时你对一个女孩儿表白,被她拒绝了,你又很喜欢她，你选择继续追还是放弃？"

记者哑口无言。后面顾时镜几乎掌控了全场。

郑深真没想到顾时镜那么拼，直接在所有记者面前承认，要知道，流言很多的时候只是流言，就如同已婚明星的绯闻一样。CP（电视剧或者综艺里面的情侣）粉丝也只是因为颜值或者剧中角色，抑或是某个画面，才会开玩笑，要是成了现实，相信很多人是拒绝的。

顾时镜处于事业的高峰期，虽然很多时候被人吐槽为什么不找女朋友，但当顾时镜真的有女朋友，这绝对是个能让他失去大量粉丝的消息。

"砰"的一声巨响，郑深吓得一哆嗦，抬头就看到傅言宸脸色阴沉地站在那里，浑身散发着阴冷的气息，充满杀气的眼神死死地瞪着他，他顿觉一股凉气流过全身。

郑深眼睛猛地瞪圆，差点儿一口气没喘上来，颤颤巍巍地站起来，弯着腰屏息道："傅……傅董。"

"我就不该相信你的鬼话！"

傅言宸的吼声在整层回荡，秘书室所有人大气都不敢出。

郑深紧张得冷汗直流："傅董……我，我……"他办事不力，可谁料想顾时镜不按套路出牌，这可怎么办？

"少废话！"傅言宸吼道，"脑子是摆设吗？竟然把翻盘的机会亲自送到顾时镜手里，我真想把你的头拧下来，看看里面是不是全是水！"

郑深半个字都不敢吭，站在那里挨训。

傅言宸气得呼吸不畅，狠狠地扯开领带，叉着腰来回走，忽然脸色一变，猛地一脚踹到门上。

剧烈的撞击声后，所有人身体当即一哆嗦，心高高提起，窒息感越来越浓烈。

有人偷偷一瞥，倒吸一口凉气，门被踹掉了。

郑深顶着大 Boss 的怒火，真想从这里跳下去，好歹死得悲壮一点儿。

电梯的声音在死寂的空间内传开，门缓缓打开，楚轶吹着口哨走出来。

郑深一听到声音，差点儿感动得想哭：楚少，我的救命恩人啊！

楚轶走着走着，就察觉到不对的气氛，四下望着，视线掠过傅言宸的脸，他一皱眉，迅速把视线挪开，然后瞳孔骤缩。那是人脸吗，他的脸色简直比鬼还阴森可怕啊！

"抱歉，我好像走错地方了，我是来找可儿的，她在下面，在下面。"楚轶决然转身，快步冲进电梯，溜了。

郑深："……"

秘书室："……"

电梯里，楚轶纳闷地皱眉：这又出了什么事。

他拿出手机进微博刷新消息。

"顾时镜新恋情"几个字吸引了他的目光。顾时镜是那个和顾琥星传绯闻的吧？那新恋情……

楚轶二话不说点进去，置顶的便是一个约十分钟的视频，配着文字："顾'影帝'公开承认自己心有所属，顾琥星斩获国民'男神'，这一对情侣大家怎么看？"

楚轶震惊地瞪大眼，抖着手点开视频看完，整个人都崩溃了。这找死呢吧！顾时镜敢和傅言宸对着干，不要命了！

电梯门开了，楚轶歪头盯着手机，朝外走去，忽然撞上什么东西，他一愣，眼中是熟悉的黑色西裤、锃亮的皮鞋。他咽了咽口水，缓缓抬头，傅言宸阴沉的脸色差点儿吓得他坐在地上。

楚轶立刻倒退一大步，问："我不是下去了吗，怎么又上来啦？"

郑深：谁知道你在电梯里都做了些什么？

秘书室里的所有人都很无语：楚少，你是来搞笑的吧……

"滚！"傅言宸一脚踹过去，楚轶慌忙闪身躲过。

傅言宸头也不回地走进了电梯。

电梯门关上了，所有人都松了一口气，浑身瘫软地靠进椅子里。

楚轶看了一眼电梯的方向，靠在桌上问郑深："这到底是怎么回事？"

郑深想到刚才某人不讲义气的样子，不太想说。

楚轶撞了撞郑深的肩膀，嫌弃地道："你也太不够意思了，不知道独乐乐不如众乐乐吗？"

郑深无语，然后把事情从头到尾说了一遍。这件事确实怪他，他没有安排好，傅董发那么大脾气，他也认了。

楚轶听完，直接笑喷了，忍了忍，没过几秒又开始捧腹大笑："你的意思是傅言宸偷鸡不成蚀把米，他本来想整人家，让人家离顾琥星远点儿，结果逼得顾时镜当众表白？"

郑深生无可恋地点了一下头。

"哈哈……"楚轶笑得不能自已，"我还是第一次见他这么憋屈，吃了闷亏，笑死我了。"

剧组内，很多人看完直播，都不约而同地看向顾琉星。

顾琉星察觉后，凑近江眠眠，问："顾'影帝'又说了什么？"

"顾'影帝'……"江眠眠顿了顿，硬着头皮道，"他当众向你表白，说要追你。"

顾琉星刚拿出手机准备看微博，傅言宸的电话就打了过来。

早上唐靳打来电话的时候，他心情还不错，现在嘛……

"喂。"顾琉星接通，"你……"

"顾琉星，你现在就去微博上回应，说你有男朋友了。"傅言宸声音暴躁，"听到没？现在就去，你要不去，我就去嘉影把顾时镜揍一顿，然后直接公布我们的关系。"

顾时镜的挑衅可以说直接把傅言宸激怒了。

顾琉星愣了愣，无语地说："我不回应他已经是拒绝了，你别冲动。"

傅言宸坐在车里，车窗大开，脸色阴沉得可怕，冷冷地道："我要是冲动，早弄死他了。"

顾时镜还敢和他说魅力，他要不是怕她不高兴，至于这么花心思去应付那个卖脸的！

顾琉星怕他真的跑去嘉影，刻意放柔声音问："你现在在哪儿？"

"傅氏停车场。"

顾琉星放下心，轻声哄道："你周末过来吧，我等你。"

顾琉星一句话，让傅言宸的怒气消了不少，目光一瞬间缓和下来。

他咬牙低声道："顾琉星，我真想把你锁起来，再也出不去，只有我能看。"

顾琉星眼中光芒微闪，没说话，然后听到他说："记住你说的话，你拒绝了他。"

通话结束，顾琉星一笑：顾"影帝"啊顾"影帝"，你这么凑上来，会让我觉得很对不起你。

江眠眠看见顾琉星忽然笑了，十分疑惑：难道傅董没发脾气？不可能呀，只要有关琉星姐，傅董哪次能控制自己？

晚上八点钟左右，路靖宇的戏份彻底杀青，这算是他出演的第一部电影，所以在走之前说请大家吃饭。

路靖宇如今是路氏的继承人，剧组里的人都会给他面子。

一行人离开片场，当顾时镜的车停在大家面前的时候，所有人下意识

朝顾琉星看去。

"赶巧了。"宋简笑道，敲敲保姆车后车窗，在车窗落下时对里面的人说，"靖宇请吃饭，一起去吧！"

顾时镜瞥了一眼顾琉星，她身穿黑色套头卫衣、蓝色休闲牛仔裤，脚上穿着黑色运动鞋，显得身材格外高挑。她唇角带着一抹淡笑，似乎把任何人都拒之千里。

江眠眠尴尬地站在顾琉星的后面，觉得顾琉星真淡定。

顾"影帝"也算演艺圈响当当的人物了，今天跟她表白，她不理不睬。

剧组很多人对这件事议论纷纷，知道傅董和她的关系，顾"影帝"这时候插进来，真的让人不知道该如何评价。

大家都说她明明有老板，还勾引顾影帝，非要毁了顾"影帝"的前程吗。

江眠眠真的想去和那些人理论，顾琉星已经多次拒绝顾"影帝"，是顾"影帝"非缠着不放。但她不能这么说，不用想都知道这句话会遭到多少冷言冷语。

宋简打量着顾时镜和顾琉星，开玩笑地说："琉星，表白的来了，大家议论一整天了，给个回应呗！"

顾琉星轻声道："不是要去吃饭吗？不吃我就回去睡了，今天这么多场打戏，累得给张床就能睡着。"

路靖宇目光闪烁，笑容灿烂地说："吃，当然要吃，就在我们住的酒店，琉星姐到时候要是真累，就上去休息。"

顾琉星微微一笑："员工还没请过我这个老板吃饭呢，不过这个员工确实比我有钱。"

宋简冲顾时镜耸肩，顾时镜无奈地笑了笑，这种情况，其实也在他的预料之中。

一大群人回到酒店，包括剧组的工作人员。路靖宇订了个超大的包间。

饭桌上，大家随便聊着，有人问路靖宇下部戏什么时候开拍，都是集团的继承人了，还拍什么戏，直接去管理公司好了。

路靖宇笑着回答："一个爱好，过几年就得回去了。"

那人唏嘘道："真羡慕你们这些想做什么就做什么的人。"

顾琉星没和顾时镜坐在一起，两人中间隔着姜烟和宋简。

大家本以为顾琉星就算不给顾"影帝"回复，总要避嫌，但是看顾琉星该怎么样还怎么样，对她更加厌恶了。

吃得差不多了，顾琉星带着江眠眠离开。顾时镜也放下筷子追了出去。

许多人愤愤不平，觉得顾"影帝"那么好的人，顾琉星根本配不上。

"琉星，"顾时镜快步追上她，在她进电梯之前拦住她，"谈谈？"

顾琉星朝江眠眠看了一眼。江眠眠会意，自己先进电梯上楼。

顾时镜和顾琉星来到酒店的露台。

顾琉星趴在栏杆上，漆黑柔顺的长发在空中缓缓飘动着，她的侧脸格外吸引人。

"顾时镜，"她叫他，第一次这么认真地叫他的名字，"你挺好的，不过我们真不合适，你对我一点儿都不了解，我想可能是因为你对谁都彬彬有礼，所以很多人没我那么大胆，敢和你开玩笑。"

"没试过怎么知道不合适？"顾时镜淡淡地道。

顾琉星轻笑："你这是把我当作你好不容易遇到的真爱啦？"

他沉吟一声，道："我挺认真的，你考虑考虑，你不可能一辈子都这样跟着傅言宸，总会有想结婚定下来的那天。"

顾琉星微微失神。

事实上，以前她的确有过这样的想法，一辈子就那样跟着他。她怀孕了，也没想过逼婚，只想着他开心就好。或许以后他会找一个苏希源那样的名门千金结婚，到那时候她就离开。

她都想好了，多赚些钱，如果他连孩子都不想要，她就把孩子带走，就当他一直在她身边；如果他要孩子，她就自己走，留下孩子，让孩子代替自己陪着他。

那时候，她多傻啊，无怨无悔，以至于最后恨意几乎淹没自己，让她几度轻生。

今天忽然有人对她说这些话，她有点儿恍惚。

她故作轻松地道："以后的事以后再说，至少到目前为止，我还没有这种想法。"

顾时镜侧眸看着她，轻叹道："琉星，要不这样，等《魔尊》结束，如果你那时和傅言宸没关系了，我们试试怎么样？其实我这人挺不错的。"

顾琉星被逗笑了："这世上最赶不上变化的就是计划。"

"那就是说，很有可能你在《魔尊》结束之前就能答应？"顾时镜朝好的地方想。

顾琉星挑眉道："这也是有可能的。"说完，她笑了笑。

第十四章

你该补偿我

顾琉星正在酒店休息,傅言宸发来消息:"两小时后我到机场,你来接我。"

傅言宸知道自己的行踪很正常,她也是默许江眠眠告诉他的,所以换了一身宽大的衣服,戴上口罩和墨镜,离开房间。

站在酒店门口,她看见外面下着小雨,地面刚刚有点儿湿,应该才下一小会儿。

从酒店前台拿了雨伞,顾琉星叫了一辆车。

她抵达机场时,距离傅言宸的飞机降落还有十分钟。

顾琉星坐在等候区,遮得严严实实。有人投来目光,却因为她的衣服太过宽大,没认出她就是最近在微博上和顾时镜闹得沸沸扬扬的女主角。

有一条消息忽然弹出,顾琉星点开,是院长发来的:"最近怎么样?"

顾琉星眼中带着温和,口罩下的唇角勾起一抹笑容,回道:"挺好的,你呢?最近孩子们都听话吗?"

院长发来一个微笑的表情:"都很乖,有几个每天念叨小流沙。"

顾琉星:"过几天我带宝贝回L市看看,她也很想念你们。"

"回L市看看?你们是谁?"

耳边忽然响起一道低沉的声音，顾琉星动作一顿，回头就看到傅言宸戴着口罩站在长椅后，瞪着她。

顾琉星摘掉墨镜，黑色棒球帽下的眼睛格外明亮。

两人都以口罩遮面，又气质非凡，有行人经过时，轻声和旁边的好友议论："这是哪对明星夫妇吧，怎么这么低调，这种人流量大的地方，不应该高调秀恩爱吗？"

顾琉星见站在这里真的相当扎眼，便站起身说道："先走吧。"

傅言宸当然也不愿意被人肆无忌惮地评头论足，所以搂着她的肩膀朝机场外走去。

傅言宸只带了一个小小的行李箱，里面装着换洗衣服以及上次去N城给她买的一些礼物。

上次她生病，两人后来又闹得不愉快，他就忘了。前几天周妈收拾他的行李，问他这些礼品盒要放在哪里，他才想起。

站在机场出口的马路边，顾琉星又用手机叫了车，等那辆轿车开过来。

傅言宸看向顾琉星，嫌弃地说："你就开这辆车来的？"

话音落下，司机扭头朝他看来，恰逢撞上他凌厉的视线，被他惊人的气势吓到，连忙看向前方。恐怕他还是第一次坐这种车。

"不是。"顾琉星说。

傅言宸闻言，脸色好了一点儿，那就应该不是这辆，他朝车辆进口那里看了看，正要问"那你的车什么时候过来"，就听到顾琉星的声音率先传来："我叫的车，眠眠和司机都在休息，所以我没叫他们。"

傅言宸的眉头渐渐皱起：她让他坐这种车？

顾琉星拉开车门坐了上去，他下颌紧绷着，迟迟没有上车。

司机略显紧张，对顾琉星道："小姐，如果你们不走，还请不要耽误我的时间。"

"抱歉。"顾琉星对司机说，随即又扭头看向傅言宸，无语地道："外面在下雨，路况不好，能叫到一辆车已经不容易了，你快上来。"

傅言宸最终还是僵硬着身体，坐进车里，背挺得笔直，完全不是他以往慵懒随意的样子。

顾琉星勾唇一笑，好整以暇地望着他，问："今天在机场你是怎么认出我的？"

傅言宸睨了她一眼，没好气地道："你化成灰我都认识。"

顾琉星："……"

"开快点儿！"傅言宸敲了敲司机的椅背，烦躁地吼道。

司机一哆嗦，车开始左右晃了起来，顾琉星一时不察，被甩得撞在车门上，闷哼一声。

傅言宸脸色更难看了，立刻伸手将她扯到自己怀里，查看她的脑袋，确定没肿，然后抱紧她，朝前面怒吼："会不会开车？"

司机脸色惨白，觉得自己今天可能运气不好，遇上了煞神。

车抵达酒店门前，顾琉星用手机支付费用，推开车门下了车。

此刻司机已经从后备厢拿出行李箱放在一边，见两人过来，微微弯腰，朝顾琉星道歉："抱歉，小姐。"

顾琉星微笑道："没关系。"

傅言宸冷冷地盯着司机，司机慌张地驱车离开。

两人乘电梯来到顶层的总统套房，傅言宸踢了一脚万向轮箱子，箱子晃晃悠悠地滑到了角落。

忽然又想到里面的东西，傅言宸说道："去把衣服挂进衣柜里。"

顾琉星没说什么，去角落拿行李箱。

"密码？"顾琉星弯腰，手摸着密码锁。

傅言宸正在脱外套，漫不经心地回道："你的生日。"

顾琉星闻言，微微抿唇，沉默着打开箱子。

箱子里一半是衣服，另一半有拉链，不知道是什么，她拉开拉链，几乎半个箱子的礼品盒悉数闯入她眼中。品牌她都很熟悉，是限量版的首饰、香水、护肤品……

她凝视片刻，眼中的错愕渐渐变为冷淡，她若无其事地将衣服挂进衣柜，然后折返回来，坐在沙发上。

傅言宸一直注意着她的神情，有些紧张，等她开口询问："那是送给我的吗？"

她确实朝他看来，眉目惊艳，笑容妖娆："赏我的？"

傅言宸眼中所有的期待瞬间散了，压下脾气，邪气地一笑："对，赏你的。"

顾琉星挑眉，挑了几样最值钱的拿在手里，他比以前可大方多了。

"傅董这么大方，我感觉自己受之有愧，毕竟这么久没陪你了。"顾琉星目光带着愧疚，想了想，道，"你想要什么回礼？"

傅言宸朝她走过来，站在她面前，居高临下地看着她，低声问："你能给我什么回礼？"

顾琉星手撑着沙发，微微后仰，声音暧昧："请你吃顿饭怎么样？"

"一顿饭就想把我打发？"傅言宸顺势坐在沙发上，双臂撑在她的两侧。

顾琉星当即就感受到一股压迫感，让她忍不住想退后，强撑着开口："那傅董想怎么样？不如直说好了，我呢，全身上下除了身体和你给的卡还值点儿钱，真的没什么拿得出手的。"

傅言宸眼眸幽深，看着她，良久后才开口："收拾一下，出去吃饭。"

"不是说打发不了吗？"顾琉星问。

傅言宸起身的动作一顿，他眯眼，危险地看她："不急，夜还长。"

顾琉星："……"

看着顾琉星依旧全副武装，傅言宸似乎听到了自己磨牙的声音。

表面上看，像是顾琉星怕被人认出来，实际上，何尝不是她不愿意和他有半点儿牵扯。

顾琉星背上包，走过去挽上他的手臂，傅言宸脸色微冷，和她一起出门。

电梯在剧组人员包下的那一层停下，顾琉星皱眉，心里总有种不好的预感。

门缓缓打开，顾琉星觉得这个世界的巧合真的很多，巧到她想立刻转身就走。

比如现在，顾时镜站在外面，望着他们二人，神情愣怔。

顾琉星对顾时镜说不上有感觉，也许是顾时镜那晚的话让她动容，所以她并不希望自己在国内的这段时间扰乱他的人生轨迹。

傅言宸一见到顾时镜，气场全开，唇角带着一抹似笑非笑的弧度，眼中尽是轻蔑："顾'影帝'，真巧。"

"顾影帝"三个字被傅言宸说得极其缓慢，透着浓浓的不屑。

顾时镜淡淡地笑道："不巧，剧组的人都住在这里，琉星也在。"

连顾琉星都感觉到了挑衅，何况傅言宸。

顾时镜这是铁了心要和傅言宸杠上了。

傅言宸挑眉，单手握住顾琉星的腰，将她拉近自己，紧紧贴着，宣示主权一般。

顾时镜目光微微闪烁。

傅言宸冷笑着开口："你比我想象中有胆量。"

"要是这点儿胆量都没有，也不敢追琉星。"顾时镜神情淡然，站在电

梯口和他对视。

顾琉星感觉到自己腰间的力道骤然加大，她因为疼痛身体蓦地紧绷，下一刻，那力道似乎小了些。

傅言宸目光阴寒森冷，唇角缓缓勾起，空气凝滞，他浑身散发着逼人的气势，看着他，嗓音散漫："追她？你也配？你算个什么东西，敢打我女人的主意？"

顾时镜看了一眼顾琉星，目光眷恋柔和，缓缓开口："傅董从没承认过什么，怎么能说她是你的女人？"

傅言宸眼中一沉，似笑非笑地注视着他，就好像他刚才说了一个笑话。

他的手缓缓上移，滑过她的胳膊，经过她的肩膀时掌心轻握，接着又落在她的颈后。

他笑道："顾'影帝'觉得她是不是我的女人？"

顾琉星微愣，忽然被一股力道强硬地扭过头，脸上罩下一片阴影，唇被狠狠地覆住……

顾琉星眼眸瞪大，唇上传来的痛感告诉她傅言宸此刻的怒意以及忍耐。

顾时镜脸色发白，呆滞地望着这一幕，手指轻颤了一下。

傅言宸在她唇上重重地吻了一下，然后离开，她微肿的红唇终于让他脸色稍霁。

他不屑地瞥向顾时镜。

"顾时镜，我告诉你，有些人，不是你惹得起的。下一次，再让我看到你招惹顾琉星，我保证，你最风光的时候就是现在！"傅言宸恶狠狠地扔下一句话，按下电梯的关门键，门缓缓合上。

缝隙里，顾时镜注视着顾琉星，似乎想说些什么，最终只能作罢。

顾琉星默默地站在傅言宸的身边，整个过程仿佛是个局外人，完全不理会两个男人之间的风起云涌。哪怕是因为她。

显然，傅言宸对她的反应很满意，摸了摸她的头说："顾琉星，你说你拒绝顾时镜，现在我信了。"

顾琉星轻笑一声，没说话。

来到酒店门前，外面雨势渐大，傅言宸不悦地皱眉。

顾琉星率先开口："在酒店吃吧，这里的东西也不错。"

傅言宸嗯了一声，单手插兜，搂着她朝酒店餐厅走去。

他们即将拐去包间时，顾琉星道："坐外面吧，包间里有点儿闷。"

傅言宸挑眉，倒是无所谓，朝服务生看了一眼。服务生领着两人走向窗边的位置。

雨滴在全景玻璃上，留下断断续续的水线。窗外的游客撑着伞，步履匆匆，脸色厌烦。

"想吃什么？"

傅言宸的声音响起，顾琉星抽回视线，看向他："除了肉，都可以。"

"顾琉星，太瘦没什么好处。"他嗓音低沉好听，修长的手指翻着菜单，点了三素一荤，外加一道饭后甜点，他对服务生吩咐，"甜点脱脂。"

顾琉星端起水杯，面无表情地喝着。下次吃饭，她可以不必说话。

服务生朝顾琉星投去羡慕的目光，弯腰离开。

傅言宸又帮她添了一些水，问道："《魔尊》结束，你有四个月的休息时间，打算做什么？"

顾琉星因为在A城待不了多久，拒接了很多商业广告以及活动。

她说："应该是全国各地宣传电影吧！"

"我之前和南桥说过工作室的事。"他说。

顾琉星目光轻闪，唇角勾起一抹笑容，装作不知道："是吗？傅董的天视，怎么看上我这个小工作室啦？"

"南桥说，你同意她就没意见。"他没正面回答她的问题。

她却不罢休："想控制我，怕我跑？"

傅言宸抬眸注视着她，笑了笑，缓慢开口："是啊，一跑连影子都找不到，得看紧点儿。"

顾琉星耸肩："我这样你不该感到骄傲吗？毕竟是你亲自培养出来的。"

服务生这时来上菜，打断了两人的对话。

顾琉星接过服务生递来的餐具，开始用餐。

傅言宸夹了一只大虾，戴上手套剥皮，说："是挺骄傲的，就是你这本事用错了对象，让我总有种搬起石头砸自己脚的感觉。"

顾琉星唇角挂着笑容："工作室我想自己打理，并在天视下，总有种还没进入群众视野就消失的感觉。"末了，她又补充，"当然，如果你坚持，也行，毕竟有天视这棵大树，工作室的资源就再也不用愁了。"

傅言宸剥虾的动作顿了顿，他望着她，过了几秒道："嗯。"

一个字，意味着他又妥协了，就像当时他想让她退出演艺圈，最后只因为她说喜欢，他就再也没提及让她退出这个话题。

八年前，她进入天视，从来没用过他的关系，都是靠自己打拼，累得

她一上他的车，还在和他说话就能闭眼睡过去。

明明有这么好的踏板，她偏偏要脚踏实地，说什么她要用演技证明自己。

他将剥好的虾肉放在空盘子里，和她的盘子交换，脸色不太好。

顾琉星没拒绝，毕竟刚和某人谈了一个条件。

他们用完餐，雨势又变小了，酒店门口忽然拥进来一堆人，都在甩着身上的雨水。

林思意视线不经意间掠过这边，微顿，礼貌地朝顾琉星颔首。

林思意面部轮廓辨识度极高，有点儿像传说中的冰美人。

顾琉星回以一笑。

傅言宸背对着门口，见她笑，扭头望向门口。

站在林思意旁边的几个女星发现傅言宸看过来，眼睛顿时开始冒光，搔首弄姿，当看到傅言宸对面的女人时，眼中满是厌恶。

傅董对那个狐狸精也太好了，竟然经常来这边找她，那个狐狸精哪里配得上。

"走吧！"顾琉星说。

傅言宸点头，踢开椅子站起身："要不要出去走走，现在才八点钟。"

顾琉星拒绝："不要，冷。"

傅言宸勾了一下唇，握着她微凉的手走向电梯。

门口的一堆人神色各异，孔钰整个人都是崩溃的……

明天宋简和顾琉星有一场床戏，这位财神爷来了，还能顺利拍摄吗。

他们回到房间，傅言宸的手机忽然响起，他走去阳台接听。

顾琉星拿了睡衣去洗澡。

她出来时，他靠在床上，眼眸低垂，手机上的光打在他的脸上。

他最近似乎很忙，就像那天，若不是紧急的事，郑深怎么可能追来。所以这么忙，他还要来找她，是出于什么心思？他现在愿意在她身上花这么多时间，是不是意味着有些事她可以开始做了？

"怎么老是发愣？过来。"傅言宸放下手机，凝视着她。

顾琉星收起思绪，迈步走过去。

傅言宸握住她的手，轻轻一带，顾琉星顺势坐在他的怀里。

也许是因为刚洗过澡，她身上散发着一股清香，和她本身的香味混合在一起，傅言宸觉得自己有些心猿意马。

"今天我来之前，靳儿给我打电话，让我给你转达一句话：他不想让顾流沙走，能不能别让她转到别的幼儿园。"

傅言宸从身后抱住她，下颌抵在她的肩头，有温热的呼吸轻扫过她的耳垂和脖颈。

他问道："贝尔幼儿园也算 A 城数一数二的幼儿园了，为什么想让孩子转走？"

为什么？因为不想和傅家的人有太多牵扯，不想以后离开的时候宝贝难过。

她轻声道："离家太远了，叶寻和桥桥都很忙，不方便接送。"

傅言宸说："我让唐家司机每天送靳儿的时候，顺便接一下顾流沙。"

"不用了。"顾琉星拒绝，"转学挺方便的，再说了，你姐姐肯定也不愿意宝贝和唐靳走得近。"

傅言宸微微挑眉："你信不信你要是真把顾流沙转走了，唐靳立刻能跟过去。"

顾琉星不怀疑唐靳能干出这种事，他被宠得无法无天，什么事做不出来。

傅言宸见她愣住，盯着地面，似乎在想怎么解决问题，便建议道："我姐姐管不住靳儿，她也不会为难顾流沙，所以我说的让唐家司机接送的问题，你可以考虑一下。"

根本就不是麻烦的问题，让她怎么考虑？！顾琉星隐隐露出烦躁，要再这样任由宝贝和唐靳发展下去，以后宝贝指不定会有什么惊人的举动呢。

顾琉星道："我再问问叶寻。"

傅言宸不甚在意，叶寻最近忙得不可开交，整天在国内来回跑，南桥又带了好几个新人，结果不用猜了。

心情不好，顾琉星挣开他的怀抱，走到大床另一侧躺下睡觉。

傅言宸笑意渐深，她这个样子，才像四年前的她，只要事关顾流沙，顾琉星绝对会露出自己最真实的一面。

顾琉星迷迷糊糊醒来，热得厉害，微微动了一下，猛地睁大眼睛。

还不等她反应过来，男人低沉沙哑的声音在她耳边响起："醒啦？"

床头壁灯昏暗，她看见他眼眸深邃，里面藏着危险的光芒，像是随时会把她拆了。

顾琉星说："我很困。"

"已经让你睡了四个小时了。"

男人的气息喷在她的脸上,她身体紧绷。

顾琉星扭头看向一边,不敢和他对视,说:"可我还是很困。"

"那你睡。"

傅言宸的声音刚落下,顾琉星猛地攥紧手。

"傅言宸!"她咬牙切齿。

某人笑一笑,邪肆地道:"我在。"

不知道过了多久,顾琉星觉得自己快命丧当场,商量道:"我明天还要拍戏,我们以后再说好吗?"

他在她耳边低喃:"一个月了,你不觉得我已经很体谅你了吗?"

她反驳:"上次在盛景……"

他低吼:"你还好意思说!"那次他没心理阴影都不错了!

顾琉星皱眉:"意外。"

傅言宸低眸看到她楚楚可怜的样子,目光更深,道:"所以你该补偿我。"

顾琉星:"……"

傅言宸打完电话,回头就看见顾琉星盯着自己,道:"怎么,被我迷住啦?"

顾琉星问道:"你的背是不是受过伤?"

在M国那几年,她有次在家里玩火,差点儿被烧死,后来被人救了,只有腿部小面积烧伤,康复之后又做了植皮手术,皮肤平常看起来与其他地方无异,但光线很强的时候还是能看出不同。就像他现在的背部,隐隐有些凹凸不平。

傅言宸闻言,目光一顿,看了她几秒,说道:"谁能伤得了我?"

顾琉星眨了一下眼,轻笑一声:"也对。"说完,她拿着衣服走进了浴室。

傅言宸望着她的背影,手掌微微收紧。她能看出来吗?

顾琉星脱下浴袍挂在衣架上,洗漱镜里,白皙的肌肤上遍布青紫吻痕,看起来有些恐怖。

忽然想到什么,她目光蓦地一紧。从昨晚到现在,她还没吃避孕药。

快速穿上衣服,顾琉星走出去拿了包,回了浴室。

傅言宸望着她急急忙忙的背影,皱眉,边走过去边问:"怎么啦?"

他刚到门口,浴室门砰的一声被关上,傅言宸身子微顿,脸色一黑,敲门:"顾琉星,开门。"

284

听到他的声音，顾琉星抿唇，从包里拿出药，连水都没顾上喝，直接扔进嘴里，用力吞咽下去。

浓郁的苦涩蔓延开来，恶心感霎时上涌，她捂住嘴巴，不断做着下咽的动作。

良久，她感觉终于好受了点儿，门外的傅言宸敲门的动作越来越粗鲁，快没了耐心。

她走过去打开门，望着他不佳的脸色，勾唇道："换个衣服而已，傅董这么着急，是想干什么？"

傅言宸视线掠过她，朝里面看了一眼，只见她的包在洗漱台上放着，彩妆凌乱地摆在那里。

他说："不用着急，我跟孔钰打过招呼了，你的戏下午拍摄，一会儿我送你去剧组。"

顾琉星挑眉一笑："好。"

她收拾好东西，傅言宸说："先带你下去吃饭。"

"嗯。"顾琉星颔首，在玄关处换鞋。

她弯腰时，胃里又是一阵翻涌，她下意识用手按住胃，狠狠压下那股恶心感，继续换鞋。

没过几秒，浓烈的苦味猝不及防从胃里上涌至咽喉，她再也忍不住，捂着嘴转身朝浴室奔去。

傅言宸惊愕地看着她的反应，顾不上穿外衣，大步追到了浴室。

浴室里不断传来呕吐声，他脸色微变，加快脚步，走了进去，就看到顾琉星趴在洗漱池边，头发散乱，镜子里的那张小脸一片惨白。

一股奇怪的味道，在浴室弥漫着，不是呕吐物的味道……

顾琉星手指抠着洗漱台边缘，微微发抖。

傅言宸一手扶住她的肩膀，另一只手在她背后轻抚，担忧地问："怎么回事？"

"没……没事。"

傅言宸眉心狠狠地皱着，见她脸色越来越差，整个人几乎就靠他的手臂支撑着，立刻道："我带你去医院。"

"不用，我没……没事。"从早上她就没吃什么东西，现在连胆汁都要吐出来了。

傅言宸脸色一沉，薄唇抿成一条线，打横抱起她："都这样了，还强撑！"

顾琉星身体忽然腾空，下意识搂住他的肩膀，瞪着他，挣扎着要下来。

傅言宸手臂收紧，低头看着她，怒道："别闹！"

两人怒目相对，最终顾琉星先别开视线。

傅言宸冷着脸抱紧她，离开房间。

他们乘电梯来到酒店地下停车场，顾琉星看见停在那里的低调的黑色轿车，并没有诧异。昨天他那么嫌弃，今天肯定会让人把车送过来。

傅言宸将她放在副驾驶座上，扣上安全带，来到驾驶座，车缓缓开动。

一路上，傅言宸下颌紧绷，没有给她半分余光，只是盯着前方。

顾琉星轻轻按着胃部，缓解恶心感。

察觉到她的动作，傅言宸加快车速。

医院里，医生帮顾琉星做完检查，看向傅言宸的目光露出不善。

"女孩子好好的身体，别让避孕药给毁了，既然不想要孩子，男方就该做好措施！"医生声音冷淡。

傅言宸皱眉，音调蓦地变高："你说什么，避孕药？"

医生脸色顿时更冷了，一句话都不想和他说，柔声对顾琉星道："没什么大病，停药了就不会吐了，不过建议你去再检查一下，这药你吃了有段时间了吧？伤害应该不小，检查检查，别等来不及的时候后悔。"

声音传进傅言宸的耳中，他脑中嗡嗡作响，随之面色阴沉，视线紧盯着顾琉星。

顾琉星犹如芒刺在背，冲医生感谢地笑了笑："我知道分寸，谢谢您。"

医生叹了一口气：现在的女孩子啊，都不在意自己的身体了。

医院走廊里，傅言宸单手插兜走在前面，顾琉星跟在他身后，两人之间的气氛仿佛降到了冰点。

上次看到她吃避孕药，他气得砸了整个卧室，这次这么安静，应该……会有更坏的结果吧。

他们到拐角时，右边是出口，左边是妇科，顾琉星见他毫不犹豫地拐去妇科。

她脚步顿了顿，咬了咬唇，最终还是跟了过去。

她做了全身检查，医生的反应和刚才的医生反应差不多。她记录着病情，问道："以前做过人流？"

顾琉星闻言，攥紧了手指。

傅言宸坐在一旁，"人流"两个字传来，他的手指狠狠地颤抖，怎么都控制不住，将外套的袖子朝下拉了拉。

她点头，说："做过。"

医生继续问："知不知道自己身体什么问题？"

顾琉星没说话，医生继续道："人流也算小产，后面还没好好养身体，落下了病根，现在还吃这种避孕药，我看你这辈子都不想生了。"

医生声音带着愤怒，瞪着她。

傅言宸脸色刹那间惨白，惊慌无措，下意识开口："给她调理身体，用最昂贵的药，必须保证她的身体变好！"

他声音紧张，听得顾琉星一愣，朝他瞥去一眼，他眉目凌厉，唇紧抿着。

医生抬头，看了他一会儿，点头道："想调理还是能好的，别担心。"

傅言宸听到这句话，紧绷的身体缓缓放松。

整个过程，顾琉星很安静，什么话都没说。

医生一边写药方，一边叮嘱傅言宸注意事项。傅言宸听得认真，医生也渐渐态度好了些。

他们取了药，离开医院。路上车流汹涌，正是下班的高峰期，车外鸣笛声不绝于耳，车内几近死寂。

顾琉星目光落在飞速后退的树木上，一趟医院之行，让她刻意深藏的情绪，被一点点勾出来。

她用力忍耐着、压制着，不让自己冲动之下做出破坏计划的事。

她狠狠地闭上眼睛，什么都不看，不去想那些轻而易举就可以击垮她的事。

她让自己整个人放空，告诉自己：顾琉星，别急，你想做的事，很快就可以开始了，现在，你要找一个契机，不能在这之前横生事端。

傅言宸不时留意她的情绪，见她闭着眼睛，以为她累了，放慢车速，车稳稳地前行。

顾琉星不知道自己什么时候睡着的，醒来的时候，从全景窗的缝隙里看过去，外面已经华灯初上。

她坐起来，房间里很安静，她朝洗浴室的方向看了一眼，里面没人。

摸了摸胃部，她今天一天都没吃东西了。下床换上衣服，顾琉星走出房间，打算去下面吃点儿东西。

她站在电梯前，等了一会儿，门开了，顾琉星看见傅言宸推着餐车，站在电梯里，望着她，目光微愣。

每次提及四年前的那件事，两人之间总会沉默，顾琉星不会多说什么。

傅言宸则是避而不谈,这次同样是他打破僵局:"醒啦?"

顾琉星点头,见他推着餐车走出电梯,往一边移了两步,让开路。

离得近了,顾琉星闻到一股药味,是中草药。胃又开始犯恶心,她压了压,听到他说:"回房间用餐。"

她低低地嗯了一声,跟着他走进房间。

她看着他动作生涩地摆放好食物,然后将那一罐中药推到她面前,说:"医生给你调理身体的药。"

她沉默地看着那罐药,皱眉,鼻端苦味浓郁,让她实在鼓不起勇气喝药。

傅言宸看见她的神情,勾唇一笑,劝道:"喝吧!"

顾琉星深吸了一口气,抬手揭开盖子,那味道更加浓烈。

和那罐药对视很久,顾琉星还是拒绝:"不喝了,医生也说,药停了,身体就不会再受到伤害。"

"我会做措施。"他目光深邃,"但我要的不是你的身体不再受伤害,而是能恢复如初。"

顾琉星最终还是没忍住,冷冷地道:"这不都是你赏给我的,现在做这些,是为自己曾经做的那些事赎罪吗?"

为以前做过的事赎罪?

那个不能要的孩子,她视若珍宝,她的梦想、她所喜欢的演艺生涯,统统都比不上那个孩子……如果以后那个孩子有残疾,甚至可能未出生就胎死腹中,她会变成什么样?

她从小渴望亲情,奶奶的死让她整整颓废了数月之久,这个她倾注那么多感情的孩子若是出了什么意外,她会变成什么样?

他赌不起!

他只是未曾想到,她会毫不留恋地离开,让他一点儿踪迹也找不到。

顾琉星离开的第三百三十三天,他躺在医院的床上,脸色苍白,全身裹满纱布。

厉枫炀、季南景和唐温墨来探望他。

厉枫炀拳头捏得咯咯作响,要不是看他伤得那么重,估计早就一拳挥上来了。

季南景坐在沙发上,看了他片刻,问:"真的那么爱?命都不要?"

他眼睫轻颤,惨白的唇不经意间抿紧。

季南景笑了,但他能听出那笑声中所潜藏的怒意。

他听到季南景道:"以前你和顾琉星的样子,连我都差点儿相信你是演戏，没想到啊，你竟然陷得这么深。一个顾琉星而已，堂堂傅氏的董事长，竟然开煤气自杀。你要是这么死了，我想我连你的葬礼都懒得去，丢人。"

他终于开口了，十几天来，说的第一句话，嗓音嘶哑，听得在场的人手指微颤："是我拖她进来的，也是我没保护好她，你们可以对我说任何难听的话，别攻击她。"

厉枫炀陡然发出一声冷笑。

唐温墨冷冷地看着他，没说话。

傅言宸低眸，没有争辩。

一向优雅的季南景都能说出这些话，他知道他们有多恼怒。

后来季南景说了很多，但他没再开口说话，气得三人沉着脸大步离开。

顾琉星，其实，我们在一起四年，你的想法也许和南景一样，从来没想过我可能也把心放在你身上了。所以一个孩子，能让你彻底抹去我们之间的所有，决然离开。

你的归来，我惊喜、高兴、兴奋到发狂，我几乎没忍住当场吻了你，熟悉的感觉让我确定，你真的回来了。可你还是和四年前一样，说我脏、恶心。那些最不堪的话，在你看不见的地方，让我的心鲜血淋漓。

傅言宸目光微黯，抿唇道："听话，喝药。"

顾琉星别开脸冷笑一声，下一刻，她的手臂忽然抬起，用力一挥，药落到地上，瓷器碎裂的声音格外刺耳。黑色的药汁洒了一地。

傅言宸望着摔得四分五裂的瓷杯，握着筷子的手骨节泛白，下颌紧紧绷着。

顾琉星见他如此，愣了愣，随即低眸看向地上的液体，心中冷笑。原来这药是他亲自熬的。

报复的快感快速充斥她全身的细胞，让她不由得挺直脊背。

当初，她满怀期盼，打算告诉他怀孕的消息，甚至提前离开宴会准备烛光晚餐，为了给他一个惊喜。而他是怎么做的呢。

和她如今一样，大手一挥，悉数碎裂，变成了垃圾。

就像她的感情一样，被他弃如敝屣，既然他不要，那她就自己捡起来，拼好。

从此，那个叫傅言宸的人，永远也不可能让她侧目！风水轮流转，傅言宸，我当初的感受，你也体会体会。

她看着他，眉眼冷然。

他的视线落在地板上，他咬牙道："顾琉星，你的身体好坏，你就那么

不在意吗？"

顾琉星扯了扯唇角，脸上带着笑，眼中却是一片冰冷："在意啊，怎么会不在意呢？我这条捡回来的命，我得放在手心里捧着，免得又被人一个狠心给拿走了。"

她语气轻缓，明明那么轻，竟有那么大的力量，无孔不入地钻进他的身体，让他浑身似遭到重击。除了痛，他再也感受不到任何知觉。

而顾琉星在说出这句话后，皱了皱眉，神情快速恢复，连弥散开来的愤怒和恨意都被她尽数收敛。

他放下筷子，起身道："你先吃饭。"

顾琉星看着他蹲下，捡起碎裂的瓷器装进塑料袋里，仔仔细细地检查地面，确定没有残留，又去卫生间里拿了抹布，擦干净药汁，拎着袋子走向门口。

刚打开门，他又折返，走到全景窗前，拉开窗户，才走出去。

他的每一个动作，顾琉星都看在眼里，她神情淡淡的，除了指尖那一闪而逝的微颤。

胃轻轻抽痛了一下，顾琉星回神，若无其事地夹起菜放进嘴里。

傅言宸回来的时候，端着和刚才一模一样的杯子，不用想，也知道那里面是什么。

顾琉星这次没有拒绝，因为拒绝也没用，就凭傅言宸刚才的举动，足以说明，她敢摔了这一杯，还有下一杯。

她没有反抗的余地。既然没有，那她就不必折腾。

顾琉星早早入睡，一觉睡到天明。

她睁开眼，大床上只剩她一人，浴室里的阵阵水声告诉她，傅言宸还在。

她换好衣服，傅言宸走出来，对她说："去洗漱，送你去剧组。"

他依旧忽略昨天的事，也许这是唯一让两人继续相处的方法。

顾琉星点头，趿着棉拖鞋走向浴室。

她简单洗漱后，他开车送她去了剧组。

众人一见傅言宸又陪着顾琉星来剧组，表情各异。

因为傅言宸在，女艺人嫉恨的目光有所收敛，一个个都笑容和善。

导演孔钰的表情最为夸张，他生无可恋地朝宋简瞥了一眼，宋简头疼地按了按眉心。

今天的那场床戏，哪怕他对顾琉星有好感，他也是拒绝的。

顾时镜看见二人，自动忽略傅言宸，主动跟顾琉星打招呼："琉星。"

顾琉星唇角绽放出明媚的笑容，挑眉道："顾'影帝'，早啊！"

傅言宸看着两人旁若无人地互动，脸色发青，狠狠地捏了一下顾琉星的手，随即凶恶地瞪着顾时镜，警告意味十足。

导演适时出声，笑道："琉星，去上妆，马上开始了。"

顾琉星对导演颔首，挣开傅言宸的手，朝化妆棚走去。

江眠眠站在那里，伸长脖子看着她。

"琉星姐。"她噔噔跑过来，上上下下打量着顾琉星。

顾琉星疑惑不解，问："怎么啦？"

江眠眠苦着脸道："我看到傅董亲自熬药，还以为你怎么了，又不敢上去看，急死我了。"

顾琉星无奈地笑了笑，拍了拍她的肩头："没事，就是吃错东西吐了，去医院检查，医生说胃不好，开了一些中药调理。"

"真的？"江眠眠将信将疑。

顾琉星认真地点头，接着反问："不然你觉得是什么？"

江眠眠瞪了她一眼，跺脚，重重地道："琉星姐，人家很担心你的！"

顾琉星摸了摸她的脑袋："知道你贴心，但我现在真的要换装了，不然一会儿又该有人说我耍大牌了。"

话音落下，江眠眠脸色陡然一变，立即拖着她快速走进化妆棚。

顾琉星哭笑不得。

宋简拿着剧本，想到一会儿要拍的情节，整个人有些颓然。

这是一场激烈的吻戏，中间还有扯衣服的环节，他估计某人能用眼神杀了他……

无奈地瞥了一眼化妆棚的方向，又看了看坐在顾琉星的位子上、姿态狂妄的某个财神，宋简叹了一口气，起身走到导演面前。

"一会儿能用替身就用替身，能借位就借位。"他说。

导演毫不犹豫地点头，示意他放心。

这场拍的是龙粟和玄夜带领魔兵攻占神界后，龙粟每天行尸走肉般活着，玄夜愤怒，将她从圣金池畔带回华尊宫，企图侵犯她的片段。

此刻，往日流光溢彩、满是紫色的华尊宫，已被沉闷的灰色替代。

顾琉星目光死寂地躺在床上，宋简虚压着她，目光狠厉、愤怒，红色

的眼瞳像是充斥着浓郁的血光。

他捏住她的下巴，头压下去。

众人顿时倒抽一口冷气，下意识去看傅言宸的脸色。

只见傅董的脸色虽然差，但还控制得住，不过那浑身冰冷的气息，要冻死人啊！

从傅言宸的角度，他看到的是宋简头偏向一侧，并没有吻到顾琉星。

顾琉星死寂的目光忽然变得愕然。宋简在搞什么？

导演喊了停。

顾琉星脸色不佳，正要质问宋简，导演的声音又响起："琉星，下一个镜头用你的替身，那衣服有些不好撕，你身体欠佳，就不用你亲自上了。"

顾琉星："……"

傅言宸闻言，唇角勾起一抹笑容，恰巧被顾琉星看见。她皱眉推开宋简，冷着脸走到他面前，语气不好地说："我想好好拍戏，你不要随便干涉剧组的事。"

傅言宸目光一沉，而旁边的女艺人，一个个目光恨不得杀了她。

顾琉星仗着傅董的宠爱，一次又一次地扫傅董的颜面，真是不知天高地厚！这种人就该被演艺圈封杀！

孔钰闻声一急，连忙解释道："琉星啊，我们是真的关心你，而且那衣服确实不好撕，十几秒而已，只是你的侧脸，用替身也没关系。"

顾琉星丝毫没有因为他的话退让，说道："导演，你知道我一般不用替身的。"

导演为难，敬业的演员谁都欣赏，可顾琉星敬业的时机不对啊……

顾琉星看着导演，坚持不用替身。

导演无奈地看向傅言宸，傅言宸笑了笑，问："真的不想用替身？"

顾琉星点头："我身体没问题，你不用担心。"

傅言宸挑眉，转头问导演："你觉得我可以当宋简的替身吗？"

宋简："……"

导演傻眼了，傅董刚才说什么？他当宋简的替身？傅董没说错吧？

顾琉星很快明白他话中的意思，既然她坚持不用，那他就把宋简换掉，一样能达到他的目的。

顾琉星眉头紧锁，重重地呼了一口气，压着怒意道："傅言宸，你能不能别闹？"

他没有理她,而是单手插兜,径直走到宋简旁边,淡淡地扫了宋简一眼,问导演:"怎么样,可以吗?"

顾琉星:"……"

导演看着傅言宸浑身散发出的邪气和嚣张霸道的气势,眼睛发亮。傅言宸要是进演艺圈,那绝对是红得一塌糊涂,就凭那完美的脸以及身材,绝对横扫演艺圈!

导演干笑两声,不确定地问:"傅董真要当宋简的替身?"

"我像是在开玩笑?"

顾琉星翻了一个白眼,看他的样子,根本没有回转的余地,铁了心不让她和宋简拍这场戏。

宋简这时忽然出声:"我的胳膊昨晚扭了,既然衣服不好撕,那就让傅董来吧,我们身材也差不多。"

傅言宸朝宋简投去欣赏的眼神,宋简微微一笑,装模作样地动了动胳膊。

宋简都走了,导演赶紧道:"那就辛苦傅董了。"

傅言宸笑得十分温和。

"小孟,快带傅董去换衣服。"导演朝一边喊道。

叫小孟的女孩儿红着脸低头跑过来,羞怯地看了傅言宸一眼,说:"傅董,请跟我来。"

傅言宸轻蹙了一下眉,扭头看向顾琉星:"你给我换。"

顾琉星冷冷地瞥了他一眼:"我不会。"

他说:"让这……什么小孟的教你。"

顾琉星:"……"

坐在宋简旁边的顾时镜睨了他一眼,宋简无奈地摊手,他其实只想安安静静当一个演技派,不想葬送自己的前途,也没顾"影帝"的勇气和傅董硬碰硬。

顾时镜再次看向这边,恰好和傅言宸不屑的视线撞上。傅言宸挑了一下唇,扯着顾琉星的手朝化妆棚走去。

化妆棚里,傅言宸的声音不断传出。

"顾琉星你动哪里呢!"

"顾琉星你一会儿点出火来,别怪我兽性大发。"

"顾琉星跟你说了别碰那里!"

"顾琉星……"

众人："……"

顾琉星冷冷地看了他一眼，啪的一声把腰带扔在他身上，转身离去。

傅言宸望着她气急败坏的背影，勾唇一笑。

小孟正要上前帮傅言宸，却见他已经自己动手开始系，失望地撇了撇嘴。

傅言宸来到镜头下，余光一瞥，顾时镜脸色不太好。

至于坐在床边等傅言宸的顾琉星，视线不经意间落在傅言宸身上，瞬间愣住。黑色长袍勾勒出他完美的身材，棱角分明的脸上有和玄夜相同的邪肆以及霸气，让人不经意间走神。

他站在顾琉星面前，一黑一白，都是无法形容的高颜值，在场所有人陡然屏息，像是怕惊扰了这一幕。

以前大家觉得，不论顾琉星演技怎么样、人怎么样，她和顾时镜的每一个镜头，都让人觉得两人相当般配。但是现在，所有人都开始推翻自己之前的看法。

顾琉星仰头看着站在自己面前的傅言宸，失神片刻，眨了眨眼睛，道："我要一次过，如果你不行，就让宋简来。"

傅言宸笑笑，目光高深莫测，说："行。"

导演笑着问："傅董，您准备好了吗？"

傅言宸表情微微收敛，点头。

离开剧组的时候，顾琉星快步走在前面，白色的口罩遮住她的脸。

傅言宸大步追上她，刚握住她的手，就被她用力甩开。

顾琉星脚步更快，头也不回地冲后面的江眠眠喊："眠眠，快点儿。"

江眠眠嘴角剧烈地抽搐，再看其他人，几乎要拽断手里的包带，一个个脸色带着愤怒。

"来啦！"江眠眠飞奔到顾琉星身侧，跟着她一起上了保姆车。

保姆车开动，很快消失在路口。

傅言宸摸了摸鼻子，勾唇一笑，慢条斯理地上了自己的车，朝保姆车离开的方向开去。

车上，江眠眠悄悄去看顾琉星的脸色，然而有口罩遮着，什么也看不到。

手机铃声忽然在寂静的车内响起，顾琉星睁开眼睛，从包里找出手机。

电话是南桥打来的。

"喂，桥桥。"顾琉星口罩下的声音显得有些无力，事实上，在刚才那件事之后，琉星姐有气无力也挺正常的。

南桥听到她这语气，微微诧异，问道："你这是怎么了，一副身体被掏空的样子。"

顾琉星："……"

电话漏音，坐在一旁的江眠眠听到这句话，差点儿没憋住笑，忍得肩膀都在颤抖。

顾琉星压下郁闷，说道："你打电话来有事？"

南桥也不是打破砂锅问到底的人，见她不想提，也没再问。

她道："明天晚上智源举办一场慈善晚宴，你如今是他们的代言人，所以他们发来邀请函，请你务必出席。"

"明晚？"顾琉星皱眉，怎么现在才说？

"嗯。"明白顾琉星的疑问，南桥说，"前几天有城市地震，智源也是临时决定举办这个慈善晚宴，号召大家筹款赈灾。你如果明天没戏，那和傅董一块儿来吧！正好宝贝也想你了，你今晚正好可以和她待一晚。"

想到顾流沙，顾琉星不由得心生愧疚。

回国之后，她似乎在傅言宸身上花心思和时间太多了，忽略了孩子……

"好，我知道了。"她说。

南桥挑眉："行，那我挂了，一会儿给你找个家政阿姨把星月首府打扫一下。"

结束通话，顾琉星揉了揉手腕，眉眼间露出一抹疲惫。

江眠眠关心地问："琉星姐，你还好吧？"

话音刚落，江眠眠就感觉到车内的温度陡然降低好几度。她吞了吞口水，瞪大眼睛看着顾琉星。

琉星姐现在和傅董越来越像了。

顾琉星因为江眠眠的话，片场的事悉数浮现在脑海中。

傅言宸无所顾忌、凶猛发狂地吻着她，大掌在她身上四处游走，疯了一般撕扯她的衣服……比剧本还夸张！

整整半个小时的热吻，没一个人敢打断，她几度感觉自己缺氧，快要昏过去。

到最后，她甚至忘记自己还在演戏，用力挣扎着。又过了几分钟，傅言宸放开她。

眼中树影快速掠过,顾琉星换了口气,说:"没事。"

江眠眠显然不信,要不也不会频频投来目光,但她没敢再开口,琉星姐一会儿要是怒了就不好了。

过了一会儿,她扭头问道:"琉星姐,那我们什么时候回A城?"

顾琉星想了想,道:"回去就收拾吧,早点儿到A城,你要是想在家多待些时间,可以明晚再来。"

江眠眠开心地笑道:"好,谢谢琉星姐。"

保姆车驶入酒店地下车库,顾琉星刚下来,某人的黑色轿车嚣张地在她面前骤然一停,地面上赫然出现一道长长的痕迹。

驾驶座车窗缓缓降下,傅言宸那张似笑非笑的脸出现在她眼中,一股郁结之气在她的胸口隐隐作祟。顾琉星冷冷地看了他一眼,朝电梯走去。

傅言宸笑容僵在嘴角:她还没消气?明明是她说要一次过,他那么努力,孔钰都说完美,她到底在气什么?

傅言宸叹息一声,推开车门下车,大步追上去,赶在电梯门彻底关闭之前伸手拦住。

顾琉星盯着电梯,并不看他。

单手插兜走进去,他站在顾琉星身侧,面朝前方,电梯缓缓上升。

微风从电梯顶部吹下来,窄小的空间里除了风声,格外安静。

手指被他轻轻握住的时候,炙热的感觉让顾琉星的手微微一颤。心里忽然出现一抹莫名的情绪,顾琉星下意识手往身后避了避。片刻后,见他不再乱动,她抿着唇,将手移到身前,双手拿着包。

傅言宸瞥到她的动作,眼中掠过笑意,靠她更近,修长的手仿佛弹钢琴一般在她腰间轻点,像是平静的湖水,被什么东西撩拨了几下,荡起阵阵涟漪。

顾琉星又抿了一下唇,忍着。

某人的手丝毫没有因为她的忍耐而有所收敛,反而越来越过分,从左侧缓缓移至右侧,最后一个用力,将她带入怀中。

顾琉星差点儿尖叫出声,他的动作太大,她整个人是跌进他怀里的。

角落里的江眠眠:真可怕,她还是个宝宝呢,能不能不要在她面前这么玩。

"傅言宸!"顾琉星转头怒目瞪他。

傅言宸笑容迷人,哄道:"还气呢?"

顾琉星顿时气血上涌,他还敢说!他当着那么多人的面,吻了整整半个小时,在她身上到处点火,她现在嘴巴还肿着,要不她为什么戴口罩?

傅言宸低眸看着她因为恼怒而瞪大的眼睛,唇角笑容愈深,道:"不是你说要一次过嘛,我这么卖力,你还不开心?"

顾琉星被气得七窍生烟,冷冷地别过头,懒得再和他多说一句话。

傅言宸耐心地哄道:"也不是什么大事,别生气了。"

顾琉星深吸一口气,推开他的手,道:"我现在不想和你说话。"

电梯先到剧组包下来的那层。

还没等江眠眠开口说先走,顾琉星怒气冲冲地走了出去。

这次傅言宸没再追,而是对江眠眠道:"我回A城,好好照顾顾琉星,有事给我打电话。"

江眠眠恭敬地点头:"傅董放心,我会好好照顾顾琉星姐的。"说完,她忽然想起南桥的那通电话。

"傅董,等等。"江眠眠急忙道。

傅言宸关电梯门的动作一顿,他挑眉看着她。

江眠眠局促地笑了笑,道:"傅董,刚才桥桥姐打电话来,说让我们和您一起回A城,琉星姐要去出席一个慈善晚宴。"

傅言宸沉吟了一会儿,说:"那你们收拾行李,我让人再订两张机票。"

江眠眠笑眯眯地应道:"谢谢傅董。"

回到房间,江眠眠看到顾琉星正在收拾行李,耳边夹着手机。那边似乎一直没人接听,顾琉星渐渐皱起了眉。

第三通电话忽然变为关机的时候,顾琉星扔下手里的衣服,拨通南桥的电话。

"桥桥,狗蛋儿最近在忙什么?"她问道。

南桥站在幼儿园门口,百无聊赖地踢着台阶,道:"他啊,说是L市那边有事,去处理了。"

顾琉星眼眸蓦地一沉,他回L市了……

"他离开几天啦?"

南桥想了想,道:"他最近经常在L市和A城跑,前天下午又走了。怎么了,你找他有事?"

顾琉星唇角紧抿,盯着地面,出了神:L市出事了?什么事让叶寻都开始紧张了,竟然关机?难道是那边反悔了?

"琉星?"南桥良久没听到声音,察觉到异常,"到底怎么啦?"

顾琉星回神,敛了敛眉目,说:"没事。我现在收拾行李,晚上到。"

南桥翻了一个白眼:这个女人,每次到了不得不说的时候,才会告诉她一些事。现在看来,在 L 市那几年,估摸着也发生了不少事,而她一点儿都没透露。

想到这里,南桥哼道:"有事我也懒得管,最近狗蛋儿不在,我都快忙疯了,打理工作室,照顾宝贝,累死了。"

顾琉星听到她这抱怨的语气,唇角轻轻弯了弯,讨好地说:"好了好了,知道你辛苦,三个月内的分红我不要了,都是你的!"

南桥忍着笑:"你可别反悔,这个月几个新人接了不少通告。"

过了几秒,顾琉星问道:"我现在反悔可以吗?"

南桥呵呵一声,面无表情地回:"来不及了。"

话音落下,电话被挂断,顾琉星挑眉,无奈地望着手机,还好有南桥。

想到 L 市,她神色不由得沉了下来。

"琉星姐,"江眠眠犹豫着出声,问,"叶寻……他怎么啦?"

顾琉星还沉浸在自己的思绪中,忽然被打断,下意识扭头看她,目光中隐约带着一抹狠戾。

江眠眠愣住,过了几秒,才听到顾琉星说:"他没事。"

"哦哦!"江眠眠眨眨眼睛,再望过去的时候,她已经恢复平静,江眠眠顿时觉得刚才是自己的错觉。琉星姐挺温柔的,怎么会有那么狠戾的眼神呢。

她笑笑,担忧地说:"我还以为叶寻怎么了,看你脸色不好。"

顾琉星没再说什么,拿起床上的衣服,叠好放进箱子。

江眠眠边收拾东西边说:"琉星姐,傅董帮我们订了机票。"

顾琉星闻言,动作微顿,道:"我知道了。"

话音刚落,忽然传来敲门声。

江眠眠走过去开门,就看到傅言宸拎着小行李箱,径直走进来,江眠眠连忙让路。

顾琉星闻声看过来,就听到他说:"顾琉星,里面的东西带回去。"

她反应过来,箱子里是他送给她的东西。她挑眉,从他手里接过箱子,打开密码锁,全部倒进自己的行李箱,然后一笑:"谢了,傅董。"

傅言宸看她一副随意的样子,郁闷地别过头。

要是让他知道这些东西被顾琉星低价变卖,估计能气得吐血……

第十五章
听　话

晚上八点半,三人抵达 A 城国际机场。

南桥发微信告诉她,顾流沙知道她今天回来,激动得要来机场接她。

顾琉星见到顾流沙的那一刻,小小的身影朝她奔来,稚嫩清脆的声音响起:"妈咪……妈咪……"她拼命地喊着,小脸因为用力而微微发红,开心极了。

顾琉星也笑起来,半蹲下来接住她。

"宝贝!"顾琉星紧紧地拥着她,想把她抱起来,结果发现这段时间她好像长肉了,笑道,"宝贝长大了,妈咪都抱不起来了。"

顾流沙搂着她的脖子,听到她这么说,害羞地埋起小脸。

顾琉星失笑,抚了抚她的背,抬眸便看到前方缓缓走来的南桥,还有来接傅言宸的郑深。

郑深和南桥见到傅言宸,恭敬地问候:"傅董。"

傅言宸看了他们一眼,淡淡地颔首,侧头问顾琉星:"你明晚参加哪里的慈善晚宴?"

顾琉星道:"智源集团的。"

郑深这时插话:"对了傅董,大小姐昨天也送来了智源集团慈善拍卖会

的邀请函。"

闻言，傅言宸笑了笑，道："顾琉星，你看，注定你要做我明晚的女伴。"

顾琉星淡淡地看了他一眼，没说话。

郑深心想：顾小姐还是这样比较正常，那次在傅氏大厦见到的顾小姐，绝对是假的顾小姐！

没聊一会儿，几人朝机场车库走去。

郑深打开车后座的门，傅言宸对正上车的顾琉星说："明晚我去星月首府接你，不用收拾，我会让人准备好礼服。"

顾琉星回头，笑容格外惑人："好。"

傅言宸勾了一下唇，然后上了车。

两辆车一前一后驶离机场。

南桥先送江眠眠回家，然后去星月首府。

车上，顾流沙小脸兴奋，叽叽喳喳地说个不停，像是打开话匣子一般，给顾琉星讲着她们幼儿园里发生的事。

"妈咪，我告诉你哦，我们幼儿园新来了一个哥哥，长得好漂亮呢！"说着，她拿起挂在脖子上的小手机，指纹解锁之后，点开照片，献宝似的给顾琉星看。

"妈咪，你看，哥哥很漂亮吧？"

顾琉星低眸看了一眼照片，是顾流沙和她口中的那个哥哥的合影。

男孩儿金发碧眼，小小年纪，五官棱角分明。不过……宝贝不是喜欢唐靳吗？她怎么又和这个孩子玩上啦？

"妈咪，你怎么不说话？你是不是觉得哥哥不好看呀？"顾流沙睁着大眼睛，凑近看她。

顾琉星回神，宠溺地说道："漂亮！"

顾流沙笑眯眯的，歪头盯着照片，自言自语："哥哥让宝贝想起孤儿院里的那些哥哥，也不知道他们有没有想宝贝。"

顾琉星摸了摸她的脑袋，柔声问道："宝贝想哥哥们啦？"

顾流沙重重地点头："院长阿姨说，哥哥们最近要上学，不能和宝贝视频。"

顾琉星想了想，道："那妈咪过段时间带你回去看他们好不好？"

"真的？"顾流沙惊喜地喊道，黑白分明的大眼睛亮晶晶的。

顾琉星点点头："真的。"

"妈咪真好！"

顾流沙半个身子从儿童椅上扑过来，热情地亲了她一口。

手机随着她的身体晃动，撞到顾琉星的手上。

顾琉星想起唐靳，好奇地问："宝贝和这个哥哥玩得好，那唐靳哥哥呢？"

顾流沙垂眸，小嘴巴抿出一抹弧度，小声道："喜欢唐靳哥哥，也喜欢小跖哥哥呀！"

前面开车的南桥听到这话，没忍住笑出了声，打趣道："那宝贝更喜欢哪个？"

顾琉星嘴角抽了抽，瞪了南桥一眼：问的什么问题！

不料，顾流沙想了一会儿，答道："更喜欢唐靳哥哥，他陪宝贝玩，送给宝贝好多东西呢！"

顾琉星：所以她这个喜欢是和物质挂钩的？要是再出现一个比唐靳更大方的人，宝贝就立刻倒戈？

南桥又笑道："宝贝，那你喜欢桥桥阿姨不？桥桥阿姨也给你买了好多好吃的。"

"喜欢呀！"顾流沙说，"桥桥阿姨不买好吃的，宝贝也喜欢。"

南桥顿感欣慰，真对得起她起早贪黑送小丫头去上学。

顾琉星："……"

车开进星月首府，停在顾琉星住的那栋楼下。

南桥因为有事，就没上去，说道："那我明天就自己过去了，你和傅言宸一起。"

顾琉星嗯了一声，叮嘱道："路上开车小心。"

顾流沙被顾琉星牵着，冲南桥挥了挥手，小大人似的说："桥桥阿姨路上小心哦，拜拜。"

南桥笑起来，也冲小丫头挥手："宝贝拜拜。"

望着南桥的车消失在夜色里，顾琉星和顾流沙走进公寓，乘电梯回了家。

公寓里因为长时间没有住人，有些清冷，顾琉星走进去打开窗户，春风吹了进来。

"妈咪，宝贝能做什么吗？"顾流沙东张西望。

顾琉星摸了摸她柔软的头发，笑道："宝贝真乖，不过妈咪自己可以的。"

顾流沙失望了一小会儿，忽然眼睛一亮，道："那我去帮妈咪倒水。"

顾琉星也没阻止她，看着她跑到饮水机前，和她随意聊天："宝贝晚上吃的什么呀？"

顾流沙紧盯着玻璃杯，说："桥桥阿姨煮的粥，妈咪呢？妈咪吃的什么呀？"

顾琉星说："妈咪吃的飞机餐。"

顾流沙捧着杯子走过来，顾琉星连忙接住，温柔地说："谢谢宝贝。"然后顾琉星拍了拍身旁的位置，让她坐上来。

顾流沙爬上沙发，看见遥控器，笑眯眯地对顾琉星说："妈咪，我想看动画片。"

顾琉星挑眉，沉吟片刻道："只可以看半个小时哦！"

"好的。"顾流沙迫不及待地打开电视。

顾琉星站起来，走到窗边，视野内，万家灯火。天，漆黑。风，微暖。她握着手机，拨通叶寻的电话，嘟嘟嘟的声音一直持续到电话自动挂断。

她想也不想地继续拨出。第二次电话响了许久，那边传来叶寻暴躁的吼声："顾琉星，你有完没完，肯定是有事才不接你电话，干吗一直……"

"出了什么事？"顾琉星打断他，严肃地道，"是不是他后悔放我走？"

叶寻微愣，几秒后轻嗤一声："你以为你天下无敌啊，还后悔放走你，是月小姐这边出了点儿事，我回来看看。"

"你和月小姐有那么熟？"顾琉星皱眉，诧异地说。

月小姐是那位的情人，被那位保护得极好，她连面都没见过的人，叶寻竟然那么熟悉。

那边忽然沉默，顾琉星有点儿不耐烦了："说话，狗蛋儿，你今天要是不跟我说出个原因，你信不信我现在就飞去L市！"

"好好好。"真是服她了，叶寻低声道，"月小姐和冷少打过几次架了，你也知道，冷少从来不会对女人留情面，月小姐根本不是他的对手，月小姐最近几乎都是在医院里度过的。两人最后一次动手的时候，月小姐的肋骨被打断了……冷少没有派人来照顾，所以我……"

"等等。"顾琉星皱眉打断他，"你先告诉我你和月小姐怎么那么熟？"

叶寻再次沉默，顾琉星许久没听到声音，这次她没有再逼迫："不想说算了，只要你没事就好了。"

"嗯，我没事，你别担心。"叶寻低声道。

L市私人医院内，一个女人躺在病床上，看着叶寻，目光殷切。

叶寻眼眶蓦地酸涩，挪开电话换了口气，控制着声音问："宝贝呢，最近怎么样？"

顾琉星看了一眼坐在沙发上的顾流沙，说："挺好的，正在看动画片呢！"

"那……"叶寻顿了顿，豁出去一般开口，"能不能让宝贝接一下电话？"

"行，你等等。"顾琉星握着手机走过去，对顾流沙说："宝贝，爹地的电话。"

顾流沙扭头看过来，开心地说："爹地打电话来啦！"

顾琉星笑着点头："和爹地聊聊天。"

顾琉星咧开唇，笑弯了眼睛，迫不及待地接过电话，冲那边脆声喊道："爹地！"

叶寻手机开着免提，顾流沙的声音从话筒里传出来，女人的眼眶里雾气快速聚拢，几乎是在下一秒，眼泪汹涌而出。

"爹地啊，你什么时候回来？我想你啦！"顾流沙拉长了声音，说道。

女人眼泪顿时失控，死死地捂着嘴巴。

叶寻眼眶通红，嘴唇颤抖，压抑着自己快要控制不住的嗓音，说："爹地很快就回来了，回来给宝贝带好吃的。"

顾流沙笑嘻嘻地说："好呀，那我等着爹地哦！"

叶寻怕自己控制不住情绪，没说几句话就和顾流沙道别，让她把电话给顾琉星。

"我后天就回去了，最近辛苦桥桥姐了，帮我向她道声谢。"叶寻在那边认真地说。

顾琉星道："这还用你说，不过你也别太在意，记在心里就行。"

叶寻："嗯，那我挂了。"

挂断电话之后，顾琉星带顾流沙洗了澡，用浴巾裹住她，把她放在床上。

顾流沙害羞地不敢看顾琉星，余光瞥到顾琉星拿着睡衣走过来，立即举起双手做投降状。

顾琉星好笑地给她换上睡衣，顾流沙一骨碌滚进被子里，半张脸遮在被子下。

"妈咪，一起睡。"她小声说道。

顾琉星摸了摸她的额头，柔声笑道："好的。"

翌日，下午五点钟。

顾琉星身着牛仔外衣、黑色铅笔裤，脚上穿着白色板鞋，下了楼，依旧是口罩遮面，但能看出来她没化妆。

傅言宸随意地斜靠在车上。

见她穿得如此随意，他轻笑一声："很听话啊！"

顾琉星听懂了他的意思，懒得和他讨论这个话题，说道："今晚我和桥桥都不在，能不能让宝贝先去盛景？如果唐靳可以不回家，让他陪着宝贝可以吗？"

傅言宸挑眉，他就知道顾琉星最后还是会同意他的建议。顾琉月出事了，叶寻肯定会过去，南桥一忙，顾流沙就没人照顾了。

他说："嗯，我给家里司机打个电话，接一下两个孩子。"

话音落下，他拉开车门，顾琉星也没客气，坐上车，由着他帮自己系上安全带，然后绕到驾驶座。

车开了，一路穿过数个街道，在一家造型店前停下。

工作人员想必收到了傅言宸要来的消息，早早地等在门口，恭敬地将两人请进去。

傅言宸坐到一旁，对工作人员发说："去把衣服拿过来。"

为首的造型师弯腰，微笑道："好的，傅董。"

等顾琉星看见那件衣服，顿时愣住：这是傅言宸让她穿的衣服？

黑色的礼服穿在模特身上，精致大方，套颈设计，背后采用复杂的拼接方式，露出女人最美的削肩以及蝴蝶骨。衣服剪裁完美，不暴露，也不过分保守。

顾琉星眨眨眼睛，不确定地问："你让我穿这个？"

"对！"傅言宸道。

"可是……"顾琉星皱眉，"这是一个慈善晚宴，不用这么隆重……"

傅言宸靠在沙发上，不可一世地开口："我就是不喜欢别人抢了我女人的风头。"

顾琉星觉得他们已经不适合在这种问题上交谈了，两人的观点从来都是走向两个极端，而且，她今天真的不能穿这种衣服……

"快去换。"傅言宸手支着下颌，似笑非笑地望着她。

他真的很喜欢看顾琉星眉眼间露出的气愤又无可奈何屈服的样子。

造型师微笑道："顾小姐，请跟我们来这边。"

顾琉星深吸一口气：好，换就换，他到时别后悔！

她面无表情地由着造型师带去试衣间。

半个小时后，身后一个工作人员帮她拎着及地的裙摆，她走了出来。

她发质很好，微微卷曲，十分自然，所以造型师直接把她的一头长发盘了起来，露出线条优美的脖颈。

顾琉星脸色有些不自然，换衣服时，工作人员看见她满身吻痕时的目光，实在让她难以忽视。当她担心脖子上的吻痕时，造型师说道："顾小姐放心，脖子一会儿可以用遮瑕处理。"

她真的想把衣服脱下来……

站在穿衣镜前，顾琉星盯着镜子里的自己：嗯，衣服很好看，除了脖子上那些暧昧的痕迹……

傅言宸抬眼看来，见她这个表情，不解地问："怎么了，衣服不合适？"

接着，当他视线接触到顾琉星修长白皙的脖颈处几个明晃晃的吻痕时，眸色一深。

她一直披着头发，就是要遮吻痕？

造型师笑着答道："顾小姐身材很好。"说着，她拿出一旁的遮瑕膏，挤出一点儿，点在那几处吻痕处，几秒后，吻痕消失。

顾琉星："……"

造型师满意地点头，然后说："为了符合今天宴会的主题，妆容最好淡一点儿。"

顾琉星被压着肩膀按在椅子上，大小刷子不断地在她脸上飞舞。

又过了半个小时，她只来得及看一眼自己的脸，就被推到傅言宸面前，她的余光看见造型师一个个等待傅言宸点评的眼神。

傅言宸目光深邃，盯着她精致的五官，将她上上下下打量了一圈，满意地点头，造型师们也露出了笑容。

他放下手里的杂志，站了起来，搂着她的肩膀，说："走。"

上车后，顾琉星系好安全带，一个紫色的方形绒盒出现在她面前。

她愣了愣，就听到傅言宸说："一会儿捐出去，以我的名义，然后你拍回来。"

顾琉星怀疑自己听错了，道："你确定？捐出去，再拍回来？"

傅言宸侧头，薄唇微动："对。"末了，他恶狠狠地开口，"要是拍不回来，你就死定了！"

顾琉星眨眨眼，无语："那换一个捐不就行了，何必这么麻烦。"

"我愿意！"

黑色轿车缓缓汇入车流，路灯光在车内显得变幻莫测。

顾琉星翻了一个白眼，将绒盒放进手包里，随后想起什么，问："我拍回来，用你的钱？那东西到底算我的，还是你的？"

"就这么想要这里面的东西？"傅言宸意味深长地笑了笑，语气揶揄。

顾琉星："只是问问。"

看着她淡漠地扣上手包的扣子，傅言宸问道："你就不好奇里面是什么东西？"

顾琉星动作一顿，接着他的话说："什么东西？"她的语气相当平静，听不出半分好奇。

傅言宸气得握紧方向盘，咬牙道："顾琉星，你是不是想把我气死了，好继承傅氏？"

顾琉星笑容妖娆，眼神魅惑："你的意思是，要立遗嘱，傅氏以后归我？"

傅言宸脸色一片铁青，一字一句地道："你想得美！"

顾琉星挑眉，扭头看车外的风景，没过几分钟，傅言宸郁闷的声音再次响起："真的一点儿都不好奇？"

"又不是给我的，我为什么要好奇？"顾琉星无语地说。

傅言宸轻笑："要是给你的呢？"

顾琉星转过头来，笑道："都是我的了，我就更不好奇了。"

傅言宸觉得自己绝对会短命，顾琉星现在怎么变得这么难缠。

他问："给你，你就不会拒绝？"

"当然。"顾琉星的星眸弯了起来，"谁会嫌钱多。"

傅言宸眼角抽搐了两下，她不只难缠，还变成了财迷……

"好，到时给你，你可别吓得不敢收。"傅言宸停在红灯前，捏着她的下巴，把她的头转过来面朝自己。

顾琉星皮笑肉不笑地道："好。"不想留的东西，她一般都会卖掉。

顾琉星挽着傅言宸的胳膊走进宴会厅的时候，清晰地感觉到原本一派和谐、谈笑风生的场面因为她的到来忽然一片寂静。

他们临走之前，许多参与竞拍而失败的人无比愤怒。

她一直知道自己这张脸的杀伤力，所以才会在走投无路的时候，盛装打扮，站在丽煌的拍卖台上，待价而沽。而后她在演艺圈闯荡，骚扰她的人不计其数，都被傅言宸一一解决。

他们察觉她背后的势力庞大，不是个能轻易招惹的人，才有所收敛。只是，他们都不知道，她背后的人是傅言宸罢了。

四面八方的目光包围着她，她唇角微扬，那一抹魅惑的弧度，似乎让整个宴会都变得躁动不安。

傅言宸冰冷的视线扫过在场的所有人，一把搂住顾琉星的肩膀，脸色阴沉，充满警告。

智源的总裁夫人扯扯自己老公的衣袖，低声道："你真觉得把顾琉星请来是个正确的决定？"

凡事都是两面性。有顾琉星的慈善晚宴，每到拍卖部分总会失控。

男人们拼尽全力展露自己的财力，只为得到最后和顾琉星握手的机会。但女人的反应往往也是失控的，就比如之前有位夫人，直接将顾琉星锁进洗手间，泼了一桶红墨水。

智源老总看了一眼门口那两位，说："有消息说，现在顾琉星的老板是傅董，傅董似乎很宠她。"

身为《魔尊》的投资人，他自然也听说了剧组里面的一些事。

"这女人真是……手腕高明。"夫人艰难地措辞。傅家可是 A 城的超级家族！

老总拍拍自家夫人的肩膀："既然成了代言人，我又出了那么高的代言费，当然不能白白浪费这个机会，不可否认，今晚这么多集团老总，很大一部分是冲着顾琉星来的。"

夫人失笑："但有傅董……他们的心思怕是要落空了，这拍卖会还能好好举办吗？"

老总道："怕什么，既然来了，不管多少，每个人总要意思意思，积少成多。"

夫人想了想，赞同地点头，和自家老公迎了上去。

智源老总笑容亲切："傅董，没想到您真的会光临，有失远迎，有失远迎。"

傅言宸站立在灯光下，唇角扬起，轮廓透着一抹不羁。

"张总。"傅言宸薄唇轻启，嗓音低沉，礼貌地伸手和他握了一下。

张智源做出请的动作，姿态低伏："傅董，快请。"

张夫人走到顾琉星的左侧，语气亲昵："顾小姐，好久不见。"以往在

慈善拍卖会上，两人是打过照面的。

顾琉星礼貌得体地答道："好久不见，夫人。"

张智源笑道："傅董，傅大小姐也来了，是和苏家小姐一起来的。"

傅言宸闻言，眉头轻蹙，脸色不好。

顾琉星也愣了愣，原来傅言溪拿她没办法，开始给傅言宸塞女人了。

她冷冷地勾了勾唇，视线一转，恰好和前方的苏希源对上，旁边是脸色铁青的傅言溪。

两人都死死地盯着她，傅言溪应该是不想给傅言宸丢人，所以忍着没有冲过来。

顾琉星微微挑着下巴，视线淡漠地扫过两人，没有理会。

傅言溪有高高在上的公主病，顾琉星根本就不想陪她玩，一招秒杀的对手，完全没兴致。

很多商界人士围了过来，礼貌地和傅言宸交谈，傅言宸站在璀璨的灯光下，游刃有余地与他们交谈着。

耳边接连不断的交谈声让顾琉星皱起了眉，她很不喜欢这种感觉，太吵了。

傅言宸余光一直注意着她，见她眉眼低垂，便知道她有些不耐烦了，低头在她耳边轻声说道："先去找地方休息。"

顾琉星看了他一眼，点头。

恰巧这时南桥出现在宴会厅门口，顾琉星说："南桥来了，我和她一起。"

傅言宸闻言，眼中带着温柔，捏了捏她的手："拿点儿东西吃，别喝凉的。"

顾琉星笑着点头，松开他的手臂，朝南桥走去。

南桥看见她，眼睛都直了，她也太美了吧？南桥撇嘴，傅董竟然舍得她就这么招摇过市。

顾琉星走到她的面前，见她一脸呆滞，无语地翻了一个白眼："南桥，我是不会喜欢你的！就算你觊觎我的美貌，也没用！"

南桥回神，没好气地轻推了一下她的胳膊："都说了我喜欢男人！你可以怀疑狗蛋儿的性取向，但是不能怀疑我！"

顾琉星笑出了声，要是叶寻听到这话，估计会跳脚，哪怕他的性取向至今不明。

南桥四下望了望，到场的都是一线明星、名流商贾。

她问:"你今晚打算捐东西,还是拍东西?"

这种慈善晚宴,都是一样的套路,大家都只是为了赚个名声,要么捐东西,要么拍东西,也算是贡献了一份力。

顾琉星说:"既捐,也拍。"

南桥疑惑不解:"什么意思?"

她耸肩:"傅言宸让我以他的名义捐个东西,然后我自己再拍回来。"

南桥觉得不可思议:"难道这就是董事长和我们普通人的区别?恕我凡眼看不透。"

顾琉星也懒得去猜,直接转移了话题:"吃了没?没吃去拿点儿东西吃。"

南桥点头,和她一同走向旁边堆满精致糕点的长桌。

两人边挑东西边聊天。

顾琉星道:"我不打算让宝贝转学了。"

南桥诧异:顾琉星之前不是很坚持吗?顾琉星不想让宝贝和唐靳接触太多。

南桥问:"为什么?"

顾琉星:"我们这段时间都太忙,顾不上宝贝,傅言宸的意思是,以后让宝贝和唐靳一起由唐家司机接送。"

南桥呵呵一声:"那可真是便宜唐家那小子了!"

旁边忽然响起一道温柔的女声:"南小姐。"

南桥脸色蓦地一沉,扭头就看到女人拿着小盘子,站在几步开外,微笑着和她对视。

顾琉星眼眸微转,唇角笑意冷淡。

说话的人是容芷意,四年前她离开了A城,但对于这边的消息还是一直关注的。

容芷意和应木尧的婚礼,可是相当高调。容芷意甚至没遮掩自己怀孕的事。

她现在这么趾高气扬地出现在她们面前,是耀武扬威吗?

顾琉星微勾起淡粉色的唇,转身漠然地看着容芷意,刚想开口,手被南桥握住。

南桥面色如常,语气带着嘲讽:"容小姐,你还真是无处不在,怎么,站在这里,又打算阴我?"

容芷意笑了,丝毫不理会南桥的冷嘲热讽,淡淡地道:"南小姐误会

了，我只是来取些吃的，木尧晚上没吃东西，刚才喝了太多酒，我怕对他胃不好，所以拿点儿东西给他吃。"

说着，她侧身，唇角抿出一抹温柔的弧度，专注地挑着应木尧喜欢吃的东西。

南桥不经意间手握成拳。

顾琉星冷笑一声："你们夫妻有多恩爱，不必尽人皆知吧？你好歹也是拿过'影后'称号的人，怎么演技这么差呢？"

"你！"容芷意终于变了脸色，愤怒地瞪着她，"顾琉星，这是我和南桥之间的事，和你有什么关系！她勾引有妇之夫的事又该怎么算？"

南桥笑容嘲讽更甚，声音冰冷："容小姐，你确定是我勾引？"

容芷意双眸微沉，也明白，在这种场合绝对不能闹出什么丑闻。

顾琉星闻言，轻蹙眉头：南桥不是早和应木尧断干净了吗？什么勾引？

她虽然疑惑，但还是在第一时间选择维护南桥："当年怎么就没见你这么道德绑架自己呢？再说了，应木尧这种男人，值得桥桥去勾引？可笑！"

容芷意脸色极差，狠狠地盯着两人，冷哼道："顾琉星，你最好祈祷傅董能一直护着你，否则我一定会让你和南桥在A城彻底混不下去！"恼怒地扔下一句话，容芷意转身要走。

顾琉星微笑，慵懒地拖长了声音："真把自己当成无所不能的人啦？要这么厉害，怎么会用孩子来逼人家结婚呢？"

容芷意停下，回头，得意地笑道："结果让我满意就行。"

顾琉星："……"

南桥站在一旁，冷冷地看着以胜利者姿态离去的容芷意。容芷意直直地走向站在那里，举着酒杯和一群成功人士谈笑风生的男人……

他的变化真的很大，眉眼间是商界成功人士的气度，褪去当年的青涩，他生活得很好。

"桥桥，"旁边顾琉星开口，低声道，"有些人，你以为你在他心里有点儿地位，但当你碰到他重要的东西，他一定会毫不犹豫地放弃你，做出对自己最有利的选择。"

南桥不置可否，感叹道："你这话仿佛在我的伤口上撒了一把盐。"

"疼了你才能记住，以后擦亮眼睛。"她看了一眼傅言宸所在的方向。他一身剪裁得体的西装，笔直地站在那里。他对面的男人似乎和他交情不错，看得出他脸上多了随意和真诚。

这时，顾琉星看到姜烟朝他们走去，她确定了男人的身份——季南景，日恒集团的总裁。

南桥听到顾琉星的话,眸色暗了暗:谁说疼了就一定会记住?飞蛾明明知道扑火必死无疑,不还是义无反顾。

她甩了甩头,不去想这些陈年往事。

拿了些吃的,两人走到人少的角落,找了位置坐下。

南桥道:"我要是傅言宸,把你关起来,一辈子都不见人。"

顾琉星抿了一口果汁,说:"可惜你不是他,而且难道因为这张脸就必须让我与世隔绝?"

南桥:"……"

顾琉星忽然又看到一个熟人,惊讶地道:"思意也来啦?"

南桥顺着她的视线看过去,林思意挽着一位富商的胳膊,身材高挑,脸上笑容温柔。

林思意这是怎么回事?

南桥说:"是啊,那不是她的老板,人家正在追思意呢,真心的,特别宠思意。"

顾琉星挑眉,若有所思地看着那边:"既然你已经把过关了,我就放心了,思意年纪也不小了,是该为自己打算打算了。"

"你还是先管好你自己吧!"南桥睨她,"你自己年纪也不小了。"

顾琉星笑了,眼里露出魅惑的光:"我都有孩子了,不急,找个二婚的都行。"

南桥:"……"

"喀喀",身后忽然传来一道低沉的轻咳声,两人不约而同转头看去。

傅言宸脸色阴沉地站在那里,盯着她。显然,刚才他听到顾琉星的那句话了。

刚才的咳声,是季南景发出的,季南景眼中淡然,也许不能称为淡然,而是高深莫测。他比傅言宸更让人看不透。

视线一触碰到傅言宸的脸色,南桥想也不想地扭头看顾琉星。

顾琉星一脸无所谓,微微一笑,和两人打招呼:"季董,姜前辈。"

季南景和姜烟礼貌地对她颔首,姜烟的视线在她和傅言宸之间不断扫视。

傅言宸沉着脸,迈步走过来,重重地在顾琉星另一边坐下,大手相当熟练地搂着她的腰,掌心一收,她便感受到他此刻情绪的好坏。

季南景淡淡一笑,也和姜烟在对面的沙发上坐下。

南桥往一旁挪了挪。

气氛有些奇怪，没人说话，南桥觉得相当尴尬，便不声不响地拿起盘子吃东西。

傅言宸手越来越紧，顾琉星觉得有些不适，轻轻挣扎了一下，谁知一抹炙热的呼吸忽然喷在自己的脸上。

她侧眸，就看到傅言宸低着头，低哑的声音在她耳畔响起："顾琉星，我是连二婚的都不如，是吧？"

因为他声音不算小，顾琉星下意识看了一眼季南景和姜烟，发现二人正在低语，似是并未注意他们，随口道："只是开个玩笑，没有恶意比较。"

"还恶——意！"傅言宸咬牙切齿，所以在她眼里，他不只不如，还差得很远。

顾琉星有些语塞，直接把问题抛给他："那你觉得呢？"

他觉得？他不知道甩那些二婚的多少条街！

傅言宸气得拿过桌上的果汁，猛饮一口，重重地放下，问："东西捐了没？"

顾琉星说："一会儿才开始，开始之前捐就可以了。"

季南景瞥了一眼傅言宸，那探究的目光让傅言宸瞪了回去。

季南景淡淡一笑，好奇地道："顾小姐打算捐什么？"

顾琉星手指点了点手包，说："不知道。"

"不知道？"季南景问，"东西不是顾小姐要捐的？"

顾琉星嗯了一声，下巴挑了一下傅言宸的方向："他捐的。"

季南景又看了一眼傅言宸，问他："捐的什么？"

傅言宸脸色别扭，冷冷地道："你什么时候这么闲，什么事都要关注。"

"你的事怎么能算闲事呢？"季南景煞有介事地说。

傅言宸无语："到时候你不就知道了，急什么？"

"各位贵宾，大家晚上好，我们的拍卖会即将开始，请大家把自己要捐赠的物品交给我们右侧的工作人员。"高台上这时响起主持人甜美的声音。

傅言宸站起来，理了理衣袖，低眸看了一眼顾琉星，道："一会儿拍不回来，顾琉星，你今晚绝对死定了！"

顾琉星抬头，看见傅言宸漆黑的眼眸里的认真，微愣，接着露出一抹灿烂的笑容："你这样说，我忽然就不想把它拍回来了。"

傅言宸眼睛顿时瞪大，从齿缝里挤出两个字："你敢！"

顾琉星笑意敛了敛，说道："行，你把钱准备好，一会儿绝对给你拍回来。"

傅言宸眼中掠过笑意，嘚瑟地道："这还差不多。"

季南景望着两人，目光微闪。

他倒是对这个东西有些感兴趣了，不知道傅言宸又会做出什么事。

苏希源和傅言溪也朝最前方的座位走去。那是为日恒、傅氏和唐氏的人准备的座位。

傅言宸搂着顾琉星的肩膀，两人姿态亲昵。

苏希源看到这一幕，咬紧牙关，控制着情绪，才不至于被忌妒冲昏头脑。

旁边傅言溪柔声道："别生言宸的气，他是我弟弟，我了解他。当年顾琉星抛弃他，他一定是不甘心的，所以现在和顾琉星纠缠不清，等心里的那点儿旧情没了，顾琉星就算不想腾位置，也由不得她了！"

苏希源勉强地笑了笑："言溪姐，没关系……我等他回头。"

傅言溪目光带着赞赏。

顾琉星去那边登记捐赠的物品，傅言宸和季南景几人先过来了。

以苏希源的身份，是没资格坐在这里的，不过有傅言溪在，她享受着众多落在她身上的羡慕目光，挺直腰，露出优雅的笑容。

傅言宸一过来，看见这两个人，抿唇在另一边的沙发上落座。

季南景和姜烟坐在傅言宸对面。

傅言溪这时开口："希源，你去坐言宸旁边，一会儿让顾小姐坐我这里，我有话想和她说。"

苏希源闻言，下意识看了傅言宸一眼，见他似笑非笑地坐在那里。

一股莫名的畏惧感让苏希源有些犹豫，但接收到傅言溪鼓励的眼神，她深吸一口气，站起来走到傅言宸身边。

小心翼翼地坐在他的旁边，苏希源偷偷朝他瞥去，见他神色如常，紧绷的身体放松了，柔声喊道："言宸。"

傅言宸睨了她一眼，嘴角勾起一抹笑容。

他微微凑近她，缓慢地道："以为有傅言溪撑腰，就敢这么在我面前晃？你有没有问过她，我一般是怎么对待苍蝇的？"

苏希源脸色骤然惨白。

傅言溪一直关注着这边，原本见傅言宸肯让苏希源坐在身边，刚放下心，没想到下一秒，苏希源就变了脸色。

· 313 ·

苏希源几乎要控制不住站起来离开，可是傅言溪坚定的目光让她按下心里的羞辱感，强撑着对傅言宸说："我就是想来看看你，和言溪姐没有关系。"

"看我？"傅言宸轻笑一声，"苏希源，你好歹也是有身份的人，别这么掉价地往男人面前凑，像个倒贴货。"

苏希源觉得自己的心在剧烈颤抖，针扎一样疼。

她咬牙坚持着，扭头坚定地看着他："没关系，要是你，我愿意倒贴。"

傅言宸舔了舔上齿，若不是场合不对，他还挺想为她鼓掌的，毕竟这年头能在他面前扛下几句话的人已经不多了。他话都说得这么难听了，她竟然没一点儿退缩之意。

余光瞥到和南桥正朝这边走来的顾琉星，傅言宸目光闪烁，也不知道这个女人能在顾琉星手下过几招。

这么想着，傅言宸唇角勾起一抹意味不明的笑，慵懒地靠进沙发里，等着某人回来。

苏希源见傅言宸这次没有再嘲讽她，喜上眉梢。

南桥和顾琉星穿过人群走过来。

南桥看见坐在傅言宸旁边的苏希源时，错愕地瞪大了眼睛，撞了撞顾琉星的胳膊："你男人身边的位置被别的女人占了。"

顾琉星抬头便看见苏希源一脸娇羞地笑着，和傅言宸说话，眯了眯眼，目光隐隐透着危险，淡淡地开口："那个男人要是不同意，人家也坐不到他旁边。"

南桥赞同地点头："你打算怎么办？那个傅言溪铆足了劲儿，给傅言宸身边塞女人。唐氏副总裁的夫人，和苏希源一起来参加晚宴，看来是铁了心谁都行，就你不行。"

顾琉星笑了笑："她越在意越好，这样我玩起来也有意思，傅家有傅言溪，其实是好是坏还未可知。"话音落下，她走了过去。

傅言溪见顾琉星回来，率先开口："顾小姐，希源和我弟弟有话说，你就坐在我旁边吧！"

傅言溪的姿态永远那么高高在上，似乎很多时候她都在施舍。

顾琉星看了一眼傅言宸，他神情无异，见她投来视线，还冲她眨了一下眼睛，顾琉星顿时明白傅言宸想干什么。

她和别的女人斗，他就这么开心？

她侧眸，笑眯眯地对傅言溪道："傅大小姐，沙发这么长，我就算坐在这里，也没什么问题，而且我不认为我们之间有什么好谈的。"

傅言溪脸色难看，顾琉星耸肩。她不喜欢和傅言溪对上，傅言溪战斗力太差，秒杀完全没问题。

顾琉星扯了扯唇角，直接在傅言宸另一边落座，而南桥无比自然地坐在傅言溪旁边，拿出手机无聊地刷着。

苏希源望着亲密地挽着傅言宸胳膊的顾琉星，目光带着怨毒。

顾琉星眉眼染着笑意，轻声道："改天有空，我想给苏小姐联系一家杂志社，给你划个区域，写下每日脸皮是怎么样练成的心得。"

苏希源赤红着眼瞪她，声音冰冷："顾小姐这是什么意思？"

"没什么意思。"顾琉星笑道，"就是觉得苏小姐很擅长这个。"

旁边傅言溪忽然出声，语气极尽嘲讽："说到脸皮是怎么练成的，谁能比得上顾小姐？我记得前几天才在微博上和那个男明星闹得沸沸扬扬的，今天却堂而皇之地站在言宸身边，手段真高明。"

傅言宸脸色陡然阴沉，视线落在傅言溪身上，傅言溪不说话了。

顾琉星心中冷笑：她一定不让傅家安宁！

季南景淡漠的视线朝这边看过来，那别具深意的目光让顾琉星心里一紧。她总觉得，季南景似乎能看透她的所有想法。

拍卖会开始，高台上主持人宣读了今日的捐赠物品，因为每家的东西珍贵程度不一，所以宴会采取匿名的方式捐赠。

前面几个捐赠物品都是首饰、古董，没有捐赠的人则会挑选自己想要的拍下来。

傅言宸捐赠的东西作为压轴物品，顾琉星皱眉：这样不是增加了她拍到东西的难度吗？

主持人上来说了一段官方台词，将整个拍卖会带向了高潮。

她说："这件东西是本场最有价值的物品，不公开，采用暗拍。"

全场议论声四起，大家都在纳闷：怎么一个简单的慈善拍卖晚会，还有暗拍。

顾琉星目光闪了闪，视线落在绒盒上，若有所思：傅言宸到底在玩什么？他想送她东西，直接送好了，何必折腾这一出？

事实上，他还不是怕某人不敢收。被她拍去了，傅言宸知道，她绝对不会拒绝。

主持人微笑，捧着巴掌大的绒盒，道："起价一百万元，可随意加价。"

在场所有人倒吸一口冷气：起价就一百万元，这到底是什么东西？

看盒子，不是手镯，就是项链，抑或是戒指。

有人知道晚宴绝对不会出上不得台面的东西，便举起了牌子："一百一十万元。"

大家陆陆续续地参与到竞拍中。

"一百三十万元。"

"一百四十万元。"

"一百七十万元。"

…………

傅言溪在看到被放在拍卖台上的盒子时，皱眉，总觉得眼熟，就是想不起来在哪里见过。唯一确定的是这是傅言宸的东西。

她低头在苏希源耳边道："这是言宸的东西。"

苏希源目光一顿，傅言宸捐的东西！

她刚想到这里，顾琉星喊道："五百万元。"

傅言宸勾唇一笑，手松开之前，又撩拨了几下她的腰。

顾琉星被触碰到敏感点，身体陡然紧绷，没好气地瞪了他一眼。

傅言溪在苏希源身边提醒："顾琉星也想拍下来，你就抢了吧，言宸的东西，总归不会差。"

苏希源点头，她也是这么想的，举起牌子，喊道："六百万元。"

这个声音在顾琉星意料之中，傅言宸的东西苏希源怎么可能放弃。

腰又被捏了一下，顾琉星转眸嗔怒地瞪他。

顾琉星慢悠悠地举起牌子："一千万元。"

全场安静下来，或错愕或呆滞的眼神看向顾琉星。这只是个慈善拍卖会而已，她至于这么喊价吗。

主持人尴尬地笑了笑：傅董的东西，顾琉星要拍回去？在场也只有她和傅董知道这东西是什么吧。白白捐出一千万元，都可以成立一个慈善基金会了。

傅言宸低头吻了一下她的鬓角，声音低沉："你这样的表现，让我觉得你很在意这个东西。"

顾琉星露出虚假的笑容，这到底是谁逼的。

苏希源咬唇，很快反应过来，这钱绝对是傅言宸出的，所以这个礼物，只是转手送给顾琉星。

她漂亮的眼睛里满是嫉恨和愤怒，到底是什么特殊的礼物，值得傅言宸花这番心思。

苏希源举起牌子，说："一千三百万元。"她就是不想让顾琉星拿到。

傅言溪朝她笑了笑，赞同她的做法，并说："钱不够可以找我。"

苏希源当然不会因为这句话而真去找傅言溪，这点儿钱她还是出得起的，向傅言溪拿钱，不是自取其辱吗？

她温柔地道："言溪姐放心。"

傅言溪拍了拍她的手："你也知道，我们家对你都很满意，你要努力点儿，让言宸不排斥你。"

苏希源抿唇一笑，点头。

顾琉星看了她们一眼，有些不耐烦，某人捏着她腰的手，更是时不时抖一下。

她发狠，直接喊道："两千万元。"

全场一片哗然，接着又安静下来。

顾琉星这个女人还真是厉害，只要有她在，晚宴总会因为她而走上高潮。

张智源和夫人对视一眼，都无奈地笑了，这时有工作人员走过来，在张智源耳边说了什么，他神色一变，难以置信地看向最前方的座位。

张夫人疑惑地道："怎么啦？"

张智源动了动唇，目光复杂地看了一会儿自己的夫人，不知道该怎么说，他道："没什么。"

张夫人皱眉：没什么，你脸色能这样？

苏希源狠狠地瞪向顾琉星，咬牙喊道："两千五百万元。"

顾琉星轻笑一声，真不知道苏希源怎么想的，不用想也知道这钱都是傅言宸出的，所以她是在和傅言宸拼财力？

她实在不想这样下去了，直接喊道："三千三百万元。"

傅言宸搂着她的手更不安分了。她侧眸，就看到他慵懒地靠在那里，看着她的目光满是宠溺。

她警告地瞪着他，转头看向傅言溪和苏希源："苏小姐确定要和我继续这么拍下去？"

傅言溪冷冷地看着嚣张的顾琉星，正要开口说"当然继续"，却被苏希源制止，她低声在傅言溪耳边道："言溪姐，算了，你要是一说话，一定会和言宸生出嫌隙，一个小玩意儿而已，不值得。"

傅言溪脸色阴沉，却不能否认苏希源说的是事实。

317

苏希源看了一眼高台上的东西，眼神复杂。苏家的确也算家族，但是拿这么多钱来拍一个没有用的东西，她父母绝对不会同意的。

一百万元的东西，被哄抬到三千三百万元，傅言宸是疯了吗，竟然一句话都不说。

良久沉默后，主持人扬起笑容，激动地开口："哇，看来我们这件神秘的东西要归顾小姐所有了。"

三千三百万元，就这么捐给灾区，果然是傅氏的掌权人。

绒盒被礼仪小姐送到顾琉星的面前，全场响起掌声。这可是迄今为止慈善晚宴上拍价最高的东西了。

主持人笑着说："不如请顾小姐打开绒盒，让大家看看里面的东西。"

顾琉星挑眉，拿起紫色绒盒，笑了笑，拇指按下暗扣。盒子弹开，里面是一枚钻戒，粉钻散发着夺目的光芒。

顾琉星目光稍顿，随后扬起一抹笑容："原来是戒指。"她说出这句话，余光看向傅言宸。

他低声在她耳边道："拍到了就是你的，顾琉星，你拒绝不了。"

季南景唇角淡淡地勾起：真是好玩，可以当笑话讲给枫炀和温墨听了。

傅言宸看不到顾琉星的表情吗？讥讽、不屑、冰冷，这些都明明白白地表示，顾琉星早已不爱他了。这个女人挺狠的，看事情从不理会原因，只看结果。

顾琉星盯着璀璨的钻戒，递给傅言宸，柔声道："帮我戴上。"

傅言宸心情大好，相当惊喜，本以为她不拒绝，就是给他留了最大的颜面，没想到她竟然还主动让他给她戴上。原来钻戒能征服女人的话是真的。

他一笑，拉住她的右手，修长的手指拿过钻戒缓缓套在她的无名指上。

一旁傅言溪再也忍不住了。情人可以玩玩，私下可以送钻戒，可这要摆到明面上来，傅家的颜面往哪里放！

"言宸！"傅言溪走过来，冷冷地瞥了一眼顾琉星，忍着怒气道，"注意自己的身份！"

傅言宸动作没有丝毫停顿，下一秒，戒指已经牢牢地戴在顾琉星的无名指上。

傅言溪脸色冰冷，转身怒气冲冲地离开宴会厅。

苏希源哀怨地看向傅言宸，然后去追傅言溪。

大家相继离开，没想到再见到顾琉星，竟然已经是傅言宸的人了。

南桥朝顾琉星使了一个眼色，指指洗手间的方向，在顾琉星点头后，去了洗手间。

姜烟也和季南景打了一个招呼，去了洗手间。

傅言宸握了握她的肩膀，温柔地说道："在下面等我，我去开车。"傅言宸今天是自己开车来的，没有带司机。

顾琉星点头，看着他离去的背影，无意识地摸了摸戒指。

"他今天很开心。"身旁的季南景道。

顾琉星扭头。

他望着前方，继续道："真的忍心这么伤害他？从你回来，应该还没去过傅家墓园吧，没见过你那个女儿。"顾琉星脸色白了白，抿唇未语。

"你到底是不甘心自己的付出没有回报，还是觉得言宸不要你的孩子太狠心？"他声音低沉，说出的话却让顾琉星脸上褪去血色。

她强撑着开口："有什么区别？当年我说了，我带孩子离开，他同样也没答应。"

季南景轻轻地笑了一下："怎么不认为他是不想你离开？"这又是个为傅言宸说话的，一个个都觉得她过分，就算傅言宸有苦衷，有不得已而为之的理由，那他为什么不说。

她冷冷地道："季董，旁观者永远体会不到我的挣扎，不过有句话你说对了，我们都在演戏，不同的是，他爱我，是心甘情愿，而我是带着目的而已。"

季南景望着她的脸，苍白、倔强、执着，和傅言宸还真是挺配的。

他淡淡地开口："希望你不会后悔。"

季南景走了，她能看出来他生气了，觉得她不可理喻。

等了大约十分钟，南桥还没有出来，顾琉星去洗手间找她。她走过拐角，便看到应木尧将南桥抵在墙上，脸色紧绷。

南桥眼中含泪，仰视着他："应木尧，我南桥一直无怨无悔，不是让你这么欺负的。"说完，她狠狠推开男人，转身就看到顾琉星面无表情地站在那里。

南桥下意识扭头，抬手擦掉眼泪，走过去道："等多久啦？"

顾琉星摇头，说："我们走吧！"她自己的事都一团乱麻，实在不知道该怎么劝南桥。

最终她只说了一句话："桥桥，别第二次受伤。"

第十六章

后　悔

车行驶在马路上,顾琉星盯着无名指上的戒指出了神。

想起刚才和季南景的对话,她轻声道:"傅言宸,我想去傅家墓园。"

她一直刻意回避去傅家墓园,不让自己分心,也怕自己会旧病复发,可这不是逃避的理由,她的孩子孤零零地躺在傅家墓园,她该去看看的。

春季,素来是万物复苏的时节,温暖却短暂。

那个孩子是在2012年傅言宸的生日那晚有的,那时正是冬季。她发现自己怀孕,似乎正是这几天。

她平静的声音在车内响起,傅言宸猛地踩下刹车,注视着她,带着不确定的语气问:"去傅家墓园?"

她点头:"她……叫什么名字?"

傅言宸目光黯然,说:"没有名字,她一直在等她母亲回来亲自取名。"

"那走吧!"

车抵达傅家墓园,天空中飘起了小雨,凉风吹来,顾琉星打了个冷战。

下一刻,她肩膀上就多了一件带着余温的西装,帮她挡去寒冷。

傅言宸从车上拿了一把黑伞,撑开,两人拾级而上。

被人冠上恐怖色彩的地方,在夜晚,风是阴冷的。

尽管前行艰难，顾琉星心里却很平静，她以为，她该痛得弯腰，痛到五脏六腑都叫嚣，然而没有。也许当年太过疼痛，所以，现在反而能够冷静地对待。

傅家的墓园在山顶，远远能看到一座小屋立在一旁，窗户里透出暖黄色的光。

她目露诧异，随即听到傅言宸低沉的声音："那是看守傅家墓园的一位管事。"

她了然。对，傅家这种家族，怎么可能允许埋葬祖先的地方无人看管。

他们走上最后一个台阶，屋子里有人走出来，见是傅言宸，连忙迎过来，弯腰恭敬地喊道："少爷。"

管事是个聪明人，对于少爷带了一个女人过来，并未投来半分打量和好奇的目光。

傅言宸说："我们来看个人，你不用跟着了。"

管事点头，转身走进小屋。

他们走过一个个墓碑，哪怕顾琉星没有刻意去看，还是看到一些熟悉的名字，有傅言宸的叔伯、堂兄弟以及他的父亲。

从她和傅言宸在一起那一天开始，很多事傅言宸不再对她隐瞒，比如那些年，傅家人为了争夺财产，斗得一个个头破血流。

孩子的墓碑不难找，那比常人小一半的石碑格外显眼。

石碑中央是空白的，没有照片、没有名字、没有墓志铭，甚至连立碑人都没有。

顾琉星以为自己不会有当年那么极端的情绪，可心口处仍止不住撕扯般地剧痛。

墓地很静，静到连他们两人的呼吸声都能听到。像是怕惊扰了什么一样，两人一动不动地站在那里。

傅言宸脸色苍白，头微低，那是一种致歉的姿态，像在卑微地赎罪，一秒，两秒……

忽然一道闪电将夜空照亮，那青白的石碑，也跟着发出惨白的光。

顾琉星眸子一缩，嘴唇颤抖，当下一道闪电劈开天空，她浑身都开始发抖。

她盯着墓碑摇头，眼眸中的痛那么明显，仿佛来自心底最深处。终于承受不住，她骤然转身，朝墓地外跑去，像是有人在追她，她拼命地朝前跑，黑色的裙摆在细雨中飞舞。

321

傅言宸一惊，转头只看到她的背影，条件反射地去追她。

闪电不断投射出傅言宸的影子，顾琉星看到距离自己越来越近的身影，几个大步又拉开距离。

终于跑出傅家墓园，顾琉星快步下楼梯，几乎是一步三阶。

两人的距离再也无法拉近，傅言宸神色慌张，直接扔下伞去追她。

狭窄的楼梯上，两人一前一后，拼命朝前跑。

披在顾琉星身上的西装掉在地上，无人理会。

跑到车边，顾琉星快速拉开驾驶座的车门，跳上去。

等傅言宸追下来，只看到车尾红灯在黑夜中闪烁，很快消失。

傅言宸脸色紧绷，漆黑的眸子死死盯着车子离开的方向，立即拿出手机打电话。

郑深赶来时，傅言宸全身都湿透了，白色衬衫贴在身上，脸色难看，嘴唇苍白。

傅言宸大步走过来，拉开车门坐上去，声音冷冷的："去星月首府。"

郑深心思敏锐，立刻明白是怎么回事，立即发动车子。

没开出多久，后面传来一阵声音。紧接着，傅言宸的声音响起："顾流沙还在盛景吗？"

那边回了个"是"字，傅言宸道："把人留下，我没回来之前，谁都不能走！"

不用傅言宸吩咐，郑深已经在一个路口拐向盛景。

车子抵达盛景，傅言宸快速下车，而他参加晚宴开的那辆车就停在院子的另一边。

他看了一眼，抿紧了唇，大步朝别墅内走去。

用人都在大厅等着，见到傅言宸浑身湿透，吓得垂下了头。

傅言宸望着坐在沙发上，已经恢复常态、目光温柔的顾琉星，身子一顿。

她没换衣服，黑色的礼服上有少许水迹，别墅内温度高，她这样似乎也不觉得冷。

茶几被搬远了，地上铺着白色长毛地毯，顾流沙和唐靳坐在上面，面前摆着一堆玩具小零件，旁边有个半成品，那是他送给唐靳的汽车模型。

唐靳左放右放，都不对，气得眼珠子乱转，然后就看到舅舅像落汤鸡一样站在门口。

他惊愕地张大嘴："舅舅，你怎么比顾阿姨淋雨还严重呀？你们下雨都不用雨伞的吗？"

顾琉星闻言，扭头朝他一笑，仿佛看不到他狼狈的样子，只道："既然你回来了，我和宝贝就先走了。"

话音落下，她起身将顾流沙抱在怀里，朝门口走去。

顾流沙安安静静地搂着顾琉星的脖子，冲唐靳挥了挥手。

唐靳撇嘴，只能悲伤地和顾流沙告别，手指戳戳还没拼好的汽车模型。

走过傅言宸身边的时候，顾琉星的手臂被一只冰凉的手握住，肌肤相贴，他的手没有一丝温度。

她深吸一口气："宝贝明天要上学，我要回剧组，真的必须回去了。"

傅言宸不言不语，注视着她，半响，才声音嘶哑地说："顾琉星，别这样，我……"

"我没事。"她打断他，视线始终不敢去看他的眼睛，"等这阵忙完，我会联系人去刻碑。"

耳边是她冷静的声音，傅言宸却没感到心安，反倒恐惧，怕得手指微颤。臂弯处力道渐渐小了，顾琉星轻轻一挣，便看到他的手无力地垂了下去。

大厅里死一般寂静。没一个人敢说话，连唐靳也坐在地上，愣愣地看着自家舅舅，黑白分明的眼睛里一片茫然。

顾琉星站在门廊下，背后忽然有小手轻抚，接着孩子的声音响起："妈咪，要是不开心，记得告诉宝贝哦！"

顾琉星鼻尖一酸，努力维持的表面像是被顾流沙轻轻撕开一道裂缝，她眼睛通红，却用无比正常的语调对顾流沙说："好，妈咪不开心一定告诉宝贝。"

过了两分钟，南桥的车停在别墅铁门外，顾琉星护住顾流沙的脑袋，避免她淋雨，快步跑过去。

南桥撑着伞从车上下来，她已经跑到车门边，南桥将伞举到她头顶，见她穿得那么单薄，忙说："快上车，我们回家。"

顾琉星朝她感激地一笑，拉开车门，弯腰坐进去。

别墅内，灯光下，郑深低着头，不敢去看傅言宸的脸，但能想到他应该不会比四年前更绝望，至少现在顾小姐在 A 城。

郑深不知道站了多久，院子里响起好几道车熄火声，他转身要出去看看，还没走到门口，一堆人朝这边大步走来。

最前面的是傅老太太以及傅言溪，颜筱和傅言天跟在后面。

郑深心里顿时一提，随后又松了一口气。看这样子，他们来势汹汹啊，还好顾小姐走了。

唐靳见来了这么多人，从地上爬起来，噔噔噔跑过去，大声喊了一遍："外婆，妈妈，二舅舅，舅妈。"

傅言溪对儿子从不甩脸色，摸了摸他的头，笑道："让舅妈带你去看电影，我们大人有话说。"

"有什么话我不能听？"唐靳撇嘴。他也长大了好吗。

"听话，周末妈妈带你去游乐园。"傅言溪耐心哄着，朝颜筱递了一个眼神。

唐靳不情不愿地跟着颜筱上了楼。

用人被周妈和郑深带下去之后，大厅里只剩下傅家四人。

傅老太太坐在沙发上，冷冷地看了傅言宸一眼，直接道："言宸，如果你还认我这个妈，就别再和顾琉星纠缠了。"

傅言溪脸色凝重，显然站在傅老太太一边。

傅言天摸了摸鼻子，目光带着无奈。

傅言宸眼神淡淡一瞥，扔下一句话："你是我妈，这是谁也改变不了的事实。至于顾琉星，你们别管。"

傅老太太闻言，眼睛瞪大，怒斥："我们不管谁管？顾琉星那个女人多危险啊，你怎么就这么执迷不悟？我以为你鬼门关走一遭，看清了。哪怕你和那些不入流的女明星在一起，我也没说什么，但你这次太不知道分寸了！那么多双眼睛看着，你竟然敢给她戴戒指？你让我们傅家的脸面往哪里搁！"

傅言宸轻笑一声，嘴唇泛白："那戒指，我四年前就准备好了，要不是她走了，她早就进了傅家。"他顿了顿，认真地说，"妈，这话我只说一次，我也不想傅言溪不断来插手我的事。"

"那是你姐姐！"傅老太太气得肩膀颤抖。

傅言宸舔了一下唇角，安静了一会儿，道："四年前我没顾琉星会死，现在也一样。"

话音落下，三人不约而同地震惊了。

他继续道："我不想一次次因为这件事和家里吵，傅家就剩我们四人，就当我为这个家做出牺牲的回报，别再针对她了。"

傅老太太气得瞪他："现在是我们针对她？你也不看看那个小妖精葫芦里卖的什么药！"

"不管她卖什么药,我都愿意受着。"傅言宸道。

傅老太太恨铁不成钢,指着他:"我看你是着魔了!"

着魔,也许吧?他笑笑,继续道:"苏希源我不喜欢,你们喜欢,可以常请她来家里做客,我不反对。但我不会照你们的意思娶她,我能狠下心走到这一步,就是为了我们不再受别人逼迫,生活能简单一点儿。可我没想到,傅家就剩四个人,我竟然还是不能按照自己的意愿做事。"

傅言天插话:"言宸,大家都是担心你,没有逼迫你的意思。你喜欢顾琊星,可是顾琊星对你什么态度,我不信你看不出来。所以妈和姐姐的担心没错。"

傅言宸自嘲地笑了笑:"那也是我自己作的,说实话,我这辈子没干几件后悔的事,唯一后悔的就是不小心让她怀孕,既然是我的责任,就没必要让她跟着一起痛苦,只不过……"

他没再继续说下去。

只不过他把事情想得太简单了,以为那么听话的顾琊星,他说打掉孩子,她就算不舍,恨他也只是一段时间而已。若他告诉她孩子有一半的可能会不正常,她一定会说服他赌,与其如此,不如他痛快做个决定。

他没想到,最后事态的发展会不受控制,顾琊星竟然消失了,他一度以为她悄无声息地自杀了,所以才会有后面那些事。那会儿,他已经后悔了,可是,来不及了。

"言宸,"傅老太太苦口婆心地道,"妈是通情达理的人,可顾琊星,我们傅家要不起啊,你看看她那样子,明摆着就想让我们傅家不得安宁,你让我怎么放心你和她在一起?难道要我再体会一次差点儿白发人送黑发人的痛苦?"说着,老太太眼睛都红了。

小儿子是老太太最疼的孩子,他为了这个家牺牲太多,又差点儿不能有后,好不容易喜欢个人,却被折磨得几乎丧命,这让她怎么能同意。

傅言宸望着母亲,抿唇,良久才说:"对不起,妈,我放不下。"说完,傅言宸敛眸,单手插兜,朝楼上走去。

楼下,傅言天叹了一口气:"妈,言宸的决定,一向都没有回转的余地,你和姐姐就别再折腾了,回头耽误人家苏小姐。既然他放不下,那就让他去试试吧!"

"可是……"傅老太太犹豫不决,"那顾琊星,要和四年前一样,我睁只眼闭只眼就过去了,但是你看看言宸那样子,那小妖精狠着呢,完全是冲着孩子来的。"

傅言溪沉默不语，傅言宸的话太伤她的心了，她一心一意为了傅家，他竟然那么对她，真是寒心。

傅言天道："为母者的感受，妈你肯定明白，所以交给言宸吧！"

南桥把顾琉星和顾流沙送回星月首府，顾流沙已经睡着了。

将孩子放到床上，帮她盖好被子，两人来到客厅。

南桥担心地看着顾琉星，想了想，问道："你刚才干什么去了，怎么这么不对劲？"

顾琉星从抽屉里拿出烟盒，抽了一根，打火机啪的一声，火焰明亮，将她眼中那死寂的情绪照亮。

南桥看见，目光一滞，听到她说："桥桥，你帮我找一个能给墓碑上刻字的人，等《魔尊》结束，我想去……傅家墓园。"

南桥拧了一下眉："你去看过……"她心里难受，顿了顿，才说，"去看过孩子啦？"

顾琉星微微点头，烟雾缭绕，她的轮廓更加晦暗，隐隐透着冷漠。

顾琉星一身白色长袍坐在休息椅上，旁边的宋简有一搭没一搭地和她聊天。

"顾'影帝'的这部仙侠剧，绝对无法超越，说不定等国庆上映之后，就会出现一个'顾时镜之后再无重尊'的话题。"宋简撑着下颌，望着不远处的顾时镜和姜烟，感叹道。

顾琉星却在这一刻忽然开始喜欢华熙这个角色了，她符合所有剧中的"女一"形象。

华熙宫主识大体，知道自己的使命，理智，无怨无悔，让人心疼。

小木屋前，顾时镜和姜烟一坐一站。

华熙正在劝说重尊回天庭，并且告诉他，魔界圣女龙粟化身小狐狸和星泪窃取神界机密，致使神界落入魔界之手。

重尊不知道想起了什么，忽而一笑，淡淡地道："她想要就拿去吧，我想给她的，她不要，还好，她想要的我可以成全。"多幸运，我还有能给你的东西，如果得到神界你能一直开心，我觉得也值了。

华熙神色陡然一急："帝君，那个女人自始至终都没对你用情，一直都在利用你，你的骄傲呢？"

重尊眼中一黯，低声道："如果她对我动过心呢？在这里生活几十年，我们琴瑟和鸣。"

华熙心中生出计谋，严肃地道："帝君，我们来打个赌吧！如果龙粟对你动过心，华熙便不再强求您，如果没有，您的相让只会是个笑话。"

重尊掩在袖袍下的手收紧，红色血眸缓缓看向她，良久才开口："好。"

导演喊停，然后朝休息区喊："琉星，宋简，准备准备，该你们了。"

"嗯。"两人应了一声，放下剧本，站起来走到全身镜前，分别看了看自己的妆容。

旁边的议论声传入耳中，她淡淡一笑。

宋简见她无所谓的样子，挺佩服的。

昨天的事闹得很大，所有人都知道她和傅言宸的事了，就差媒体大肆报道了。

走到镜头下，顾琉星深吸了一口气，调整了一下情绪。这是剧情高潮的地方，一定不能出任何差错。

玄夜和龙粟，重尊和华熙，对立而站。

四人以外，硝烟滚滚，仙气、魔气撞击，爆炸声不断响彻天际。

重尊深情地注视着龙粟，薄唇微动，声音低沉缓慢："星泪，你可曾对我动过心？"

龙粟抬头，两人视线交会。

顾琉星感觉自己差点儿出戏，顾时镜这句话真的就像是在问现实生活中的她，让她分不清。

目光一闪，她立刻控制表情，不敢再让自己分心。

龙粟妖娆一笑，仙袍飘动，声音响起："不曾。因为我每一次靠近你，都是以夺你的神界为目的的。"

华熙和龙粟眼神交会，那是两个女人之间的交易，一场为了让重尊重回神界的交易。

华熙建议重尊杀了龙粟，玄夜听到后，攻向华熙。

混乱的天地间，只剩下他们两人，龙粟用言语刺激重尊，表示自己从没爱过他，一直爱的都是玄夜。

有了感情的重尊，终究有了普通男人的情绪，对龙粟动了手。

漫天流星划过，龙粟站得笔直，衣袍一点点变得斑驳，刺目的鲜红色液体从她体内流出，白色很快被血红色替代。

漆黑透亮的眼眸渐渐变红，眉心处红色印记显露，她成了魔界圣女——龙粟。

这场拍完，很多人的戏就杀青了，只剩下龙粟死的那场戏了。

导演笑声爽朗："这几天把琉星和宋简的戏份拍完，然后回 A 城，去拍最后一场。"

两天多在拍宋简和顾琉星的镜头，其他人都是在补拍一些小画面。

有些戏份已经杀青的新人，没有通告，便待在剧组里学习，等待杀青。

第三天，宋简和顾琉星的戏拍摄结束。

离开时，顾琉星的电话响了，江眠眠把电话递过来。

她歪头看了一眼，是叶寻的电话。她笑了，他终于知道给她打电话了。

"喂，狗蛋儿。"顾琉星一边收拾东西，一边和他说话。

正在 L 市机场等待登机的叶寻翻了一个白眼，抖着腿，道："顾琉星，我明天就到 A 城了，你记得来接我。"

顾琉星皮笑肉不笑地道："没空！"

叶寻炸毛了："你明天明明有空，竟然不来接我？！顾琉星，你就不怕船翻了！"

"翻就翻呗。"她毫不在意，随即看到不断朝这边瞅的江眠眠，好心建议，"要不让眠眠去接你？"

那边安静了一秒，然后认真地说道："不用了，我觉得打车挺方便的，就这样，我先挂了。"

直到挂断电话，顾琉星还蒙着：她不在的时候发生了什么事。

江眠眠看顾琉星默默地放下手机，脸色垮下来，撇着嘴，心想：不就是给你表白了，至于吗？当不成情侣，还是朋友啊！

"眠眠，"顾琉星叫她，好奇地问道，"你和狗蛋儿说了什么，他怎么一听到你的名字就跑？"

江眠眠如实说了，表情委屈："我本来以为叶寻结婚了，就死心了，后来知道他一个人带孩子，又死灰复燃了，前几天跟他说我不介意孩子，可以帮他一起照顾，然后他就特别凶地骂我有病……"

顾琉星笑得勉强，不知道该说什么。

"琉星姐，"江眠眠认真地看着她问道，"其实我除了稍微胖一点儿，也没什么缺点了吧？你看我性格这么好，叶寻怎么就这么嫌弃我呢？"

顾琉星想了想，说："可能是他瞎了。"

江眠眠撇嘴，水眸瞪圆。

翌日，众人回了A城。

回到星月首府，顾琉星洗了澡，拉上窗帘，倒头就睡。

不知过了多久，顾琉星觉得有东西在自己脸上刮，迷迷糊糊地睁开眼，就看到顾流沙笑眯眯地趴在床边，一副做坏事的模样，手里抓着她的一缕头发在她脸上扫。

顾琉星心里一软，突然一伸手把她抱到自己身上。小丫头呀的一声，趴在顾琉星身上，大眼睛弯得像月牙："妈咪你装睡哦！"

顾琉星一手扶住她的小身子，一手抓着她的小羊角辫在她脖子上蹭，佯装生气："还调不调皮啦？"

顾流沙被扎得痒，缩着脖子，咯咯直笑，扭动着身子想逃开顾琉星的手，挣扎了一阵见逃不开，可怜地噘着嘴，弱弱地道："妈咪，宝贝不调皮了。"

顾琉星脸上满是宠溺的笑容，怀疑地看着她："真的？"

顾流沙黑白分明的眼睛满是灵动，上唇包住下唇，忍着笑，郑重地点头。

顾琉星叹了一口气，小丫头的话就不能信。

她坐起身，揉了揉小丫头的头发，问："谁带你来的呀？"

顾流沙蹭着床沿滑下去，说："爹地带我来的，桥桥阿姨去玩啦！"

"玩？去哪里玩啦？"顾琉星诧异，穿上衣服，牵着她往外走。

顾流沙抓了抓头发，似乎不知道该怎么形容，正好顾琉星拉开门，小丫头冲着厨房喊："爹地，桥桥阿姨去哪里玩啦？"

厨房内切菜声一停，叶寻从厨房里探出头来，看见顾琉星，马上翻了一个白眼，然后秒秒钟露出一个大笑脸，对顾流沙说："桥桥阿姨去音乐会玩啦！"

顾流沙重复道："对，去音乐会玩啦！"

顾琉星摸了摸她毛茸茸的脑袋，笑容温柔。

"赶紧来帮忙！我都快累死了！还要伺候你这个祖宗。"叶寻瞪她一眼，没好气地说。

顾琉星看在他下厨的分儿上，难得没呛他，让顾流沙乖乖看电视，自己去帮叶寻。

叶寻余光瞥到某人的身影，瞅了一眼她的无名指，见没有戒指，便哼

329

哼:"戒指呢?"

顾琉星奇怪他怎么知道,转而一想,南桥应该会告诉他,便挑眉道:"收起来了,打算卖掉。"

叶寻张大嘴巴,眼神几乎是惊恐的,好久才拔高音调喊:"你,你竟然要卖掉?"

他这语气仿佛她做了一个多么让人怨愤的决定。

顾琉星一边洗菜,一边随口道:"对啊,我要是收下,你确定不会骂我?"

叶寻烦躁地扔下菜刀,叉腰,气呼呼地道:"你知不知道那戒指的来历?"

"不知道。"她声音平静,神色平淡,"也没必要知道。"

叶寻嫌弃地瞥了她一眼,切了几刀,又转过头,一脸严肃:"我觉得还是应该告诉你。"

顾琉星挑眉,耳边叶寻的声音带着一抹兴奋:"那戒指叫'希望',四年前曾经出现在S城的一个拍卖会上,据说当时还没开始竞拍,就被人提前高价买走了。"

顾琉星眼眸漆黑如墨,深如幽潭。

叶寻咂巴了几下嘴,可惜地道:"本来还想见见那戒指到底长什么样,可值几亿呢!"末了,他戳戳她的胳膊,"说真的,你真打算卖?"

顾琉星控了控菜里的水,扯了扯唇角:"听你这么说,我就不想卖了。"

"那就别卖了。"叶寻凑近她,"这可是好东西,以后价格只会越来越高,当个收藏品也不错。"

顾琉星目光冷冷地道:"你就不怕我戴上进傅家的门?"

叶寻笑着拍了拍她的肩膀:"不怕,再说了,你不是一直在资助孤儿院吗?以后真不行,那东西也可以派上用场。"

"不用,我刚打过去一笔钱。"顾琉星说,"前几天傅言宸送了我不少东西,都卖了,把钱打给院长了。"

叶寻相当吃惊:"卖了多少钱?"

"大概有一千万美元。"

叶寻竖起大拇指:"你厉害,估计傅言宸要是知道了,得气个半死。"

顾琉星不置可否,能帮的都帮了之后,走出厨房。

顾流沙还在看动画片,黑白分明的眼睛一眨不眨。顾琉星无奈地笑了笑,走进浴室。

敲门声忽然响起，顾流沙看了看，发现只有自己在客厅，跳下沙发去开门。

小丫头费力地够上锁，往下拧。

门一开，顾流沙就感觉有一片阴影压了下来，仰头，傅言宸单手插兜站在门口。

一大一小，大眼瞪小眼。

"宝贝，谁来啦？"叶寻从厨房里探出头，看到傅言宸时有点儿蒙。

傅言宸低眸看着都没自己腿高的小丫头，冷淡的眼眸中柔和了一点儿。

顾流沙歪着头，道："怪叔叔，你好奇怪哦，我和爹地妈咪聚餐，你来做什么呀？你这样打扰别人，是非常不礼貌的。"

叶寻心里一咯噔，扔下勺子就往外走。

傅言宸唇角的弧度顿时一僵，脸色沉了下来。

顾流沙看着傅言宸笑容僵住，脸色阴沉，吓得立刻往后退，大眼睛一眨，嘴巴一撇，泪珠立刻掉了下来："哇——"

傅言宸："……"

叶寻连忙跑过来，抱起顾流沙，想瞪傅言宸又不敢，只好轻抚着她的背，哄道："宝贝不哭，不哭啊！"

顾琉星闻声，匆忙从浴室里走出来，脸上还有水珠。

叶寻抱着顾流沙坐在沙发上，小丫头哭得撕心裂肺，上气不接下气。

傅言宸站在门口，盯着沙发那边。

顾流沙一看见顾琉星，张开胳膊从叶寻怀里扭到一边，委屈地哭喊："妈咪。"

顾琉星瞬间乱了，快步走过去，从叶寻怀里接过顾流沙，心疼地哄道："宝贝怎么啦？别哭，哭了就不漂亮了。"

顾琉星抽了一张纸巾帮她擦眼泪，顾流沙哭得嘶哑："怪叔叔欺负我，妈咪你让他不要来我们家，好不好？"

叶寻神色尴尬，脸别向一边，不看傅言宸那张脸。

顾琉星朝门口瞥了一眼，他脸色阴沉，唇抿成一条线。

她无语，低头看了一眼哭得伤心欲绝的顾流沙，头疼得厉害。

好不容易哄好顾流沙，顾琉星把她交给叶寻，然后走到门口。

傅言宸一直没敢进来。顾琉星犹豫着说道："我送你下去吧！"

傅言宸瞪了她几秒，扭头就走，顾琉星朝叶寻使了一个眼色，示意他照顾好顾流沙。

叶寻比了一个"OK"的手势，摆摆手。

电梯门一直被傅言宸挡着，顾琉星一进去，电梯门关上，电梯缓缓下降。

四四方方的空间里，他狠狠地瞪向她，咬牙吼道："顾琉星，那孩子故意的！"

顾琉星当然知道，顾流沙胆子向来大，怎么可能因为傅言宸一张臭脸就哭，小丫头就是不想他进去，所以才哭得那么卖力。

"顾琉星，顾流沙不愧是你……你领养的。"傅言宸差点儿脱口而出的话拐了个弯儿，他气得呼吸都不顺畅了。

顾琉星望着他，好笑地道："唐靳都被你收拾得服服帖帖，怎么对我家宝贝你毫无办法？"

"废话。"傅言宸吼道，"那小子皮糙肉厚，骂他他还能跟你嬉皮笑脸，顾流沙这丫头就是白眼狼！"

他都带着她吃吃喝喝，天真地以为收服了小丫头，没想到是个假象。他什么时候讨好过别人？他都放下骄傲去哄那个小丫头了，呵呵，结果还不如以前。

顾琉星无语，小丫头就是心思多，但一向是非分明。

她无奈地道："顾流沙只是个孩子。"

傅言宸哼了一声："她要是不叫你妈咪，我早就进去了，有本事一直哭。"

"你……你能不能别这么幼稚？"顾琉星疲惫地拍了拍额头。

傅言宸恶狠狠地瞪着前方，电梯门开了，他气急败坏地往外走，一脚踏出去，又退回来，扣着她的后脑勺就是一通狂热的吻，将她的呼吸堵了个严严实实。

他太用力了，顾流星感觉他刚撞上来的一瞬间，她的唇似乎碰到牙齿上了，很疼。

顾琉星微微挣扎，直接被他抵在电梯壁上，手撑在她两侧，高大挺拔的身躯狠狠地压着她。

余光中，顾琉星看见门口有一对母女尴尬地看着他们，然后母亲扯着女儿走向一边，转乘另一部电梯。

唇忽然被用力咬了一下，顾琉星闷哼一声，傅言宸已经退开，额头抵着她的额头，漆黑如墨的眼眸看着她。

顾琉星下意识地垂下眼睑，并不喜欢直视傅言宸的眼睛，那里面的深情会轻而易举地扰乱她的心。

傅言宸恶狠狠地道:"你最好想办法让顾流沙别对我敌意那么深。"说完,他转身怒气冲冲地走了。

顾琉星擦了一下唇。

她回到公寓,顾流沙已经不哭了,乖乖地坐在沙发上看电视。

顾琉星心生敬意,这小丫头演技比自己好。她走过去坐在小丫头的旁边。

顾流沙扭头见顾琉星无奈地看着自己,脸红了红,说话都有些结巴:"妈咪,你怎么……怎么这样看着宝贝呀?"

顾琉星摸了摸她的头,问:"不喜欢他哪里?"

顾流沙眨了眨眼睛,见顾琉星眼神认真,包子脸鼓着,小声道:"他对妈咪不好,讨厌,配不上妈咪。"

顾琉星:"……"

叶寻端着菜走出来,笑道:"宝贝,那怪叔叔对你妈咪很好呢!"他放下菜,摸着下巴,思索几秒,"不过,配不上你妈咪倒是真的。"

顾流沙小鸡啄米般点头,噔噔噔跑到叶寻面前,双手举起掌心朝向叶寻,叶寻俯身和她击掌。

"别闹了,OK?"顾琉星觉得心累,"先吃饭吧,饿死了。"

三人吃过饭,已经十点钟了,叶寻收拾了厨房,领着顾流沙离开。

翌日,顾琉星来到剧组,大家情绪都有些低落,可能是因为今天拍摄最后一场。

顾时镜站在她旁边说:"没想到时间这么快,转眼过去两个多月了。"

顾琉星赞同地点头:"这部戏大家都这么认真,希望成绩真的能如期待的那样。"

"不会差。"顾时镜保证似的说,"网上放了一个剪辑视频,呼声很高。"

顾琉星笑笑:"一想到今天要去'死',还真挺伤心的。你说,重尊要是有一天知道龙粟为了他这样做,他会不会再次入魔?"

顾时镜转眸凝视着她,答道:"他不会,他舍不得让龙粟的牺牲白费。"

顾琉星扬眉颔首,龙粟亦正亦邪,重尊爱到毫无原则,所以华熙和她的赌约,华熙赢定了。她用龙粟的死来换取重尊的重生,让一切回到最初。

龙粟的爱情真是挺可怕的,忘了曾经所有的坚持,心中只有一个叫重尊的人,所以背叛了魔界,换回神王重尊。

顾时镜问道:"琉星,结束之后,一起去旅游吧,怎么样?"

顾琉星抱着胳膊,魅惑的眸子微微眯着,唇角笑容妖媚:"孤男寡女去旅游,听起来还挺刺激的。"

听到她这句话,顾时镜愣了愣,以为她会拒绝,没想到她会给一个似是而非的答案。

他轻轻笑,纠正道:"是浪漫。"

"有计划?"顾琉星目光清澈明亮,似乎很感兴趣。

顾时镜道:"嗯,就差一个女主角了。"

顾琉星啧啧感叹,据说禁欲系情商都略高,原来是真的。

她遗憾地道:"顾'影帝'可能要失望了,这女主角,你还是另找他人吧!"

顾时镜无奈地摸了摸鼻子,还以为结果会不一样,原来她逗他呢!

这时,外面忽然传来骚动声,顾琉星扭头就看到两个穿着秀气的女人走进来,不少人愣怔地望着两个美女,猜测她们的身份。

导演笑着起身,迎上去:"风宿,来探班?"

风宿?众人听到这个称呼,微微讶异,是原著作者来探班了。

不过,作者这个样貌,有些不太符合大家的想象。

风宿是个古典美女,明眸皓齿,搁在演艺圈也是个美女,完全颠覆了大家对于文字工作者的印象。

"导演。"风宿礼貌地和孔钰握了手,然后微微一笑,目光落在顾琉星身上,说,"那就是龙粟吧。"

导演看过来,点点头,得意地道:"怎么样,说了不会毁你的小说,这下可以放心了吧?"

风宿淡粉的唇抿出一抹弧度,说道:"放心了。"

之前她只看过宣传海报,没想到真人的气质这么符合小说中的人物形象。

风宿迈步过来,笑容温暖,朝顾琉星伸出手:"你好,我是风宿。"

顾琉星也笑了,伸手,道:"你好,我是龙粟。"

一旁的顾时镜被逗笑了,这两人的自我介绍都是用的假名。

风宿笑弯了眼眸,立刻对顾琉星亲近起来。

今天是《魔尊》的大结局,最后一场,非常重要,一定要做到引起所有人的共鸣。

风宿和朋友一起来看《魔尊》杀青,却在剧组成员讨论这场戏的拍摄时,被孔钰拉进圈子。

重尊的结局是回归神界,失去曾经和龙粟相处的记忆。华尊宫内,他紫眸淡漠无温,华丽长袍一如昨日。他慵懒地坐在神王宝座上,处理三界事务。他偶尔出神,目光总会在华尊宫内寻找着什么,至于是什么,他自己也不清楚……

华熙的结局是入住华尊宫,成为神后,每当重尊露出迷茫的眼神,她的神色就会变得黯然。

玄夜的结局是在魔界龙粟的空墓前喝酒,对着冰冷的墓碑怒骂,眼眶酸涩时,他会仰头看着乌云密布的天空,仿佛看见龙粟的笑脸浮现在云间,他张开五指去触摸。

至于龙粟的戏,是本场最重要的情节,也是博观众眼球的地方。

大家讨论良久,都摸清了该演绎出来的情绪。

风宿柔声建议:"龙粟需要一滴眼泪,这样,可能效果会好点儿。"

孔钰拧眉,疑惑地道:"龙粟那么强悍,哭恐怕会不符合人物性格吧!"

风宿看向顾琉星,说:"其实顾小姐现在已经是龙粟了,不妨问问她。"

顾琉星的确早已入戏,眉眼间尽是龙粟的影子,她看着孔钰道:"不是哭,那是留给重尊唯一的东西。"

风宿一笑,她也是这么想的:龙粟死了,不能什么也不留下。

孔钰想了想,道:"开拍。"

因为顾琉星戏份的重要性,给她安排了好几台摄影机。

顾琉星深吸一口气,握了握拳进入镜头。

龙粟重新回归魔界,本以为真如华熙所说,让一切回归,那么"两位魔尊,天道所不容,必死其一"的诅咒便不会成真。却不想,她最终的结局是魂飞魄散,在三界消失。

她站在圣金池畔,身后是华熙满口的大道理,龙粟不屑地一笑。

她的血色长袍残破不堪,随风飘动,似乎都能闻到血腥味。

她背影决绝,没有任何悲伤,赤着脚,一步步走向那散发着耀眼光芒的圣金池。走过小狐狸曾经趴过的地方,走过重尊时常静坐的地方,越来越近了,她似乎感觉到圣金池下嗜魔草的叫嚣,叫嚣着想把她蚕食殆尽。

她缓缓闭上眼睛,脑中一幕幕,尽是与重尊的点点滴滴……

眼泪滚落,她的回忆终止在重尊回眸一笑的画面上,她也勾起唇角,

红唇微动，不知道说了什么。

下一刻，她毫不犹豫地纵身跳下。

一切由她而生，那就让她来结束。

顾琉星的演技，大家都有目共睹，但这最后一幕，还是惊艳了在场所有人。

这天天气很好，天光夺目，顾琉星的身上仿佛镀了一层光，红色衣角在众人眼中划过，凄美而震撼。

导演喊了停，为《魔尊》画上一个句号。

历时两个多月，经过剧组所有人的不懈努力，几乎没有一个镜头是将就的，大家用十二分的努力将这部戏呈现在观众眼前。有新人经常一整天捧着镜子，练习表情，只求完美地演绎每一幕。

所有人都在高呼："杀青了！终于杀青了！"

许多人又哭又笑，发泄完情绪，大家不约而同地安静下来，表情茫然，眼神空洞。

不只是他们，顾琉星脸上也没什么表情，那直击人心的画面让她的脑子紧绷太久，忽然一下放松，她好似被抽光所有力气一般，一个字都不想说。

南桥今天也来了，早已杀青的路靖宇和林思意也站在一旁，见她看过来，朝她一笑。

顾琉星连唇角都懒得动，眨了眨眼，算是回应。

南桥迎上来，顾琉星累得倒在她身上，道："桥桥，你选的剧本挺火的，但是吧，剧情实在是心累。"这样沉重而执着的爱情，一消失，真的会要人命的。

南桥撇嘴，扶着她走到休息区："杀青宴之前，你就好好休息吧，调整调整情绪。"

南桥明白这部戏她太过投入，所以到现在还出不来也正常，就没打扰她。

江眠眠安静地站在一旁，见顾琉星水杯空了，便去饮水机那边接了一杯温水搁在她的手边。

南桥和导演交涉后续工作和需要配合的地方，又说了一些官方的恭维话，便回到休息区。

大家看着工作人员收摄影机，拆除、回收道具，场面乱糟糟的。

顾琉星歪头靠在椅背上，脑海里全是龙粟死之前说的那句话："不后悔，什么也不后悔。"

"琉星。"耳边忽然传来柔而轻的女声，顾琉星转头就看到风宿静静地坐在她身边，浑身透着书香气息。

"我可以这样叫你吗，琉星？"风宿杏眼干净，黑白分明，不染一丝杂质，唇边浅浅的笑容让人很舒服。

顾琉星受她感染，也笑道："可以。"

风宿问她："是不是很难出戏？"

顾琉星想了想，回答："这个角色塑造得很好。"

风宿轻笑，说道："她是我最喜欢的角色。"

"那为什么不是主角？"顾琉星问出了她的疑问。

风宿望着远处，抿了一下唇，阳光从她眼里折射出怜悯和同情。

《魔尊》杀青后，顾琉星一直待在家里，就算顾流沙逗她笑，她也有些勉强。她还没从龙粟这个角色中抽离出来。

第一世的魔界圣女，掌管魔界所有魔兵，野心勃勃，企图拿下三界至尊宝座。

第二世的华尊宫丑狐狸，集万千宠爱于一身，时时刻刻被重尊携在身边。

第三世的神界药童，和神王相恋，最后落得魂飞魄散的结局。

第四世的驱魔师伊灵儿，这是最讽刺的一世，明明是个大魔女，竟然成了驱魔师。

第五世的修仙派龙粟，最终入魔，灭世还是救世，在她一念之间。

她开始看这部小说的时候，不明白，明明是最鲜活的一个角色，为什么只能是"女二"。

杀青那天，作者风宿来探班，她专门询问原因。

风宿说："一个得不到圆满人生的女人，怎么能叫'女主'？人人都说一生一世难能可贵，若是一开始注定是个错误，哪怕是五生五世，依旧是个悲剧。"

龙粟的结局太过悲惨，重尊因为龙粟从三界之王变成了魔界至尊，龙粟以自己的性命为注，和天道打赌，让重尊重回神界。

这是多深的爱，才能让她放弃自己曾经的宏图霸业，甚至无视自己的生命，只为这个三界还能有个他。

南桥打电话过来的时候，顾琉星躺在床上，出神地望着窗外漆黑的夜色，和当时坐在圣金池畔的龙粟气质十分吻合。

电话响了很多遍，顾琉星才摸向手机："喂？"

南桥声音传了过来："明晚杀青宴，你恢复得怎么样啦？"

顾琉星轻呼出一口气："桥桥，我觉得我这次入戏太深了，龙粟给了我很大的震撼。"

戏中感情沉重，再加上她又一直在研究龙粟的心理，几乎是在变成她，导致自己陷得很深。

《魔尊》的小说南桥也大致看过，龙粟这个角色的确让人唏嘘，大家对她的感情普遍十分复杂。

南桥停了几秒，然后说："我只觉得她很傻。"一命换一命，另一个就算活着，也和行尸走肉差不了多少。

顾琉星笑了："傻女人很多的。"

"不说了。"南桥撇了撇嘴，不喜欢这么压抑的话题，"礼服给你准备好了，明天眠眠去接你时顺便带过去，我就不陪你去了，最近又签了几个新人，忙死我了。"

"嗯，好。"顾琉星说，"你别太累，不行再请个经纪人。"

南桥低笑一声："我知道了。"

挂断电话，顾琉星拍了拍脸，打算去煮一包泡面。

她在等待水开的时候，脑中浮现风宿那天离开之前对她说的话。

风宿说："琉星，你是个有故事的人，希望龙粟没有做到的事，你能做到，爱情这东西，来的时候就要抓住它，紧紧地握在手里，别等溜走了，才追悔莫及。"

风宿曾在微博问答上回答过一个问题。

粉丝问："风宿君，你说如果龙粟在小狐狸死的那一世，站在流星雨下，忽然明白自己爱上了重尊，没有听玄夜的话变成星泪，这个故事会如何？龙粟已经在净魔池中剥离魔气，那就应该是可以留在神界的。"

风宿答："那一定是个很美好的爱情故事，他们相爱，然后在一起，简单而令人向往。"

风宿当时心情应该很复杂，她或许也在想，如果那时候龙粟抓住了爱情，这个故事应该是时下流行的甜蜜故事，而不是最后的生死相隔。

的确，生活也和小说一样，一个决定可能影响的是一生。

那天叶寻告诉她戒指是傅言宸四年前买的，如果当时傅言宸就是打算送给她，他没有不要她的孩子，那他们现在也一定很幸福。可是，现在她没有孩子，只有遍布伤痕的身体和一颗千疮百孔的心。

杀青宴这天，剧组微信群里很热闹，大家都相当兴奋。

顾琉星看了看消息，淡淡一笑。

叶寻瞄了一眼，撇嘴道："那个路靖宇是不是也对你有意思？一口一个琉星姐，叫得多顺，而且一个集团的继承人，屈身在我们那个小工作室，确定不是为了近水楼台先得月？"

顾琉星翻了一个白眼，镜子里叶寻的脸简直张狂。

她说："你可别逗他，靖宇挺有分寸的，别闹得大家尴尬。"

叶寻哼了一声，没好气地道："知道了！"

叶寻把她长而直的黑发烫成大卷，从旁边取了两缕束在发顶，他看了一眼镜子里的造型，高贵、大气、美得炫目。

他满意地点头："完美！"

江眠眠咬着唇，捧着红色抹胸长裙，目光不断地往叶寻身上瞟。

叶寻实在受不了，转头恶狠狠地瞪着江眠眠，吼道："江眠眠，你能别把你那饥渴的眼神落在我身上吗？老子说了不喜欢你！"

江眠眠一脸不服气，回瞪他，声音拔高："你把我戳瞎啊！我喜欢你和你不喜欢我有关系？"

顾琉星觉得眠眠勇气真的可嘉，还挺强悍的。

叶寻气得呼吸不畅，又着腰，对顾琉星说："能换个助理不？工资我出。"

闻言，江眠眠脸色骤变，急切地望着顾琉星，目光格外委屈。

顾琉星没想到自己会被拉入战场，叶寻这一招的确让江眠眠毫无招架之力。

她看了一眼可怜巴巴的江眠眠，又看了一眼脸红脖子粗的叶寻，只好开口道："眠眠挺好的，再找个新的，还要教。"

叶寻气得七窍生烟，又没有别的办法，烦躁地在一边走来走去，忽然猛地看向江眠眠，指着她警告："别再缠着我，我们还是朋友！"

江眠眠暗道：谁要和你做朋友！

她的面上却笑开花，讨好地道："好啦好啦，我知道了，我尽量控制自己。"

叶寻瞪了她一眼，从她手里抽过裙子，递给顾琉星："进去换了，赶紧送你去杀青宴，我还要去接宝贝。"

顾琉星嗯了一声，站起身，路过江眠眠时，无奈地叹了一口气。

叶寻要是喜欢谁，绝对会待那个人很好；他要是不喜欢谁，就会冷眼相待。眠眠真是痴心错付。

叶寻载着顾琉星和江眠眠抵达杀青宴举办地点，恰好是五点钟。

宴会场地已经被布置好了，剧组的投资商象征性地送来了花篮。

日恒集团送了两个花篮，一个是给姜烟的，一个是给剧组的。

傅氏集团送来了一个，上面是几个醒目的大字——"恭祝《魔尊》剧组顺利杀青"。

至于向来在剧组相当高调受宠的顾琉星，反而什么都没有。

六点钟，宴会厅内，人渐渐多了起来，包括投资方代表、制片人、导演、演员以及各路媒体。

姜烟挽着顾时镜的胳膊，在众多记者的簇拥下，走了进来。

顾时镜一身紫色西装，气质优雅淡然，透着浓浓的禁欲气息，让在场的许多女星以及女记者眼睛都直了。

姜烟穿着蓝色拖地晚礼服，边角用金色勾勒，像极了华熙的戏服，却又不尽相同。

旁边有议论声不断传来。

"孔导的剧组向来在很多方面别出心裁，这次杀青宴竟然让四个主角穿的衣服的颜色与剧里的衣服一样。"

"这才能让人眼前一亮，四个人都是顶级颜值，驾驭现代服装、古代服装毫无压力，就算是为了颜值，估计也能吸引不少观众呢！"

"不过，这次出现这么多媒体，好像不是为了采访剧组，而是采访另一个人。"

"你说顾琉星？这两个多月她简直是话题女王啊，这不，才被顾'影帝'表白，又和傅氏那位扯上关系，一会儿精彩了……"

"精彩什么呀，傅氏那位今天可是什么都没给顾琉星送，不知道多打脸呢！"

从洗手间回来的江眠眠路过几人身旁时，听到这话，气得捏紧了拳头，差点儿一个冲动给傅言宸打电话。但一想到自己的身份，她又蔫蔫地回到顾琉星身边。

制片人、导演等讲完话，四位主演以及一些戏份比较重的角色走上台，接受媒体采访。

许多媒体是冲着顾琉星的话题度来的，发现重磅新闻完全没办法写，却又不想空手而归，一个个叹着气走向高台。

这时，大厅门口忽然传来急促而规整的脚步声，所有人下意识看过去。

"天哪……"连绵不绝的感叹声不断在宴会厅内响起。场面静得只听得到脚步声和车轱辘滚在地上的声音。

一群穿着服务生制服的男男女女，每人推着一辆小推车，上面全是蓝色妖姬，每三枝绑在一起，摆成心形，每一辆小推车上都是呈三角形摆放的三个心。

场面太震撼，所有人静静地看着这一幕，表情呆愣。

不知从哪里忽然传来一道响指声，面带微笑、站姿规矩的服务生立刻行动起来，捧着蓝色妖姬，分别放在每一桌的中央位置。顿时，大家的眼前都是蓝色妖姬。

穿黑白制服的男女在宴会厅内快速穿梭，短短一分钟，已经布置完毕。等大家反应过来，他们已经排列成心形的队伍。

"恭喜顾小姐电影顺利杀青！"响亮的声音在这金碧辉煌的空间内回荡。

整齐划一的声音落下，场面像是被解除封印一样，议论声此起彼伏。

"顾小姐？是说顾琉星吗？"

"应该……是她吧，剧组除了顾'影帝'，就她姓顾。"

"那这到底是谁做的？这么高调？"

"我看花上面好像还有水，不会是空运来的吧？而且三枝绑在一起，什么寓意？"

这些议论，尽数传进顾琉星的耳中，她清晰地听到自己快而乱的心跳声，手无意识地收成拳，眼眸微微垂了下去。

"傅董……"

有人轻声咕哝一句，顾琉星轻蹙了下眉，抬眼就看到某人出现在门口，拿着三枝蓝色妖姬。

"三枝蓝色妖姬的寓意好像是你是我最深的爱恋……"

又是八卦的声音响起，她微微侧眸，就看到旁边两个清秀的女人捧着手机，说着。

顾琉星盯着反光的地面，愣在那里。

341

她在心里自嘲地笑了,如果不是场合不对,她真的想为自己的勾引手段拍手叫好。

她真厉害,仅仅两个多月,就做到了自己四年都没做到的事。

傅言宸看着她愣怔的样子,以为她是觉得惊喜,继而一笑,表情张扬、步伐沉稳地朝她走来。

所有人下意识让出一条路。

她的尽头,是气场惊人、英俊挺拔的他。

他的尽头,是气质沉敛、妖娆纤瘦的她。

他一步步缩短和她的距离。

记者沸腾了,快门声在场内频繁地响起,碍于傅言宸的威慑力,他们并没有冲上去采访,而是给傅言宸和顾琉星分别来了一张特写。

摄影机一直追逐着傅言宸的身影,直到顾琉星和他同时出现在镜头内。

傅言宸扬了一下唇角,问:"开心吗?"

顾琉星站在台上,望着他那带着嚣张和笑意的眼睛,勾唇一笑:"惊喜?"

"我做得不够明显?"傅言宸挑眉,紧紧地盯着她的脸,不放过她的每一个微表情。

这次,和以往有了不一样的地方,他能看到她眼中偶尔闪过的迷茫的光。

仅仅这个,就能让他兴奋得想去吻她,她终于对他做的有反应了,而不是冷眼旁观。

她靠近他,双手虚抱了一下他的肩膀。

傅言宸轻笑一声,头一歪,削薄的唇和她相贴。

顾琉星感受着他唇齿间的温度,感受着他临摹她的唇形,细腻柔和,心口似乎被轻轻撞击了一下。

她手臂上移,圈着他的脖子,踮起脚,吻得投入了些。

顾琉星不知道自己刚才的动作,对傅言宸造成多大的冲击。他全身的细胞都激动起来,差点儿失控。顾琉星的每次一主动,他都感觉自己会疯。他克制着体内叫嚣的情绪,更加温柔地吻着她。

周围很安静,除了快门声,所有人都瞪大眼望着这一幕。

顾时镜眼中黯然,抿着唇看向别处。

旁边姜烟的声音很轻:"顾'影帝',顾琉星这个女人不是你招惹得起的,趁自己没陷太深,放弃吧!"

顾时镜下颌紧绷，自嘲道："她要是没反应，我做什么都是徒劳。"

姜烟笑了，想到自己和季南景，心里赞同他的话。

短暂的一吻后，傅言宸放开她，嗓音低沉："下次挑个好地方再主动。"他的话，伴随着灼热的呼吸喷在她的皮肤上，火烧一般。

顾琉星庆幸自己化妆了，否则现在一定是面色涨红。

两人分开，记者们疯了一般冲过来。

这可是大新闻！峰回路转，他们以为不会出现的人这么高调地出现了，还怕没东西交差吗。

以前傅董的每一个绯闻都会引起关注，这两个多月，傅董没有任何消息，他们正担心自己的业绩呢！

一群人举着话筒和摄影机跑过来，表情激动，生怕晚一步抢不到第一手的新闻。

江眠眠什么时候见过这种阵仗，站在台下担心地看着，想冲上去保护顾琉星。一群黑衣保镖忽然从台后出来，领头的便是郑深。

郑深快速走来，不经意间看到江眠眠，眼中闪过笑意，胆子这么小，还敢跟着顾小姐？

保镖强势地将两人围在中间，在记者和两人之间形成一道人墙，记者在外面拼命挤，话筒隔着保镖塞进来。

"傅董，请您说一下，您这样高调的行为，是在追求顾小姐吗？顾小姐有望成为傅家的女主人，傅氏的老板娘吗？"

"傅董，您今天送蓝色妖姬，是想表达顾小姐是您最深的爱恋吗？"

"傅董，前段时间顾'影帝'对顾小姐示爱，您对此有什么想要说的吗？"

这个问题问完，傅言宸凌厉的视线猛然扫来，气氛仿佛降至冰点。

记者吓得瞠目结舌，话卡在喉咙处，慌忙低下头。

郑深简直想捂脸，早就交代过注意问题，千万别惹怒 Boss，怎么还是有人不知死活……

傅言宸冷冷地看了记者几秒，目光转向顾时镜，不屑地勾起唇角："别什么人都拿来和我放在一句话里，我认为刚才我和顾琉星的行为，早就让一些不实报道瓦解了。"

记者反应过来傅言宸回答了她的问题，也许真的是初生牛犊不怕虎，她兴奋地继续提问："傅董是在影射顾'影帝'和微博上那些将顾小姐跟顾'影帝'绑在一起的绯闻吗？"

傅言宸瞥了一眼顾时镜，神情张狂，已经给了记者答案。

站在一旁的演员和导演有点儿发蒙，如果他们没记错，这好像是《魔尊》的杀青宴，怎么现在变成傅董的主场了……

郑深这时站出来，带着公式化的微笑，客客气气地对记者说："今天是《魔尊》的杀青宴，关于傅董和顾小姐的事，傅氏公关部会发新闻稿，统一回答大家的问题。"

记者一个个面带遗憾，没再围着傅言宸和顾琉星。

人群渐渐散开，顾琉星抬眼，无论看向哪里，都是蓝色妖姬。

她垂眸，盯着地面，吸了一口气，才转头看向傅言宸，嘴角挂着笑容："我先去接受采访，一会儿来找你。"

傅言宸指尖点了点她光裸细腻的背，眉峰一挑，说："今晚去盛景。"

顾琉星唇角笑意加深，变了味道，隐隐露出嘲讽："好。"

傅言宸像是没看到她的表情一样，将一直握在手里的三枝蓝色妖姬递给她，俯身在她的耳边低声道："我最深的爱恋，一如最初。"

顾琉星手指猛地颤抖了一下，潮湿冰凉的花茎无端让她觉得烫手，滚烫的温度从她的手心传至她的胸口。等她发觉，那股情绪正凶猛地侵袭着她，扰乱她两个多月以来的坚持，力量是那么强大。

我最深的爱恋，一如最初。

最初？哪个最初？从哪里开始？

他骗人的！他一定是骗人的！否则他怎么会那么狠心！她不信！

她用力压制那股冲击她全身的情绪，明亮的目光和他对视。

他笑笑，松开她的肩膀，手揣进裤兜，长腿一迈，走了下去。

顾琉星几次维持不住唇角的笑，视线不经意间跟随他的身影移动。

宋简眼睛的余光见她在出神，撞了撞她的胳膊。

顾琉星眼睛一眨，侧眸看到宋简正在以完美的姿态面朝镜头，并没有看她。但她明白，她刚才一定很失态。

顾琉星敛了敛眸，专心应付记者。

记者的问题都是针对《魔尊》拍摄过程中的细节，以便于接下来的宣传。

轮到顾琉星的时候，记者的问题有些犹豫，所有人都知道，记者想问的并不是戏，而是刚才的八卦，但又因为傅言宸的威慑力强忍着。

傅言宸站在下面，修长的手指点着手中的高脚杯，视线专注地望着她。

"明天的报纸，以及那些自媒体的新闻稿，都必须让公关部过目。"

他说。

郑深站在他身后,恭敬地说:"好的,傅董。"

宴会结束后,所有人陆续离场。

顾琉星走进电梯,打算去地下停车场,电梯门刚要关闭,忽然又打开。

她看到站在门外的顾时镜时,笑了。

顾时镜脸色不太好,有些低落,见电梯内的人是她,转身就走。

"顾'影帝',"她喊住他,"对我这么认真?连朋友都做不了啦?"

顾时镜转过身来,盯着她,认真地说道:"琉星,不喜欢我就别挑逗我。"

"终于怒了。"顾琉星笑得更加开心,"我还以为顾'影帝'永远没脾气呢!"

顾时镜皱眉,下颌紧绷,隐隐带着怒气:"你故意耍我?"

"没有。"顾琉星摊手,"我本来还想说,其实你还是有机会的。"

顾时镜错愕地看着她,她却妖娆一笑,按了电梯关闭按钮。

顾时镜:她这是挑逗了就跑?好一个顾琉星!

顾琉星站在电梯内,望着电梯壁上自己的表情,伸手摸了一下:真的好假,她现在是一个伪装成性的女人。

她来到地下停车场,傅言宸的车相当显眼。

高跟鞋的声音在寂静的停车场内响起,顾琉星站立在后门处,拉开车门,弯腰坐上去。

傅言宸坐在后座,腿上是商务笔记本电脑,他修长的手指飞快地在键盘上按着。

顾琉星静静地坐在一旁,也没出声,拿出手机刷了刷今天的新闻。

郑深良久听不到指示,自觉地发动车子,拐出地下车库,驶上宽阔的马路。

狭隘的空间内,只有快速敲击键盘的声音。蓦地,声音一停,傅言宸转头看过来,和顾琉星的视线在车窗上交会。

傅言宸看了一眼她的侧颜,目光下移,落在她手中的蓝色妖姬上。花依旧艳丽,和她红色的礼服相映,美得炫目。

他问道:"累啦?"

"还好。"她回答得简短。

傅言宸合上电脑,放在一旁,大手搂过她的肩膀,让她靠在自己身上,

说:"还好就是累了,休息一会儿,马上就到盛景了。"

顾琉星搁在膝盖上的手微微攥紧。她今晚怎么了,为什么情绪频频失控,对他心软啦?不可能的,她怎么会心软?就因为那句话?情话哪个男人不会说?可是,能从一而终的男人又有几个?也许,他现在是真的喜欢上她了,不过对她来说,已经晚了。

傅言宸在她耳边轻声道:"我后天去 L 市出差,你和顾流沙要和我一起去吗?"

顾琉星回神,从他怀里抬起头:"你去 L 市?"

傅言宸笑了笑,点头:"顺便看看你生活了四年的地方。"

顾琉星目光闪烁,重新靠回他的怀里:"没什么特别的,在领养宝贝之前,我几乎足不出户。"

"没关系,我也想看看你住过一段时间的孤儿院,如果条件不好,我也许可以帮上忙。"他说道。

她明白自己无法拒绝,有些事,傅言宸会由着她,甚至可以说是纵容,但这种事,他应该不会由着她。

她说:"好,正好宝贝和我都想回去看看,那就一起吧!"

傅言宸摸了摸她的脸,低声道:"顾琉星,四年是不是挺难熬的?"

不知道为什么,顾琉星总觉得他的话里带着深意。他是知道了什么?但是这四年,他都没找到她,怎么可能这几个月就查出来?那边隐秘性那么好,更何况,他现在来说这些,不觉得太晚了吗?

她目光幽暗,淡淡地说:"都已经过去了。"

他又笑了,没再开口问。

车抵达盛景,用人和平时一样,听到车熄火声,整齐地迎出来。

"少爷,顾小姐。"周妈恭敬地喊道,然后看向傅言宸,吞吞吐吐地说:"少爷,粥已经准备好了,楚少爷和林小姐正在里面喝……"

刚才少爷发短信回来,告诉她煮点儿粥,结果刚煮好,楚轶和林夕瑶就过来了,两人似乎都相当自觉,拿着碗和勺子,直接开吃。

傅言宸闻言,皱紧了眉,瞪着她吼道:"他们来干什么?还给粥喝?赶紧给我滚!"

话音落下,傅言宸攥着顾琉星的手,怒气冲冲地走进去。

楚轶和林夕瑶坐在餐厅里,一人面前放着一个粥碗。

楚轶看到傅言宸,兴奋得手舞足蹈:"言宸,你回来了,哎呀,终于等到你，还好我没放弃。"

林夕瑶望着楚轶的眼神跟看白痴一样。

傅言宸脸色一黑，冷冷地道："你来干什么？"

楚轶这才反应过来，连忙朝林夕瑶伸手："把喜帖给我。"

林夕瑶无语地看了他一眼，从包里把喜帖抽出来递给他。

楚轶举着喜帖，不好意思地笑了笑："没想到我是咱们几个里面最先结婚的，承让承让。"

傅言宸眉皱得更深，冷冷地道："你要结婚？"

楚轶得意地挑眉，那表情简直让人想打死他，他嘚瑟地道："现在不都流行闪婚吗？我就玩玩，反正每天无聊得要死。"

顾琉星看向林夕瑶。这个女孩儿她见过两次。第一次给她讲了一大串的道理，让她以后别再折腾自己。第二次是去T城，林夕瑶那会儿好像遇到急事了，而且看林夕瑶刚才对楚轶露出的眼神，不仅没有爱恋，反而是鄙夷……

他们确定是结婚，而不是离婚？

"玩闪婚？"傅言宸脸色越发冰冷，"你脑子有问题是吧？"

楚轶当他忌妒，悠闲地开口："我妈逼婚逼得太厉害了，我也没办法，所以就找个人合约结婚。"

林夕瑶沉默地站在一旁，故意摆出放松的姿态，在听到这话时，眼中带着一抹黯然。

女孩子对于婚姻总有向往，林夕瑶也不例外，如今她的婚姻以这样的方式开始，她的心情可想而知。

顾琉星看了她几秒，视线转向楚轶，问："合约内容是什么？"

楚轶挑眉，眯起狭长的眸子，道："顾小姐也感兴趣？各取所需而已。"

（未完待续）